Alice Nelson

*Das Kinderhaus*

Alice Nelson

# DAS KINDERHAUS

Roman

Aus dem australischen Englisch
von Claudia Feldmann

List

Die Originalausgabe erschien 2018
unter dem Titel »The Children's House«
bei Vintage, Penguin Random House, Sydney.

Die Übersetzung wurde gefördert durch ein Stipendium
des Deutschen Übersetzerfonds.

MIX
Papier
FSC FSC® C014496

List ist ein Verlag
der Ullstein Buchverlage GmbH

ISBN: 978-3-471-35181-9


Gesetzt aus der Granjon
Satz: LVD GmbH, Berlin
Druck und Bindearbeiten: GGP Media GmbH, Pößneck

Für Danny Shub

Es gibt Erinnerung und Verbundenheit – ganz und gar menschlich und profan. Denn Familien lassen sich nicht zerbrechen. Man kann sie verfluchen und verstoßen, ihre Kinder aussetzen, in Fluten ertränken und in Feuern verbrennen, und alte Frauen werden aus all diesem Leid Lieder machen und an lauen Abenden auf der Veranda sitzen und sie singen. Jedes Leid ruft tausend Lieder hervor, und jedes Lied erinnert an tausenderlei Leid, und so ist ihre Zahl unendlich, und sie sind alle gleich.

MARILYNNE ROBINSON: *Haus ohne Halt*

## Truro, Cape Cod

*Dezember 1997*

Weide meine Lämmer, hat Jesus gesagt. Sie murmelt es vor sich hin, während sie das Fläschchen an den Mund des Kindes hält, versucht, den singenden Tonfall eines Pastors von vor langer Zeit nachzuahmen. Mein Lamm. Der Wind an der Scheibe packt den Klang ihrer Stimme und reißt ihn fort wie einen Fetzen Stoff. Winter am Himmel, die Kälte wie ein winziger Stich in ihre Knochen. Draußen die fremden Bäume, die ihre Blätter abgeworfen haben. Über der Marsch steigt ein Vogelschwarm in die Luft, ein dunkler Pfeil, der den Weg zeigt.

Das Kind sieht sie an, als sie den Flaschenboden höher hält. Wachsam, beobachtend, dann allmählich müder, während es rhythmisch an dem weichen Plastik saugt. Man hat ihr gesagt, dass er zu alt für Milch ist, dass sie das Fläschchen weglassen soll.

Diese weichen Lippen. Kein einziges Mal an ihrer Brust seit jenem ersten Tag, als ein Paar Hände ihn blutig und nach Luft ringend auf sie gelegt und seinen weit geöffneten Mund an die richtige Stelle geführt hat. Da hat sie geschrien, wie sie es seither nie wieder getan hat. Da war keine Nahrung für ihn. Kaum zu glauben, dass sie es geschafft hat, ihn so lange in sich zu behalten. Die Stöße und Tritte gegen ihre Rippen zu ertragen, während sie wach auf der schmalen Liege im Flüchtlingslager von Gisenyi lag. Wie ein fremdes Wesen hat er sich angefühlt, ein glitschiger Seefisch, der ihren Körper anschwellen ließ.

Sie setzt sich einen Moment neben das Kind. Die Marsch füllt das Fenster hinter ihr aus. Das alte Glas verzerrt die sumpfigen Felder. Dieses Haus ist auf Schwemmland gebaut. Truro, Cape Cod. Selbst der Name dieses Ortes klingt fremd für sie. Weit weg von Ruanda, obwohl es auch dort Marschen gibt. Und Vögel, mit ihrem Lobgesang bei Tagesanbruch. Bald wird es hell genug sein, um das Haus zu verlassen. Sie hat bereits ihren Mantel an, ist umschlossen von seinem dicken Polster. Die Tasche mit ihren Sachen liegt unter dem Bett. Es ist der erste Weihnachtstag, noch früh am Morgen.

Das Kind will die Augen nicht schließen. Er kämpft immer gegen den Schlaf an, und sie weiß nicht, wie sie ihn zum Nachgeben bringen kann. Sie kennt kein Lied, keine geflüsterten Worte. Seine Hand liegt zur Faust geballt an der Wange wie eine kleine Muschel. Gabriel heißt er. Es ist kein Name aus ihrem Land. Ein kongolesischer Pastor im Lager hat ihn ausgesucht. Sie hatte einen anderen Namen auf der Zunge, aber der Pastor meinte, das Kind brauche den Namen eines Engels. Und es sei ein guter Name für einen Jungen, der in Amerika aufwachsen würde. Deshalb sagte sie nichts und ließ ihn einen Namen auswählen. Der Nachname war auch falsch. Die Leute, die die Papiere für Amerika ausgefüllt hatten, wussten nicht, dass in Ruanda jedes Kind seinen eigenen Nachnamen hat. Einen Namen aus ihrer Sprache mit einer besonderen Bedeutung, der extra ausgewählt wird und den niemand sonst in der Familie hat. Auf die Papiere für das Baby haben sie ihren Nachnamen geschrieben, den, den ihre Mutter ihr gegeben hatte: Nsengimana. Das bedeutet »ich bete zu Gott«. Sie war ein erhörtes Gebet, ein Kind des Glaubens, das erste, das nach zwei Totgeburten überlebt hatte. Sie war überzeugt gewesen, dass ihr Baby auch tot geboren werden oder eine Missgeburt sein würde.

Dass sie einen falschen Namen für das Kind eingetragen haben, ist ihr erst aufgefallen, als sie in Amerika waren und sie die Plastikkarten sah, die man ihr gegeben hatte – eine, um in den Läden Essen zu kaufen, und eine, die man dem Arzt in der Klinik zeigen musste. Da war es zu spät, um noch etwas zu ändern. So war es einfacher, hatten sie ihr gesagt. Es war besser, wenn sie beide den gleichen Namen hatten. So war es in diesem Land üblich. Familien wurden durch den gleichen Namen zusammengehalten.

Endlich schläft das Kind, sein Kopf drückt eine leichte Kuhle in das Kissen. In der Stadt, bevor sie Marina begegnet waren, hatte der kleine Junge geschrien und geschrien. Sie wusste nicht, woher er die Energie nahm, so viel zu schreien. Wenn sie in das andere Zimmer ging und die Tür zumachte, wurde aus dem Schreien irgendwann ein leises Wimmern. Manchmal schrie er sich auch in den Schlaf, und dann fand sie ihn zusammengerollt unter dem Tisch, die Wange auf dem Fußboden. Wenn es kalt war, breitete sie ihren Wintermantel über ihn, und am nächsten Morgen lag er darin wie ein kleiner Vogel in seinem Nest und starrte zu ihr hoch, während sie in der Küche umherging. Als hätte er Angst vor ihr.

Manchmal, wenn sie ihn schlafen sieht, ist sie immer noch überrascht, dass er aus ihr entstanden ist. Dass es ihn wirklich gibt. Jedes Mal, wenn sie in der Stadt mit ihm zur Klinik gegangen ist, wo sie ihn untersucht und angefasst und gemessen oder ihm Medikamente oder Spritzen gegeben haben, hatte sie den Gedanken im Kopf, dass sie ihn ihr nicht zurückgeben würden. Dass sie sagen würden, es reichte jetzt; wissen würden, dass man ihr das Kind nicht anvertrauen durfte. Aber das taten sie nicht. Sie gaben ihr nur ein Medikament oder ein buntes Bonbon für ihn, und das war's. Ein Lächeln, die Tür wurde geöffnet, und jemand anders ging hinein, während sie ihn sich im Wartezimmer auf den Rücken band und das Tuch über den Brüsten zusammenknotete. Das immerhin wusste sie noch: wie man den Stoff band und knotete. Wie man ein Kind trug.

Sie stellt das leere Fläschchen auf den Nachttisch und steckt die Decke um sein Kinn fest. Immer beobachtet es sie, dieses Kind, folgt ihr von Zimmer zu Zimmer, seit es sich über den Boden ziehen kann. Und trotzdem kann sie es nicht ansehen. Weicht mit dem Blick aus. »Utabazi« ist der Name, den sie für ihn ausgewählt hat. Er bedeutet »er gehört zu denen«.

Wie klein er wirkt, in die dicke Decke gewickelt. Sie kennt sein Gewicht, hat ihn auf ihrem Rücken durch die Straßen der Stadt getragen. Doch von nun an wird er ohne sie aufwachsen. Wie lange wird es dauern, bis ihr Körper das Gefühl der Last vergisst, die feuchte Wärme seiner Wange durch den Stoff des Tuchs? Bald wird er zu schwer sein, um ihn zu tragen, er wird an der Hand von jemand anderem gehen. Sie beugt sich hinunter, holt die Tasche unter dem Bett hervor. Sie muss weit weg sein, bevor die anderen zurückkommen.

Auf die Decke neben das Kind legt sie die beiden Plastikkarten mit seinem Namen darauf, das kleine Heft von der Klinik und das Reisepapier mit dem angehefteten Foto. Darauf ist er noch ein winziger Säugling, das Gesicht voll Geschrei und Tränen. Ihre Hände sind auch darauf, wie sie ihn in das Blitzlicht der Kamera hält, ihre Finger dunkel auf dem Weiß seines zu großen Hemdchens.

An der Tür blickt sie sich noch einmal kurz um, dann tritt sie hinaus in den Flur und schließt leise die Tür. Das Haus ist still und dämmrig, alle Vorhänge sind zurückgezogen, um das Licht hereinzulassen, wenn es kommt. Sonst gibt es nichts, was sie dem Kind hinterlassen könnte. Sie kann keinen Brief schreiben, besitzt keine Kette aus Holzperlen, die sie ihm um den Hals legen könnte. Besser, wenn nichts von ihr bleibt. Wenn sie spurlos aus ihm verschwindet. Er ist zu klein, um sich zu erinnern.

Der Morgen ist regenfeucht, es riecht nach Erde. In der Ferne jenseits des Strandes schimmern dunstverhangen die Umrisse der Stadt, wie unter Wasser. Langsam geht sie durch die Dünen. Sie bleibt noch einmal stehen, blickt zurück auf das kleine Cottage. Dann folgt sie dem Verlauf der Straße, und ihre Schuhe hinterlassen dunkle Spuren auf dem nassen Gras.

## Harlem, New York

*Juni 1997*

Marina fragte sich später oft, wann die ersten Stimmen von Constances Plan im Innern des Mädchens zu flüstern begonnen hatten. Ob es etwas von Anfang an Berechnetes gewesen war, ein quälendes Vorhaben mit einem Kern von Barmherzigkeit darin, oder schiere Verzweiflung, hastig und aus dem Moment heraus. Immer wieder reiste Marina in ihrer Erinnerung zurück und versuchte, die merkwürdigen Ereignisse dieses Sommers zu ordnen. Manchmal glaubte sie, dass der Samen an jenem ersten Tag in Harlem auf der Straße gesät worden war; eine Art Test der Verbindung zu dem kleinen Jungen. Dass Constance während der darauf folgenden Monate einfach nur auf den richtigen Augenblick gewartet hatte. Bestimmt hatte es Anzeichen dafür gegeben, was das Mädchen vorhatte, aber Marina hatte sie nicht gesehen, wie sie in dem Sommer so vieles nicht gesehen hatte.

Aber vielleicht wissen wir nichts wirklich mit Sicherheit. Jacob würde die Geschichte anders erzählen. Er würde sagen, dass es ihr eigenes wachsendes Verlangen gewesen war, das es dem Mädchen ermöglicht hatte, das Kind schließlich loszulassen. Dass alles, was geschehen war, im Grunde durch Marina ausgelöst wurde. Und Constance? Sie würden nie erfahren, wie ihre Version der Geschichte lautete, weil sie sich, ohne irgendeine Spur zu hinterlassen, in den Wind geworfen hatte und fortgetragen worden war, zusammen mit all den Verschwundenen, Wanderern und Heimatlosen. Constance war fort, aber sie würden für immer gezwungen sein, an sie zu denken, denn ihr Leben, wie wenig sie auch davon wussten, war jetzt untrennbar mit dem ihren verbunden.

Diese ersten Sommermonate in Harlem verschmolzen in Marinas Erinnerung zu einer einzigen langen, zermürbenden Hitze. Die lärmende Glut der Straßen, das matte Flirren der Nachmittage, die träge Schwüle der Abende. Aus den U-Bahn-Schächten stiegen heiße Luftwirbel auf, und das Rumpeln und Scheppern der Züge unter ihnen schien lauter als in allen anderen Teilen der Stadt. Es war schwer vorstellbar, dass es jemals Herbst werden würde.

Durch die Hitze entstand im Viertel ein eigentümliches Gefühl von Solidarität, als stünden sie unter Belagerung. Die Gespräche drehten sich immer wieder um die außergewöhnlichen Temperaturen, das Nichtendenwollen der Hitzewelle. Allen blieb nichts anderes als die Kapitulation.

In diesen ersten Monaten war alles in Harlem außergewöhnlich. Die Männer aus der Karibik, die an der Second Avenue den Vorbeifahrenden ihre Waren anboten, die *curandera* mit ihren bemalten Schaufenstern und ihren getrockneten Kräuterbündeln, die alten Italienerinnen, die die Stufen vor ihren Eingängen fegten, die Kramer und Dosensammler, die Bettler, die sich die Treppen der U-Bahn-Stationen hocharbeiteten, den Pappbecher vor sich ausgestreckt, die jungen Mexikanerinnen, die an den Straßenecken Tamales verkauften. Alles wirkte fremd und magisch. Diese unvorstellbaren Leben, die verlorenen Straßen, die Kirchen inmitten der Ladenzeilen, die Mietshäuser mit den vorgebauten Feuerschutztreppen – alles schien eine Geschichte in sich zu tragen. »He, Romeo. He, Julia«, rief der Bettler am Eingang zum Mount Morris Park ihr und Jacob jedes Mal zu, wenn sie daran vorbeigingen. »Habt ihr vielleicht ’n bisschen Kleingeld für mich?« Derselbe Refrain, jeden Tag dieses Sommers, begleitet vom lauten Rütteln seines Bechers. Marina gab ihm oft etwas aufs Geratewohl, mal eine Handvoll Münzen, mal einen Zehn-Dollar-Schein. Für sie war es eine Art Steuer für ihre Anwesenheit hier, in einem Viertel, das eigentlich anderen gehörte.

Sie und Jacob hatten das Brownstone-Haus an der 120. Straße im vergangenen Winter gekauft. Seit sie den hohen, schmalen Altbau am Rand des Mount Morris Park zum ersten Mal gesehen hatte, hatte er sie nicht mehr losgelassen. Die verwitterte Fassade, der vorgebaute Erker, der verwilderte, schattige kleine Garten mit seiner verfallenen Grotte – alles wirkte wie verzaubert. Das Haus hatte einem kleinen Nonnenorden gehört, der seit einem halben Jahrhundert dort gelebt hatte, doch nun waren die letzten von ihnen zu alt geworden, um sich darum zu kümmern, und in einen Alterssitz nach Upstate New York gezogen. Bevor sie und Jacob mit dem Renovieren begonnen hatten, war Marina durchs Haus gegangen und hatte die Holzkreuze eingesammelt, die noch in jedem der Schlafzimmer hingen, Erinnerungen an die frommen alten Frauen, die jeden Morgen auf dem Dielenboden gekniet und auf schmalen Eisenbetten geschlafen hatten. Ihr gefiel die Vorstellung, dass es ein geheiligter Ort war. Dass es möglich war, in einem Stand der Gnade zu leben. Sie stellte sich vor, wie die Nonnen die Treppen hinuntergingen und die Finger in die kleine Messingschale mit Weihwasser tauchten, die noch am Türrahmen befestigt gewesen war, als sie und Jacob das Haus zum ersten Mal besichtigt hatten.

Acht Nonnen hatten hier gelebt, hatte der Makler ihnen erzählt. Davor mehrere italienische Familien, die die vier Etagen unter sich aufgeteilt hatten. Nun, da nur Marina und

Jacob und sein Sohn Ben dort wohnten, fühlte sich das Haus seltsam leer an. Es war die größte Unterkunft, in der Marina je gewohnt hatte. Ursprünglich hatten sie vorgehabt, Jacobs psychiatrische Praxis hierher zu verlegen, sodass er seine Klienten in dem Raum im Untergeschoss empfangen konnte, der einen eigenen Eingang unterhalb des Treppenvorbaus hatte. Die Nonnen hatten dort ihre Suppenküche und die Andachten abgehalten, deshalb wäre er wie geschaffen für seine weltliche Form der Seelsorge, scherzte Jacob. Das mangelnde Licht konnte mit Lampen ausgeglichen werden, die dem Raum eine weiche, intime Atmosphäre verleihen würden. Sie kauften ein langes Sofa mit Leinenbezug und einen Ledersessel und hängten ein vergrößertes Foto auf, das ein helles Wolkenband über dem Meer zeigte.

Doch nachdem sie eingezogen waren, zögerte Jacob. Nun, da sie hier wohnten, war er nicht mehr so sicher, ob es seinen Klienten recht wäre, nach Harlem zu kommen. Marina wusste, dass es nicht nur das war. Das Brownstone an der 22. Straße in Chelsea, in dem er arbeitete, war ein sehr großer Teil seines Lebens. Dort hatte er seit über zwanzig Jahren seine Praxis; sie war wie eine Art Staffelstab an ihn übergegangen, als seine eigene Analytikerin in den Ruhestand gegangen war. Er genoss es, dass sie nur einen kurzen Fußmarsch entfernt war von seinem Büro in der New York University, wo er zwei Nachmittage in der Woche im Fachbereich Psychiatrie unterrichtete, von der Parkbank neben dem Triumphbogen am Washington Square, wo er, wenn es nicht zu kalt war, seinen Mittagsimbiss aß, und vom Café an der Ecke, wo man wusste, was er bestellen wollte. So viel von seinem Leben fand in dem Raum statt, so viel von seinem Denken war eingerahmt von dem Blick aus dem Erkerfenster, wo die Sonne über die Sandsteinfassaden der Häuser auf der anderen Straßenseite spielte. Als es schließlich so weit war, brachte Jacob es nicht über sich, die Praxis in Chelsea aufzugeben. Sie konnten sich die Miete leisten – das Geld war nicht das Thema, sagte er.

Was war dann das Thema, hatte Marina sich gefragt, während sie sich in dem schönen Raum umsah, den sie in Harlem für ihn eingerichtet hatten. Sie konnte sich des Gedankens nicht erwehren, dass Jacob vor allem deshalb an der Praxis in Chelsea festhielt, damit er weiterhin etwas hatte, das nur ihm gehörte. Einen Rückzugsort abseits ihres gemeinsamen Lebens. Marina wusste, dass er manchmal noch lange nach der Arbeit in der Praxis blieb. Dann legte er sich auf das Ledersofa, die Füße auf den Armlehnen, ein Buch auf dem Schoß. Er genoss es, nach dem vielen Reden die Stille im Raum zu spüren, hatte er ihr mal erzählt. Nachdem sein letzter Klient gegangen war, sagte er, dauerte es mindestens eine Stunde, bis das Echo der Stimmen des Tages verklungen und in seinem Kopf wieder Platz war. Das konnte Marina ihm schlecht verübeln, schließlich war ihr Schreiben auch ein geheimer Raum; ein Ort, an den sie sich zurückzog und wo sie nicht gestört werden wollte. Manchmal fiel es ihr schwer, nach einem Arbeitstag wieder aufzutauchen und die wirkliche Welt nicht als fadenscheinig und flüchtig zu empfinden.

Selbst nach fast zehn Jahren Ehe gab es immer noch Seiten an ihrem Mann, die sie nicht kannte. Trotz all der großen und kleinen Dinge, die sie voneinander wussten, gab es Tiefen, die noch nicht ausgelotet waren und es vielleicht auch nie sein würden. Manchmal schien es Marina, als hätten sie sich beide unbewusst dazu entschieden, ihr jeweils bestes Ich zu sein, in ihrer Vertrautheit eine Großzügigkeit zu bewahren, die in anderen Beziehungen vielleicht schon längst weggefallen wäre. Eine Ehe verträgt nicht allzu viele Reibereien, hatte mal jemand zu ihr gesagt, und sie glaubte, dass das stimmte. Für sie und Jacob war diese Liebe ein unerwartetes Geschenk, eine seltene und wundersame zweite Chance. Das war ihnen bewusst, und es machte sie sorgsam im Umgang miteinander und mit ihrer Liebe. Sie musste genährt und gepflegt werden. Sie gaben auf eine Weise acht darauf, wie sie es vielleicht nicht getan hätten, wäre sie nicht auf beträchtlichen Schmerz gefolgt.

Jeden Morgen verließ Jacob zeitig das Haus, um mit der U-Bahn nach Chelsea zu fahren, und Marina stand draußen auf der Treppe und sah ihm nach, bis er am Ende ihres Blocks angekommen war und die Madison Avenue überquerte. Er war, dachte sie, wie ein Prinz im Exil, der sich dareingefügt hatte, in Harlem zu wohnen, weil sie es sich so sehr gewünscht hatte. Würdevoll, aber ein wenig verwirrt, wenn er morgens in das Treiben auf den Straßen hinaustrat. Sie sah zu, wie Jacob an der Straßenecke stand, neben ihm ein alter Mann mit einem Einkaufswagen und zwei Jungen, die sich wortlos mit einem kunstvollen Handschlag begrüßten. Der Wind wehte ein paar Plastiktüten gegen den Zaun des Parks hinter ihnen; vor dem Maschendraht sahen sie aus wie zerrissene weiße Flaggen. Jacob nickte dem alten Mann und den Jungen freundlich zu und hielt den Einkaufswagen fest, während sie die Straße überquerten. Ihr Mann besaß so einen unerschütterlichen guten Willen, dachte Marina. Es war mehr als bloße Höflichkeit: die stete Bereitschaft, das Beste von den Menschen zu denken, an das Gute in ihnen zu glauben. Sie wusste nicht, wie er das fertigbrachte, obwohl er den ganzen Tag lang hörte, auf welch vielfältige und unverbesserliche Weise die Menschen sich selbst und andere enttäuschten. Er sollte eigentlich wissen, dachte Marina, wie wenig er von den Menschen zu erwarten hatte, und dennoch hoffte er stets das Beste. Begrüßte einen Obdachlosen und zwei Jungen aus dem Viertel mit derselben freundlichen Höflichkeit wie einen Kollegen in der Universität. Er war so ein gutherziges Kind, hatte Rose, Jacobs Mutter, einmal zu ihr gesagt. Marina fand den Ausdruck seltsam, aber durchaus passend. Ein gutes Herz zu haben war nicht wenig.

»Earl Grey fumé«, hatte Jacob mit angedeuteter Verbeugung gesagt, als er ihr vorhin eine Tasse Tee gebracht hatte. Sie waren ein Teil der Währung ihrer Ehe geworden, diese sorgfältig zubereiteten Tassen Tee. Er beugte sich zu ihr hinunter, legte die Hände auf ihre Schultern und küsste sie auf den Kopf. »Wie hast du geschlafen?« Das fragte er sie jeden Morgen mit derselben leicht besorgten Miene.

»Gut«, erwiderte sie, bemüht, sich die leise Ungeduld nicht anmerken zu lassen, die bei dieser Frage in ihre Stimme kroch. »Ich bin früh aufgestanden, weil ich ein bisschen vorankommen wollte.«

»Um vier?«

»Du kennst mich doch. Morgens ist meine beste Zeit. Nachmittags ist es schwerer, hoffnungsvoll an das Buch zu denken.«

»Warum legst du dich nicht nach dem Mittagessen ein wenig hin?«

»Ja, vielleicht.«

Selbst wenn sie nicht gut geschlafen hatte, sagte Marina es Jacob nicht. Sie wusste, er sah darin ein Symptom der Dinge, die sie verletzt, in ihrem Glück beeinträchtigt hatten. Sie trank einen Schluck Tee und sah zu ihm hinüber, wie er in seinem karierten Leinenhemd im Türrahmen stand, die Ärmel hochgekrempelt, die Haare noch feucht vom Duschen. Einer der Knöpfe hing nur noch an einem Faden; sie sollte ihn wieder annähen. Für Jacob, diesen wunderbaren Mann, der an das Gute im Menschen glaubte und dem es wirklich wichtig war, ob sie gut geschlafen hatte oder nicht. Sie wurde noch immer von Dankbarkeit und Staunen erfüllt, wenn sie daran dachte, wie knapp sie einem vollkommen anderen Leben entkommen war. Alles zwischen ihnen fühlte sich in diesem Sommer so rein und klar an. Manchmal konnte sie es kaum fassen, was für ein unglaubliches Glück sie gehabt hatten, einander zu finden.

Als er die 120. Straße hinunterging, konnte Marina gerade eben den winzigen kahlen Fleck zwischen Jacobs dunklen Locken erkennen. Er weckte in ihr eine eigentümliche Zärtlichkeit, dieser Kreis aus heller, ungeschützter Haut.

Fast acht Jahre lang hatten sie in der Upper East Side gewohnt, an der Park Avenue. Es war Jacobs Wohnung, er hatte sie nach seiner ersten Ehe gekauft. Marina war sich zwischen den vornehmen Steinhäusern mit ihren grünen Vordächern und polierten Messingtüren immer wie eine Hochstaplerin vorgekommen. Die Gehwege waren voller Portiers und Hundeausführer, Frauen in Pelzmänteln, die in elegante schwarze Autos stiegen, und dunkelhäutigen Nannys, die Kinderwagen mit blonden Kindern vor sich herschoben. Das Ganze strahlte eine triste Einförmigkeit aus, die Marina verabscheute. Das Viertel schien so weit entfernt vom Herzen der Stadt zu sein, dass sie sich vorkam wie in einem Schickimicki-Vorort. Morgens war der Waschkeller ihres Gebäudes voller Hausmädchen, die Spanisch plapperten, während sie die Wäsche falteten. Marina schien die Einzige zu sein, die ihre Wäsche selbst machte. Nachts wirkten die verlassenen Straßen wie eine apokalyptische Szenerie mit dem fahlen Licht auf den Fassaden und dem Gefühl verborgenen Lebens überall um sie herum. Es gab keine dunklen Gassen, keine vernagelten Fenster, nichts Verlottertes oder Geheimnisvolles.

Marina fragte sich, ob es ihr Wunsch nach Tarnung war,

der sie nach Harlem geführt hatte. Sie hatte ihre ersten Lebensjahre in Israel verbracht, ohne je den Kibbuz zu verlassen, in dem sie zur Welt gekommen war. Diese ferne Kindheit hatte sie irgendwie entwurzelt, und seit sie nach Amerika gekommen war, hatte sie das Fremde gesucht, sich immer in den Vierteln wohler gefühlt, die voll verlorener Welten waren, in denen die Geister anderer Orte über den Straßen schwebten. El Barrio lag östlich von ihnen, Black Harlem jenseits ihrer Reihe von Brownstones am Rande des Parks. Es tröstete Marina, dass selbst diejenigen, die schon lange hier lebten, einst Fremde gewesen waren. Eine Zugfahrkarte und ein Koffer, und man konnte von einem Maisfeld zur U-Bahn-Station an der 125. Straße verpflanzt werden.

In ihrer ersten Woche in Harlem hatte sie sich, von einem plötzlichen Regenguss überrascht, unter das Vordach einer der kleinen Pfingstkirchen geduckt. Drei alte Frauen in Pelzmänteln hatten neben ihr gestanden, die Handtaschen unter den Arm geklemmt. Während der Regen die Straße um sie herum verwischte, hatten sie ihr die Namen ihrer Heimatorte genannt. Scotland Neck, North Carolina. Yazoo City, Mississippi. Tiger Bend, Louisiana. Sie klangen für Marina wie Glücksbringer. Sie hatte sie später in ihr Notizbuch geschrieben; der Kern einer Erinnerung, die nur ihr gehörte, Wörter, auf die sie eines Tages vielleicht zurückkommen würde.

In diesem ersten Sommer, als sie keine Studenten unterrichten musste, verließ Marina Harlem manchmal tagelang nicht. Alte Männer saßen im Unterhemd an Plastiktischen und spielten Domino, und Leute standen in Grüppchen an Straßenecken, vor dem kleinen Lebensmittelgeschäft oder dem Schnapsladen. Mit der Zeit erkannte sie manche Gesichter, ein angedeutetes Lächeln oder einen eindringlichen Blick, wenn eine der Gruppen wortlos Platz machte, um sie vorbeizulassen. Morgens ging sie die Second Avenue entlang und bog mal hier und mal dort ab. Ein Balkonkasten mit verstaubten Geranien, ein magerer Hund, der hinter einem Zaun verschwand, eine junge Mexikanerin, die in einem Eingang wartete, der Geruch nach Gebratenem. All diese halb beleuchteten Leben. Oft ging sie bis zum East River und blickte über den Fluss hinweg zu den Fabriken auf der anderen Seite, während auf der Schnellstraße zahllose Autos vorbeirauschten und das Donnern und Zischen der Laster in den Morgen dröhnte. Manchmal standen Angler am Ufer und warfen ihre Schnur in das braune Wasser. Es erschien ihr unfassbar hoffnungsvoll, in solch einem Fluss zu angeln.

Nachdem Jacob morgens zur Arbeit gegangen war, saß Marina oft auf der Treppe vor dem Haus und trank ihren kalt werdenden Kaffee, während die Morgensonne in dem filigranen Silber der Mesusa am Türrahmen funkelte. Sie war kunstvoll gestaltet, mit Vögeln und Blättern und dem hebräischen Buchstaben *Schin*, der sich wie Staubgefäße in eine Blüte schmiegte. Die Gestaltung basierte auf einer polnischen Esther-Rolle aus dem neunzehnten Jahrhundert, hatte die Frau in dem Silbergeschäft ihnen erklärt. Das gefiel Jacob. Sein Vater war in Polen geboren, und seine Tante hieß Esther. Er kaufte noch eine zweite Mesusa für seine Mutter und sprach den Segen für sie, nachdem er die kleinen Nägel in den Türrahmen ihrer Wohnung geschlagen hatte. Solche Gesten waren typisch für ihn, er kümmerte sich um sie alle. Spätabends vergrub er sich in Bens Mathematikbücher, damit er die neue Sprache, die sein Sohn vom College mit nach Hause brachte, besser verstand.

»Überlagerung gleichfrequenter harmonischer Schwingungen«, hatte Jacob einmal laut sinniert. »Hast du davon schon mal was gehört?«

»Klingt wie eine bizarre Art von Poesie.«

»Stimmt. Ben sagt immer, Mathematik ist wie Poesie.«

Sie verließ sich mittlerweile auf Jacobs kleine Gesten, wurde Marina bewusst, so wie früher bei ihrem Bruder. Seine Hand an ihrer Wange, wenn er ihr am Sonntagmorgen eine Tasse Tee ans Bett brachte, stark und mit rauchigem Duft, aus der Mischung, die sie von Mariage Frères in Paris mitgebracht hatten. All diese Schlüssel zu ihrem gemeinsamen Leben: die glänzenden schwarzen Dosen, wie geheimnisvolle Talismane, das Wissen, wie lange der Tee ziehen musste, das zarte Blau der tiefen Tasse aus Limoges-Porzellan, die sie liebte. »Ehetee«, nannte Jacob dieses Ritual augenzwinkernd.

Ein seltsames Wort: Ehe. Gewichtig, streng und ernst, nichts Leichtes, Spielerisches. Wie ein solides Gehäuse, das sie umschloss. Ihr cremefarbenes Seidenkleid, ein Strauß Pfingstrosen, Bens kleiner blauer Blazer, sein ernstes junges Gesicht. Er als Ringträger, mit feierlicher Miene zwischen seiner Großmutter und seiner Tante unter der Fahne in der City Hall. Dann zu fünft Arm in Arm auf dem Weg zum Restaurant, wo sie zu Mittag aßen. Es war regelrecht unmodern, ihre Achtung füreinander, die Nähe, die sie pflegten, ihre Freude an den fröhlich lärmenden Canasta-Runden am Küchentisch in der Wohnung an der Upper East Side, in der Jacob aufgewachsen war und in der seine Mutter immer noch lebte.

Marina war vorsichtig in den Kreis von Jacobs Familie getreten; sie hatte mit Misstrauen gerechnet. Sie war nicht religiös. Sie hatte selbst keine Familie. Bestimmt würde seine Mutter sie ablehnen. Doch sie wurde mit einer Freundlichkeit aufgenommen, die ihr zugleich fremd und willkommen war. Schon nach wenigen Monaten gab es Küchengespräche mit Rose, alte Fotografien oder ein Rezeptbuch vor ihnen auf dem Tisch. Wöchentliche Treffen zum Mittagessen mit seiner

Schwester Leah, die in der Sozialbehörde in East Harlem arbeitete und an ihrem freien Tag zu Fuß zur Columbia University kam, um sie abzuholen. »Kleine Schwester« nannte Leah sie, und sie und Rose kümmerten sich rührend um Marina. Das ganze Wintersemester über kam jede Woche ein Blumenstrauß in Marinas Büro, nachdem sie einmal gesagt hatte, sie brauche einen Armvoll Narzissen, um die trüben Januarnachmittage zu überstehen. Jeder Aufsatz, den sie publizierte, jede Buchbesprechung wurde ausgeschnitten und katalogisiert und an Roses Freunde und Verwandte in Israel, Delaware und Miami geschickt. Sie scherzten oft, Rose sei Marinas beste Marketingagentur.

Sie überließ sich nur zu gerne dieser Freundlichkeit. Niemand hatte ihr je Hühnersuppe gekocht, wenn es ihr nicht gut ging, oder Pullover für sie gestrickt. Anfangs dachte sie, die Zuneigung beruhe auf Erleichterung. Jacobs erste Frau Leni hatte ihn und Ben verlassen, als der Junge gerade mal drei Jahre alt gewesen war, und war mit einem Kollegen von Jacob nach London gezogen. »Mit Jacobs Geld«, sagte Rose klagend. Sie hatte das Unglück kommen sehen, vom ersten Tag an, als Jacob Leni mit nach Hause gebracht hatte. Es war wie ein dunkler Faden im Gewebe der Familie: Lenis Untauglichkeit, ihre Unfähigkeit als Mutter, ihre unverzeihliche Flucht. Die Schändlichkeit des Ganzen, Bens Trauer, das Grau, das sich in Jacobs Haut geschlichen hatte. Und dann, nach fast drei Jahren Abwesenheit, Lenis Rückkehr nach New York und der Kampf vor Gericht, der mit dem gemeinsamen Sorgerecht geendet hatte.

Jacob konnte Marina diese Dinge nur wie eine Art Schattenspiel mitteilen, wackelig und unbefriedigend. Er hielt seine Trauer auf Abstand – von ihr und vielleicht auch von sich selbst. Es war Rose, die ihr die traurigen Details von Jacobs erster Ehe erzählte. Das unterdrückte Schluchzen in der

Stimme ihres Sohnes sonntagabends am Telefon, nachdem er Ben zu Leni gebracht hatte, seine Verzweiflung angesichts der endlosen leeren Stunden, der stillen Wohnung, der kinderlosen Woche, die vor ihm lag. Das hohle Klappern von Jacobs Herz.

Am Tag der Hochzeit nahm Rose Marinas Gesicht in die Hände und küsste sie feierlich auf beide Wangen, wie eine Segnung. Marina erinnerte sich noch ganz genau an den Moment, an den Duft von Roses Puder und das Veilchenparfüm, an ihre seidene Paisleybluse und die knittrige Weichheit ihrer Haut. Die Welt schenkte ihr eine Mutterfigur, und das zu einer Zeit, als sie dachte, sie hätte aufgehört, nach dem zu suchen, was verloren war: Gizela, ihre eigene Mutter. Doch Abwesenheit nagt, meinte Jacob. All die verletzten Kinder, mit denen er arbeitete, die seelischen Wunden, die über Jahre schwärten, sein eigener Sohn, der in den schrecklichen Monaten, nachdem Leni fort war, nach einer Mutter gesucht hatte. Drei Jahre alt, vier Jahre alt, und er hatte jede Kindergärtnerin »Mommy« genannt.

Der Portier in ihrem früheren Haus hatte darauf bestanden, Marina nach der Hochzeit mit »Mrs Kaufman« anzusprechen, und ihr immer lächelnd die Tür aufgehalten und die Taschen abgenommen. Das ganze Tamtam machte Marina nervös: seine gestärkte Uniform mit den glänzenden Epauletten und den weißen Handschuhen, die Absurdität dieser aufwendigen Dienstbotenkostümierung. »Ja, Ma'am«, mit ruhiger, ein wenig singender Stimme. Doch es erschien ihr unfreundlich, ihn darauf hinzuweisen, dass sie ihren Nachnamen behalten hatte. Der Portier stammte aus Trinidad. Er hatte ihr einmal ein Foto von seiner Frau und seinem Sohn gezeigt. Er hätte sie gerne nach New York geholt, sagte er, aber seine Frau kam aus einem kleinen Dorf und hatte

Angst vor der Stadt, war überzeugt, dass sie dort überfallen oder gar ermordet würde. Irgendwann würde er sie überzeugen herzukommen. Irgendwann.

In Harlem gab es keinen Portier, nur die breite Treppe und den geschwungenen schwarzen Zaun zur Straße hin. Während des Frühjahrssemesters machte sie sich ein wenig früher auf den Weg zur Columbia University. Es waren nur ein paar Blocks Richtung Westen und ein Spaziergang durch den Morningside Park. Sie wurden bald zu einem Ritual, diese zehn Minuten in der Wildnis des Parks, mit dem unerwarteten Rauschen eines Wasserfalls von den Felsen und den durchbrochenen Schatten der Bäume. Marina setzte sich dort gerne mit einem Kaffee auf eine Bank, wenn sie nicht gleich unterrichten musste oder ein Student auf sie wartete, der unruhig durch die kleine Glasscheibe ihrer Bürotür spähte. Sie hasste diese Scheibe, weil sie ihr das Gefühl gab, ständig unter Beobachtung zu stehen. Aus irgendeinem Grund musste sie dabei an Schumann denken, in seiner Zelle in der Bonner Irrenanstalt, wo das Gehirn, das all diese wunderbare Musik ersonnen hatte, immer mehr der Zersetzung anheimgefallen war. Sie hatte gelesen, dass Schumanns Frau Clara, wenn sie ihn besuchen kam, gegen Ende seines Lebens nur noch durch die kleine Glasscheibe in seiner Zellentür zu ihm hineinschauen durfte. Es erschien ihr so ein treffendes Bild, dass Clara nichts mehr tun konnte, als Schumann durch eine geschlossene Tür zu beobachten. Marina stellte sich oft vor, wie die junge Frau dort gestanden hatte, ohne mit ihrer Liebe etwas gegen das Leiden ihres Mannes ausrichten zu können. Sie fragte sich, ob das Hineinschauen Clara Trost gespendet hatte. Sie bezweifelte es.

In den Türen des Schlafsaals im Kinderhaus des Kibbuz waren auch Glasscheiben gewesen. Die Schwestern, die

Nachtschicht hatten, spähten hindurch, um zu sehen, ob die Kinder schliefen. Wie viele Nächte hatte Marina wach gelegen, auf das kleine helle Viereck gestarrt und schnell die Augen zugemacht, wenn das Gesicht einer Schwester an der Scheibe erschien. Manchmal war es auch das Gesicht ihres Bruders. Er kannte die Zeiten, zu denen die Schwestern ihren Rundgang machten, und wusste, wann er sich unbemerkt durch den Flur zu ihr schleichen konnte.

Sie und Dow hatten nie im gleichen Schlafsaal gelegen. Im Kibbuz wurden die Kinder nach ihrem Alter gruppiert, und Dow war mit mehreren älteren Kindern in einem Raum. Mitten in der Nacht setzte er sich oft zu ihr ans Bett und erzählte ihr Geschichten: Märchen oder selbst erfundene Abenteuer. Selbst jetzt erinnerte sich Marina immer noch an den Klang seiner flüsternden Stimme, während die anderen Kinder um sie herum schliefen. All die Geschichten, die er im fahlen Licht des Morgens für sie wob, während ihre Eltern weit weg in ihrem eigenen Zimmer am anderen Ende des Kibbuz schliefen.

Damals hatten sie Hebräisch miteinander gesprochen. Es war die Sprache des Kibbuz und des Landes, aber sie war verschwunden, als sie nach Amerika gegangen waren. Marina konnte sich kaum noch an etwas erinnern. Es war ein seltsames Gefühl, die Sprache, in der man sich selbst zum ersten Mal erkannt hatte, nicht mehr in sich zu tragen. Aber in vielerlei Hinsicht war das Kind, das sie in Israel gewesen war, nur noch wie eine Traumgestalt. Das kleine Mädchen, das ängstlich darauf gewartet hatte, dass das Gesicht seines Bruders an der Scheibe auftauchte, schien ihr ebenso weit weg wie die Sprache, in der sie ihn gerufen hatte. In New York hatten sie sich auf Englisch neu erfunden, so wie ihre Mutter, als sie einst aus ihrem Land fortgebracht worden war.

Wenn Marina sich morgens auf dem Weg zur Universität ein Weilchen auf eine Bank im Morningside Park setzte, behielt sie stets die Uhr im Blick. An manchen Tagen kam ihr allein der Gedanke daran, eine Vorlesung zu halten oder sich mit einem der Graduiertenstudenten zu treffen, die sie betreute, wie ein unüberwindliches Hindernis vor. Das Maß an Verstellung, das dazu nötig war, schien allzu groß. Sie liebte das Unterrichten nicht so wie Jacob, glaubte nicht, dass sie sein Talent besaß, den Menschen das Gefühl zu geben, sie bekämen Zutritt zu den verborgenen Räumen seiner Vorstellungskraft. Ihre Studenten waren klug und gewissenhaft, aber sie verlangten so viel von ihr. Geduld, Freundlichkeit, ein gewisses Interesse an ihrem Leben. Und sie wollten unterhalten und inspiriert werden. Es genügte nicht, ihnen einfach Wissen zu vermitteln. Viele Studenten schrieben sich wegen des bescheidenen Ruhms, den ihr erstes Buch über die Roma ihr eingebracht hatte, für ihre Vorlesungen ein. Sie galt als »Zigeunergelehrte«, und allein die Bezeichnung verlieh ihr einen gewissen Glamour. Man erwartete etwas Geheimnisvolles, Exotisches von ihr, als müsste sie mit Goldmünzen im Haar zum Unterricht kommen.

»Sie sind alle in dich verliebt«, hatte Jacob einmal gesagt, als sie sich über die unablässige Bedürftigkeit ihrer Studenten beklagt hatte.

»Unsinn.«

»Ich würde mich in dich verlieben, wenn ich ein unsicherer Studienanfänger wäre.«

»Wirklich? Ich glaube eher, du hättest mich verkopft und langweilig gefunden, als du neunzehn warst.«

»Verkopft und wunderschön.«

Vielleicht fühlten sich die Studenten zu Marina hingezogen, weil sie in ihr eine Hüterin alter Geschichten sahen, eine Übersetzerin seltenen Wissens. Sie fanden sie geheimnisvoll. Der Erfolg des Buchs jenseits der akademischen Welt hatte sie in die Öffentlichkeit geholt, und die Auftritte bei Festivals, der Artikel im *New Yorker*, die Interviews und Einladungen zu Konferenzen hatten ihre Anstellung bei der Columbia überhaupt erst möglich gemacht. Universitäten liebten einen gewissen Ruhm, das Versprechen von Prestige. Ihre Studienfreundinnen hatten Jobs in North Dakota oder Ohio angeboten bekommen, mussten für eine befristete Stelle in irgendeine abgelegene Präriestadt fahren oder sich mit Lehraufträgen hier und dort durchschlagen. Professor Hirsch. Es klang für sie immer noch seltsam. Sie dachte dabei an imposante Räume und Tintenfässer aus Kristall. Ein respektables Leben, ordentlich und ein wenig selbstgefällig. Weit weg von einem jungen Mädchen, das barfuß am Rand eines Feldes steht.

Während Marina sich dem Trubel am liebsten entzog, war es bei Jacob genau das Gegenteil. Trotz seiner natürlichen Zurückhaltung liebte er die Umarmung der Welt. Wie bei ihr fand seine eigentliche Arbeit im Stillen statt, doch er war im Lauf der Jahre zu einer öffentlichen Figur geworden, bewundert, aber auch beneidet. Schon als sie ihm vor zehn Jahren in Kalifornien zum ersten Mal begegnet war, wurde er von manchen als aufsteigender Stern in der Welt der Kinderpsychotherapie angesehen, während andere ihn wegen mangelnder wissenschaftlicher Genauigkeit kritisierten. Jacob meinte dazu, für ihn sei die Psychoanalyse nicht so sehr eine Wissenschaft, sondern eher eine Kunst, und die Abstraktionen und Gewissheiten der Wissenschaft stünden im Widerspruch zu der Komplexität des menschlichen Wesens. Er vertraute darauf, dass sein Unterbewusstsein ihm eine Idee gab, auf der sich eine Behandlung aufbauen ließ. Und dann war da der unleugbare Erfolg seiner klinischen Arbeit. All diese Kinder.

Weil Marina von Natur aus zurückhaltend war, nahmen die Leute an, dass sie von Jacob verführt worden sei. Eine junge Frau, mitgerissen vom Sog seines Erfolgs, seines Charismas. Aber so war es nicht. Marina hatte Jacob gesehen und ihn zielstrebig erobert; niemand sonst hatte sie interessiert. Oft kehrte sie in Gedanken an jenen ersten Tag zurück, als er in Berkeley, wo sie Doktorandin war, eine Vorlesung über Trauer und Psychotherapie gehalten hatte. Er war Gastprofessor, für ein Semester aus New York gekommen. Die Vorlesung war offen für Publikum, und im Saal war es voll und laut. Sie kam in letzter Minute und fand einen Stehplatz vorne an der Seite, nicht weit von der Bühne entfernt. Im gedämpften Licht des Hörsaals konnte sie Jacobs dunkle Locken sehen, die sich um den Kragen seines hellen Jacketts ringelten, und sein elegantes Profil. Er wartete, bis sich Stille über den Raum gesenkt hatte, dann begann er überraschend mit einer Zeile aus einem Gedicht: »Dieselbe Einsamkeit, die uns verschließt/Öffnet uns wieder.« Alle lauschten gebannt, während Jacob in seinen Vortrag eintauchte, langsam und präzise; nur gelegentlich kam er an die Oberfläche, hob kurz den Blick vom Pult, umspielt vom schmalen Lichtkegel der Leselampe. Geflüster huschte durch den Saal, und all die Frauen, die von der ersten Reihe zu ihm aufsahen, setzten sich aufrechter hin. *Einmal mit ihm allein sein*, hatte Marina in dem Moment gedacht, und alles Logische in ihrem Kopf hatte sich in Luft aufgelöst. *Einmal mit ihm allein sein*.

In manchen Nächten in diesem ersten Sommer in Harlem schlüpfte Marina aus dem Haus, um spazieren zu gehen, während der Mond diesig über der Skyline hing und der Wind den algigen Geruch des Flusses herübertrug. Sie schlenderte durch das Viertel, die Arme vor der Brust verschränkt, und blieb kurz stehen, um die Plakate und Anschläge zu lesen, die in einer wilden Collage an die Außenwand des kleinen Lebensmittelladens an der Ecke geklebt waren. Bei diesen Spaziergängen verspürte sie eine alte Wildheit, etwas Dunkles, Verwegenes, das in ihr aufstieg. Genau so waren sie und Dow als Kinder nachts durch die Straßen von Brooklyn gestromert. Manchmal weil ihre Mutter sie ausgesperrt hatte, manchmal weil sie der winzigen Wohnung und der geschlossenen Schlafzimmertür ihrer Mutter entkommen wollten. Sie schlüpften in ihre Mäntel und zogen zusammen los, durch die Straßen von Crown Heights, und oft bis zum Botanischen Garten am Rand des Prospect Park. Nachts hatte der Park etwas Stilles, Magisches, eine geheimnisvolle Wildheit, von der am Tag nichts zu spüren war. Einmal kletterten sie im Winter durch ein unverriegeltes Fenster in das große Treibhaus und blieben die ganze Nacht dort inmitten der feuchten Wärme der Palmen und Farne. Es war, als hätten sie sich im Urwald verirrt. Sie kamen sich vor wie die Kinder in einem Märchen. Ein Gärtner fand sie am nächsten Morgen schlafend auf ihren Mänteln und scheuchte sie hinaus. Von da an waren die Fenster verschlossen, aber sie kamen trotzdem immer wieder nachts in den Park und taten so, als wären sie wilde Kinder, die sich im Wald verirrt hatten und ihr Lager unter freiem Himmel aufschlugen. Da in der Stadt selbst mitten in der Nacht kaum Sterne zu sehen waren, bastelte Dow ihr eine Karte. Weiße Knöpfe, sorgfältig auf ein dunkles Stück Seidenstoff genäht, das er aus dem Schrank ihrer Mutter gestohlen hatte. Marina hatte es noch, zusammengefaltet zwischen ihren Briefen. Selbst nach zwanzig Jahren erschien es ihr immer noch unvorstellbar, dass Dow tot war. Sie fragte sich, ob es außer ihr noch jemanden gab, der sich an ihn erinnerte.

Wenn sie vom Rand des Mount Morris Park nach Hause ging, blickte Marina oft zu Jacobs Silhouette hinauf, die sich im erleuchteten Fenster seines Arbeitszimmers abzeichnete. Manchmal blieb sie unten auf der Straße stehen und betrachtete ihn, wie er mit gebeugtem Kopf über einem Buch saß. Seine Schönheit überraschte sie immer wieder. In der ersten Zeit ihrer Ehe hatte sie eine gewisse Trauer verspürt, weil sie ihn nicht in seiner Jugend gekannt hatte. Sie kannte nur Bruchstücke und Hörensagen aus dieser Zeit, Geschichten, die andere ihr erzählten. Ein Foto von einem jungen Mann, der an einem weißen Auto lehnte. Alte medizinische Fachbücher mit seinem Namen auf der Innenseite. Doch etwas an seiner jetzigen leisen Verletzlichkeit weckte in ihr eine ungestüme Zärtlichkeit. Sein Haar, das zu der Farbe von Erz verblasst war, die tiefer liegenden Augen, die Schatten und Narben an seinem Körper, die bleiche Helligkeit seiner Fußknöchel. Es wäre genug, dachte Marina, wenn sie zu Jacob hochschaute, einfach nur still und leise zusammenzubleiben. Ein ganz unspektakuläres Leben zu führen und nicht gezwungen zu sein, das Dasein, das sie sich erschaffen hatten, zu verändern oder gar aufzulösen. Doch man konnte sich nicht darauf verlassen, dass etwas von Dauer war. So viel wusste sie mittlerweile.

## Upstate New York

*Dezember 1997*

Der Bus folgt zügig den Kurven des Highways, und Constance wird flau im Magen. Sie spürt das Summen der Straße in ihren Knochen. So anders, dieses ebenmäßige Rollen über den Asphalt, als das Holpern und Schwanken der seltenen Laster oder Autos ihrer Kindheit in Ruanda.

Es ist fast Mittag, aber der Himmel ist so trübe, dass es immer noch früh am Morgen sein könnte. Ein mattes, körniges Licht hinter der Scheibe. In ihrem Land waren die grauen Kraniche die Ersten, die das Ende der Nacht verkündeten. Dann die Turakos, wie große grüne Papageien. Wenn man genau hinschaute, konnte man die langhalsigen Störche und Pelikane durch den Morgennebel staksen sehen.

Dieses Land, Amerika, hat seine eigenen Vogelstimmen, aber sie klingen ganz anders. Sie kennt keinen einzigen der Vogelnamen hier. Wie können sie in dieser weißen Zeit überleben, ohne Blätter an den Bäumen und bei dieser Kälte, die so stark ist, dass schon ein winziges Stück bloße Haut sie tief in den Körper eindringen lässt? Doch es gibt hier Vögel. Sie hat sie unten am Wasser gesehen, auf den kalten Wellen schaukelnd. Und in der Stadt waren ganze Schwärme, die an den Häusern hochflogen. Einmal ist ein brauner Vogel mit einem hässlichen, dumpfen Geräusch gegen die Fensterscheibe in der Wohnung geprallt. Sie hat es nicht gewagt, in den Hof hinunterzusehen, und tagelang einen Bogen um die

Stelle gemacht, wo der Vogel möglicherweise hingefallen war. Sie fragt sich, ob sie je wissen wird, was die Vögel hier bedeuten. Welche verkünden, dass bald die Sonne aufgeht. Welche um ein Grab fliegen oder rufen, wenn Regen naht.

Sie nimmt ein kleines Messer aus ihrer Tasche und schneidet damit einen Apfel auf. Das ist ihr zur Gewohnheit geworden, sie hat dem Kind immer Stückchen abgeschnitten und gereicht. Manchmal wollte er nach dem Messer greifen, dann hat sie ihm einen Klaps auf die Hand gegeben, und er hat so laut geschrien, dass sie sich von ihm abwenden und sich die Ohren zuhalten musste. Sie ist dann aus der Wohnung gegangen, hat die Tür zugemacht und sich in den Flur gehockt, den Kopf an der Wand. Da wurde sein Geschrei noch lauter, weil er dachte, sie wäre fortgegangen. Er wusste nicht, dass sie immer da war, gleich hinter der Tür. Sie hat alle Zahlen aufgesagt, die sie auf Englisch kennt, bevor sie in die Wohnung zurückgekehrt ist. Manchmal kamen ihr die gemurmelten Zahlen vor wie ein Gebet.

Bevor die katholischen Nonnen, die in dem großen braunen Haus am Park gewohnt haben, aus der Stadt weggezogen sind, haben sie ihr oft gesagt, dass sie mit dem Kind sprechen muss. Weil er sonst ein einsamer kleiner Junge würde. Sie dachte an die Mamas in ihrem Dorf, die ihre Kleinen mit sich herumtrugen, aber ihr fielen keine Worte ein, die sie dem Kind hätte sagen können.

Seit sie nach Amerika gekommen ist, hat sie kein Wort Kinyarwanda gesprochen. Wenn sie etwas sagen muss, benutzt sie die englischen Wörter, die sie gelernt hat. »Wohnung«. »Kaffee«. »Windel«. »Termin«. »Spät«. »Miete«. »Schuh«. Manchmal warfen ihr Männer, an denen sie auf den Straßen der Stadt vorbeiging, ein paar Worte in ihrer Sprache zu, oder zischten leise etwas auf Suaheli. Sie ignorierte sie, wandte den Kopf ab und ging schneller. Sie wollte nie wieder etwas mit Leuten aus ihrem Volk zu tun haben, um sich nicht anhören zu müssen, was sie gesehen hatten, um keine Erinnerungen zu wecken. Der kleine Junge sagte nichts, in keiner Sprache. Kein Wort kam je aus seinem Mund, obwohl es längst an der Zeit war. Vielleicht würde er nie sprechen. Aber er schrie. Oh, wie er schreien konnte.

Die Nonnen hatten ihr auch gesagt, dass sie beten sollte, und ihr Gebetskarten mit Heiligen darauf in die Hand gedrückt. Einmal hatten sie ihr einen Rosenkranz geschenkt, dessen Perlen aus einem weißen, geschnitzten Material bestanden, wie feine Knochen. Sie vergrub die Karten und den Rosenkranz im Mount Morris Park, oben auf dem Hügel. Sie grub mit der Spitze eines Zweiges ein flaches Loch und sah zu, wie Jesus' blasses Gesicht unter der Erde verschwand. In den Wochen darauf kamen die heilige Klara mit ihrer Lampe, Christophorus bei der Überquerung des Flusses, Ignatius kniend im Gebet und Franz von Assisi mit seinen kleinen Vögeln hinzu. Sie legte einen Stein darüber, um sie zu schützen. Den Erzengel Gabriel mit seinen weißen Flügeln legte sie in eine Schublade in der Wohnung. Der Name eines Engels für das Kind, das im Flüchtlingslager zur Welt gekommen war. Als Schutz. Der kleine Junge brauchte den Namen eines Engels und innige Gebete zu Jesus, um zu leben und zu gedeihen, hatte der Pastor ihr gesagt. Aber er gedieh nicht. Das konnte sie sehen. Sie hatte ihm ihre Angst gegeben und noch etwas Schlimmeres. Eine große, kalte Leere. Das erkannte selbst sie.

In den ersten Nächten, als sie sich in den Marschen versteckt hatten, hatten sie gemeinsam zu Jesus gebetet, selbst die, die sonst nie beteten. Aber es hatte nicht lange angehalten. Nach all den Wochen hatten die Menschen nicht mehr den Willen dazu. Weder die Kraft noch den Glauben noch die Erinnerung daran, wie die Worte lauteten. Constance würde nicht wieder beten. Englische Zahlen aufzusagen, wenn das Kind schrie, war alles, wozu sie sich durchringen konnte. Manchmal wollte ihr Verstand stattdessen Namen flüstern, aber es war besser, es nicht zu tun. Das war wie ein dunkler See, dachte sie, in dem man für immer verschwinden konnte. Das Wasser würde einen verschlingen. Wenn die Namen nach oben drängten, stieß sie sie wieder hinunter. Es war besser, wenn ihr Kopf wie eine weiße Wand war, als wäre alles weggeschrubbt worden.

Nachdem die Nonnen aus dem Haus ausgezogen waren, war Constance oft durch den Park gegangen und die Stufen zu dem großen Felshügel hinaufgestiegen. Sie mochte es, weit oben zu sein. Außer ihr war nie jemand dort, und sie saß einfach da, das Kinn in die Hand gestützt, ohne die Stunden zu zählen. Manchmal, wenn sie in den Park hinunterblickte, sah sie die weiße Frau, Marina, zusammen mit Gabriel auf dem Weg beim Spielplatz. Da war der Sommer vorbei, und überall in den kleinen Grünanlagen und Parks der Stadt lagen haufenweise braune Blätter. Bald würde der Winter kommen. Monatelang nur diese weiße, laublose Kälte. Alles davor und danach nur ein Traum von oder eine Erinnerung an Wärme.

Bevor sie Marina begegnet war, hatte sie sich nie vorstellen können, dass jemand den kleinen Jungen haben wollte. Morgens brachte sie ihn in seinem neuen roten Mantel zu dem großen braunen Haus, in dem früher die Nonnen gewohnt hatten. Marina freute sich immer so, wenn sie ihn sah. Sie beugte sich sofort hinunter und hob ihn hoch, sodass er die Arme um ihren Hals legen und den Kopf an ihre Schulter drücken konnte. Diese Frau wusste, was sie mit ihm machen musste, obwohl sie selbst keine Kinder hatte. Es gab noch den älteren Jungen, aber Constance wusste, dass er der Sohn einer anderen Frau war. Alle in dieser Familie – der grauhaarige

Vater, der hochgewachsene Sohn, Marina, die Tante und die Großmutter – meinten es gut miteinander. Das hatte sie vom ersten Moment an gesehen.

Einmal, als sie oben auf dem Hügel saß, beobachtete Constance, wie Marina und das Kind mit dem Laub spielten. Sie sah Gabriel in seinem leuchtend roten Mantel, wie er in einen Blätterhaufen sprang und dann die Hände ausstreckte, damit Marina ihn herauszog. Wie klein die beiden dort unten wirkten. Sie lachten. Constance konnte es nicht hören, aber sie sah es auf ihren Gesichtern. Ihr eigenes Gesicht, dachte sie, hatte vergessen, wie das ging. Sie versuchte es, öffnete den Mund und ahmte das Geräusch nach, um zu sehen, ob sie sich daran erinnerte. Ihre Stimme war ihr fremd geworden. Wenn sie etwas sagen musste, klang es für sie wie die Stimme eines Geistes. Es lag nicht an der neuen Sprache, sondern an ihrer Kehle. Vielleicht würde sie eines Tages feststellen, dass sie gar nicht mehr sprechen konnte. Constance stand auf, ging den Hügel hinunter und verließ den Park durch das hintere Tor, damit die beiden sie nicht sahen.

Sie lehnt den Kopf an die Fensterscheibe des Busses, und die Kälte schneidet durch die Strickmütze, die sie sich bis über die Ohren gezogen hat. In ihrer Manteltasche sind das Papier für diese Reise und der Zettel mit den Wörtern, die sie an den richtigen Ort bringen werden. Den Weg dorthin zu finden ist wie ein Rätsel, das sie lösen muss. Wenn sie ihn in kleine Abschnitte unterteilt, ist es leichter. Heute Morgen hat sie den Zettel der Frau am Schalter hingehalten, die die Busfahrkarten verkauft, auf den Namen der Stadt gezeigt und ein paar Geldscheine unter der gläsernen Trennwand hindurchgeschoben. Und jetzt rollt der Bus an so vielen Städten vorbei, das Meer längst weit hinter ihr. Wenn sie am nächsten Ort ankommt, wird sie wieder jemanden suchen, den sie fragen kann. Ein anderer Bus oder zu Fuß weiter, wenn ihre Beine es schaffen, obwohl das schwieriger ist, denn sie kann sich nur die ersten paar Etappen des Weges merken, die man ihr sagt, und muss dann immer wieder stehen bleiben und erneut fragen.

Ein anderer Bus wäre besser. Vielleicht einer, der nie anhält, sondern immer weiter durch einen weißen Morgen fährt.

## Harlem, New York

*Juni 1997*

Marina trat aus dem Haus und zog die Tür hinter sich zu. Obwohl es noch früh war, hing die Hitze bereits über der Straße wie ein dichter Nebel. Sie setzte sich auf die Stufen, eine Teetasse in der Hand. Da war die Welt mit ihrem Wimmeln und Treiben. New York in all seiner vielfältigen unablässigen Bewegung. Müllwagen, knallende Türen, das Quietschen und Zischen eines Busses, der am Gehweg hielt. An der Ecke drängte sich eine kleine Menschenmenge, aber es war zu weit weg, um etwas zu erkennen. Ein Schwarm Stare stieg über den Häusern in die Luft, ein dunkles Stieben vor dem überraschenden Blau des Himmels.

Eine Weile zuvor hatte sie sich in der stillen Küche einen Kaffee eingeschenkt und auf den letzten Schwung der Nacht hinausgeschaut. Kurz vor Sonnenaufgang war ihre beste Arbeitszeit. Wenn sie direkt vom Schlaf zum Schreiben wechselte, hatte sie das Gefühl, dass etwas aus ihren Träumen noch präsent war. Und dann diese Augenblicke draußen auf der Treppe, wenn sie abwog, was sie bereits geschrieben hatte, und der ganze Tag noch vor ihr lag. Bald kam der Sommer – die langen, heißen Wochen, in denen die ganze Stadt sich zu entfalten schien, ihre traditionellen vier Wochen in dem gemieteten Sommerhaus auf Fire Island. Und danach ihr lang ersehntes Sabbatical. Ein ganzes Semester, in dem sie an ihrem neuen Buch arbeiten konnte, einer Chronik der chassidischen Bewegung auf dem Land. Keine nüchterne akademische Studie oder Geschichtsdarstellung, sondern eine lockerere, kreativere Untersuchung. Gespräche mit Hunderten fröhlicher junger Emissäre, die in abgelegene Außenposten entsandt worden waren, Reflexionen über den unermüdlichen Bekehrungseifer, den leidenschaftlichen Wunsch, Juden zu ihrem Glauben zurückzuführen. Nur eine Mitzwa, genug, um die jüdische Seele Gott einen Schritt näher zu bringen. Gottes Marketingabteilung, hatte ein junger Rabbi die Bewegung mal genannt. Die meisten Leute fanden das Thema seltsam. So eine dunkle, geheimniskrämerische Welt, so misstrauisch Außenstehenden gegenüber, so obskur und unergründlich. Du solltest dir etwas Glamouröseres suchen, hatte einer ihrer Kollegen gemeint. Etwas weniger Religiöses. Doch fast alles, was sie interessierte, war in gewisser Weise mit Fremden verbunden, mit Welten, die sie noch nicht verstand. Und die chassidischen Familien, unter denen sie und Dow als Kinder in Crown Heights gelebt hatten, waren nett zu ihnen gewesen. Hatten sie eingeladen, mit ihnen zu essen, und sie mit Schüsseln voll Essen und noch warmen Laiben Challabrot nach Hause geschickt. Nachdem Dow gestorben und ihre Mutter verschwunden war, hatte eine chassidische Familie ihr geholfen, obwohl ihr Bruder nicht auf einem jüdischen Friedhof beerdigt werden konnte.

Von den Stufen aus konnte sie ihren Stiefsohn Ben sehen, der mit dem Rad langsam die Straße herunterkam. Sie hatte das Wort »Stiefsohn« nie gemocht. Es klang nach etwas Kaltem, Förmlichem, einer Kluft zwischen ihnen, einer Beziehung, die in Konkurrenz zu einer anderen, gültigeren stand. Als Ben mit vierzehn ganz zu Jacob und Marina gezogen war, hatte Leni gegen Marina gewettert und ihr die Schuld daran gegeben, dass Ben nicht mehr zu ihr zurückwollte. Sie behauptete, Marina manipuliere Ben, verleite ihn dazu, sich gegen sie zu stellen. »Du hast kein eigenes Kind, und deshalb willst du für meins die Mutter spielen. Aber du bist nicht seine Mutter«, schrieb sie in einem wütenden Brief. Die Jahre, in denen Ben zwischen dem Haus seines Vaters und dem Loft von Leni und ihrem Lebensgefährten Michael an der Bleecker Street hin und her gefahren war, hatten Jacob enormen Schmerz bereitet. Er litt darunter, dass ihm ein großer Teil vom Leben seines Sohnes verborgen blieb. Bens anderes Zimmer mit dem Hochbett und den phosphoreszierenden Sternen an der Decke, das Jacob nie zu sehen bekam; all die gemeinsamen Mahlzeiten mit Leni und Michael; die Fahrt ins Disneyland, von der es keine Fotos gab; all die Erschütterungen und Echos dieses anderen Zuhauses, die Jacob niemals kennen würde. Es war immerhin ein kleiner Trost, dass es keine weiteren Kinder gab. Kinder von Leni und Michael, Halbbrüder und -schwestern, hätten, so schien es ihm, das labile Gleichgewicht zu sehr verschoben. Selbst bei einem Pullover, den er nicht kannte, oder einem Paar neuer Winterschuhe versetzte es Jacob einen Stich.

Ben schob sein Rad durch das Tor und lächelte zu Marina hinauf. Er hatte gerade seine Frühschicht im Supermarkt beendet, wo er Waren nachfüllte, und sah erschöpft aus. Er kam die Stufen hoch und setzte sich zu ihr. Der Junge war von einer anmutigen Schönheit, die einen dazu verleitete, ihn etwas zu lange anzusehen. Er war das Ebenbild seines Vaters im gleichen Alter. Von seiner Mutter hatte er überhaupt nichts an sich. Er hatte den gleichen wachen, nachdenklichen Blick wie Jacob, hörte genauso aufmerksam zu und war ebenso fürsorglich. Wie seltsam es war, diese jüngere, frischgebackene Version ihres Mannes neben sich zu haben.

Sie hatte sich Sorgen gemacht, dass Ben sich in der Pubertät von ihr und Jacob entfernen würde, dass ihre Nähe zerbrechen würde und später als etwas anderes wieder aufgebaut werden müsste. Es gab so viele Horrorgeschichten. Ihre Freunde mit den großen, aufsässigen Jungs, Teenagern voller Zorn und Verachtung, ihr Heranwachsen wie ein Belagerungszustand. Doch so war es überhaupt nicht gewesen. Ben war vollkommen er selbst geblieben, nachdenklich und ausgeglichen, ohne irgendetwas Ruppiges oder Unausgegorenes. Immer noch der klare, ernste Mensch, der er schon mit zehn Jahren gewesen war, als sie ihn kennengelernt hatte.

Doch irgendetwas war dieses Jahr mit Ben geschehen. Eine Art verhaltener Kummer umgab ihn wie ein unerklärlicher, lähmender Mantel aus Trauer. Obwohl Trauer nicht ganz das richtige Wort war. Es war stiller. Etwas Mattes und Distanziertes, das noch viel beunruhigender war. Kurz vor Beginn des Frühjahrssemesters hatte er ihnen mitgeteilt, dass er nicht an die Brown University zurückkehren würde, um sein drittes Studienjahr abzuschließen. Dass er beschlossen hatte, eine Pause einzulegen.

»Eine Pause?«, hatte Jacob ungläubig erwidert. »Und was willst du stattdessen tun?« Selbst über den Raum hinweg hatte Marina das Aufflackern der Panik in Jacob gespürt, sein Ringen um Beherrschung. In seiner Liebe zu Ben hatte immer etwas Besorgtes mitgeschwungen, eine tiefliegende Angst, dass Ben durch das Verschwinden seiner Mutter damals einen Schaden davongetragen hatte. Irgendwo in seinem Innern, erkannte Marina, hatte Jacob die ganze Zeit darauf gewartet, dass etwas Schlimmes passierte. Und da war es, gerade als sie dachten, sie wären in Sicherheit.

Er wollte im Moment lieber nicht an der Uni sein, sagte Ben einfach ohne jede weitere Erklärung. Nein, es war nichts vorgefallen; ja, das Studium machte ihm immer noch Spaß. *Er wollte lieber nicht*. Es wurde zu einem Refrain, dieselbe Wendung, immer wieder. Er wollte lieber nicht, dass Jacob für ihn ein Sommerpraktikum bei einem befreundeten Biologen an der NYU organisierte; er wollte dieses Jahr lieber nicht mit ihnen nach Fire Island kommen; er wollte lieber nicht zu dem Therapeuten gehen, den Jacob für ihn gefunden hatte. Er trennte sich abrupt von seiner Freundin Isabel, mit der er seit der Highschool zusammen war. Das arme Mädchen tauchte eines Tages bei ihnen auf, als Ben unterwegs war, das hübsche Gesicht fleckig und aufgequollen vom Weinen. Sie war mit dem Bus vom Sarah Lawrence College hergekommen, weil Ben nicht an sein Handy ging, wenn sie anrief.

Marina kochte ihr einen Tee, und Isabel legte die Arme auf den Tisch, ließ den Kopf darauf sinken und schluchzte, dass ihre schmalen Schultern bebten. Marina hatte oft bei sich gedacht, dass Isabel zu sanft und treuherzig für Ben war, aber der Schmerz hatte ihr etwas Wildes gegeben, eine neue Autorität, und als Isabel ihr verzerrtes, verletztes Gesicht hob und sich aufrichtete, um ihren Tee zu trinken, hatte Marina fast ein wenig Angst vor ihr. Sie wagte es kaum, den Arm um sie zu legen.

»Wir sind genauso ratlos wie du«, sagte Jacob und setzte sich neben das Mädchen. »Wir verstehen es genauso wenig.«

Das führte nur zu einem neuen Tränenausbruch. Isabel war zu ihnen gekommen, weil sie eine Antwort suchte, eine Erklärung für das plötzliche Verschmähen. Sie suchte Trost, und den konnten sie ihr nicht geben. Marina blickte auf die Uhr an der Wand über Isabels Kopf. Sie war tief in ihre Arbeit versunken gewesen, als das Mädchen kam, und hatte minutenlang gar nicht gemerkt, dass es an der Tür schellte. Nie war die Anziehungskraft ihres Schreibtisches stärker, als wenn etwas oder jemand sie davon abhielt. Der Anfang eines neuen Projekts war eine schwierige Zeit für sie. Da war immer die Gewissheit, dass sie scheitern würde. Dass das, was sie schrieb, nicht gut genug war. Sie wollte sich davonstehlen und zu ihrer Arbeit zurückkehren.

»Das ist das Schlimmste«, sagte Isabel schließlich und wischte sich wie ein kleines Kind mit dem Handrücken über die Augen. »Es gibt keinen Grund. Wenn es einen gäbe, wäre es einfacher.«

Marina sah, wie sich die Maske seines professionellen Ichs über Jacobs Gesicht senkte, wie er trotz seiner eigenen Ratlosigkeit seine weise, erfahrene Zuhörhaltung einnahm. Manchmal sah er sie auch so an, das Kinn in die Hand gestützt. Aufmerksam, interessiert, allwissend. Wie viele Stunden seines Lebens hatte er damit zugebracht, in stillen Räumen zu sitzen und sich die privaten Probleme anderer Leute anzuhören? Wurde er es nicht leid, fragte sich Marina, während sie zusah, wie er ruhig mit Isabel sprach. Er beschwerte sich nie über seine Klienten wie sie über ihre Studenten. Woher nahm er die Energie für diese unendliche Geduld? Vielleicht war das einer der größten Unterschiede zwischen ihnen. Für sie war Freundlichkeit eine Gefühlswallung, machtvoll und oft überraschend. Für Jacob hingegen war es etwas, das sorgsam und nicht unbegrenzt verteilt wurde. Etwas Vernünftiges, Maßvolles.

Isabel gab ihnen einen Brief für Ben. Tagelang lag er ungeöffnet auf der Ablage im Flur, wie ein trauriger Vorwurf.

»Antworte ihr«, sagte Marina schließlich zu Ben und hielt ihm den Brief hin, als er eines Nachmittags aus dem Haus gehen wollte.

Ben nahm den Brief und starrte auf den Umschlag. Welche Zukunft ihn auch erwarten mochte, dachte Marina bei sich, sie war weit größer und seltsamer als eine, in der Isabel vorkam.

»Was soll ich ihr denn schreiben?«, fragte Ben leise und sah Marina an.

»Etwas Tröstendes. Schreib ihr, dass sie immer deine erste Liebe sein wird. Sei nett.«

Am nächsten Morgen bat Ben Marina, den Brief einzuwerfen, den er an Isabel geschrieben hatte. Sie saß mit dem Umschlag in der Hand am Küchentisch. Ben hatte seinen Namen und seine Adresse sorgfältig in Druckbuchstaben auf die Rückseite geschrieben. Es erinnerte sie daran, wie er als Kind auf alle seine Bilder feierlich seinen ganzen Namen geschrieben hatte. Marina hatte immer noch eine Bleistiftzeichnung von einer chemischen Reaktion, die er für sie angefertigt hatte, entsetzt über ihre Wissenslücken auf dem Gebiet. Die Verbrennungsreaktion von Propan und Sauerstoff, bei der Kohlendioxid, Wasser und Energie entstehen. Jedes Molekül war farbig markiert und beschriftet, und eine leuchtend gelbe Sonne mit der Überschrift »Wärme und Licht!« stellte die Energie dar. Unten auf dem Blatt stand »von Benjamin M. Kaufman«. Die Zeichnung hing immer noch über ihrem Schreibtisch.

Was hatte Ben in seinem Brief an Isabel geschrieben? Der Umschlag fühlte sich sehr leicht an; es konnten nicht mehr als zwei Bögen darin sein, wahrscheinlich sogar nur einer. Hatte er dem Mädchen sein Verhalten erklärt? War er überhaupt imstande, das, was mit ihm geschah, in Worte zu fassen? Marina lauschte, wie der Brief fiel, als sie ihn in den Kasten warf.

Drei Monate später, am Ende des Frühjahrssemesters, begegnete Marina im Whitney Museum zufällig Isabels Mutter. Marina war mit einer Gruppe Studenten dorthin gegangen, um sich die Bilder von Edward Hopper anzusehen, als Teil ihres neuen Graduiertenseminars über das Thema Einsamkeit in der Stadt. Sie hatten Simone Weil gelesen, über die

Stille in allen wirklich großen Bildern, den Wunsch, eine Landschaft so zu sehen, wie sie war, wenn niemand in ihr weilte. Marina fand, dass keine Bilder so gründlich von der Bürde menschlicher Anwesenheit befreit waren wie Hoppers Stadtszenen. Als sie in dem stark besuchten Museum mit ihren Studenten vor einem der Bilder stand und sich bemühte, laut genug zu sprechen, damit alle sie hören konnten, gelang es ihr nicht, ihre Gedanken so klar darzulegen wie in ihren Notizen für die Vorlesung. Sie spürte, wie sich Langeweile unter den Studenten breitmachte. Es war die letzte Woche des Semesters; sie waren lustlos, unaufmerksam. Die Hälfte war nicht einmal erschienen. Sie kämpfte gegen den Drang an, ihre Notizen zuzuklappen und einfach zu gehen, quer durch die Stadt, zurück zu ihrem stillen Arbeitszimmer und ihrem eigenen Projekt. »Kommen Sie, wir stärken uns im Café und setzen die Diskussion da fort«, sagte sie schließlich.

Als sie sich von dem Bild abwandte, stand Isabels Mutter vor ihr. Marina brauchte einen Moment, bis sie sie einordnen konnte. Sie sah das gepflegte blonde Haar, die Brillantohrringe, die teure Handtasche. Erst als die Frau zu sprechen begann, fiel der Groschen.

»Ben hat ihr das Herz gebrochen. Ich weiß, ich weiß – die Unbeständigkeit der Jugend. Aber man kann es nicht anders beschreiben: Ihr Herz ist gebrochen.« Isabels Mutter presste die Hand auf ihr Herz, als könnte sie den Schmerz ihrer Tochter in ihrem eigenen Körper fühlen. Sie hatte die gleichen grünen Augen wie Isabel, bemerkte Marina, ein funkelnder Meereston.

»Es hat sie am Boden zerstört, wie er sie einfach so abserviert hat«, sagte ihre Mutter mit gesenkter Stimme. »Sie konnte kaum ihr Studium fortführen. Wir mussten sie schließlich zu einem Psychiater bringen. Sie stand quasi kurz vor dem Selbstmord. Sie mussten ihr Medikamente geben. Das Ganze war schrecklich für uns alle.«

Ihre Stimme war vorwurfsvoll. Ben hatte ihrem Kind Schaden zugefügt, und sie wollte etwas von Marina. Zerknirschtheit, eine Entschuldigung.

Marina legte die Hand auf die schmale Schulter von Isabels Mutter. »Es tut mir wirklich sehr leid.«

Die Frau starrte Marinas Hand an. »Sie können nicht leugnen, dass er sich schändlich benommen hat.«

»Nein.«

Isabel ging es jetzt schon viel besser, sagte ihre Mutter. Sie war gerade zu einem Studienaustausch nach Paris aufgebrochen. Und sie hatte einen reizenden jungen Mann kennengelernt, einen Jurastudenten mit hervorragenden Aussichten. Ein kleiner Stich zwischen die Rippen, das Wort »Aussichten«.

Bens eigenartiger Rückzug von der Welt erinnerte Marina an Bartleby aus der Kurzgeschichte von Herman Melville. Ben hatte alle Möglichkeiten abgewogen und einfach beschlossen, nichts zu tun. Vielleicht war es für ihn eine Befreiung, dachte sie, nachdem er bisher stets alles getan hatte, was von ihm erwartet wurde. Hervorragende Noten an der Calhoun School, Auszeichnungen in Schach und Tennis, das Stipendium für die Brown University, Pläne für ein anschließendes Medizinstudium. Er hatte ihnen nie Ärger gemacht. Vielleicht lag eine Art radikale Ruhe darin, von dem sorgfältig geplanten Lebensweg abzuschwenken und seine abgelehnte Zukunft sich irgendwo ohne ihn entfalten zu lassen. Sich nicht länger abzumühen. Es hatte einen gewissen Sinn in dieser besudelten, katastrophenbefallenen Welt. Aber er sprach nicht darüber, weder mit ihr noch mit Jacob. Sie hatte immer gespürt, dass Ben im tiefsten Innern ein Einzelgänger war, doch nun hatte er sich ihnen vollkommen entzogen. Er behielt sein Unglück, was auch immer der Grund dafür war, sorgsam für sich.

Als Marina jetzt neben Ben auf der Treppe vor dem Haus saß, lehnte sie sich mit der Schulter an seine. Einmal, als er noch klein gewesen war und Fieber gehabt hatte, hatte sie bis spät in die Nacht bei ihm gesessen, ihm die Stirn mit einem kalten Lappen abgetupft und ihm leise Geschichten erzählt. Als er endlich eingeschlafen war, hatte ihn ein Zittern durchlaufen, als versuche er, einen geheimen Kummer für sich zu behalten. Gerade als sie gedacht hatte, sie könne ihn allein lassen und in ihr Bett zurückkehren, hatte seine kleine Hand nach ihrer gegriffen. Im Kibbuz hatten sich Schwestern um die kranken Kinder gekümmert. Marina konnte sich nicht erinnern, dass ihre Mutter auch nur ein einziges Mal bei ihr am Bett gesessen hatte, wenn sie krank gewesen war. Ihr Bruder, ja, aber nie ihre Mutter.

Ben strich ihr sanft über den Arm, als wäre sie diejenige, die Trost brauchte, und stand auf. »Bleib nicht zu lange hier draußen«, sagte er. »Sonst schmilzt du noch.«

Es gab so viel, was sie ihm sagen wollte. Kummer geht vorbei, hätte sie ihm gerne gesagt. Das weiß ich.

Marina blieb noch eine Weile auf den Stufen sitzen, nachdem Ben ins Haus gegangen war. Ein alter Mexikaner mit einem Holzkarren ging vorbei und bog in den Mount Morris Park ab. Im Sommer waren diese Karren überall auf den Straßen; man konnte bei ihnen Wassereis kaufen, Erfrischungsgetränke, Süßigkeiten und Tamales im Maisblatt. Eine graue Katze schlängelte sich durch den Gitterzaun und flitzte über die Straße. Marina hätte stundenlang hier draußen sitzen können und nichts weiter tun, als das Leben auf der Straße zu betrachten.

Aus einiger Entfernung hörte sie ein Schreien. Es war das Schreien eines Kindes, aber lauter und wilder als alles, was sie je gehört hatte. Sie ging zum Fuß der Treppe und blickte die Straße hinunter. Ein paar Häuser weiter lag ein kleiner schwarzer Junge auf dem Gehweg, mit Armen und Beinen zappelnd, das Gesicht verzerrt vor Wut. Seine Beine schlugen so heftig gegen den Feuerhydranten, dass eine seiner blauen Sandalen auf die Straße flog. Eine junge Frau mit einem gemusterten Tragetuch um den Oberkörper stand ein paar Schritte entfernt, eine Plastiktüte mit Einkäufen in der Hand. Sie machte keinen Versuch, das Kind zu trösten, sondern starrte nur auf den Boden, während der Kleine aus Leibeskräften weiterschrie, den Rücken durchgedrückt, das Gesicht tränenüberströmt. Bestimmt war sie nicht die Mutter des Jungen. Sie wirkte so distanziert.

Marina hatte das diffuse Gefühl, eine Grenze überschritten zu haben, etwas zu beobachten, das nicht für ihre Augen bestimmt war. Die wilde Verzweiflung des Jungen war geradezu beängstigend; es war mehr als nur ein Trotzanfall. Dieses Schreien war nicht durch Worte zu besänftigen. In dem Moment hob die junge Frau den Kopf und sah Marina an, riesige Augen in einem scharf geschnittenen Gesicht. Wie alt war sie? Sie sah aus wie siebzehn oder achtzehn. Aber diese Augen. Marina überlegte, ob sie hingehen sollte, aber die junge Frau strahlte etwas Abweisendes, Vorsichtiges aus. Und was könnte Marina ihnen auch anbieten? Ein Glas Wasser, ein Stück Schokolade, um das Kind zu bestechen?

Plötzlich entfernte sich die junge Frau mit schnellen Schritten von dem Kind, ging an Marina vorbei und Richtung Lenox Avenue, dass die Plastiktüte gegen ihre Beine schlug. Sie drehte sich kein einziges Mal zu dem Jungen um, der immer noch schreiend auf dem Gehweg lag. Marina lief zu ihm. Er war völlig aufgelöst. Trauer war das einzige Wort, das ihr dazu einfiel. Ein ernstes Wort für so ein kleines Kind, aber es fühlte sich an wie reiner, rasender Schmerz. Eine erwachsene Form von Verlassenheit. Sein verzerrtes Gesicht, sein wütendes Zappeln, das wilde Geschrei. Sie hob ihn hoch und stellte ihn auf die Füße, die Hände um seine winzigen Rippen gelegt. Seine Brust unter dem Hemdchen fühlte sich heiß und feucht an. Der Kleine starrte sie überrascht an, immer noch weinend, aber für einen Moment aus seiner Raserei gerissen. Noch nie hatte sie so riesige Augen in einem Kindergesicht gesehen; sie waren fast zu groß. Er war sehr schön, zart und babyhaft, aber zugleich war in ihm auch etwas Wildes, Aufkeimendes, das überhaupt nichts Kindliches hatte. Seine glänzende Stirn war von krausen, dunklen Locken umrahmt. Er war älter, als sie zunächst gedacht hatte, vielleicht zwei Jahre alt.

Der Kleine beobachtete sie vorsichtig, während er nach Luft rang, der winzige nackte Fuß auf dem heißen Beton. Sie holte die Plastiksandale von der Straße und schob seinen kleinen staubigen Fuß hinein. Die Schnalle fehlte.

»Komm«, sagte sie und nahm die Hand des Jungen. »Wir müssen sie einholen.« Er wurde jetzt ruhiger und lief willig neben ihr her, wobei er immer wieder mit seinem nassen, erhitzten Gesicht zu Marina hochsah.

Die junge Frau stand an der Ampel und wartete auf Grün. Wäre sie hinübergegangen?, fragte Marina sich hinterher. Wäre sie über die Straße gegangen? Als sie bei ihr ankamen, ließ der Junge Marinas Hand los, lief zu der Frau und klammerte sich an ihre Beine, das Gesicht an ihren Oberschenkel gedrückt. Sie nahm Marina nicht zur Kenntnis, sagte auch nichts zu dem Kind, sondern wechselte nur die Tasche auf die andere Seite und griff den Arm des Jungen. Sie hielt ihn nicht an der Hand, wie Marina auffiel, sondern umfasste sein Handgelenk. Die beiden überquerten die Straße und gingen davon, wobei der Kleine sich bemühte, die kaputte Sandale nicht zu verlieren.

Kurz darauf stand Marina in der Küche, wartete darauf, dass das Wasser kochte, und sah hinaus auf das grüne Viereck des Gartens, auf den Jasmin, der am hohen Maschendrahtzaun emporrankte. Der Jasmin war für sie der Inbegriff von üppiger, ausgelassener Fülle, von ungetrübter Hoffnung. Wie erstaunlich, dass er so schnell gewachsen war. Das alte Vogelhäuschen aus Messing, das mit einem Haken am Zaun befestigt war, schwang träge im Wind. Sie hatten es in Indien gefunden. Eigentlich gehörten Öllämpchen hinein, aber Ben hatte beschlossen, dass es ein Vogelhäuschen sein sollte, und Futter in die kleinen Metallschalen geschüttet, die einst in irgendeinem fernen Tempel mit Öl gefüllt gewesen waren. Jacob sorgte sich, dass das Vogelfutter Ratten und Tauben anlocken würde, aber Marina gefiel die Vorstellung, den Vögeln eine Stärkung auf ihrem Weg zu geben. In der Chulaebene in Israel wurde jedes Jahr Getreide für die Tausende von Kranichen ausgestreut, die dort auf ihrem Weg nach Afrika haltmachten. Das wurde nicht aus reiner Freundlichkeit gemacht; die Vögel fielen sonst über die umliegenden Felder her, und so wurde die Ernte der Bauern geschützt. Trotzdem fühlte es sich an wie ein Willkommensgruß.

Nachdem sie und Jacob das Haus gekauft hatten, hatten sie die ganze Rückwand entfernt und durch stahlgerahmte Glastüren ersetzt, sodass der Blick in den Garten elegant unterteilt war und die Küche hell und luftig wirkte. Da die alten Holzdielen, die sie unter mehreren Lagen Linoleum entdeckt hatten, nicht mehr zu retten waren, hatten sie sie herausgerissen und stattdessen hellgrauen Travertin verlegt. Im Schein der Morgensonne sah der Boden mit seinen feinen Äderchen und Maserungen aus wie eine uralte Muschel. Manchmal war es Marina peinlich, wie viel Freude ihr das Haus bereitete. Der zarte Schwung der Treppe, die sich durch die Stockwerke wand, die kunstvollen Stuckverzierungen, die schwarz-weiß geflieste Eingangshalle – es gab nichts, das nicht hierher passte, nichts, das nicht schön war. Vom ersten Moment an hatte es sich für sie wie ein Ort angefühlt, wo sie alle ihr jeweils bestes Ich sein konnten. Die Unterkünfte davor – die dunkle Wohnung an der Union Street in Crown Heights, wo sie so viele Jahre mit ihrer Mutter und ihrem Bruder gelebt hatte, die engen Internatszimmer ihrer Collegejahre in Kalifornien, das winzige Apartment über dem karibischen Lebensmittelgeschäft in Los Angeles, sogar die Wohnung in der Park Avenue –, sie alle erschienen ihr jetzt unzureichend, provisorisch, wie Übergangsorte, die sie hatte durchwandern müssen, um hierherzukommen.

Sie kochte eine Kanne Pfefferminztee und blickte sich im Raum um. Da war die Vase mit den zartrosa Pfingstrosen, die Rose ihr am Tag zuvor mitgebracht hatte, der schimmernde Eichenholztisch, den ein befreundeter Schreiner für sie angefertigt hatte. Da waren die Reihen von handgearbeiteten Keramiktellern, die in den Regalen standen, die zerknitterte Zeitung, die Jacob auf der Seite mit dem Kreuzworträtsel aufgeschlagen liegen gelassen hatte, der Flyer am Kühlschrank, auf dem ein Vortrag über Jehuda Amichai im Kulturzentrum 92Y angekündigt wurde. Das hier war ihr Zuhause, ihre lichterfüllte Küche. All diese Dinge gehörten ihr. Als sie da stand, die Teekanne in der Hand, überkam sie mit einem Mal eine eigenartige, tiefe Angst. Alles, was sie erschaffen hatten, all diese tröstliche Häuslichkeit, konnte mit einem Schlag verschwinden, sich als Provisorium erweisen. Als Illusion von Glück. Sie konnte von diesem Ort verbannt werden, alles, was sie geliebt hatte, nur noch ein ferner Schimmer hinter ihr. Marina legte die Hand auf die Brust, versuchte, das plötzlich wilde Schlagen ihres Herzens zu beruhigen.

Das war Unsinn, nichts als Unsinn. Sie wusste, es hatte mit ihrer Mutter zu tun, diese Unfähigkeit, dem Glück zu trauen, wenn es kam, stets an seiner Dauerhaftigkeit zu zweifeln. Nichts würde verschwinden, nichts sich auflösen. Sie waren sicher, alle drei. Dieses Haus würde stehen bleiben, sie und ihr Mann würden sich weiterhin lieben. Ben würde zu ihnen zurückfinden. Nächsten Monat würden sie nach Fire Island fahren. Das Buch, an dem sie schrieb, würde ein Erfolg werden, besser, als sie gedacht hatte. Marina nahm die Teekanne von der Arbeitsfläche und ging nach oben zu ihrem Schreibtisch.

Jacob kam am Spätnachmittag nach Hause. Selbst nach all den Jahren, die sie nun schon zusammenlebten, spürte sie immer noch eine leise Freude, wenn sie die Haustür hörte und seine Stimme, die zu ihr hinaufrief. Ihr Ehemann, zurück von der Arbeit, das Hemd ein wenig zerknittert, der oberste Knopf geöffnet. Er küsste sie auf den Mund und präsentierte schwungvoll einen Laib Brot, den er hinter dem Rücken gehalten hatte.

»Das letzte Marmorroggenbrot, siegreich den Horden bei Zabar's entrissen.«

»Ah, ein wahrer Krieger. Danke, Liebster.«

»Ich setze mal Wasser auf. Willst du auch einen Tee?«

»Ja, ich komme gleich.«

Marina blieb einen Moment im Türrahmen stehen und sah Jacob zu, wie er sein Jackett auszog und alles aus den Taschen nahm. Seine lederne Aktenmappe war prall gefüllt mit den Unterlagen der Klienten, die an dem Tag bei ihm gewesen waren. Später am Abend würde er seine Notizen noch einmal durchgehen, unterstreichen, zusammenfassen. Solche Aufmerksamkeit für Details, solche Sorgfalt gegenüber seinen Klienten, und doch besaß er auch die Fähigkeit, sich zu distanzieren, die notwendige Grenze zu ziehen. In seiner Praxis in Chelsea waren die Schränke zum Bersten gefüllt mit Klientenakten, abgegriffenen Pappheftern voll gekritzelter Notizen und Beobachtungen. Für Marina waren diese Aktenreihen wie eine Verkörperlichung von Gedächtnis. Lauter Leben, überschattet von Verlust und Sehnsucht, von Betrug und Einsamkeit und von gewöhnlichen Demütigungen. Manchmal empfand sie eine irrationale Eifersucht gegenüber Jacobs Klienten. Sie wusste, dass es albern war, und sie würde es ihm niemals sagen. Einige von ihnen kannte er schon viel länger als sie. Manche waren seit zwanzig Jahren bei ihm in Therapie. Jede Woche brachten sie ihr Leben zu ihm, damit er ihnen half, es zu entziffern, ergaben sich seinem klugen Zuhören, seinem sorgfältig dosierten Rat.

Damals in ihrer Zeit in Kalifornien hatte Jacob sich auch zu ihr Notizen gemacht, wie er es während einer Sitzung mit einem Klienten tat. Er hatte es ihr später gestanden, und sie war bezaubert gewesen, dass er manche Sätze oder Ausdrücke von ihr festgehalten hatte. Ein Gedicht über Schwalben von Nemerov, das sie zitiert hatte. Eine Geschichte über ihren Vermieter aus der Karibik, der Klarinette spielte und seine kleinen Töchter Swing und Sway genannt hatte. Sie erinnerte sich daran, wie sie bei einem ihrer ersten Treffen darüber gelacht hatten. Nach diesen Treffen hatte er diese Notizen immer wieder gelesen, sagte Jacob, als könnten sie ihm etwas Wesentliches über die Art ihrer Beziehung verraten. Sie hatte es tröstlich gefunden, dass er so ein besessener Archivar, Notierer und Bewahrer war.

Ihre ersten Begegnungen in Kalifornien waren eigenartig förmlich gewesen. Jacob hatte sie über den Schreibtisch hinweg angesehen, als wäre sie eine von seinen Klientinnen, die gekommen war, um ihr Leben vor ihm auszubreiten. Er war Gastprofessor, sie Studentin in den letzten Zügen ihrer Doktorarbeit über die Roma. Marina hatte ihm nach seiner Vorlesung über Psychotherapie und Trauer geschrieben und ihn gefragt, ob sie sich treffen könnten. Sie wollte ihn gerne zu seiner Arbeit über Märchen und Psychoanalyse befragen, schrieb sie, weil sie an einem Aufsatz über das improvisierte Geschichtenerzählen bei den Roma saß. Sie schob den Brief eines Spätnachmittags unter der Tür seines Büros hindurch. Sie staunte über ihre eigene Kühnheit; das passte eigentlich gar nicht zu ihr. Fünf Tage lang wartete sie voll nervöser Spannung auf eine Antwort von ihm, dann lag in ihrem Fach im Fakultätsbüro ein zusammengefalteter Zettel. Er sei gerne bereit, sich mit ihr zu treffen, um sie bei ihrem Projekt zu unterstützen, schrieb Jacob in der ungestümen, ausholenden Schrift, die ihr mittlerweile so vertraut war. Das mit dem Aufsatz hatte sie sich nur ausgedacht, um einen Vorwand für das Treffen zu haben – ihr war keine andere Möglichkeit eingefallen, um ihm nahezukommen –, aber letzten Endes schrieb sie ihn dann tatsächlich.

Jacob war fast vierzig gewesen, als sie in sein Büro in Berkeley gekommen war. Sie sah die Neugier in seinem Gesicht, als er sie beim Hereinkommen musterte, die Eleganz seiner Bewegungen, als er aufstand, um ihr die Hand zu geben. Was wusste sie damals über ihn? Marina hatte nach der Vorlesung wie besessen recherchiert und auf der Suche nach Informationen über ihn hastig seine zwei Bücher gelesen und sämtliche Artikel, die sie finden konnte. Stundenlang saß sie in der Bibliothek, einen Stapel Zeitschriften vor sich, während das kalifornische Licht durch das Fenster ihrer winzigen Lesekabine hereinströmte. In einem Interview hatte Jacob gesagt, dass die Geschichten seiner polnischen Vorfahren ihn so tief berührt hatten, weil sie wie Märchen klangen. Eine Familie, die sich im Wald versteckt hatte; ein Großonkel, der hundertfünfzig Kilometer barfuß gegangen war, um sein einziges Paar Schuhe zu schonen; ein Vetter, der um die halbe Welt gereist war und dort ein Mädchen aus seinem Heimatdorf getroffen und geheiratet hatte; ein vorausahnender Rabbi, der Jacobs Großvater ins sichere Amerika geschafft hatte.

Und dann war da seine Kindheit in Israel. In den biografischen Angaben auf den Umschlägen seiner Bücher stand nichts davon, aber sie hatte einen frühen Essay über Kindheit und Gemeinschaft gefunden, in dem er schrieb, dass seine in Amerika geborenen Eltern 1948 nach Israel ausgewandert waren, er im Jahr darauf in einem Kibbuz in der Jesreelebene im Norden des Landes zur Welt gekommen war, seine Eltern dann jedoch nach New York zurückgekehrt waren, als er vier Jahre alt gewesen war. Es erschien Marina wie ein Vorzeichen, dass sie beide in Israel geboren waren. Dass dieser biografische Zufall sie in gewisser Weise verband.

Bei diesem ersten Treffen hätte Marina Jacob eigentlich Fragen stellen sollen, doch stattdessen erzählte sie ihm von den Märchen, die sie als Kind begleitet hatten. Der alte Band mit *Grimms Märchen*, den Dow in dem Jahr, als sie nach New York gekommen waren, auf einem Flohmarkt erstanden hatte, war das einzige Buch, aus dem ihre Mutter ihnen ab und an vorgelesen hatte. Knochen, die von verborgenen Toden singen; Kinder, die in die Welt hinausziehen, um das Fürchten zu lernen; gestohlene Babys; Brüder, die in Hirsche verwandelt werden. Die Geschichte ihrer Mutter war für sie ein geheimnisvoller, verbotener Bereich, doch wenn sie an diesen Abenden im schrägen Lichtkegel der Lampe saßen, spürten Marina und Dow, wie sie sich ein wenig öffnete. Es war die einzige Gelegenheit, bei der ihre Mutter sie an sich heranließ: wenn sie zwischen ihnen auf dem Sofa saß, das

Buch aufgeschlagen auf dem Schoß. Ihre Nähe, die Bewegung ihres vorstehenden Schlüsselbeins, während sie las, die zugezogenen Vorhänge vor dem vereisten Fenster – all das brannte noch Jahre, nachdem Gizela verschwunden war, in Marina. Eine Mutter, die ihren Kindern vorlas. Bestimmt hatte sie sie geliebt. Ganz sicher.

Vor allem die kleinen Geschichten hatten Marina nicht losgelassen. Eine Handvoll Worte, die eine Art verwirrte Verzweiflung sponnen, eine Ratlosigkeit angesichts dessen, wie die Welt war. Sie erzählte Jacob die Geschichte vom eigensinnigen Kind. Darin wird nicht gesagt, ob das Kind ein Junge oder Mädchen ist, es hat keinen Namen, keine noch so kleine Beschreibung. Der Leser erfährt nur, dass es nicht tat, was seine Mutter wollte, und deshalb hatte Gott kein Wohlgefallen an ihm und ließ es krank werden und sterben. Als das Kind begraben war, stieß es immer wieder seinen kleinen Arm aus der Erde, bis schließlich seine Mutter kam und den Arm mit einem Stock niederschlug. Danach lag es friedlich unter der Erde.

»Meine Mutter sagte uns, die Geschichte sei eine Warnung für ungezogene Kinder. Wahrscheinlich hoffte sie, wir würden sie als Gleichnis über den Gehorsam verstehen. Aber für mich war es immer wie ein Einblick in das Grauen. Die Geschichte machte mir Angst: das anonyme, ungeliebte kleine Kind in seinem Grab, der Arm, der immer wieder durch die feuchte Erde stößt. Und dann die Unbarmherzigkeit der Mutter. Und wohl auch die Böswilligkeit Gottes. Alles schrecklich trostlos. Aber ich wollte die Geschichte immer wieder hören.«

Jacob sah sie aufmerksam an, während sie sprach, den Kopf ein wenig schräg gelegt, die Kaffeetasse vor ihm unberührt. Er wirkte überrascht, und mit einem Mal war es Marina peinlich, dass sie so viel gesagt hatte. Die Worte waren falsch herausgekommen, sodass die Geschichte seltsam wirkte und sie selbst womöglich auch. Bestimmt analysierte er sie, verurteilte sie, hielt sie für gestört und bizarr. Das hier sollte ein Interview sein, keine Therapiesitzung.

»Na ja, es ist wohl eine alberne Geschichte«, sagte sie, den Blick auf ihre Hände gesenkt.

»Ganz und gar nicht«, erwiderte er. »Ich glaube, es gibt solche Geschichten, weil wir seit jeher von dem verfolgt werden, was wir nicht beherrschen können. Von Dingen, die groß und gefährlich sind. Weil wir nicht wissen, wie wir damit umgehen sollen, erzählen wir Geschichten darüber. Das ist einer der ältesten Impulse der Welt.«

Da hob sie den Kopf und sah ihn an. Er hatte eine Stunde für ihr Treffen angesetzt. Eine Stunde, um die ersten Schritte in das Leben des anderen zu machen. Selbst jetzt, so viele Jahre später, spürte sie bisweilen noch immer den seltsamen Schatten dessen, was vielleicht nie geschehen wäre, wenn sie nicht den Brief unter Jacobs Tür hindurchgeschoben und er nicht so großzügig auf die Bitte einer Fremden reagiert hätte. Ein plötzlicher Stich; das Wissen, dass sie all dies vielleicht nie gehabt hätte.

An dem Abend gingen sie und Jacob zur 116. Straße, um sich Tamales zum Essen zu holen. Die Hitze hatte ein wenig nachgelassen, und vom Fluss wehte ein leichter Wind herüber. Im sommerlichen Zwielicht wirkten die Straßen so viel versöhnlicher. Die Läden entlang der Second Avenue brummten. Über der Capri Bakery stieg ein Starenschwarm in die Luft und tanzte sein Ballett am Himmel. An jeder Straßenecke verkauften Leute etwas. Mexikanerinnen mit kaltem *agua de horchata*, Tamales und saftigen *gorditas*. Ein Dominikaner mit einem Holzkarren voll sorgfältig aufgereihter süßer *churros*. Ein Junge, der einen Bauchladen mit Süßigkeiten vor sich hertrug. Ein Stück weiter an der 116. Straße stand der El Paso Taco Truck am Straßenrand, und auf dem Gehweg wartete eine lange Schlange. Leute standen in Hauseingängen oder in Grüppchen vor den kleinen Lebensmittelläden. Es war wie ein riesiger improvisierter Markt.

»Das tut mir so gut, weißt du«, sagte Marina und deutete auf die Straße um sie herum. »Das alles. Die Stadt. Dieses ganze Leben.«

»Ich weiß.« Jacob lächelte ihr zu und nahm ihre Hand, als sie die Straße überquerten.

Sie kauften ihre Tamales immer bei der jungen Frau an der Ecke Second Avenue. Marina schämte sich ihrer paar Brocken Spanisch, ihrer ungeschickten Gesprächsversuche. Die junge Mexikanerin lächelte ihr geduldig zu, zählte ihr das Wechselgeld in die Hand und packte zusätzliche Servietten und Plastikgabeln in die Tüte. »*Gracias, buenas tardes.*« »*Equalmente*«, antwortete Marina. Diese Frauen hatten so einen singenden Tonfall, eine stille Eleganz. Sie fragte sich, wie ihr Leben wohl aussah.

Sie und Jacob gingen durch den Mount Morris Park zurück, zwischen den Bäumen und den Beeten mit Wildrosen hindurch, die sich am südlichen Rand entlangzogen. Auf dem Sportplatz war ein lebhaftes Basketballspiel im Gange, schlaksige Jungen sprangen umher wie übermütige Fohlen. Ben war früher auch manchmal dabei gewesen, hatte sich mit seiner netten, unkomplizierten Art unter die Jungs aus dem Viertel gemischt.

»Hast du Ben heute gesprochen?«, fragte Jacob, als hätte er ihre Gedanken gelesen. »Wie geht es ihm?« In letzter Zeit klang seine Stimme matt und angestrengt, wenn er über Ben sprach.

»Ich weiß es nicht. Er hat heute Morgen gearbeitet und ist

nach oben in sein Zimmer gegangen, als er nach Hause kam. Danach habe ich ihn nicht mehr gesehen.«

Tatsächlich hatte sie ihn doch gesehen. Als sie mittags mit ihrem Sandwich in den Garten gegangen war, hatte sie hochgeblickt, und da hatte er auf der Feuerleiter vor seinem Zimmer im dritten Stock gestanden und auf die Häuser gegenüber geblickt. Einen schrecklichen Moment lang hatte Marina sich gefragt, ob er vorhatte zu springen. Sie ging ein Stück weiter, stellte sich auf das kleine Rasenviereck in der Mitte und winkte ihm zu, bemüht, sich ihre Sorge nicht anmerken zu lassen. Er durfte ihre Angst nicht sehen, sie durften nicht die ganze Zeit um ihn herumschwirren; dann würde er nur noch mehr auf Abstand gehen. Ihre Beobachtung ging ihm bestimmt schon jetzt auf die Nerven. Ben spähte von der Feuertreppe zu ihr hinunter und hob kurz die Hand, dann kletterte er wieder hinein und zog das Fenster zu. Natürlich hatte er nicht vorgehabt zu springen. Er wollte bloß einen Moment die Sonne genießen. Sie erzählte Jacob nichts davon.

»Na, immerhin arbeitet er. Das ist ja schon mal was.«

»Ja«, sagte sie. »So kommt er wenigstens aus dem Haus.«

Jacob hatte auf dem Job bestanden. Er konnte Bens merkwürdige Untätigkeit nicht akzeptieren, sein Herumhängen im Haus, das stundenlange Verschwinden in seinem Zimmer. Wenn Ben nicht studieren oder sonst etwas Konstruktives tun wollte, sollte er sich Arbeit suchen und Miete bezahlen, erklärte Jacob ihm. Zu ihrer Überraschung hatte Ben sofort einen Teilzeitjob im Supermarkt an der Lenox Avenue gefunden. Er stand jeden Tag auf und ging arbeiten. Es war kein richtiger Sieg, aber immerhin etwas. Einmal ging Marina dorthin, um Milch zu kaufen, und sah ihn durch eine offene Tür; er saß auf einer umgedrehten Kiste und unterhielt sich lebhaft auf Spanisch mit zwei jungen Mexikanern. Sie wandte sich rasch ab, damit er sie nicht bemerkte.

Später lagen sie und Jacob im Bett und lasen. Sie liebte diese Augenblicke gemeinsamer Konzentration, jeder in sein eigenes Buch vertieft; manchmal lasen sie einander ein paar Zeilen vor, einen besonders schönen Satz. Jacob ließ sein Buch sinken und schloss die Augen, während sie ihm einen Absatz aus dem Essay einer australischen Autorin vorlas. Es ging darin um Mütter, darum, dass die starke Liebe, die von der Mutter zum Kind fließt, nicht in gleichem Maß zurückgegeben wird.

»Aber ich glaube nicht, dass das immer so ist«, sagte sie. »Dow und ich haben unsere Mutter auf eine Weise geliebt, zu der sie nicht fähig war. Alles, was geschehen ist, entstand aus dieser Liebe.«

»Hmmm«, machte Jacob leise, und sie konnte förmlich spüren, wie er ruhig und konzentriert nachdachte. Das kam bestimmt von seiner Arbeit, von all den Stunden des Zuhörens, diese Fähigkeit, einen Gedanken aufzunehmen, ohne direkt antworten zu müssen. »Ich glaube, das ist bei psychisch geschädigten Müttern oft so«, sagte er schließlich. »Da entsteht zwangsläufig dieses Ungleichgewicht. Das Kind muss den größeren Teil des Liebens übernehmen.«

Er klappte sein Buch zu und legte es auf den Nachttisch. »Erzähl mir etwas«, sagte er und legte den Arm um sie. Das war noch eins von ihren Ritualen, der Austausch von Eindrücken, Gedanken, Wahrnehmungen abends im Bett. Marina sammelte oft Dinge für diese Momente vor dem Einschlafen, wenn ihr Kopf auf seiner Schulter lag und seine Hand in ihrem Haar. Diese Geschenke hatten sie einander schon immer gemacht: Zitate aus Texten, die sie gelesen hatten, Sätze, die sie im Zug oder beim Anstehen im Postamt aufgeschnappt hatten, ein rotes Blatt, das im Park vom Baum gefallen war. Es war wie eine intime Währung, diese aufmerksame Wahrnehmung der Welt und ihre leise Wiedergabe abends vor dem Einschlafen. Wenn Jacob nicht mehr da war, wem sollte sie dann ihre Tage erzählen? Wer sonst würde die Form ihrer Gedanken wissen wollen? Sie rückte enger an ihn heran, bis ihre Körper sich über die ganze Länge berührten, seine Schenkel fest und warm an ihren.

Marina dachte an den kleinen Jungen, den sie auf der Straße gesehen hatte, an sein kleines, glänzendes Gesicht, den winzigen nackten Fuß.

»Ich bin heute Morgen einem kleinen schwarzen Jungen begegnet«, sagte sie. »Na ja, begegnet ist nicht ganz richtig. Er hat auf dem Gehweg gelegen und geschrien, und ich bin hingegangen, um nach ihm zu sehen.«

»Wo war denn die Mutter?« Jacobs Stimme klang bereits schläfrig, und er hatte die Augen geschlossen.

»Das ist das Seltsame. Sie ist einfach weggegangen. Zuerst war ich nicht mal sicher, ob sie die Mutter war, weil sie so distanziert wirkte.«

»Und was hast du dann gemacht?«

»Ich konnte ihn nicht da liegen lassen, also habe ich ihn genommen und bin ihr hinterhergelaufen. Er hatte einen ganz eigenartigen Ausdruck im Gesicht, so ernst. Das hat mich an Ben erinnert, daran, wie erwachsen er schon als kleiner Junge wirkte. Die Mutter hat mich gar nicht zur Kenntnis genommen. Aber ich musste den ganzen Tag an die beiden denken. Wie sie wohl leben. Was zwischen ihnen passiert. Mir ist bewusst geworden, wie viel wir in dieser Stadt überhaupt nicht mitbekommen, wie das Leben jeden Tag unbemerkt um uns herumfließt. Das kommt wahrscheinlich von der Arbeit an meinem neuen Seminar über die Einsamkeit in den Städten. Die Studenten fanden es übrigens gut. Ich habe gerade die Beurteilungen bekommen, und die Uni will den Kurs nächstes Jahr wieder anbieten. Ich dachte mir, vielleicht könnte ich dich ja für einen Gastvortrag zu den psychiatrischen Konzepten von Einsamkeit vorschlagen. Seit dem positiven Feedback scheinen sie wesentlich offener für interdisziplinäre Dinge zu sein.«

Jacobs Atem verriet ihr, dass er schon fast eingeschlafen war; nur an seinem Lid war ein winziges Zucken. Er schlief immer schnell ein. Marina griff über ihn hinweg, um die Lampe auszuschalten, und er nahm ihre Hand und legte sie auf sein Herz. Schon ganz zu Beginn hatte er das gemacht, in ihrer ersten Zeit in Kalifornien, als ihre Beziehung noch etwas Verbotenes, Schwebendes hatte. Jetzt, zehn Jahre später, war diese Geste immer noch da, ein kleiner, unbeschädigter Kern, der sie durch jeden Streit, jeden kleinen Groll, jede Meinungsverschiedenheit trug. Ihre Hand auf seinem Herzen.

## Narrowsburg, Upstate New York

*Dezember 1997*

Die alte Nonne hörte den gedämpften Glockenschlag, der zum abendlichen Angelus rief. Es roch nach Essen, irgendetwas Warmes, Fades. Ein Bischof hatte mal geschrieben, die Glocke solle erklingen, wenn die Schatten der Nacht sich herabsenkten. Dieser poetische Ausdruck hatte ihr immer gefallen. Hinter den Türen der winzigen Kammern oder unten, wo die Schwestern sich versammelten, würde sich vielstimmiges, murmelndes Gebet erheben. Wenn die Glocke schlug, mussten die Gläubigen auf die Knie fallen und das Ave Maria beten.

Sie knöpfte sich die Strickjacke zu und blickte hinaus auf die winterliche Dämmerung und die kahlen Bäume, die den Weg säumten. Im Frühling würden dort Brombeeren wachsen, das alte, wilde Durcheinander von Grün. Es gab keinen Gärtner mehr, der Orden hatte kein Geld für so etwas. Sie würde selbst rupfen und schneiden müssen, schwitzend und mit Erde unter den Fingernägeln. Es gab genug für sie zu tun, mehr als genug.

Wie seltsam es war, hier in Narrowsburg zu sein; die Feuchtigkeit und Stille des alten Ordenshauses, sein nächtliches Knarzen, die morgendliche Kälte, so unerbittlich wie in ihrer Kindheit in Irland. Sie konnte den Winter bis in die Knochen spüren, ein dumpfer Schmerz in den Gelenken. Bevor sie hierhergekommen war, hatte sie es nie gespürt, dieses Hinabgleiten ins Alter, die zunehmende Brüchigkeit ihres bisher so robusten Ichs.

Veras Orden war vor über hundert Jahren aus Irland nach Amerika gekommen – ihre erste Mission in die Neue Welt. Damals hatte sich nur ein kleines Grüppchen von zwanzig Nonnen unter die Armen der Stadt gemischt, geschützt durch ihre Tracht und ihren Schleier. Eine Mission der Barmherzigkeit. All diese herrenlosen Seelen und verlorenen Kinder, all das Böse in Amerika. »Zeigt mir die Armen«, hatte ihre Gründerin gesagt. »Zeigt mir die Armen, und ich werde zu ihnen eilen.«

Jetzt eilten sie nirgends mehr hin. Die alte Nonne hatte Mühe, sich diese jungen Nonnen vorzustellen, frisch aus Dublin gekommen, wie sie ihre Koffer vom Schiff schleppten, das Rollen des Meeres noch im Körper. Wie sie Zimmer in einer Pension in Brooklyn mieteten, sich um die armen Iren kümmerten und den Männern, die Schlange standen, um in Dreck und Dunkelheit einen neuen U-Bahn-Tunnel unter dem Hafen zu bauen, Gebetskarten und Rosenkränze in die Hand drückten. Wie sie während des Ersten Weltkriegs für Europa gebetet und sich wie alle anderen durch die große Wirtschaftskrise gekämpft hatten. Suppenküchen und Lebensmittelausgaben, Mahlzeiten für Obdachlose und Bettlägerige, gemeinsame Andachten und Wachen bei den Kranken. Die allmähliche Vergrößerung des Ordens; ein Haus in der South Bronx, dann eins in Harlem.

Aufstieg und Niedergang. Hier würde alles enden, in den Catskills, ihrer letzten Bastion. Das alte Einkehrzentrum zwei Stunden nördlich von New York, das hastig in ein improvisiertes Altenheim umfunktioniert worden war. Für Vera waren die Catskills keine richtigen Berge. Sie war im grünen Schatten der Derryveagh Mountains aufgewachsen, am Ufer eines großen Sees. Obwohl sie nur einen kleinen Teil ihres Lebens dort unter dem Himmel des Atlantiks verbracht hatte und seit über vierzig Jahren nicht mehr in Donegal gewesen war, kamen hier in Narrowsburg mit einem Mal Erinnerungsfetzen hoch: die Klippen am Meer, die regennassen Felder, ein Paar Ringelgänse, die über den See flogen, der Wind, der den Geruch des Meeres herübertrug. Wie sehr hatte ihr das während der ersten Jahre in Amerika gefehlt.

Zu der Zeit, als sie sich dem Orden angeschlossen hatte, waren die Armen nicht mehr so willfährig und ehrerbietig gewesen. Diejenigen, die gläubig waren, hatten ihre eigene Straßenkirche, ihren eigenen charismatischen Prediger. Auf den Straßen fielen Schüsse, eine Schwester wurde mit einem Messer bedroht, einer anderen wurde von ein paar höhnischen Jungen der Schleier abgerissen. Autos wurden angezündet, Fenster eingeschlagen, Wände mit Farbe besprüht. Eine Nonne in einem anderen Orden wurde von zwei Männern angegriffen, die durch ein Dachfenster eingebrochen waren. Sie ritzten ihr mit einem Küchenmesser vierzig Kreuze in den Körper, wie perverse Stigmata. Vierzig Kreuze. Kaum vorstellbar. Die Nonne hatte sich davon nie erholt. Sie verließ den Orden und kehrte nach Frankreich zu ihrer Familie zurück. Gerüchten zufolge hatte die örtliche Mafia die beiden Männer umbringen lassen. Sie mussten sich wie Racheengel vorgekommen sein. Nicht lange danach hatte ein Mann mit drogenglasigem Blick Vera im Treppenhaus eines Sozialwohnungsblocks an die Wand gedrückt, die Hand um ihre Kehle. Sie war sicher gewesen, dass er sie töten wollte, und hatte begonnen, das Ave Maria zu flüstern. »Geh nach Hause, Schwester«, hatte er sie angefaucht, dann hatte er ihr die Goldkette mit dem Kreuz vom Hals gerissen. Da war sie zweiundzwanzig gewesen.

Damals hatte in Harlem Unruhe in der Luft gelegen, etwas Verzweifeltes, Zündelndes, Scharfkantiges. Sie hatte das Gefühl, die Menschen warteten nur darauf, dass sie wütend wurde, ihnen den Rücken zukehrte, stolperte, um zu beweisen, dass diese Nonnen in ihrem Brownstone gar nicht so viel besser waren als sie. Es gab so viel zu verstehen, zu entziffern. Ihre stacheligen Akzente, ihren Straßenjargon, ihre blecherne Musik. Die Wohnblöcke. Den Zorn. Die Trauer. In den Missionen in Mexiko und Südafrika war es unkomplizierter. Das traurige Lächeln und die dunklen Augen der Gläubigen, die sich in die Schlangen stellten, ihre Babys auf den Rücken gebunden. »*Madre*«, nannten sie die Schwestern und küssten ihnen die Hand. Die Menschen liebten die Nonnen, diese gottgefälligen Frauen, und kamen nicht auf die Idee, sie zu verhöhnen, anzuspucken oder anzuschreien.

Trotzdem hatte Vera nie den Wunsch verspürt, Harlem zu verlassen. Hatte nie nach Südafrika oder Indien gewollt, zurück nach Irland oder sonstwohin. Und schon gar nicht nach Narrowsburg. Hier gefiel es ihr nicht. Die Öde des Landlebens, die schäbigen Kleinstädte mit ihrem Ring aus Trailern, die maroden Farmen, die durch neue Straßen vom Fluss abgeschnitten waren. Eine Schwere lastete über allem, verlorener Wohnstand. Harlem war der Ort, an den sie gehörte, wo sie ihre Arbeit getan hatte. Und dort wollte sie auch sterben.

»Der Herr wird euch sammeln.« Vera gefiel der Klang dieser Worte. Das war die Arbeit, die ihr jetzt noch zu tun blieb: die alten und sterbenden Nonnen zu sammeln. Die halb leeren Orden in Philadelphia, Worcester und Dobbs Ferry zu schließen. Die letzten verbliebenen Schwestern hierherzuholen, die Häuser zu verkaufen, ihren Namen unter Hunderte von Dokumenten zu setzen. Ein trauriges Unterfangen:

die Umzugswagen, der Putztrupp, der Makler im braunen Anzug mit seinem anzüglichen Grinsen. »Beten Sie für mich, Schwester.«

Jede Entscheidung war ein Verrat. Welches Haus als Erstes verkauft wurde. Wo sie untergebracht wurden. Wie viel Hilfe sie sich leisten konnten. Auf welche Dienste sie verzichten mussten. Was sie nach Narrowsburg mitnehmen durften. Die anderen Nonnen gaben ihr die Schuld an allem. Natürlich – schließlich war sie das Instrument ihrer Enteignung. Jede von ihnen klagte Vera ihr Leid. Tränen wegen eines alten geblümten Sessels, der nicht mitkommen konnte, oder eines Bettgestells aus Messing. Sechzig Jahre hatte sie neben diesem Bett gebetet, schluchzte eine Schwester, und angesichts der Hemmungslosigkeit ihres Kummers hätte Vera am liebsten das Zimmer verlassen.

Nichts Heiliges durfte weggeworfen werden. Die Kruzifixe und Ikonen, die Marienstatuen aus Gips, die zahllosen Rosenkränze und die Weihwasserflaschen aus Lourdes wurden in Kartons gepackt und im Keller verstaut. Für Vera hatten all die Insignien des Glaubens ihre Kraft verloren. Es gab keinen höheren Plan mehr. Als sie ihr eigenes Haus leergeräumt hatte, das Brownstone am Park in Harlem, hatte sie die hölzernen Kruzifixe an den Wänden hängen lassen. Sie war vor beinahe einem halben Jahrhundert als Postulantin in dieses Haus gekommen. Neunzehn und zum ersten Mal fort aus Donegal. Ihre acht Geschwister hatten zum Abschied vor der maroden Haustür gestanden, die Jungen waren hinter dem Auto hergelaufen, ihre Mutter hatte in ihre Schürze geweint. Was für eine Verschwendung, hatten alle gesagt. Zu einer anderen Zeit, in einer anderen Familie wäre es vielleicht etwas Gutes gewesen, eine Ehre. Ein Kind für die Kirche. Aber nicht für die Dohertys. Vera war die Schönheit der Familie. Sie wollten nicht, dass sie sich an Gott verschwendete.

Sie hätte eine gute Partie machen und ihnen dadurch helfen können. Doch sie war vom Feuer des Glaubens erfüllt, von seiner leuchtenden Gewissheit. Genau wie all die anderen Nonnen. So viele Leben voll guter Taten. Die Bronx, Harlem, El Salvador, Brasilien, die mexikanische Grenze. Wie weit sie gezogen waren.

Und was waren sie jetzt? Der ausgehöhlte Rest, die erschöpften Übriggebliebenen, die sich in ihren Sesseln um eine Gasheizung drängten. Vierundzwanzig schwache alte Frauen. Dünne Haut und durchscheinende Adern, pudrige Wangen und schlaffe Körper. Manchmal schlüpfte sie während des Nachtgebets, der Komplet, zu den anderen Schwestern hinein. In ihren Nachthemden knieten sie ächzend auf den alten Holzbänken nieder, den Rosenkranz zwischen den Fingern. Glieder, die wackelten und nachgaben, Rollstühle und Gehhilfen an der Rückwand aufgereiht, ein leiser Geruch um ihre Körper. Vera hätte ihre Gitarre nehmen und ihren Gesang begleiten können, doch sie überließ die zittrigen Stimmen sich selbst. Sie war zu müde. Siebenundsechzig und fast zwanzig Jahre jünger als alle anderen. Sie fragte sich manchmal, was aus ihrem liebevollen, unerschütterlichen Feuer geworden war.

Der Herr schenke uns eine ruhige Nacht und ein vollkommenes Ende. Vierundzwanzig Tode, die sie zu begleiten hatte. Hände halten, Bettbezüge wechseln, tröstende Worte für weit entfernte Verwandte finden. »Zu Gott gegangen.« Immerhin war genug Platz für sie alle auf dem kleinen Ordensfriedhof.

Manchmal saß sie bis tief in die Nacht über der Buchhaltung, Ordnern, die Jahrzehnte zurückreichten. Ihre Kassen waren leer. Wie hatten sie nur glauben können, dass sie all die halb leeren Häuser so lange unterhalten konnten? Die Heizkosten, die Dachreparaturen, die Elektrik. Der Herr hatte nicht für sie gesorgt. *Deus absconditus*. Das hatte sie damals am theologischen Seminar in Rom studiert.

Lily, die angegraute Retrieverhündin, streckte sich unter dem Schreibtisch aus und legte die Schnauze auf Veras Fuß. Sie hatte sich fünf Jahre zuvor bei den Schwestern in Philadelphia hineingeschlichen, und sie hatten es nicht über sich gebracht, das Tier wieder auf die Straße zu jagen. Vera war dagegen gewesen, Lily mit nach Narrowsburg zu nehmen, als das Haus in Philadelphia verkauft wurde. Sie hatten kein Geld, um ein Tier zu versorgen, und sie wollte nicht für noch ein Lebewesen verantwortlich sein. Sie hatte Schwester Grace gesagt, sie solle den Hund weggeben oder ins Tierheim bringen. Was für einen Aufstand das gegeben hatte. Sie hatten sich alle gegen Vera verbündet, selbst diejenigen, die eigentlich nichts für Tiere übrighatten. Jemand hatte ihr ein Zitat von Franz von Assisi unter der Tür durchgeschoben: »Menschen, die einem Geschöpf Gottes keinen Schutz aus Erbarmen und Mitgefühl gewähren, sind Menschen, die mit ihresgleichen genauso verfahren.« Treffer, hatte Vera gedacht.

Manchmal kam es ihr so vor, als wären diese alten Frauen nicht ihre Schwestern, sondern ihre Kinder. Also gut, nehmt den Hund mit, hatte sie schließlich geseufzt. Nehmt das verdammte Viech mit. Grace war mittlerweile gestorben, ein Herzinfarkt Ende des Sommers, und die Hündin folgte Vera nun von Raum zu Raum; ihre Krallen klickten leise auf den Dielen, wenn sie den Flur entlangtapste. Ein Schutz aus Erbarmen und Mitgefühl. Das klang schön. Sie wünschte, jemand würde ihr so etwas auch gewähren.

Draußen hatte es angefangen zu schneien, und ein Schleier hüllte die Ahornbäume ein. Früher war der erste Schnee für sie wie ein Segen gewesen: die Stille, die unablässige sanfte Energie. Schneemänner im Mount Morris Park, die erhitzten, fröhlichen Gesichter der Kinder, die leuchtend weiße Schicht auf den Straßen. Hier war der Schnee eine weitere Gefahr, die gebannt werden musste. Rutschige Wege, Schnee schippen, Kälte, die auf ihren Wangen brannte, wenn sie zum Briefkasten ging. Trotzdem hatte es noch etwas Wundersames.

Weihnachten. Die gesegnete Zeit. In Harlem hätte sie sich jetzt eine Ruhepause wahrlich verdient. Frühmesse, dann die Besuche bei den Bedürftigen, mit Segenssprüchen und Süßigkeiten für die Kinder. Endlose Treppen erklimmen, Kleinkinder auf ihren Knien reiten lassen, in Folie gewickelte Früchtekuchen und Tamales, die ihr in die Tasche geschoben wurden. Dann das Weihnachtsessen im Brownstone, die Türen geöffnet für jeden, der kommen wollte. Spanische Weihnachtslieder, die kleinen jemenitischen Mädchen aus dem Lebensmittelladen in ihren Samtkleidchen, die ganze trubelige Feierlichkeit. All das schien jetzt so weit weg, wie aus einem unvorstellbar fernen Leben.

Unten ertönte ein weiterer Glockenschlag. Die Mahlzeiten, die Gebete – alles wurde von den Glocken bestimmt, jeder Tag in ordentliche Abschnitte unterteilt. In Harlem war dafür keine Zeit gewesen. Nur ein kurzes Gebet bei Tagesanbruch, wenn sie sich anzog, und ein paar letzte Gedanken, wenn sie nach der Arbeit des Tages im Bett lag. Vera konnte sich nicht erinnern, wann sie sich – außer bei der Messe – das letzte Mal hingekniet hatte, bevor sie hierhergekommen war.

Jemand klopfte leise an ihre Tür. Schwester Joseph stand dort, ein leicht zur Seite geneigtes Tablett mit Resten vom Weihnachtsessen in den Händen. Joseph trug Habit und Schleier. Sie war die Einzige, die anderen liefen jetzt in normaler Kleidung herum: schlicht geschnittene Röcke, Blusen aus Polyester, Strickjacken, Gesundheitsschuhe. Für die Älteren war es schwerer, all die Veränderungen, die die Jahre mit sich gebracht hatten. Obwohl Schwester Joseph zwanzig Jahre älter war als sie, wirkte sie zögernd, fast beklommen. Hatten sie wirklich Angst vor ihr?

»Ich dachte, Sie möchten vielleicht hier oben zu Abend essen, Schwester«, sagte Joseph, stellte hastig das Tablett auf den Tisch und eilte wieder zur Tür. »Ich weiß ja, wie viel Sie zu tun haben.«

Sie sollte mit ihnen essen. Sie sollte das Tablett nehmen und nach unten gehen und sich zu ihnen an den Tisch setzen. Sie sollte das Gebet sprechen und ihre Hände berühren und sich nach ihren Kümmernissen, Schmerzen und Schlafstörungen erkundigen. Früher waren sie um ihr Seelenheil besorgt gewesen, jetzt war es der Körper mit seinen Beschwerden. Kein vollkommener Ablass konnte sie davon befreien.

»Danke, Joseph. Ich komme später zum Tee herunter.«

»Sie sind in unseren Gebeten, Schwester.« Ein Beben in ihrer Stimme. Respektvoll, ängstlich. Kurz vor dem Umzug nach Narrowsburg hatte Joseph in ihrer zittrigen, altmodischen Schrift einen Vers aus dem Buch der Könige abgeschrieben und an sie geschickt: »Ich tue nach deinen Worten. Ich gebe dir ein weises und verständiges Herz.«

Vera wollte die Hand der alten Frau ergreifen. Es war ihre Aufgabe, die anderen zu trösten. Es einfacher für sie zu machen. Sie waren jetzt ihre Herde. Sie sollte nach unten gehen und sich von ihnen eine Tasse Tee zubereiten lassen. In zehn Minuten. In zehn Minuten würde sie zu ihnen nach unten gehen.

Sie starrte aus dem Fenster, während das Murmeln des Tischgebets von unten heraufdrang. Es schneite jetzt stärker, die nassen Flocken schmolzen, wenn sie auf die Scheibe trafen. Joseph hatte ein Täfelchen von der dunklen Schokolade, die Vera so gerne mochte, neben den Teller gelegt. Im Frühjahr würde es eine Blume sein, im Herbst ein rotes Ahornblatt.

Sie musste streng mit ihnen sein, ihrem verwirrten Kummer den Rücken zukehren. Wie hatten sie gewettert und geweint und gebetet, als sie sie aus ihrem Zuhause gerissen, die Bande zu ihren Gemeinden gekappt und sie alle hier draußen abgeladen hatte, weitab von der Welt. Sie hatte sie verraten. Vielleicht war es ein Fehler gewesen. Aber sie hatte keine andere Wahl gehabt. Besser, sie wurden von ihr hinausgetrieben als von den Banken.

Wie viele Jahre würde es dauern, bis sie alle das Zeitliche gesegnet hatten? Schwer einzuschätzen, wie lang das Exil sein würde, das sich vor ihr erstreckte; ein merkwürdiger Schwebezustand. Nach Harlem würde sie nicht zurückkehren. Das Haus war an eine Familie verkauft worden. Juden, hatte der Makler ihr gesagt.

Sie stand auf und schlüpfte in ihre Schuhe. Durch das Fenster konnte sie eine Gestalt sehen, die von der Straße abbog, kurz am grünen Briefkasten stehen blieb und dann langsam auf das Haus zukam, wobei sie Fußabdrücke im Schnee hinterließ. Vera trat näher an die Scheibe. Überraschung durchfuhr sie. Es war die junge Afrikanerin aus Harlem, mit der Cecile sich immer anzufreunden versucht hatte. Wie hieß sie noch? Irgendwie ungewöhnlich. Ach ja, Constance. Was um alles in der Welt tat sie hier? Die junge Frau war jetzt vor dem Haus angekommen und sah zu dem Fenster hoch, wo Vera stand. Sie trug eine Mütze, tief ins Gesicht gezogen, und hatte nur eine Tasche bei sich. Keine Spur von ihrem Kind.

## Harlem, New York

*Juli 1997*

Fast ein Monat verging, bevor Marina die junge Schwarze und ihren kleinen Jungen wiedersah. Sie und Jacob fuhren nach Fire Island, erst mit dem Zug nach Long Island und dann mit der kleinen Fähre von Sayville über den Sund. Eine Reise von Insel zu Insel, ein schiefergedecktes Cottage auf einem schmalen Sandstreifen draußen im Atlantik. Sie kamen jeden Sommer hierher. Es war ein fester Bestandteil ihres Jahres geworden, die Flucht aus der verrückten Hitze der Stadt, diese Wochen abseits von allem, so gleichbleibend in ihrem Rhythmus, dass Marina manchmal Schwierigkeiten hatte, einen Juli vom anderen zu unterscheiden. Die vertrauten Abläufe hatten ihren ganz eigenen Zauber: die Überfahrt mit der tuckernden Fähre, der Abstecher zum Laden, um alles Nötige einzukaufen, dann Türen und Fenster des kleinen Hauses öffnen, um die Meeresluft hereinzulassen. Den Morgen verbrachten sie immer am Strand, sie gingen bis zur hintersten Kurve der Bucht, sammelten Muscheln und legten sich unter den alten Sonnenschirm, den sie vom Haus hinuntertrugen. Nachmittags fuhren sie mit den Rädern über die Bohlenwege oder in den Ort, und manchmal legten sie eine Pause ein, für einen Kaffee oder ein Eis. An den Abenden spielten sie Scrabble oder Karten, saßen stundenlang in Decken gehüllt auf der Veranda, schauten zu den Sternen hinauf und unterhielten sich, begleitet vom Rauschen der Wellen. In der Dunkelheit schienen sich die Geräusche zu verstärken – der Ruf einer Eule, das Klappern der Fenster bei einem plötzlichen Windstoß.

Jeden Sommer inspizierte Ben das kleine weiße Haus mit den grünen Holzläden, um nachzusehen, ob sich etwas verändert hatte, und es ärgerte ihn, wenn ein Bild fehlte oder das alte Sofa unter dem Fenster durch ein neues ersetzt worden war. In ihrem ersten Sommer auf der Insel, als er zehn gewesen war, hatte er voller Ernst gemeint, sie sollten New York verlassen und das ganze Jahr hier im Sommerhaus leben. Als sie gelacht hatten, war er wütend geworden und auf seinen dünnen Beinen zum Strand hinuntergerannt. So klein hatte er ausgesehen, dort unten am Wasser, den Kopf gesenkt, um etwas im Sand zu erspähen.

Einige Sommer später, als er fast an derselben Stelle gestanden hatte, schien er mit einem Mal zum Mann geworden zu sein. Es war ganz plötzlich passiert, eine unerwartete Metamorphose. Er war siebzehn Jahre alt, kam gerade aus dem Wasser, schüttelte seine nassen Haare und schlang sich ein gestreiftes Handtuch um die Taille. Da fiel Marina auf, dass er kaum noch etwas Kindliches an sich hatte. Wie eigenartig, dass es sie so vollkommen überraschte; sie sah ihn jeden Tag, und auf einmal war da dieser hochgewachsene, anmutige Mann.

Es war seltsam, dass Ben diesmal nicht dabei war. Marina hatte gewusst, dass irgendwann die Zeit kommen würde, wenn andere Dinge wichtiger wurden: Reisen, Arbeit, eine Frau. Aber sie hatte nicht damit gerechnet, dass es so hart sein würde. Dass er sich einfach weigern würde, mit ihnen zu fahren. Jedes Mal wenn sie an seinem Zimmer mit dem schmalen Einzelbett und dem kleinen Fenster zum Garten vorbeikam, verspürte sie ein leises Unbehagen. Was er jetzt wohl machte? Ging er noch zur Arbeit? Aß er?

Am Abend vor ihrem Aufbruch hatte Jacob seinem Sohn die Hand auf die Schulter gelegt, als er aus der Küche schlüpfen wollte. »Komm mit uns«, sagte er. Marina sah, wie Jacob sich bemühte, es nicht wie eine Aufforderung klingen zu lassen, Leichtigkeit in seine Stimme zu legen. Doch Ben duckte sich unter der Hand weg und ging zur Tür. »Ich muss arbeiten.«

»Du kannst dir doch bestimmt freinehmen. Komm mit auf die Insel, und im Herbst gehst du wieder zur Uni. Komm schon, Ben, hör auf damit.«

Langes Schweigen. Marina, die mit dem Rücken zu ihnen an der Spüle stand, merkte, dass sie die Luft anhielt.

»Ich möchte lieber hier bleiben«, sagte Ben ruhig und verließ den Raum. Die Stufen knarzten, als er nach oben ging.

Als sie und Jacob sich am nächsten Morgen auf den Weg zum Bahnhof gemacht hatten, war Ben bereits fort. Sie hatten die Tür ins Schloss fallen hören, als er noch vor Sonnenaufgang zur Frühschicht im Supermarkt aufgebrochen war. Was er tat, fühlte sich an wie Grausamkeit, aber sie wusste, dass es das nicht war. Er war lediglich an einen Punkt zurückgewichen, an dem ihn niemand erreichen konnte.

Eines Nachmittags, als Jacob mit dem Rad eine Tour ans Ende der Insel unternahm, ging Marina in Bens Zimmer und setzte sich auf das Bett. Die Nachtleuchte, die er als Kind immer angehabt hatte, stand auf dem Nachttisch. Eingeschaltet warf sie einen Sternenhimmel an die Decke. Sie erinnerte sich, wie frustriert Ben gewesen war, weil die Sternbilder nicht richtig angeordnet waren und die Lampe den Nachthimmel nicht korrekt abbildete. Als Kind wollte er lange Zeit Astronom werden. In vielen klaren Sommernächten hier auf der Insel hatte er stundenlang auf der Veranda gesessen und durch das Teleskop, das sie ihm zum zwölften Geburtstag geschenkt hatten, die Sterne beobachtet. Manchmal hatten sie ihn morgens schlafend dort gefunden, in eine Decke gehüllt, die laminierten Sternkarten um sich ausgebreitet. Einmal hatte er versucht, ihr die Klassifizierung der Sterne zu erklären. »Viele Sterne werden durch die Umstände ihres Todes klassifiziert«, hatte er gesagt. Sie hatte den Satz in ihr Tagebuch geschrieben, weil sie ihn eigentümlich poetisch fand. Oft, wenn Ben ihr ganz konzentriert etwas erklärte, musste sie an ihren Bruder denken. Dow hatte eine genauso bezaubernde Ernsthaftigkeit besessen. Sie dachte an die Sternenkarte aus Seide, die er für sie gebastelt hatte, mit all den mühsam angenähten Knöpfen als Sterne.

Ben hatte das schon immer gehabt, dieses Bedürfnis nach Sorgfalt und Genauigkeit, dieses ernste Streben nach Wissen. Ein paar Tage, bevor sie nach Fire Island gefahren waren, hatte Marina im Supermarkt vorbeigeschaut, wo er gerade die Regale auffüllte. Er hatte die Anordnung der Wasserflaschen genau berechnet, erklärte er ihr, damit er wusste, wie viele in jedes Regal passten. Die leise Begeisterung in seiner Stimme, als er von Vektoren und Winkeln sprach, verriet, dass seine alte Liebe zur Mathematik immer noch da war. Es war nur ein Funke Hoffnung, aber auf dem Weg nach Hause verspürte sie eine stille Erleichterung. Es gab immer noch etwas, das ihm wichtig war. Er würde sich bestimmt wieder fangen.

Marina legte sich auf Bens Bett. Das Kopfkissen roch nach Lavendel. In ihrem zweiten Sommer hier hatte sie die alte Ausgabe von *Grimms Märchen* mitgenommen, und es wurde zum Ritual für sie und Jacob, sich zu Ben auf das schmale Bett zu setzen und ihm abwechselnd eine Geschichte vorzulesen. Jeden Abend, wenn sie so zusammen lasen, dachte sie, wie seltsam diese Wiederholung der Szenerie war. Dow und ihre Mutter gab es nicht mehr, aber stattdessen waren dieser Mann und dieser Junge mit ihr hier, dasselbe alte Buch, das in einen

Lichtkegel gehalten wurde, und der Wind, der an den Fensterläden rüttelte, während sie einander vorlasen.

Bens Lieblingsgeschichte war die von dem Hirtenbüblein, das so weise auf die Fragen des Königs antwortete. Immer wieder wollte er sie hören, obwohl er sie längst auswendig kannte. Viele von den Geschichten waren ganz ähnlich, dachte Marina, sie handelten von Kindern, die sich auf ihre eigenen Fähigkeiten verlassen mussten, um die Bösen zu überlisten und am Leben zu bleiben. »Wo sind die Eltern in diesen Geschichten?«, hatte Ben sie einmal gefragt. »Wenn das Hirtenbüblein vom König adoptiert wird, weil es so klug ist, was ist dann mit seinen richtigen Eltern? Wollen sie es denn nicht behalten?« Sie sah sein junges Gesicht noch ganz genau vor sich, die hohe Stirn, die klaren braunen Augen. Schon damals hatte sie etwas Unergründliches in ihm gespürt. »Ich weiß es nicht«, hatte sie geantwortet. »Ich weiß nicht, wo die Eltern sind.«

Als sie jetzt auf Bens Bett lag, wünschte sie sich, sie könnte die Zeit zurückdrehen zu all den früheren Sommern. Zu den Strandburgen aus Treibholz, den Glühwürmchen im Glas und den Expeditionen in den Versunkenen Wald, um Ausschau nach Hirschen zu halten. Alles – das Cottage, der Sommer, sogar Fire Island selbst – schien seinen Zauber verloren zu haben, nun da Ben ihm den Rücken gekehrt hatte. Seine Distanz ihnen gegenüber war beunruhigend, als wäre er aus seinem eigenen Leben getreten und hielte sich versteckt. »Ich habe keine Ahnung«, sagte er jedes Mal ganz offen, wenn sie ihn fragten, was seine Pläne waren, ob er sein Studium wieder aufnehmen würde. Er verweigerte sich stur der Zukunft.

Durch das Fenster sah sie Jacob über die Uferstraße zurückkommen, die Haare vom Wind aus dem Gesicht gepustet. Gleich würde er die Stufen zur Veranda heraufkommen, sich einen Kaffee einschenken und ein Stück von dem Ingwerkuchen essen, den sie morgens gebacken hatte. Er hielt inne, um die Nachbarskatze zu streicheln, bewegte sich mit Vorsicht, als er das Knie beugte; eine alte Tennisverletzung.

Ganz zu Beginn ihrer Beziehung hatte sie von allen Verletzungen wissen wollen, die Spuren an Jacobs Körper hinterlassen hatten, bevor sie ihn gekannt hatte. Die winzige Narbe an seiner Schläfe, die verblassten Markierungen eines Hundebisses an seiner Wade, der mit sieben Stichen genäht werden musste, die Blinddarmentzündung, als er sechzehn gewesen war.

Doch den größten Schaden hatten Dinge angerichtet, die keine sichtbaren Spuren hinterlassen hatten. Der Tod seines Vaters Max, als Jacob kurz vor seinem Studienabschluss gestanden hatte, das schreckliche Geräusch, wenn seine Mutter nachts hinter ihrer geschlossenen Schlafzimmertür weinte. »Oh«, hatte sein Vater gesagt, als ihn der Herzinfarkt beim Abendessen ereilt hatte. Dann: »Tut mir leid.« Formvollendet bis zum Schluss.

Und dann der kompliziertere Schmerz seiner ersten Ehe. Marina vermutete, dass es der Tod seines Vaters gewesen war, der Jacob in diese frühe, unglückliche Verbindung getrieben hatte; dass er sich an Leni festgehalten hatte, weil sie keinen Schatten mit sich herumtrug, keinen blauen Fleck auf dem Herzen. Mit ihr konnte er der Trauer im Haus seiner Eltern entfliehen, der fest verschlossenen Tür zum Arbeitszimmer seines Vaters, dem kummervollen Schweigen seiner Mutter und seiner Schwester. Ein Picknick im Central Park, eine Fahrt an die Küste von New Jersey, ein heruntergesetzter Wintermantel bei Bergdorf Goodman – die Schlichtheit von Lenis Wünschen war für Jacob sicher wie eine Befreiung gewesen. Damals hatte es noch in seiner Macht gestanden, sie glücklich zu machen.

Jacob hatte Leni in seinem ersten praktischen Jahr in der Psychiatrie kennengelernt, im Frühjahr nach dem Tod seines Vaters. Sie arbeitete als Sekretärin in der Klinik, die einzige Tochter eines wohlhabenden Geschäftsmanns aus Ossining. Ein verwöhntes Gör, hatte Rose sie genannt, verdorben durch die Nachsicht ihres Vaters. »Das Mädchen wollte zu viel von der Welt«, hatte sie traurig gesagt und den Kopf geschüttelt. Marina fand zunächst, das sei doch nichts Schlimmes und sicher besser, als zu wenig von der Welt zu wollen. Doch Rose meinte, Leni wollte die falschen Dinge. Sie war auf eine entmutigende Weise schön, das ließ sich nicht leugnen. Marina hatte die Fotos von Leni als junger Frau gesehen, die noch in Roses Album klebten; ihr langes dunkles Haar, die ungewöhnlich blauen Augen. Von Anfang an hatte Leni etwas Unbeständiges gehabt, sagte Rose, eine anstrengende Rastlosigkeit. Sie konnte ausdauernd schmollen oder plötzlich aufbrausen, sah Beleidigungen, wo keine waren, und zerstritt sich ohne nachvollziehbaren Grund mit ihren Freundinnen. Sie strafte Jacob mit tagelangem Schweigen, wenn er sie in irgendeiner Weise verletzt hatte. Sie war noch so jung, kaum ihrer Kindheit entwachsen, und musste sich erst in ihre Rolle als Erwachsene und Ehefrau hineinfinden. Dennoch hatten Rose und Leah gedacht, dass Jacob und Leni vielleicht einen Weg finden würden, miteinander auszukommen, und hatten sich wirklich Mühe mit ihr gegeben. All die Einladungen zu Ausstellungen und Konzerten, zu Roses Spendenaktionen der Women's International Zionist Organisation und zu Leahs Buchclub. Sie versuchten sie in die Vorbereitungen für die jüdischen Feste einzubeziehen, bewiesen um Jacobs willen immer wieder Geduld und Nachsicht.

Anfangs machte Leni mit, lächelte nachsichtig über Roses Esstisch hinweg, wenn Jacob den Kiddusch sprach und sich bemühte, den Tonfall seines Vaters nachzuahmen, der dieselben Worte während all der Jahre seiner Kindheit gesprochen hatte. Leni fand diese archaische Tradition charmant, aber ziemlich albern. Trotzdem hörte sie in der ersten Zeit höflich zu, wenn Rose ihr die Rituale erklärte, wie ein eigensinniges, aber vorübergehend gehorsames Kind. Sie bewunderte das bestickte Challatuch aus Israel und die Kerzenleuchter, die Roses Großmutter in ihrer Truhe aus Warschau mitgebracht hatte.

Leah ernannte sich zu Lenis Geschichtslehrerin, entsetzt über die riesigen Wissenslücken des Mädchens, was Geschichte im Allgemeinen und die jüdische im Besonderen anging. Sie kopierte Artikel für Leni, brachte Bücher aus der Bibliothek der Columbia University mit, wo sie Sozialwissenschaften studierte, und markierte die Seiten, die Leni lesen sollte, mit bunten Papierstreifen. Ihre Gespräche mit Leni bekamen etwas Belehrendes, worauf die Jüngere unsicher und gereizt reagierte.

Wie sehr Jacob gehofft hatte, dass Leni lernen würde, sie gern zu haben, dass sie die Vierte in ihrem engen Kreis werden würde. Sie hätten ihr ihre Herzen geschenkt, seine traurige Mutter und seine ernste Schwester, doch Leni wollte sie nicht. Er sah das kaum merkliche Augenrollen, wenn Leah sich zu ihr beugte, um ihr etwas Vertrauliches zu erzählen; sah, wie sie an ihrem abgeplatzten Nagellack pulte, während Rose mit ihr sprach. Auf dem Heimweg von den Freitagabenden bei Rose machte Leni sich einen Spaß daraus, Leah nachzuäffen. »Wusstest du, dass Heinrich Heine gesagt haben soll, seit dem Auszug aus Ägypten habe die Freiheit stets mit hebräischem Akzent gesprochen?«, sagte sie, wobei sie den ernsten, professoralen Ton seiner Schwester sehr treffend nachahmte. Leni hatte einen wachen, boshaften Blick, und Leah mit ihrem erhitzten Gesicht, den wilden Locken und dem schweren Bücherrucksack war ein gefundenes Fressen für ihre spitze Zunge.

Ein paar Monate nach der Hochzeit gingen Leni und Jacob nicht mehr zum Sabbatmahl bei Rose. Leni wollte lieber mit Freunden zusammen essen, zu irgendwelchen Partys nach Brooklyn fahren oder in den Jazzclub bei ihnen um die Ecke gehen. Jacob saß dann in einer Ecke der lauten Bar, erschöpft von einer Woche voll Arbeit und Studien, hielt den wackeligen Tisch fest, damit ihre Getränke nicht umkippten oder überschwappten, und sah zu, wie Leni hierhin und dorthin lief. Marina wusste, dass es ihn sehr geschmerzt hatte, seine Mutter und seine Schwester im Stich zu lassen. Diese Freitagabende waren seiner Familie heilig, und dass er nicht mehr kam, war ein schlimmer Verrat – nicht nur an Rose und Leah, sondern auch am Andenken seines Vaters.

Schon bald nach der Hochzeit gab Leni ihre Stelle am Beth Israel Hospital auf. Die Arbeit war unglamourös und langweilig, erklärte sie ihm. Sie wollte etwas Interessanteres tun. Sie könnte aufs College gehen oder einen Fotografiekurs belegen. Sie lag bäuchlings auf dem ungemachten Bett, wackelte mit ihren langen Beinen und blätterte in den Prospekten der New School und der Cooper Union. Ihre Freundinnen waren fast alle Sekretärinnen und Schwestern im Krankenhaus gewesen oder Mädchen, mit denen sie in Ossining zur Schule gegangen war, doch bald begann sie sich bei den Ehefrauen von Jacobs Medizinerfreunden einzuschmeicheln, lud zum Lunch in das Boat House im Central Park ein oder zum Nachmittagstee bei Barneys. Jacob konnte den Umriss des Lebens erkennen, das Leni sich für sie beide vorstellte, wie aus einem Hochglanzmagazin. Sie beschwerte sich, ihre Wohnung an der East Second Street sei zu klein und zu schäbig, um Freunde zu empfangen. Sie schimpfte über das Linoleum, das sich wellte, die verzogenen Fensterrahmen und die lauten Rohre. Ihr Zorn über die Wohnung war oft so unverhältnismäßig, dass Jacob vermutete, es müsse etwas anderes dahinterstecken, ein anderes Versagen seinerseits.

Im zweiten Jahr ihrer Ehe überredete Leni ihn, einen Anteil an einem Sommerhaus in Long Beach zu kaufen, obwohl sie es sich von seinem Gehalt als Assistenzarzt kaum leisten konnten. Er hatte sich lange dagegen gesträubt, schließlich aber eines Frühlingsnachmittags nachgegeben und einen Teil seiner Ersparnisse dafür geopfert, die eigentlich für den Kauf einer eigenen Wohnung gedacht gewesen waren. Er erinnerte sich noch an ihre übermütige Freude, daran, wie sie ihre schlanken Arme um seinen Hals geschlungen und ihn geküsst hatte. »Sage ich dir eigentlich oft genug, wie sehr ich dich liebe?«, hatte sie geflüstert. Tatsächlich sagte Leni Jacob kaum jemals, dass sie ihn liebte. Ihre Gefühle für ihn waren verwirrend und geheimnisvoll; er bekam sie nie wirklich zu fassen. »Ich dich auch«, murmelte sie zerstreut, wenn er ihr seine Liebe erklärte. »Ich dich auch, mein Schatz.«

Einmal erzählte Jacob Marina bei einem Spaziergang im Central Park, dass er damals während seiner ersten Ehe, wenn er müde von einer Nachtschicht nach Hause kam, manchmal mit Leni hierhergefahren war, anstatt direkt ins Bett zu fallen, und ihr dabei zugesehen hatte, wie sie um den See lief. Er hatte sich vollkommen erschöpft auf eine Bank gesetzt und Lenis gebräunte Beine betrachtet, ihre hellgrünen Laufshorts und den Zopf, der zwischen ihren schmalen Schulterblättern auf und ab hüpfte. Wenn Leni lief, wirkte sie vollkommen ernst und konzentriert, den Blick auf irgendeinen Punkt in der Ferne gerichtet, den Mund leicht geöffnet, die Bewegungen anmutig und gleichmäßig wie bei einem edlen Rennpferd.

Laut Vertrag standen Leni und Jacob drei Wochenenden pro Monat in dem Sommerhaus in Long Beach zu. Ihr Zimmer lag im Obergeschoss des geräumigen Holzschindelhauses direkt am Strand. Sie teilten sich das Haus mit fünf weiteren Paaren, was dem Ganzen das übermütige Gefühl eines Ferienlagers verlieh. Das Knirschen von Reifen auf dem Kies, wenn Leute ankamen oder wegfuhren, Musik vom Plattenspieler, Gelächter und Türenschlagen, endlose Tennismatches, das Poltern von Schritten treppauf und treppab. Jacob war das alles zu viel: der Lärm bis spät in die Nacht, Stimmen und Musik auf der Terrasse unter ihrem Fenster, die Küche, in der jeden Morgen die leeren Champagnerflaschen standen. Oft blieb er da, wenn die anderen zum Strand gingen, legte sich mit einem Buch auf das Sofa und genoss die Stille im leeren Haus.

Ein paar Wochen nach Sommeranfang änderte sich sein Dienstplan, und er musste samstags und sonntags die Nachtschicht im Krankenhaus übernehmen. Doch es gab keinen Grund, weshalb Leni an den Wochenenden zu Hause bleiben sollte, nur weil er nicht mit nach Long Beach kommen konnte. Er sah zu, wie sie ihre Tasche packte, sorgfältig einen Seidenschal in das üppige, glänzende Haar band, das ihr bis auf den Rücken fiel, und sich die Diamantohrringe, die ihr Vater ihr zur Hochzeit geschenkt hatte, in die kleinen, perfekten Ohrläppchen steckte. Draußen fuhr jemand mit dem Auto vor, ein lautes Hupen ließ ihn zusammenschrecken, und dann war sie verschwunden.

An diesen Wochenenden schien das kleine Apartment von einer düsteren, alles verschlingenden Einsamkeit erfüllt zu sein. Furcht packte Jacob, wenn er sich bei Tagesanbruch auf den Heimweg machte und in die bläuliche Stille des Union Square hinaustrat. Außer ihm waren um diese Zeit nur die Marktleute unterwegs, die ihre Stände aufbauten, und die

Obdachlosen, die die Nacht im Park verbracht hatten. Manchmal blieb er stehen, kaufte sich einen Becher Hot Cider und ein Brötchen und setzte sich damit auf eine Bank, weil er trotz seiner Müdigkeit nicht in die leere Wohnung zurückwollte. Wenn er dann zu Fuß durch das East Village nach Hause ging, sah er die letzten Nachteulen aus den Bars stolpern und zur nächsten U-Bahn-Station wanken. Alle wirkten so unglaublich jung. Die Stadt, die, abgesehen von den ersten Jahren in Israel, seit jeher sein Zuhause gewesen war, kam ihm mit einem Mal fade und trostlos vor, wie ein fremder, ungeliebter Ort, dem er nicht entfliehen konnte.

Er begann wieder zum Sabbatmahl bei seiner Mutter zu gehen. Rose und Leah kümmerten sich um ihn, kochten seine Lieblingsgerichte und packten ihm die Reste zum Mitnehmen ein. Lenis Abwesenheit wurde mit keinem Wort erwähnt. Manchmal in dem Sommer, erzählte Leah Marina einmal, kam es ihr beinahe so vor, als gäbe es Leni gar nicht. Als warte noch eine andere, erfüllendere Zukunft auf ihren Bruder; eine wirkliche, dauerhafte Liebe.

Im darauffolgenden Winter wurde Ben geboren. Jacob war Vater. Das hatte Leni ihm geschenkt. Trotz allem, was danach kam, sagte Jacob zu Marina, hätte er sich niemals ein Leben vorstellen können, in dem es Ben nicht gab. Nach seiner Schicht im Krankenhaus eilte er nach Hause, rannte beinahe den Broadway hinunter, um zu seinem Sohn zu kommen. Die Trennung von seinem Kind während der langen Stunden seines Arbeitstages war wie ein körperlicher Schmerz, eine Enge in der Brust, eine fortwährende bohrende Angst.

Mit Bens Geburt war für Jacob alles klar. Der Junge war wie ein kleines Leuchtfeuer, das sie führte. Er würde ihrem Leben, das bisher so ziel- und substanzlos gewesen war, Gewicht und Form geben. Er hoffte, dass Leni dasselbe empfand, dass die Mutterschaft sie irgendwie zu einem akzeptableren Menschen machen würde. Vielleicht würde die Liebe zu ihrem Kind sie verwandeln. So etwas kam vor.

Während Lenis gesamter Schwangerschaft sorgten sich Rose und Leah, dass das Baby nicht von Jacob war, aber sobald sie Ben erblickten, waren sie beruhigt. Schon als Neugeborener sah er seinem Vater unglaublich ähnlich. Es war, als hielte sie noch einmal Jacob in ihren Armen, sagte Rose.

Als Ben zwei Monate alt war, ließ Leni ihn bei Jacob, um mit ein paar der anderen Ehefrauen aus dem Sommerhaus zum Skifahren nach Aspen zu fahren. Der Kleine wurde nicht gestillt und würde prima ohne sie zurechtkommen, erklärte sie. Außerdem war es ja nur für fünf Tage. Ben würde kaum merken, dass sie weg war. Jacob brachte es nicht über sich, mit ihr zu streiten. Er nahm sich frei und blieb zu Hause bei dem Baby. Ben schrie so fürchterlich, dass Jacob Angst hatte, den Kleinen würde der Schlag treffen. Stundenlang ging er nachts mit ihm in der Wohnung auf und ab, wiegte ihn, streichelte ihn, versuchte ihn zu beruhigen und starrte auf das winzige, zornverzerrte Gesicht seines Sohnes hinunter. Jede Nacht kam ihm endlos vor. Morgens schlief er auf dem Sofa ein, das Baby im Arm, dessen kleine Brust sich hob und senkte, während es endlich in den Schlaf glitt. Manchmal sah Ben ihn unverwandt an, wenn er aufwachte, fast als mustere sein Sohn ihn, etwas Wissendes in seinem Blick.

Jacob hatte einmal gehört, wie ein Kollege im Krankenhaus von der irrationalen Eifersucht erzählte, die er seit der Ankunft seines ersten Kindes empfand. Die intime Welt, in der er mit seiner Frau gelebt hatte, war von den nicht enden wollenden Bedürfnissen des Kindes beschlagnahmt worden, und er fühlte sich wie ein Ausgestoßener. Die Liebe zu seinem Kind stand nie infrage, aber er vermisste seine Frau. Sie und das Baby waren auf eine ausschließliche, körperliche Weise verbunden, und er konnte nur von außen zusehen. Für Jacob war es genau andersherum. Er und Ben waren in einem engen Kokon eingesponnen, und Leni war die Außenstehende. Als er am sechsten Tag sah, wie das Taxi vor dem Haus hielt und Leni ausstieg, schien sie überhaupt nicht zu ihnen zu gehören.

Und dennoch zweifelte Jacob nicht daran, dass Leni Ben liebte. »Engelchen«, nannte sie ihn, wenn sie sich über das Bettchen beugte, um ihn am Bauch zu kitzeln oder ihm über den Kopf zu streichen. Es war der gleiche Name, bemerkte Jacob, den ihre Mutter manchmal für sie verwendete. Lenis Eltern hatten sich nie richtig um sie gekümmert. Sie gab sich wirklich Mühe, aber das Vorbild, an dem sie sich orientierte, war mangelhaft, und sie hatte keine vernünftigen Freundinnen, die ihr dabei helfen konnten. Als er vorschlug, Rose könne doch herkommen und ihr und dem Baby Gesellschaft leisten, während er bei der Arbeit war, regte Leni sich fürchterlich auf. »Ich will nicht, dass deine Mutter herkommt und sich einmischt«, schrie sie ihn an. »Ben ist mein Kind.« Ihre Wut war so heftig und unerklärlich, dass Jacob sich fragte, ob die Geburt ihr seelisches Gleichgewicht durcheinandergebracht hatte.

Als Ben zwei Jahre alt war, verkündete Leni, dass sie wieder arbeiten wollte. Einer der Ärzte, der sich auch an dem Sommerhaus beteiligt hatte, ein Chirurg namens Michael Hadley, hatte ihr eine Stelle am Empfang seiner Praxis in Gramercy Park angeboten. Jacob war überrascht, weil Leni sich so oft darüber beschwert hatte, wie öde sie die Verwaltungsarbeit im Krankenhaus gefunden hatte. Den ganzen Tag zu Hause zu hocken sei noch öder, entgegnete sie darauf. Sie wollte wieder draußen in der Welt sein, und es würde auch Ben guttun, mal andere Gesichter zu sehen; sie hatte bereits eine Tagesstätte ganz in der Nähe gefunden. Jacob konnte nichts mehr sagen – alles war bereits organisiert, als sie es ihm mitteilte.

Sechs Monate später war Leni fort. Diesen Teil der Geschichte kannte Marina gut. Der Brief auf dem Küchentisch, an die Obstschale gelehnt, sämtliche Sachen, die Leni gehörten, verschwunden. Nichts übrig außer ein paar langen Haaren in Jacobs Bürste und einem leeren Parfümflakon im Badezimmerregal. Sie war unterwegs nach London. Michael hatte dort eine interessante Stelle angeboten bekommen, und sie ging mit ihm. Sie würde sich melden, wenn sie Ben sehen wollte; vielleicht würde sie Weihnachten zu Besuch kommen. Jacob hatte keine Ahnung, wie lange Lenis Affäre mit Michael schon lief, ob sie bereits in dem Sommer in Long Beach begonnen hatte oder erst, nachdem sie seine Empfangsdame geworden war. Darüber wollte er lieber gar nicht nachdenken, sagte er.

Vom Küchenfenster im Strandhaus sah Marina zu, wie Jacob vom Weg abbog und die Stufen zum Holzdeck heraufkam. Wegen des Regens wurde es früh dunkel, und eine plötzliche Kühle breitete sich aus. Der gleißende Sonnenschein der vergangenen Wochen war einem nahezu herbstlichen Grau gewichen. Jacob trat sich die Füße auf der Matte ab und kam auf sie zu, um ihr einen Kuss zu geben.

»Was hältst du davon, heute Abend eine Suppe zu kochen? Es würde zum Wetter passen, und wir haben ja noch den gebackenen Kürbis von gestern.«

»Ja. Und Champagner im Kühlschrank.«

»Suppe mit Champagner. Klingt wie eine gute Kombination.«

Marina schob die Hände unter Jacobs Hemd. Manchmal stieg ein tiefer Schmerz aus ihrem Innern auf, wenn sie daran dachte, wie sehr er gelitten hatte. Es gab einen ganzen Bereich seines Lebens, den sie immer noch nicht gefahrlos betreten konnte. Dieser starke Drang, ihn zu beschützen, mischte sich mit Verlangen. Sie presste die Lippen auf seinen Hals. Im Sommer schmeckte seine Haut anders, salziger.

»Es ist auch gutes Wetter für eine Siesta«, sagte sie und führte ihn in das kleine Schlafzimmer an der Rückseite des Hauses.

Später lagen sie zusammen im Bett. Jacob legte den Arm um sie, sein Kopf an ihrer Schulter. Durch das offene Fenster drang das Rauschen des Meeres herein, ein rhythmisches Branden und Zischen. Regen tropfte auf das Holzdeck. Marina spürte Jacobs Atem an ihrem Hals, das allmähliche Loslassen seines Körpers, als er einschlief. Auf dem Nachttisch stand eine grüne Vase mit einer Magnolienblüte. Wie seltsam, hatte Marina gedacht, als sie den kleinen Baum entdeckte, dass so eine exotisch anmutende Pflanze hier in den Sanddünen wuchs. Die Blüte sah aus wie ein riesiger, weicher Schmetterling.

Erst nach einigen Wochen sagte Jacob Rose und Leah, dass Leni ihn verlassen hatte. Er vertuschte ihre Abwesenheit, nahm sich frei und blieb zu Hause bei Ben. Nachmittags ging er mit ihm in den Tompkins Square Park, wo sie sich auf eine Bank setzten und den Hunden beim Toben zusahen. Ben war in dieser ersten Zeit nahezu untröstlich. Er liebte seine Mutter inbrünstig. Er war überglücklich, wenn er sie erblickte, liebeskrank und zittrig in ihrer Gegenwart, und voller Angst, wenn sie fort war. In den ersten Tagen nach ihrem Verschwinden fragte er immer wieder nach ihr. Je länger Leni fort war, desto mehr sehnte er sich nach ihr. Er wachte nachts weinend auf, tapste durch die Wohnung und spähte in jedes Zimmer, als könnte sie wie aus dem Nichts wieder auftauchen. Es gab nichts, womit Jacob ihn trösten konnte. Sie schrieb nicht und rief auch nicht an.

Nach einem Monat fand Jacob die Adresse des Krankenhauses in London heraus, in dem Michael arbeitete, und rief ihn dort an. Ob Michael Leni bitten könne, mit ihrem Sohn zu sprechen, fragte er. Wenn sie in der Wohnung anrufe, werde er den Hörer sofort an Ben weitergeben. Es kostete Jacob seine ganze Willenskraft, seine Stimme ruhig zu halten. Michael sagte, er werde es Leni ausrichten; sie hätten sehr viel zu tun, aber er sei sicher, dass sie sich so bald wie möglich melden werde. Er klang mild und freundlich, als sprächen sie über irgendein unbedeutendes geschäftliches Detail. Danach herrschte langes Schweigen, bis plötzlich bei Michael im Hintergrund ein lautes Piepen ertönte. Es tue ihm leid, aber er müsse jetzt Schluss machen, er werde gebraucht. Dann legte er auf.

In den Wochen nach Lenis Verschwinden war Jacob am Boden zerstört – nicht so sehr um seiner selbst willen, sondern wegen Ben. Jacob hatte sich an ihre Abwesenheiten gewöhnt; manchmal war es sogar leichter, wenn sie nicht da war. Aber das hier war etwas anderes. Dass Leni ihn verlassen hatte, war eine Sache, aber die arglose, zitternde Liebe ihres Sohnes mit Füßen zu treten war unverzeihlich. Sie war als Mutter schon immer ungenügend gewesen, aber kein Fehler und keine Unterlassung während ihrer gemeinsamen Zeit war auch nur annähernd vergleichbar mit dem gewaltigen Loch, das ihr Verschwinden in Bens kleines Leben gerissen hatte. Nun, da sie fort war, würde sie in der Vorstellung ihres Sohnes viel zu viel Raum einnehmen, und er würde seinen Platz in der Welt nicht finden. Wenn sie sich bereitgefunden hätte, bei ihnen zu bleiben, wären ihre Schwächen alltäglicher Natur gewesen und ihre Macht, Schaden anzurichten, begrenzt. Aber sie war fortgegangen und erst nach drei Jahren zurückgekommen. Marina wusste, was in Jacob vorging; er glaubte, dass Bens jetziger Rückzug in demselben alten Schmerz wurzelte, der ihn durch all die Jahre begleitet hatte. Ben hatte unbeschadet gewirkt, aber er war es nicht. Wie eine schlafende Tropenkrankheit war die Trauer darüber, dass seine Mutter ihn im Stich gelassen hatte, wieder aufgeflammt.

Das Wetter wurde während ihrer letzten Woche auf Fire Island nicht wieder besser. Unablässig fiel der Regen über der Bucht, und bald fühlten sie sich wie unter Wasser, Himmel und Meer nur noch ein trübes Grau. In dem kleinen Cottage war es kühl und dunkel, die Feuchtigkeit breitete sich in den Wänden aus, und unter den Türen zog es durch. Marina fand in einem der Schränke einen alten Fischerpullover, den sie von da an ständig trug. Es gefiel ihr, dass in der Wolle immer noch der Meeresgeruch hing. Sie blieben drinnen und hörten Radio oder lasen, eingehüllt vom Prasseln des Regens. Es war beinahe kalt genug für ein Feuer. Beim Packen am letzten Tag fragte sich Marina plötzlich, ob sie je wieder hierherkommen würden.

Zurück in der Stadt begann Marina wieder an dem Buch zu arbeiten. Sie schrieb in der morgendlichen Hitze, das Fenster einen Spalt geöffnet, um die Geräusche der Straße hereinzulassen. An manchen Tagen schien die ganze Stadt unter der Schwüle zu ächzen. Während ihrer Abwesenheit war es in ihrem Viertel zu einem Gewaltausbruch gekommen, als hätte die Hitze die Menschen schließlich um den Verstand gebracht: eine Schießerei in East Harlem, bei der ein Kind in den Kugelhagel geraten war, und eine Messerstecherei zwischen zwei verfeindeten Drogenbanden. Die Nachrichten waren voller Fotos von finster dreinschauenden jungen Männern, die in Polizeitransporter verfrachtet wurden.

Viele von ihren Freunden hatten sie und Jacob für verrückt gehalten, als sie das Haus in Harlem gekauft hatten. Die

Leute zogen in die unbeschriebenen Ecken von Brooklyn, raus nach Clinton Hill und Fort Greene oder sogar bis nach Washington Heights und Inwood, wo auf einmal an jeder Ecke Bauernmärkte und Ökocafés aus dem Boden sprossen, aber Harlem galt immer noch als gefährlich und auf dem absteigenden Ast. Anders als viele andere Viertel schien es sich der Aufhübschung zu widersetzen. In den Baulücken zwischen den Häusern herrschte eine archaische Wildnis: Weinranken, die Müllberge überwucherten, Unkraut, das aus verrosteten Autowracks wuchs. Einmal meinte Marina, sie hätte einen mageren braunen Fuchs in einem alten Rohrstück verschwinden sehen. Wahrscheinlich nur eine streunende Katze, meinte Jacob, aber ihr gefiel die Vorstellung eines Fuchses besser, als Symbol der Verwilderung.

An den Nachmittagen ging sie in den Central Park und schlenderte um das Harlem Meer herum oder durch die Bereiche weiter südlich. An manchen Tagen wanderte sie auch der Länge nach durch den ganzen Park und machte erst kehrt, wenn sie die Pferdekutschen vor dem Plaza sah. Es überraschte sie jedes Mal, wenn sie am Ende des Parks ankam und plötzlich das Stadtzentrum mit seinen Straßenschluchten, dem lärmenden Treiben und den Touristenschwärmen vor sich hatte. In Harlem konnte sie das alles gut vergessen.

Die langen Nachmittagsspaziergänge waren zu einem festen Bestandteil ihrer Studie der chassidischen Juden geworden. Nach dem Morgen am Schreibtisch, wo sie die Mitschriften ihrer Interviews las, Notizen machte und schrieb, erschienen ihr die Touren durch den Park wie eine meditative Fortführung ihrer Arbeit. Sie kämpfte mit dem Buch, hatte noch nicht den richtigen Einstieg in ihr Thema gefunden. Es wäre so viel einfacher, einen geschichtlichen Überblick über die chassidischen Juden in Amerika zu schreiben, aber sie wollte einen intimeren und interessanteren Blickwinkel. Sie verabscheute die Vorstellung, dass man ein ganzes Volk in seiner Vielfältigkeit zwischen die Deckel eines Buches pressen könnte.

Marina hatte sich immer darüber gewundert, dass ihr Buch so hymnisch als umfassende Kulturgeschichte der Roma gelobt wurde, obwohl es für sie selbst voll sanften Zögerns und bewusster Leerstellen war. Die Roma waren ein Volk, das sich nach Kräften bemüht hatte, außerhalb der Geschichte zu leben und der Art von Aufzeichnung zu entgehen, wie sie ein Anthropologe versuchen könnte. Das Überleben dieser Menschen hing von Geheimhaltung, Schweigen und Tarnung ab, und sie würden sich niemals einem Außenstehenden anvertrauen. Wenn sie überhaupt mit ihr gesprochen hatten, dann in einer verkürzten Form. Sie hatte gelernt, dass es für jedes Wort in der Sprache der Roma ein geheimes Synonym gab, das sie nie erfahren würde. Selbst die Wörter, die sie kannte, besaßen Nuancen, von denen sie nichts wusste, und konnten so verwendet werden, dass sie etwas vollkommen anderes bedeuteten. Bei dem Projekt hatte sie schon sehr früh entschieden, dass sie das Buch nicht wie ein Anthropologe oder Historiker schreiben würde, sondern auf andere Weise, zugleich näher dran und weiter weg. Sie wollte, dass die Geschichte, die sie erzählte, ebenso von den Lücken und dem Schweigen handelte wie von dem, was auf den Seiten stand. Wie viel konnte man je über das Leben irgendeines Menschen wissen?

Mit den chassidischen Juden war es genauso. Die meisten von denen, die sie bisher befragt hatte, waren überaus höflich gewesen, wenn auch bisweilen misstrauisch, was Marinas Beweggründe anging. Sie bemühten sich, ihre Fragen zu beantworten, gaben ihr die Informationen, um die sie bat, aber bei allem, was sie erfuhr, war eine Distanz zu spüren. Sie hatte noch keinen Zugang gefunden und wusste auch nicht, wie sie ihn finden sollte.

»Die Satmarer sehen dich nicht«, erklärte ihr eine junge Frau namens Frieda. »Sie nehmen dich überhaupt nicht zur Kenntnis. Du bist vollkommen außerhalb ihrer Welt. Im Gegensatz zu den Lubawitsch haben sie überhaupt kein Interesse daran, dich zur Tora zurückzubringen, zu den Mitzwot. Es ist ihnen egal, ob du die Rituale befolgst oder nicht. Was du tust, kümmert sie nicht, weil für sie niemand außerhalb ihrer Welt existiert.«

Frieda hatte sich entschieden, die Satmarer-Sekte zu verlassen, und Marina dachte, das könnte vielleicht ein Einstieg in das Buch sein, dieser Blickwinkel der Außenstehenden, derjenigen, die alles aufs Spiel gesetzt hat, um zu gehen. Denn die junge Frau hatte dadurch ihre Familie verloren, ihre Gemeinde, ihren sechsjährigen Sohn. Sie wohnte in einem winzigen Apartment in Queens, jobbte in einem Café und verdiente kaum genug zum Leben. Sie hatte nichts gelernt, erklärte Frieda ihr. Sie hatte mit siebzehn geheiratet und war von der Schule gegangen. Als sie die Gemeinschaft verließ, konnte sie nicht einmal fließend Englisch sprechen, weil die Satmarer immer noch Jiddisch sprachen. Es gab noch einen Mann, einen Skwerer Chassiden, der vor Kurzem aus dieser Sekte ausgetreten war. Er hatte sich bereit erklärt, sich in der kommenden Woche mit Marina zu treffen. Aber war diese Abkehr vom Glauben der richtige Einstieg? Oder würde er das Buch zu sehr außerhalb der Bewegung positionieren und sie auf die Seite der Abtrünnigen stellen?

Das war auch Teil der Arbeit an dem Buch, dieses Umhertasten, das Suchen nach dem Weg in die Geschichte. Im tiefsten Innern wusste sie, dass die Arbeiten, zu denen es sie hinzog, nahezu unschreibbar waren, dass immer die Gefahr bestand, Dinge zu verzerren oder gar völlig zu scheitern. Aber gerade das machte auch den besonderen Reiz aus: der schwierige Balanceakt, den es erforderte, und das Wissen, dass der Erfolg keineswegs gesichert war. Nichts konnte je bis zum innersten Kern durchdrungen werden. Aber das galt vermutlich für jedes kreative Projekt. Wenn sie einen Roman schriebe, ginge es ihr genauso. Während des Studiums hatte ein Professor zu ihr gesagt, ihre speziellen Fähigkeiten eigneten sich vielleicht besser für die Fiktion – was nicht als Kompliment gemeint war. Sie neige zu sehr zum Unwichtigen, hatte er hinzugefügt, zu Sackgassen und Irrwegen, um jemals eine gute Historikerin zu werden.

Eines Nachmittags blieb Marina auf dem Heimweg vom Park vor dem Lebensmittelladen an der Ecke stehen, um die Flyer und die handgeschriebenen Zettel zu lesen, die dort an die Wände geklebt waren. Ihr Rücken schmerzte von den Stunden am Schreibtisch, und zwischen ihren Schulterblättern klebte ein nasser Schweißfleck. Sie ging hinein, um sich eine Flasche Wasser zu kaufen. Diese kleinen Läden schienen die ganze Welt zu enthalten. Sie fragte sich, wie sie alle überleben konnten.

Vor dem Tresen stand die junge Afrikanerin. Den kleinen Jungen hatte sie sich mit einem gelben Tuch auf den Rücken gebunden. Sein Kopf hing mit halb geschlossenen Augen zur Seite, und seine Haut glänzte feucht. Marina erinnerte sich an die scharf umrissenen Schultern der jungen Frau, als sie einige Wochen zuvor auf dem Gehweg gestanden hatte, an ihr ausdrucksloses Gesicht, während sie den schreienden Jungen betrachtet hatte, an den festen Griff um seinen kleinen Arm.

Der jemenitische Ladenbesitzer schwenkte eine Plastikkarte vor ihrem Gesicht. Marina kannte ihn, hatte gesehen, wie er seinen lockenköpfigen Töchtern bei den Hausaufgaben geholfen hatte, einen Bleistift hinters Ohr geklemmt. Normalerweise war er ruhig und freundlich und sanft zu seinen kleinen Mädchen. Einmal hatte er Marina gebeten, ihm bei einem Brief an die Einwanderungsbehörde zu helfen, einer Stipendiumsbewerbung für eine Schwester aus dem Jemen. Marina hatte den Brief mit nach Hause genommen, ihn getippt, sein gestelztes Englisch korrigiert und die Absätze umsortiert. Das war einige Monate her, wie ihr jetzt auffiel, und sie hatte ihn nie gefragt, was daraus geworden war, ob seine Schwester ein Visum bekommen hatte.

»Schluss«, sagte der Ladenbesitzer laut zu der jungen Frau. »Lebensmittelmarken alle. Kein Geld mehr.« Er deutete auf die Sachen, die auf dem Tresen lagen: eine Dose Babynahrung, Äpfel, ein Karton Eier, eine Flasche Milch, ein Päckchen Teebeutel. »Kein Geld, kein Essen«, erklärte er mit Nachdruck.

Die junge Frau starrte ihn verständnislos an. Ihr Haar war zu vielen kleinen Zöpfen geflochten, und sie hatte Schweißperlen auf der Stirn. Der Ladenbesitzer legte die Karte auf den Tresen und tippte mit dem Finger darauf. »Keine Lebensmittelmarken mehr.« Er wurde lauter. »Los, raus jetzt, raus.« Seine Hand zeigte zur Tür, doch das Mädchen rührte sich nicht. Sie öffnete leicht den Mund, sagte jedoch nichts und schaute zu Boden. Die Augen des kleinen Jungen waren jetzt offen, alarmiert und wachsam.

Marina empfand sofort heftiges Mitleid mit der jungen Frau. Sie wirkte so jung und ratlos, so vollkommen eingeschlossen in das Leid, das sie mit sich herumtrug. Marina trat an den Tresen und holte ihr Portemonnaie heraus. »Ich bezahle für die Sachen. Was macht das?«

Der Ladenbesitzer lächelte ihr angespannt und verlegen zu, während er ihre Kreditkarte durch das Gerät zog. »Die kommen dauernd hierher. Lebensmittelkarten abgelaufen, alles in der ersten Woche ausgegeben. Wissen nicht, wie sie sich das einteilen sollen, brauchen Essen für ihre Kinder. Aber ich bin kein Wohlfahrtsladen. Es ist hart, für alle. Auch für mich. Ich habe auch Kinder.«

Die junge Frau stand schweigend neben Marina, während der Ladenbesitzer die Lebensmittel in Plastiktüten packte und sie auf die andere Seite der Kasse stellte. Einundzwanzig Dollar kostete alles zusammen.

Sie verließen den Laden und wandten sich beide in die gleiche Richtung. Dann blieb die junge Frau mitten auf dem Gehweg stehen, als wüsste sie nicht, wohin sie gehen sollte. Der kleine Junge lugte an ihrer Schulter vorbei und starrte Marina an.

»Heute geht es ihm besser«, sagte Marina, obwohl sie nicht wusste, ob die andere sie verstand. »Er weint nicht mehr.« Sie hatte keine Ahnung, ob die junge Schwarze sich an sie erinnerte, ob sie Marina damals überhaupt wahrgenommen hatte.

Eine Plastiktüte flog gegen die Beine der jungen Frau, und sie versuchte halbherzig, sie abzuschütteln. Sie sah erschöpft aus, die großen Augen wirkten ein wenig glasig.

»Soll ich Ihnen helfen, die Sachen nach Hause zu tragen?«

Die junge Frau erwiderte nichts, aber sie ging nicht weg und sträubte sich auch nicht, als Marina die Hände ausstreckte, um ihr die Tüten abzunehmen.

Marina folgte ihr mehrere Blocks mit einem halben Schritt Abstand, und der kleine Junge verdrehte den Kopf, um sie anzustarren. Eine plötzliche Angst in der Brust, als sie durch das Tor der Sozialwohnungsblocks an der Madison Avenue abbog. Mörderstadt, so nannten sie alle. Das Schild am Eingang war angekokelt und zugesprayt, und rund um die Wohntürme häufte sich der Müll. Im Flur waren die Wände mit wilden Graffiti beschmiert, und die Türen der Briefkästen hingen schief in den Angeln. Bei aller Furcht verspürte Marina auch leise Scham. Die Sozialbauten, die überall im

Viertel verteilt waren, existierten nur am Rand ihrer Welt, als Hintergrund für all die Jungen, die in Polizeiwagen verfrachtet wurden, als Abschnitte, an denen man schnell vorbeiging. Die Türme waren nach Senatoren und anderen Staatsmännern benannt. »Eine wunderbare Gemeinschaft«, stand auf manchen der Eingangsschilder.

Marina steuerte auf den Fahrstuhl zu, doch das Mädchen deutete auf die Treppe links daneben. »Kaputt«, sagte sie leise. Es war das erste Wort, das Marina aus ihrem Mund vernahm. Also sprach sie vielleicht doch Englisch. Die Sohlen der Plastikschuhe klatschten gegen die Fersen des Mädchens, als sie die Stufen hinaufstapfte. Marina folgte ihr. Die Tüten mit den Lebensmitteln schnitten verschwitzte Furchen in ihre Handflächen. Sie kam sich vor wie in einer unterirdischen Welt; U-Bahn-Fliesen und schlecht beleuchtete Flure, Fernsehgelächter hinter einer Tür, ein Kind, das irgendwo weinte. Im Treppenhaus hing abgestandener Essensgeruch.

Als sie im fünften Stock ankamen, bog die junge Frau in den Flur ab und öffnete eine Tür irgendwo in der Mitte. Marina trat hinter ihr ein. Eine muffige Hitze schlug ihr entgegen, während sie sich in der winzigen Wohnung umsah. Rissiges PVC, ein wackeliger Klapptisch am Fenster und ein riesiges verschlissenes Sofa, das den größten Teil des Raumes einnahm. Durch eine offene Tür konnte sie ein schmales Bett sehen. Sie dachte plötzlich an ihr eigenes Haus. Die hohen Decken und Glastüren, die Bücherregale, all die ungenutzten Zimmer. Jacobs Vermögen. Hatte sie sich zu sehr von dem weichen, schimmernden Sog mitreißen lassen? In ihrer Kindheit waren Heizung und warmes Wasser nicht selbstverständlich gewesen. Ein Paar Schuhe, ein geflickter Wintermantel, der die Form eines anderen Kinderkörpers angenommen hatte. Aber die Armut im Kibbuz war euphorisch gewesen, ein Ehrenabzeichen, die Reduktion auf das Allernötigste. Das hatte nichts mit diesen Türmen und ihrem dumpfen, institutionalisierten Elend zu tun gehabt. Und trotzdem waren auch diese Sozialwohnungsblocks aus utopischen Visionen heraus entstanden. Sichere Unterkünfte für die Armen, in den Himmel gestapelt, Schluss mit den Slums und den maroden alten Mietskasernen.

Die junge Schwarze löste das Tuch und ließ den Kleinen auf das Sofa gleiten. Sie hielt den Kopf gesenkt, als sie Marina die Tüten abnahm und auf den kleinen Tisch stellte. Dann lehnte sie sich an die Küchenzeile und verschränkte die Arme vor der Brust. In der Wohnung war es dämmrig, weil die beiden Fenster mit dunklem Stoff verhängt waren. Es brannte kein Licht, und Marina fragte sich kurz, ob es hier überhaupt Strom gab.

Sie stand da und kam sich töricht vor. Sie könnte sich jetzt einfach umdrehen und gehen, aber sie wollte der jungen Frau etwas geben, auch wenn sie noch nicht wusste, was. Sie setzte sich auf das Sofa neben den Jungen, der müde zu ihr hochsah und kaum die Augen offen halten konnte. Die junge Frau streckte den Arm aus und zog den Vorhang am Fenster gerade. Die Wohnung war wie ein stickiger Bunker. Kaum zu glauben, dass sie sich fünf Stockwerke über dem glühenden Gehsteig befanden.

»Hier ist es sehr heiß«, sagte Marina langsam. Die Frau starrte zu Boden. Alles um sie herum wirkte provisorisch, dachte Marina. Der Raum, die wenigen Dinge, die sie besaß, das schläfrige Kind.

Marina hörte, wie irgendwo über ihnen jemand etwas brüllte, dann das Knurren eines Hundes, Türenknallen und einen wütenden Schrei. Der kleine Junge neben ihr auf dem Sofa seufzte im Halbschlaf, ein Beben in der Brust. Seine Stirn war in winzige Falten gelegt, und er hatte den Daumen im Mund.

»Wie lange sind Sie schon in New York?«, fragte Marina.

Die junge Frau ging ins Schlafzimmer und kam mit einem zusammengefalteten Papier zurück. Es war ein Einwanderungsdokument mit Passbildern von ihr und dem Kind; sie starrte ausdruckslos geradeaus, sein Gesicht war vom Weinen verzerrt. Constance und Gabriel Nsengimana. Marina sah nach den Geburtsdaten. Constance war 1977 geboren, im gleichen Jahr wie Ben. Also war sie zwanzig. Und der kleine Junge war noch keine drei. Laut dem Stempel oben auf der Seite waren sie im vergangenen September in die USA eingereist.

Als Geburtsort war bei beiden Ruanda angegeben. Der Name des Landes stand für pures Entsetzen. Drei Jahre waren seit dem Völkermord vergangen; all diese Menschen, die während der langen Monate des Schlachtens hilflos der Angst ausgesetzt waren. Marina erinnerte sich an die schrecklichen Bilder im Fernsehen. Die Reihen von blutigen Körpern, verstümmelt, gefesselt, niedergemetzelt. Die Männer kastriert. Eine Frau, der man beide Arme und Beine abgehackt hatte. Jeder Bericht war schlimmer als der davor. Sie hatte mit wachsendem Entsetzen die Zeitungen gelesen. Was war der Grund dafür gewesen? Gab es je einen Grund?

Die Toten, hatte sie gelesen, waren in einen Fluss geworfen und Hunderte von Meilen bis zum Victoriasee getrieben worden. Tausende von Leichen wurden ans Ufer geschwemmt. Ein Fischer hatte mehrere gefesselte Säuglinge in einem Sack gefunden, ein anderer drei Kinder, die von einem einzigen Speer aufgespießt worden waren. Die Menschen in Uganda hatten versucht, die Toten zu begraben. Sie hatten flache Gräber ausgehoben und Gebete gesprochen. Doch bald waren es zu viele gewesen.

Marina dachte an die Fotos aus den Berichten. Ein Totenschädel im Schilf. Ein verwelkter Kranz aus roten und weißen Blumen, den jemand auf eines der hastig ausgehobenen Massengräber gelegt hatte. Eine hochgewachsene Nonne mit einem Rosenkranz am Handgelenk, die die Hände vor die Augen schlug und weinte.

Constance hockte sich auf den Boden, den Rücken am Küchenschrank, und blickte starr vor sich hin. Was hatte sie in Ruanda gesehen? Was war mit ihrer Familie passiert? Marina gab ihr das Papier zurück, plötzlich von Scham erfüllt. Dachte Constance, sie müsste ihr mit dem Dokument beweisen, dass sie hier sein durfte? Dachte sie, Marina hätte sich mit Lebensmitteln für einundzwanzig Dollar einen Weg in ihr Leben erkauft?

Draußen fing es schlagartig an zu regnen. Die Tropfen prasselten gegen die Scheiben, gefolgt von Blitz und Donner. Bei dem Lärm wurde der Kleine unruhig. Constance erhob sich langsam, trat ans Fenster und schob den Vorhang beiseite, um hinauszusehen. Doch der Himmel wurde fast vollständig vom nächsten Turm verdeckt, und so ließ sie den Vorhang wieder los und stand schweigend und mit hängenden Schultern da.

Sie wirkte so fehl am Platz dort vor dem Fenster, aus irgendeinem fernen Ort gerissen, der in Schutt und Asche gelegt worden war, und in diesem Apartment fünf Stockwerke über Harlem gelandet, in dem der Putz von den Wänden rieselte. Es gab keine Landschaft, die Marina sich als Hintergrund für Constance vorstellen konnte. Alles um sie herum wirkte wie ein Bühnenbild: die armselige Wohnung, die braunen Türme der Sozialbauten, die Straßen der Stadt. Sie würde niemals wissen, welche Erinnerungen an ihre Heimat das Mädchen hatte, welcher sanfte Hügel oder welcher Fluss in ihren Träumen erschien.

Bevor Marina ging, schrieb sie in sorgfältigen Druckbuchstaben ihren Namen, ihre Adresse und ihre Telefonnummer auf den Bon vom Lebensmitteleinkauf. Constance stand im Türrahmen und sah ihr nach, als sie den dämmrigen Flur entlangging. Hinter ihr begann der Junge wieder zu weinen. Als Marina zur Treppe eilte, hörte sie das Zuschnappen der Tür und das Klirren der Kette, die eingehakt wurde. Das Schreien des kleinen Jungen folgte ihr noch mehrere Stockwerke.

Es war Spätnachmittag, als sie wieder zu Hause ankam. Der Regen hatte so plötzlich aufgehört, wie er angefangen hatte, aber über allem lag eine dumpfe Schwere. Der Himmel schien wie aus Blei gegossen, und es hing ein weiteres Gewitter in der Luft. Sie stieß das schmiedeeiserne Tor unter der Treppe auf und trat in das kühle Haus. Hier im Untergeschoss herrschte ein ewiges Zwielicht, deshalb ließen sie immer die Lampe auf dem Tisch im winzigen Flur an. Die Nonnen hatten eine brennende Glaslaterne ins Fenster gehängt, als Zeichen, dass dies ein geweihter Ort war, dessen Türen stets offen standen. Der warme Lichtschein und die noch immer spürbare Heiligkeit des Raumes ermutigten Marina. Es war ihre Aufgabe, das zu erhalten, dachte sie, während sie nach oben ging.

Jacob war bereits zu Hause, das verrieten seine Aktentasche und der Stapel Zeitungen auf dem Flurtisch sowie die Geräusche und der Duft, die aus der Küche drangen. Freitags machte er früher Schluss, denn an dem Abend gingen sie stets zu Rose, um den Sabbat zu feiern. Manchmal schien es ihnen, als wären die freitäglichen Festmahle der Fixpunkt der Woche: der Spaziergang durch den Central Park, hinunter zur Upper West Side, alle fünf vereint um den Tisch, der vorhersehbare Ablauf des Abends.

Jacob kochte Orangen für einen Kuchen ab, ein Rezept

seiner Tante Esther. Sie war eine Frau mit einem unendlichen Repertoire an Süßspeisen gewesen, und da sie kinderlos geblieben war, hatte sie ihre eifersüchtig gehütete handgeschriebene Rezeptsammlung Jacob vermacht, ihrem Lieblingsneffen. In den zwei Jahren, seit sie gestorben war, hatte Jacob fast jeden Freitag einen von ihren Kuchen gebacken und zu Roses Sabbatmahl mitgebracht. Eine Art Kaddisch zu ihrem Gedenken, scherzten sie.

Marina setzte sich an den Küchentisch und sah zu, wie Jacob den Teig zusammenmixte, einen Streifen Mehl auf dem Hemd.

»Erinnerst du dich an den Völkermord in Ruanda?«, fragte sie ihn.

Er blickte auf, den Holzlöffel in der Hand. »Himmel, wie kommst du denn jetzt darauf? Das ist nichts, was man vergisst.«

»Aber erinnerst du dich an die Einzelheiten? Herrschte dort Krieg?«

»In Afrika herrscht doch immer irgendwo Krieg, oder? Warum fragst du?«

»Ich habe heute das afrikanische Mädchen wiedergesehen. Mit dem kleinen Jungen. Die beiden kommen aus Ruanda.«

»Welches afrikanische Mädchen?«

»Das ich auf der Straße gesehen habe, bevor wir nach Fire Island gefahren sind. Ich habe dir davon erzählt. Sie heißt Constance und der Kleine Gabriel.«

»Wo hast du sie denn gesehen?«

»Im Laden unten an der Ecke.« Sie erzählte Jacob nicht, dass sie in Constances Wohnung gewesen war. Er sorgte sich ohnehin schon um sie, weil sie oft durch die Straßen zog. Sie kannten das Viertel noch nicht gut, ermahnte er sie immer wieder, sie wussten nicht, um welche Ecken sie besser einen Bogen machten, wo es gefährlich war. Jacob mochte nicht einmal an den Sozialbauten vorbeigehen; sie gar zu betreten wäre ihm unbesonnen und riskant erschienen.

Marina sah zu, wie er den Teig in eine Kuchenform goss und in den Ofen schob. Sie fand, dass sie wissen sollten, was genau vor drei Jahren in Ruanda passiert war. Eine Handvoll Details und ein paar Fotos waren nicht genug. Es nicht zu wissen, sich bewusst für die Unwissenheit zu entscheiden, war gleichbedeutend mit Nichtachtung.

## Narrowsburg

*Juni 1999*

Constance kniet sich in dem kleinen Friedhof auf die Erde und faltet die Hände im Schoß. Sie kommt oft hierher, nachmittags, wenn sie einen Großteil ihrer Arbeit erledigt hat und die Nonnen schlafen, oder sonntags, wenn gar nicht gearbeitet werden soll. Anfangs ist sie nur hergekommen, um das Unkraut zurückzuschneiden, die Fingerhirse, den Bärenklau und den Ampfer. Die Wildblumen hat sie stehen lassen, aber das Gelb hob erst so richtig hervor, wie vernachlässigt und moosbewachsen die alten Grabsteine waren. Die Namen der toten Nonnen waren alle mit einer grünen Schicht überzogen. Und so brachte sie eines Tages einen Eimer mit Seifenlauge und eine Wurzelbürste mit und schrubbte alle Steine sauber, bis ihre Finger wund waren. Jetzt kommt sie alle paar Wochen, um die Steine zu säubern.

Letztes Frühjahr hat sie ein paar helle Rosen gepflanzt, und jetzt breiten sie sich allmählich über einige der Gräber aus. Sie hat noch mehr gepflanzt. In der Stadt gibt es einen Eisenwarenladen, der auch Tüten mit Samen verkauft, auf denen die Blumen abgebildet sind. In der ersten Zeit hatte sie Angst, in die Stadt zu fahren, weil sie dachte, ihr Foto stünde in den Zeitungen. Und dann käme womöglich jemand, um sie zu holen. Was sie getan hatte, verdiente ganz sicher Strafe, und in diesem Land gab es Regeln für alles. Doch sie hielt den Kopf gesenkt, und die Leute in der kleinen

Stadt beachteten sie kaum. Trotzdem bleibt sie lieber in der Nähe des Ordens. Ein Garten, ein Fluss, ein Friedhof. Das ist genug.

Auf einer der Samentüten, die sie gekauft hat, waren leuchtend gelbe Blüten abgebildet. Teufelsauge hieß die Pflanze. Constance dachte, die Nonnen hätten vielleicht etwas dagegen, wegen des Namens. Aber Schwester Vera hat nur gelacht und gesagt, Gott würde sich nicht an einem albernen Namen stören, den jemand einer hübschen Pflanze gegeben hatte. Sie und Schwester Vera haben auch einen Garten angelegt, ein großes grünes Viereck neben der Küche. Lauter ordentliche Reihen mit Salat und Kohl, Stangenbohnen und Tomaten, die mit alten Strümpfen hochgebunden sind. Fast alles, was sie essen, stammt jetzt aus dem Garten. Die Pflanzen von zu Hause wachsen in diesem Land nicht. Bananen, Jamswurzeln, Maniok. Ist auch besser so.

In der Nordecke des Friedhofs stehen unter einem ausladenden Baum die neuen Steine mit den Namen der jüngst verstorbenen Nonnen in goldenen Lettern. Drei neue Gräber seit dem Winter. Kathleen. Mercy. Elizabeth. Es ist seltsam, sie anzuschauen. Die Namen auf den Steinen scheinen nichts mit ihrer Erinnerung an die Nonnen selbst zu tun zu haben. Kathleens Haar war fein und weich wie das eines Babys. Mercy hatte stets alte Spitzentaschentücher im Ärmel ihrer Strickjacke. Elizabeths Stimme wackelte immer, wenn sie hohe Töne sang. Dieses Wissen wird eines Tages verschwinden, und dann ist nichts mehr von ihnen übrig außer diesen Namen im Stein.

Es gibt noch einen neuen Stein, mit dem Namen des Kindes darauf. Den haben die Nonnen gemacht. Ein kleiner Engel sitzt darauf, die Flügel ausgebreitet, als würde er gleich davonfliegen. Der Stein selbst hat kleine schwarze Stippen und glänzt so, dass Constance ihr Gesicht darin sehen kann, wenn sie sich über das Grab beugt. Ihr Haar ist nicht mehr geflochten, sondern kurz geschnitten wie das der Nonnen. Und sie zieht sich jetzt auch an wie sie: schlichte Röcke und Blusen und Strickjacken, manchmal Hosen, wenn sie im Garten arbeitet, Schnürschuhe aus Leder und Flanellnachthemden im Winter. Ihr buntes Baumwollkleid hat sie schon lange weggepackt. Im ersten Winter ist Schwester Vera mit ihr in die Stadt gefahren und hat Sachen für sie ausgesucht. »Wenn du hierbleiben willst, brauchst du vernünftige Kleidung«, hat sie gesagt. *Wenn du hierbleiben willst*. Einfach so. Als wäre es bereits beschlossen.

Manchmal sieht sie das Gesicht des Kindes ganz deutlich vor sich, seine Augen, die sie anstarren. Wachsam, abwartend, was sie tun würde. Dann wieder kommt es ihr so vor, als hätte sie ihn nur geträumt. So viel von ihrem Leben fühlt sich so an. Bisweilen fällt es ihr schwer zu unterscheiden, was wirklich passiert ist und was nicht, was Taggedanken sind und was Nachtgedanken. Am besten wäre es, wenn alles zu einer Art Nichtwissen verschmilzt, wie wenn man aus einem Traum erwacht und im ersten Moment nicht weiß, ob er wahr ist. Es gelingt ihr kaum noch, die Dinge in die richtige Reihenfolge zu bringen. Neulich ist sie nachts aufgewacht, in Gedanken mitten in der Geburt des Kindes. Daran hat sie seit Langem nicht mehr gedacht. All das Blut, die Hände, die auf ihren Bauch drückten, und das zusammengerollte feuchte Tuch, das ihr jemand zwischen die Zähne geschoben hat, damit sie daraufbeißen konnte. Ein gellender Schrei, den sie kaum als ihren eigenen erkannte. Wie von einem Tier. Besser, wenn sie bei der Geburt starb, hatte sie damals gedacht. Dass sie lebte, hatte einem anderen Leben bereits alles Glück entrissen.

»Wo ist dein Kind?«, fragten die Nonnen, als sie hierher nach Narrowsburg kam. Sie wusste, dass das ihre erste Frage sein würde. »Was ist mit deinem kleinen Jungen passiert?« »Tot«, war das Einzige, was sie darauf antworten konnte. Sie hatte während der ganzen Reise hierher darüber nachgedacht, und das war die einzige Möglichkeit. Wenn sie ihnen erzählte, was wirklich geschehen war, würden sie sie vielleicht zu ihm zurückschicken. Zu sagen, er sei tot, war also keine Lüge, sondern eine Art Rettung. Ja, eine Rettung.

Sie hatte sich eine Geschichte überlegt. Während der Stunden im Bus hatte sie darüber nachgedacht, wie sie sie erzählen sollte. Die Geschichte handelte von einer Krankheit und einem Krankenhaus in der Stadt. Sie hatte genug Sterben gesehen, wusste, wie ein Gesicht zur wächsernen Maske wurde. Das mit dem Sterben konnte sie ihnen beschreiben, aber sie fürchtete sich vor den Fragen nach dem Rest. Nach Ärzten und Papieren und dem Grab. Dann würde ihre Geschichte irgendwo einknicken wie ein wackeliger Tisch. Doch letzten Endes musste sie gar nichts sagen. Nach dem ersten Tag stellten sie ihr keine Fragen mehr. Sie wussten bereits, dass sie nicht gerne sprach. Die Nonnen schlossen seinen Namen in ihre Gebete ein, und sie hatte nichts dagegen. Was konnte es ihm schon schaden? Es gab keine Antworten auf Gebete, keine Wunder des Herrn, die die Menschen mit Überfluss beschenkten. Das wusste sie.

Nach der langen Zeit hier in Narrowsburg überlegt sie manchmal, ob sie es Schwester Cecile erzählen soll. Sie ist die Älteste von ihnen, und sie hat seit dem Beginn des Winters ihr Bett nicht mehr verlassen. Constance setzt sich nachmittags zu ihr. Viel mehr kann sie nicht tun, um ihr beim Sterben beizustehen. Es ist keine harte Arbeit wie bei einigen von den anderen. Schwester Cecile liegt einfach nur da und sieht hinaus auf die Baumkronen vor ihrem Fenster. Sie bittet nie um viel, nur das Fenster soll immer offen bleiben, selbst wenn es kalt ist. Der Geruch des Gartens, der von draußen hereinweht, erinnert sie an Irland, sagt sie.

Irland ist das Land, aus dem sie alle kommen. Ein grünes Land, irgendwo weit weg. Davon reden sie oft, wie grün es dort war. Narrowsburg ist auch grün, aber nicht so wie Ruanda. Und nicht während des langen Winters, wenn der Himmel steinfarben ist und es unentwegt schneit. Nie wird sie sich an diese Monate der Kälte gewöhnen, ganz gleich wie lange sie in diesem Land bleiben wird.

Schwester Cecile war diejenige, die ihr damals in der Stadt die Gebetskarte mit dem Engel Gabriel geschenkt hat. Constance hat sie immer noch, versteckt zwischen Matratze und Bettgestell. »Ein Kind braucht Schutz«, hatte Schwester Cecile zu Constance gesagt. »Du musst in dir die Kraft finden, ihm Schutz zu geben, so wie der Herr ihn dir gegeben hat.« Der Herr hatte ihr keinen Schutz gegeben, aber sie würde der alten Nonne gerne sagen, dass sie es getan hat, dass sie einen Schutz für das Kind gefunden hat. Sie möchte ihr erzählen, was sie getan hat, und dann soll es weggepackt werden. Vielleicht wird sie es eines Tages wirklich tun, und dann wird Schwester Cecile die Hand auf ihren Arm legen, wie sie es manchmal tut, wenn Constance bei ihr sitzt, und sagen, dass es richtig war.

Aber dann haben die Nonnen das Grab für ihn angelegt. Jetzt kann sie es nicht mehr erzählen. Der glänzende Grabstein mit den goldenen Buchstaben hat eine Menge Geld gekostet. Das weiß sie, weil sie gehört hat, wie Schwester Vera sagte, sie wünschte, sie könnte die Nonnen mit einfachen Holzkreuzen beerdigen, wie in alten Zeiten. All das verschwendete Geld ist das eine. Das andere ist, was sie getan hat, und wenn sie das wissen, werden sie vielleicht nicht mehr wollen, dass sie bei ihnen bleibt. Wenn sie Schwester Cecile erzählt, dass sie das Kind einfach dagelassen hat und fortgegangen ist, ist die Schwester vielleicht gar nicht mehr freundlich zu ihr. Vielleicht schicken die Nonnen sie weg. Nein, es ist besser, wenn sie nichts davon wissen.

Constance zieht ihre Strickjacke aus und breitet sie auf dem Rasen aus. Dann legt sie sich unter den Baum. Sie mag die Art, wie das Licht zwischen den Ästen hindurchschimmert, und die Wärme der Erde unter ihr. Sie schließt für einen Moment die Augen, von Müdigkeit übermannt. Jeden Morgen wacht sie auf, wenn es noch dunkel ist; manchmal stehen sogar noch die Sterne am Himmel. Im Sommer ist sie die Einzige, die den ersten Vogel hört und die Zikaden. Sie lässt das Fenster in der Küche offen, während sie einen großen Topf Porridge kocht oder Gemüse für eine Suppe klein schneidet, und hört dem Zirpen der Insekten zu. Es ist eine Art zu verkünden, dass der Tag begonnen hat, eine andere als das Morgengebet der Nonnen. Wenn sie die Küche geputzt hat, wird der Himmel hell, und die anderen wachen auf. Dann sind die Stunden leicht zu füllen. Fast alle Nonnen brauchen jetzt Hilfe. Beim Aufstehen, beim Waschen und Anziehen, beim Brillesuchen, Blusebügeln und Schnürsenkelbinden. Anfangs war es ihr unangenehm, die Nachthemden auszuziehen, die weiche, welke Haut zu berühren, sie fest am Arm zu halten, wenn sie ihnen unter die Dusche half. Doch mittlerweile ist es genauso eine Arbeit wie alle anderen. Wie die Wäsche zu waschen und draußen auf die Leine zu hängen, die Böden zu wischen oder das Laub vom Weg zu harken.

Du musst doch müde sein, sagt Schwester Vera manchmal zu ihr und will, dass sie sich ausruht. Doch Constance hat vergessen, was es heißt, müde zu sein. Besser, sie hat etwas zu tun, etwas, das sie auf Trab hält. Sie richtet sich auf und streicht die Blätter von ihrem Rock. Kord nennt man den Stoff. Er ist weich wie das Fell eines kleinen Tieres. In ihrem Zimmer hat sie ein Notizbuch, in das sie Wörter schreibt. Kord. Ahorn. Holzapfel. Nur wenige davon braucht sie zum Sprechen, aber es gefällt ihr, sie zu kennen. Manchmal, wenn sie abends nicht einschlafen kann, flüstert sie sie vor sich hin, so wie sie früher, wenn das Kind schrie, englische Zahlen aufsagte.

Constance blickt zwischen den Ästen hindurch zum Himmel. Das Licht verändert sich, die Schatten werden länger. Bald werden die Nonnen zum Abendgebet in die kleine Kapelle schlurfen.

Der Tag ist in lauter Gebetszeiten unterteilt. Gott verlangt so viel Zeit von den Menschen, denkt Constance. Schwester Cecile hat ihr gesagt, dass es so in den Psalmen steht. Sie hat die Seite herausgesucht und ihr den Vers vorgelesen, wobei der Finger von Wort zu Wort wanderte. »Ich lobe dich des Tages siebenmal um deiner gerechten Ordnungen willen.« Deine gerechten Ordnungen. Schwester Cecile hat ihr nie erklärt, was das bedeutet. Wofür sie den Herrn sieben Mal am Tag loben sollen.

Langsam steht Constance wieder auf. Sie muss sich um das Abendessen kümmern, die Suppe heiß machen, die sie morgens gekocht hat, und den Tisch decken. Zum Nachtisch gibt es Vanilleeis mit Apfelkompott, und im Kühlschrank steht ein Krug mit selbst gemachter Zitronenlimonade. Sie hat gelernt, was die Nonnen mögen.

Als sie um das Haus herumgeht, sieht sie Schwester Vera im Gemüsegarten stehen, eine von Constances Schürzen über ihrem blauen Kleid. Ihr Haar ist noch überwiegend dunkel, aber von einem feinen Grau durchzogen. Sie steht reglos da, die Arme vor der Brust verschränkt. Schwester Vera schwänzt oft das Gebet. Constance sieht sie von der Küche aus Richtung

Obstgarten und Wald gehen, während die anderen in der Kapelle sind. Manchmal bleibt sie den ganzen Nachmittag weg. Zu Beginn des Frühlings ist sie einmal erst im Dunkeln zurückgekommen, nachdem die anderen Nonnen zu Abend gegessen hatten und schlafen gegangen waren. Constance hatte voller Sorge in der Küche auf sie gewartet. Sie selbst hasst die Dunkelheit, die hier oben in den Bergen so undurchdringlich ist. Kein Fünkchen Licht, kein tröstliches Geräusch. Gerade als sie beschlossen hatte, die Taschenlampe aus der Waschküche zu holen und sich auf die Suche zu machen, kam Schwester Vera zur Küchentür herein. Sie sagte nichts, zündete nur die Flamme auf dem Herd an und setzte Wasser auf. Sie bereitete zwei Becher Tee zu und rührte in den für Constance Zucker hinein. Beide saßen lange mit ihrem Tee dort in der Küche, ohne zu sprechen. Schließlich rief von oben eine der Schwestern nach ihnen. Irgendwo fiel etwas zu Boden, dann erklang ein weiterer Ruf.

»Manchmal«, sagte Schwester Vera, »muss ich einfach hier raus. Das alles für einen Moment hinter mir lassen. Nur für einen Moment.«

Mehr brauchte sie nicht zu sagen. Constance wusste, was sie meinte. Schwester Vera war wie eine Mutter für all die alten Nonnen. Manchmal war es Constance in der Stadt mit dem Kind genauso gegangen. Eines Tages im Sommer, als es so heiß gewesen war, dass ihr der Schweiß in die Augen rann, war sie in einem kleinen Park stehen geblieben und hatte das Tuch gelöst, mit dem er auf ihren Rücken gebunden war. Er hatte gezappelt und getreten, und als sie ihn auf die Beine geschlagen hatte, damit er aufhörte, war es nur noch schlimmer geworden. Sie schwankte, wäre beinahe gefallen, und das Kind schrie so laut, dass die Leute zu ihnen herüberstarrten. Mit einem Mal war ihr sein Gewicht zu viel geworden. Sie hatte das Gefühl, sie könnte keinen einzigen Schritt mehr gehen, ihn keine Sekunde länger tragen. Von der Hitze war ihr ganz schwindelig. Sie setzte den kleinen Jungen auf eine Bank und verließ mit raschen Schritten den Park. Sie würde um einen Block herumgehen, beschloss sie. Nur einen Block ganz allein, um zu wissen, wie sich das anfühlte. Ihn nicht tragen zu müssen, nicht seine Hand nehmen und ihn mit sich ziehen zu müssen. In der kurzen Zeit würde ihm nichts passieren. Aber nach einem Block konnte sie nicht aufhören. An dem Tag war es so heiß, dass die Luft flirrte, aber sie konnte nicht aufhören zu gehen. Sie ging den ganzen Weg bis zu dem großen Park und blieb am Ufer des Sees stehen. Dort war ein kleiner Strand, wo ein paar Kinder Steine ins Wasser warfen, und die grauen Enten schwammen davon, bis sie außer Reichweite waren. Was es wohl für ein Gefühl wäre, fragte sich Constance, die Füße ins Wasser zu halten? Sich in den Sand zu setzen und das kühle Wasser an ihren Füßen zu spüren?

Dann überkam sie plötzlich Panik, und sie rannte zurück zu dem Kind. Vierzehn Blocks. Sie zählte sie beim Laufen. Wie hatte sie ihn so lange allein lassen können? Bei dem kleinen Park lief sie quer über die Straße, und ein Taxifahrer brüllte sie wütend an und hupte. Als sie durch das Tor ging, dachte sie einen Moment lang, das Kind wäre verschwunden, jemand hätte ihn mitgenommen. Doch er saß immer noch dort auf der Bank, wo sie ihn zurückgelassen hatte, und weinte nicht einmal. Blickte nur mit einem merkwürdig starren Gesichtsausdruck geradeaus. Er gab keinen Ton von sich, als sie auf ihn zuging, aber sie sah, wie seine Lippen zitterten, und als sie ihn hochnahm, schlug sein Herz sehr schnell. Sie drückte ihn so fest an ihre Brust, dass es sich anfühlte, als gäbe es nichts, was sie trennte, als wäre sein pochendes Herz ihr eigenes.

So ähnlich musste es für Schwester Vera auch sein, dachte

Constance. Du setzt einen Fuß vor den anderen, bis du weit weg bist, als wollte dein eigener Körper, dass du frei bist. Aber Schwester Vera war zurückgekommen. Genau wie sie.

## Harlem

*Juli 1997*

Auf dem Weg zu Roses Wohnung kamen Marina, Jacob und Ben an dem Sozialwohnungsblock vorbei, wo Constance und Gabriel wohnten. Im Innenhof stand eine Gruppe von Leuten, und auf einer der Bänke saß eine alte Frau, die den Griff eines Einkaufswagens umklammerte und vor sich hin murmelte. Ein Mann kam mit einem großen braunen Hund an der Leine aus dem Gebäude. Marina fragte sich, ob es derselbe Hund war, dessen Gebell sie gehört hatte, als sie dort gewesen war. Irgendetwas lag in der Luft, und sie verstand, warum Jacob so auf der Hut war. In einer Wohnsiedlung in der Bronx hatten Bewohner Zeitungsberichten zufolge Klimaanlagen und Fernseher auf die Polizisten geworfen, die in den Innenhöfen Streife gingen. Und immer wieder war von Banden und Drogen die Rede, von jungen Männern, die im Treppenhaus erstochen worden waren. Im Winter hatte sich vor einem der Türme eine Art Schrein gebildet, mit lauter Kerzen, Plüschtieren und einem Nelkenstrauß in buntem Zellophan.

Marina zählte hoch bis zum fünften Stock und versuchte sich zu erinnern, zu welcher Seite Constances Wohnung hinausging. Eines dieser erleuchteten Fenster war ihres. Einen flüchtigen Moment lang wollte sie die Treppe hochlaufen, Constance und den Jungen holen und sie zum Essen bei Rose mitnehmen. Doch was hätte Constance davon, wenn sie aus ihrem elenden Apartment gerissen wurde und für ein paar Stunden in den Genuss ihrer Wohltätigkeit kam? Sie versuchte sich die junge Frau an Roses Esstisch vorzustellen, wie sie Suppe aß, eine Leinenserviette auf dem Schoß, den flackernden Lichtschein der Sabbatkerzen auf dem Gesicht. Es war unmöglich.

Ben ging schweigend neben ihr und Jacob her, die Hände in den Taschen. Sie erinnerte sich daran, wie er früher immer ein Stück vorgelaufen war und sich dann umgedreht und ihnen rückwärtslaufend und gestikulierend irgendeine Geschichte zugerufen hatte. Die Freitagabende bei seiner Großmutter waren das Einzige, was er dieses Jahr nicht abgelehnt hatte. Jede Woche lag die leise Furcht in der Luft, dass er diesmal nicht mitkommen würde, doch bisher war er immer unten aufgetaucht, bevor sie sich auf den Weg gemacht hatten. Es tat gut, ihn dort zu sehen, in einem sauberen Hemd, mit frisch gewaschenem Haar und einem Hauch Rasierwasser, auch wenn sie eine diffuse Erschöpfung in ihm zu spüren meinte, ein leichtes Zittern in seiner Stimme.

Ben liebte seine Großmutter. Er hatte einen Großteil seiner Kindheit und Jugend mit ihr verbracht. In den Monaten nachdem Leni fort war, hatte Rose ihre eigenen Verpflichtungen zurückgestellt und sich nach besten Kräften um ihren Enkel gekümmert. Eine Zeit lang hatten Jacob und Ben sogar bei ihr in der Upper West Side gewohnt. Das Leben des kleinen Jungen war auf den Kopf gestellt worden, und Jacob wollte ihn nicht bei Fremden lassen, während er bei der Arbeit war. Und so zogen sie zurück in Jacobs altes Zuhause, in die Wohnung, in der auch Rose schon aufgewachsen war. In Jacobs früheres Zimmer wurde ein zweites Bett gestellt, und Vater und Sohn schliefen zwei Jahre lang zusammen. Es war Jacob ein großer Trost, so hatte er Marina einmal erzählt, nachts den leisen Atem seines Sohnes zu hören und seine kleine Gestalt unter der Decke im Bett gegenüber zu sehen. Wenn er von der Arbeit nach Hause kam und Rose in der Küche zugange war, während Ben mit dem uralten Meccano-Baukasten spielte, der ihm als Kind gehört hatte, kam es ihm so vor, als wäre sein Leben zurückgespult worden.

Marina wusste, dass es für Rose sehr schwer gewesen war, als Jacob und Ben schließlich in eine eigene Wohnung zogen. Ein zweites Mal der Schmerz, ihre Kinder gehen zu sehen. Bevor sie kamen, hatte sie jahrelang allein gelebt, aber mit einem Mal erschien ihr die Stille der nun wieder leeren Wohnung unerträglich. Es war dieselbe tiefe, alles überflutende Stille wie damals nach dem Tod ihres Mannes.

Die Umgebung veränderte sich rasch, als die drei weiter Richtung Süden gingen. Die Straßen wurden sauberer und hübscher. Blumenkästen und Töpfe voller Margeriten tauchten auf. Die Straßenlaternen leuchteten warm, obwohl es noch kaum dämmerte. An der Ecke Central Park West stand neben ihnen an der Ampel eine Frau mit zwei Möpsen an karierten Stoffleinen. Ben bückte sich, um die Hunde zu streicheln, und die beiden schnauften begeistert. Er liebte Tiere. Marina konnte sich kaum noch an all die Haustiere erinnern, die er im Lauf der Jahre gehabt hatte: zwei weiße Mäuse, zahllose Fische, einen blauen Wellensittich, eine kleine Schildkröte, eine verletzte Ratte, die er auf dem Gehweg gefunden und in seinen Schulpullover gewickelt mit nach Hause gebracht hatte. Wie hingebungsvoll er sich um all diese Wesen gekümmert hatte. Vielleicht brauchte er etwas, das er lieben konnte. Sie dachte an Constance und den festen Griff ihrer Finger um das Handgelenk ihres Kindes. Und an ihre eigene Mutter. Die geschlossene Schlafzimmertür, während ihre Kinder am Küchentisch saßen und lasen und nur flüsternd miteinander sprachen, um sie nicht zu stören. Etwas zu haben, das man lieben konnte, dachte Marina, half nicht immer.

Sie hatten sich unendlich Mühe gegeben, sie und Dow, um die Liebe ihrer Mutter zu bekommen. All die Tassen Tee, die Blumen auf dem Lacktablett mit ihrem Frühstück, das unablässige Sichkümmern. Dow war erst neun gewesen, als sie nach Brooklyn gekommen waren, aber in mancher Hinsicht hatte er sich schon wie ein kleiner Erwachsener benommen. Er versuchte, genauso für seine Mutter zu sorgen, wie er während der Jahre im Kinderhaus für Marina gesorgt hatte. Doch Gizela beachtete die Geschenke nie, die sie ihr brachten, löste immer wieder ihre Hände, wenn sie nach ihr griffen, und ging stets ein Stück vor ihnen. Sie ertrug es nicht, ihnen längere Zeit nahe zu sein, und an den Wochenenden und während der Sommerferien verschwand sie oft für Stunden aus der Wohnung. Marina und Dow hatten keine Ahnung, wohin sie ging – soweit sie wussten, hatte ihre Mutter keine Freunde in der Stadt. Sie hatte eine Arbeit als Schreibkraft gefunden, die sie von zu Hause aus erledigen konnte, und alle paar Tage lag ein neuer Stapel getippter Seiten auf dem kleinen Tisch in ihrem Schlafzimmer. Marina und Dow bekamen nie etwas von den Transaktionen mit und wussten auch nicht, von wem sie die Arbeit bekam. Abends hörten sie das Klappern der Tasten, ein rasantes Rattern, nur hier und da von Pausen unterbrochen. Es war ein tröstliches Geräusch. Solange sie dort an ihrem Tisch im Schein der Fransenlampe tippte, war Gizela sicher.

Einmal folgten Marina und Dow ihr, als sie die Wohnung verließ. Sie hatten im Schlafanzug gefrühstückt, doch sobald sie das Klicken der Haustür hörten, zogen sie sich hastig an und liefen hinter ihrer Mutter her, wobei sie einen Block Abstand hielten, damit sie sie nicht bemerkte. Gizela schlenderte gemächlich den Eastern Parkway entlang, in ihren hellblauen schwingenden Mantel gehüllt, das lange Haar geflochten und zu einer Krone um den Kopf gesteckt. Sie ging immer weiter Richtung Westen, bis zur Uferpromenade in Brooklyn Heights. Es war früh am Sonntagmorgen, und außer ihr war niemand zu sehen. Gizela trat an das Geländer und blickte hinunter in den Fluss. Dann kletterte sie auf die Querstrebe. Marina spürte, wie Dow von Panik erfasst wurde. Er griff nach ihrer Hand, doch sie rührten sich beide nicht von der Stelle. Es war, als wären sie alle drei in einem seltsamen Standbild erstarrt. Marina und Dow warteten darauf, dass ihre Mutter ihre Anwesenheit bemerkte. Dass sie sich mit der leicht überraschten Miene zu ihnen umwandte, die sie manchmal hatte, wenn sie morgens aus ihrem Schlafzimmer kam und sie am Frühstückstisch sitzen sah. Dass sie sich daran erinnerte, dass ihre Kinder da waren, dass sie Kinder hatte.

Nach einer gefühlten Ewigkeit stieg Gizela wieder von der Querstrebe hinunter und schlenderte weiter. Auf dem Heimweg sah Marina, dass Dows Hose nass war. Obwohl Marina damals höchstens sechs oder sieben Jahre alt gewesen war, hatte sie nie das Zittern in den Fingern ihres Bruders vergessen und den nassen Fleck auf dem hellen Stoff.

Unten im Foyer von Roses Apartmenthaus blieb Marina kurz stehen und betrachtete sich im alten Spiegel über dem Flurtisch. Sie sah aus wie ihre Mutter. Diese beunruhigende Erkenntnis traf sie in letzter Zeit immer öfter. Die Vergangenheit verlor nie ihre Macht, und manchmal war ihre Kraft so stark, dass sie alles andere hinwegzufegen drohte. Diesen Sommer hatte sie sich die Haare bis oberhalb der Schultern abschneiden lassen. Lang erinnerten sie sie zu sehr an Gizela. Was an ihrem Gesicht war es, das jetzt Gizela wachrief? Nach so vielen Jahren der Abwesenheit war ihre Mutter zu etwas

Schwebendem, Ungreifbarem geworden, ihre durchdringende, unruhige Schönheit zu einer Art Mythos. Es waren die grauen Augen, dachte Marina, und die helle Haut. Sie erinnerte sich, wie sie gebannt dasselbe Gewebe von Adern an Gizelas Schläfen angeschaut hatte, bläulich schimmernd wie eine verblasste Tätowierung.

Hinter ihnen stürmte Leah zur Tür herein, einen riesigen Strauß pinkfarbener Rosen im Arm. Als sie Marina umarmte, hing der schwache, leicht modrige Geruch der Blumen zwischen ihnen in der Luft. Sie hatte ihre Haare zu einem unordentlichen Knoten aufgesteckt, und ihre Wangen glühten von der Hitze. Leah beschwerte sich oft, dass der ganze Charme und das gute Aussehen ihrer Eltern an Jacob gegangen waren. Sie setzte sich selbst dauernd herab, war blind für ihre eigene Schönheit und schimpfte stattdessen über ihre Plumpheit und ihr störrisches Haar und wünschte, sie wäre größer und eleganter.

»Hallo, ihr Lieben«, sagte Leah fröhlich. »Schaut euch diese Rosen an! Sehen sie nicht aus, als wären sie gerade in einem taufeuchten englischen Garten gepflückt worden? Obwohl sie bei dieser Hitze wahrscheinlich innerhalb von zehn Minuten hin sind. Ich hätte das Geld lieber sparen sollen. Eine Sünde, ich weiß. Aber trotzdem.«

Leah stellt sich auf die Zehenspitzen, um ihrem Bruder einen Kuss zu geben, und legte die Hand einen Moment auf seine Wange. Jacob ärgerte sich manchmal über seine Schwester, fand sie zu streng in ihrer moralischen Empörung, ihrem unablässigen Bekehrungseifer. Aber Leah besaß eine unerschütterliche Güte. Das schien ihr grundlegendster Wesenszug zu sein. Sie leitete ein Rechtsberatungszentrum für Immigranten, das sich im Untergeschoss eines alten Brownstone in East Harlem befand. Neben dem Büro gab es einen Vorratsraum, und oft stand eine lange Schlange von Leuten mit

Einkaufswagen auf dem Gehweg. Seit sie in Harlem wohnte, war Marina samstagmorgens ein paar Mal hinübergegangen, um zusammen mit anderen Freiwilligen bei der Lebensmittelausgabe zu helfen. Bei diesen Einsätzen sah sie Leah gerne zu, wie sie hin und her lief, sich zwischen den Leuten hindurchschob, stehen blieb, um jemandem die Hand zu geben, sich hinunterbeugte, um ein kleines Kind in seinem Wagen zu begrüßen, oder sich munter auf Spanisch unterhielt. Leah war lebendig, befeuert von ihrer Arbeit. Hier konnte sie sich in ihrer vollen Kraft zeigen. All ihre hellwache Intelligenz und ihre Erfahrung, all ihre Leidenschaft und kämpferische Empörung kamen den Menschen zugute, denen sie half. Ihre Klienten verehrten sie, und auch bei den Mitarbeitern war sie sehr beliebt. Sie taten mehr, als Leah von ihnen verlangte.

Leah setzte sich unermüdlich für Veränderung ein, knüpfte Netzwerke und organisierte Märsche und Demonstrationen, Sit-Ins und Busfahrten nach Albany, um mit Senatoren zu sprechen. Sie sprach sogar im Radio, voll kämpferischer Inbrunst. Mehr als einmal war sie verhaftet worden. Letztes Jahr im Sommer hatten Marina und Jacob die Kaution für sie gezahlt, nachdem sie zusammen mit mehreren Nonnen und Friedensaktivisten vom Catholic Worker Movement in eine Atomwaffenfabrik in Tennessee eingebrochen war und alles mit Bibelzitaten bemalt hatte. Sie hatten Blutkonserven gegen die Mauern geworfen und eine kleine Ecke des Gebäudes weggehämmert, in dem sich das Uraniumlager befand. Leah war für mehrere Tage im Bezirksgefängnis gelandet und hatte ein gebrochenes Fußgelenk vom Schlagstock eines Polizisten. Was ihr Glück war, denn die Verletzung hatte sie vor Schlimmerem bewahrt.

Jacob und Rose waren entsetzt über Leahs Verhalten. Ein soziales Gewissen sei ja gut und schön, sagte Rose, aber verhaftet zu werden, drei Zäune zu zerschneiden und mutwillig

Regierungsgebäude zu beschädigen ging dann doch zu weit. Und menschliches Blut zu benutzen! Das war einfach ein Unding. Doch Leah zeigte keinerlei Reue. Es war ihre Aufgabe, erklärte sie, auf die Fesseln der Unterdrückung in diesem Land einzuschlagen, und manchmal waren drastische Taten nötig, um der Stimme der Gerechtigkeit Gehör zu verschaffen. Sie hatte einen Vers aus dem Buch Jesaja an die Mauer der Atomwaffenfabrik gesprayt, den von den Schwertern und den Pflugscharen. Immerhin hatte sie etwas aus dem Alten Testament genommen, hatte Ben damals gespöttelt.

Bisweilen erinnerte Leahs leidenschaftlicher Kampfgeist sie an Dow. Als er sechzehn war, hatte er sich mit geradezu verzweifelter Besessenheit in das orthodoxe Judentum gestürzt und den Rabbi, der ihn unterwies, mit großer Hingabe verehrt. Zwei Jahre später hatte er einen ganzen Sommer lang Freiwilligendienst auf einem Friedhof in Polen geleistet und in einer Stadt, in der gar keine Juden mehr lebten, die beschädigten jüdischen Grabsteine gesäubert. Aber im Gegensatz zu Leah war Dow nie ein Revolutionär gewesen; er hatte kein wirkliches Interesse daran, die Welt zu verändern. Seine wechselnden Leidenschaften waren alle Teil des unablässigen, sinnlosen Versuchs, ihre Mutter zu verstehen. Selbst das Reinigen von Grabsteinen in einem Land, zu dem sie keinerlei Verbindung hatten, war eine Art Buße. Sie hatten nicht so gelitten wie ihre Mutter. Obwohl Gizela ihnen nie gesagt hatte, was ihr widerfahren war, konnten Dow und Marina diese Tatsache niemals vergessen.

Wie sie nun am Fuß der Treppe stand, wirkte Leah wie eine sanftere, ruhigere Version ihrer selbst. Lange Perlenohrringe baumelten an ihren Ohrläppchen, und mit ihrem Arm voller Rosen sah sie fast aus wie eine Braut. Doch nach einer katastrophal gescheiterten Verlobung während ihres Studiums war Leah konsequent allein geblieben. In all den Jahren, die Marina sie nun schon kannte, hatte es nie auch nur den Hauch einer Romanze gegeben. Falls sie irgendwelche Liebhaber gehabt hatte, waren sie im Verborgenen geblieben. Einmal hatte Leah lachend zu Marina gesagt, sie sei nicht der Typ für die Liebe.

Rose hatte immer wieder darum gebetet, dass Leah zur Vernunft kommen und einen passenden Mann heiraten würde. Kinder, so verkündete sie, würden Leah schon die Flausen austreiben. Marina hingegen hoffte, dass ihre Schwägerin eine leidenschaftlichere Liebe finden würde, vielleicht einen politisch verfolgten chilenischen Asylanten oder einen brillanten Anwalt für Menschenrechte. Einst hatte sie auch gehofft, dass Dow die Liebe finden wurde, eine, die ihm Stabilität und seiner Welt einen neuen Mittelpunkt gab. Doch am Ende hatte keine Frau eine Chance gegen Gizela gehabt.

In einer Art Prozession gingen sie die Treppe hinauf: Jacob mit seinem Kuchen vorneweg, dahinter Leah mit ihren Blumen, und Marina und Ben am Schluss. Rose erwartete sie schon in der Tür, mit einer hochgeschlossenen Seidenbluse und der Amethystbrosche, die ihrer Großmutter gehört hatte. Dereinst würde Marina sie bekommen, hatte Rose ihr feierlich eröffnet. Eigentlich stünde sie Leah zu, aber sie würde damit nichts anfangen können, und die Vorstellung, dass die Brosche in einer Schublade verstaubte, machte Rose ganz traurig. Deshalb sollte Marina sie tragen.

Rose umfasste der Reihe nach ihre Gesichter, betrachtete sie eingehend, als hielte sie Ausschau nach winzigen Veränderungen seit der letzten Woche, nach irgendwelchen Schatten. Bei Ben verweilte sie am längsten und musterte ihn, bis er den Kopf wegzog und sie umarmte, um ihrem Blick zu entgehen. Rose wirkte winzig in seinen Armen.

»Kommt, Mädels, ich will, dass ihr mit mir zusammen die

Kerzen anzündet«, sagte Rose, winkte sie in die Wohnung und nahm ihre Schürze ab.

Während Rose, die Augen mit den Händen bedeckt, das Gebet über den Sabbatkerzen sprach, breitete sich ehrfürchtige Stille aus. Jeden Freitag in Jacobs und Leahs Leben hatte Rose das getan, Woche um Woche, Jahr um Jahr. Selbst im Urlaub hatte sie das Ritual begleitet; die silbernen Leuchter waren sorgfältig in ein Tuch gewickelt und in den Koffer gepackt worden, wenn sie im Sommer nach Cape May fuhren. Bei einer Reise nach Florida waren die Leuchter versehentlich im Taxi liegen geblieben, das sie vom Flughafen in die Stadt gefahren hatte. Es war zu einer Familienlegende geworden – die panische Suche, der ehrliche Taxifahrer, die unversehrte Rückgabe.

Marina konnte sich nicht vorstellen, dass ihre Mutter je ein Gebet gesprochen oder eine Sabbatkerze angezündet hatte. Bei ihnen zu Hause hatte es keine Traditionen und keine Gesänge gegeben. Gizela verachtete alles, was mit Religion zu tun hatte. Mrs Zelman, die Mutter der chassidischen Familie, die in Crown Heights unter ihnen gewohnt hatte, brachte Marina das Gebet bei, das zum Kerzenanzünden am Beginn des Sabbat gehörte. Das war etwas, das jedes jüdische Mädchen kennen sollte, sagte sie. Der Sabbat ist wie eine Kathedrale des jüdischen Volkes, erklärte Mrs Zelman ihr. Er ist ein Tempel in der Zeit, nicht im Raum. Jede Woche treten alle Juden ein und werden bereichert. Unser Gott verlangt keine heiligen Orte oder prächtigen Gebäude, nur Heiligkeit in der Zeit und in seinem erwählten Volk. Das meiste von dem, was Mrs Zelman sagte, fand Marina seltsam und verwirrend, aber es rührte sie, wie wichtig es der Frau zu sein schien, dass Marina diese Dinge lernte. Sie wurde in einen heiligen Kreis aufgenommen, nur weil sie Jüdin war. Mehrere Jahre später, als Dow seine Phase religiösen Eifers hatte, verstand Marina absolut, was ihn dorthin zog: das Gefühl, erwünscht zu sein, in den Kreis der Erwählten aufgenommen zu werden.

Mrs Zelman schrieb Marina die Worte des Gebets in englischer Lautschrift auf und schenkte ihr ein Päckchen Kerzen, auf dem der Lubawitscher Rebbe abgebildet war. Als Mrs Zelman ihr den sorgfältig beschriebenen Zettel und die Kerzen gab, fing Marina an zu weinen. Sie war damals sieben oder acht und schämte sich schrecklich, obwohl sie nicht wusste, warum. Mrs Zelman musterte sie einen Moment mit schief gelegtem Kopf. Sie war eine kleine, stämmige Frau mit dichtem, glattem Haar und pausbäckigem Gesicht. Obwohl sie viele Kinder hatte, wirkte sie nie gereizt oder erschöpft wie so viele andere chassidische Frauen im Viertel. Wenn sie sich auf der Straße oder im Hausflur begegneten, zwinkerte Mrs Zelman Marina zu, als teilten sie ein Geheimnis. Sie schien immer eine gestreifte Schütze zu tragen und kümmerte sich mit unerschütterlicher guter Laune um ihre Kinder.

In ihrer Normalität war Mrs Zelman in Marinas Vorstellung viele Jahre lang ein strahlender, gütiger Engel, ein Objekt stummer Verehrung. Wenn Marina sie umringt von ihren Kindern auf der Straße erblickte, überkam sie eine so heftige Sehnsucht, dass sie anfing zu zittern. Sie wollte, dass Mrs Zelman sie in die Wange kniff, ihr übers Haar strich, ihr eine ihrer zahllosen Einkaufstaschen in die Hand drückte. Doch selbst wenn Mrs Zelman nur aufschaute und sie sah, war es genug.

Einige Tage nachdem Marina bei ihr in der Küche in Tränen ausgebrochen war, wartete Mrs Zelman unten im Hausflur auf sie, als sie von der Schule kam. Sie winkte Marina in ihre Wohnung, bedeutete ihr, sich an den Tisch zu setzen, und stellte ihr ein Stück Apfelkuchen auf einem Porzellanteller hin. Seltsamerweise schien keines von ihren eigenen Kindern zu Hause zu sein. Ob Marina sonst noch etwas wollte? Vielleicht ein Glas Saft? Marina brachte keinen Ton heraus; allein Mrs Zelmans Nähe war überwältigend.

Mrs Zelman setzte sich ebenfalls und lächelte ihr zu. »Meir und ich haben uns überlegt, dass wir dich gerne einladen möchten, im Sommer mit uns in die Catskills zu kommen. Dort ist ein Ferienlager, in das wir jedes Jahr fahren. Mit einem See und Wald drumherum. Da gibt es alle möglichen Veranstaltungen für Kinder, und es wird auch ein bisschen gelernt, aber wir passen schon auf, dass genug Zeit zum Spielen bleibt.«

Marina war sprachlos. Die Vorstellung, einen ganzen Sommer in Mrs Zelmans Gegenwart zu verbringen, mit ihr in einem Haus zu wohnen, erschien ihr wie ein Traum. Ein völlig neues Leben breitete sich vor ihr aus. Ein wunderbarer Sommer. Ein See mit einem Wald drumherum. Marina sah Mrs Zelman an und wagte kaum zu atmen.

Mrs Zelman schnitt ihr ein weiteres Stück Apfelkuchen ab. »Wir wissen«, sagte sie, »dass du viel allein bist. Und dass ein Sommer ziemlich einsam sein kann. Meinst du, deine Mutter könnte dich entbehren?«

Marina wusste noch immer nicht, was sie sagen sollte, aber irgendwie musste sie offenbar zu verstehen gegeben haben, dass sie mit in die Catskills kommen wollte, denn Mrs Zelman holte einen Notizblock und schrieb eine Nachricht an Gizela. Sie faltete das Blatt zusammen, steckte es in einen Umschlag und schrieb Gizelas Namen darauf. Marina konnte sich nicht erinnern, wie sie zu dem Schluss gekommen waren, dass die Einladung am besten auf schriftlichem Weg übergeben werden sollte, aber sie ging mit Mrs Zelmans Brief in der Hand nach oben und legte ihn auf das Bett ihrer Mutter.

Gizela ließ sich nicht anmerken, ob sie den Brief gelesen hatte. Sie schrieb keine Antwort, es wurde nie über die Einladung gesprochen, und Marina wagte nicht, sie danach zu fragen. Gizela zu sagen, dass sie den Sommer gerne mit den Zelmans verbringen wollte, kam ihr vor wie ein schrecklicher Treuebruch. Ein Verrat an ihrem kleinen gemeinsamen Leben. Trotzdem wünschte sie sich verzweifelt, mitfahren zu dürfen. Allein das Wort »Ferienlager« bekam geradezu etwas Mythisches. Nachts im Bett flüsterte Marina es vor sich hin. Drei ganze Monate in Mrs Zelmans Gesellschaft. Die bange, sehnsüchtige Hoffnung schwebte über ihr wie ein Geist. Solange keine Antwort auf die Einladung erfolgt war, bestand immer noch die Möglichkeit einer Einwilligung, so unwahrscheinlich sie auch schien.

Einige Tage später fragte Mrs Zelman Marina, ob Gizela ihr erlaubt hatte mitzukommen, und Marina wusste nicht, was sie antworten sollte. Sie und Dow sprachen nie mit irgendjemandem über ihre Mutter; wie hätte sie erklären sollen, dass sie Gizela nicht um eine Antwort bitten konnte? Dass es sie schon größte Überwindung gekostet hatte, ihrer Mutter auch nur den Brief hinzulegen? Da wäre es fast leichter für sie zu lügen und Mrs Zelman zu sagen, dass ihre Mutter dagegen war, dass sie Marina den Sommer über bei sich haben wollte.

Mrs Zelman stand im dunklen Treppenhaus, und der Streifen Morgensonne, der durch das alte Flügelfenster hereinschien, ließ ihre Haut leuchten. Unter dem Kopftuch, das sie immer trug, schauten ein paar Haarsträhnen hervor. Marina konnte sie nicht anlügen. Schließlich murmelte sie, dass Gizela noch nichts gesagt hatte, dass sie nicht wusste, ob sie es ihr erlauben würde oder nicht.

»Überlass das mal mir«, sagte Mrs Zelman und tätschelte ihr die Wange. »Ich rede mit ihr.«

Als Marina an diesem Nachmittag aus der Schule kam, wusste sie sofort, dass Mrs Zelman bei ihnen in der Wohnung gewesen war. Gizela hatte die Tür ihres Schlafzimmers geschlossen, und sie kam auch abends nicht heraus. Es lag eine diffuse Unruhe in der Luft, das Gefühl, dass jemand in ihre kleine, abgeschlossene Welt eingedrungen war. Marina setzte sich an den Tisch und blickte sich im Zimmer um. Hatte Gizela Mrs Zelman eingeladen, sich zu setzen? Hatte sie ihr eine Tasse Tee angeboten? Marina konnte sich nicht einmal ansatzweise vorstellen, wie der Besuch verlaufen war. Was Gizela zu ihr gesagt hatte. Marina saß sehr lange dort, wie gelähmt von schrecklicher Vorahnung.

Zwei Tage darauf begegnete sie Mrs Zelman zufällig auf der Straße. Es war Samstag, und Mrs Zelman war mit ihrer Familie auf dem Weg zur Synagoge. Die kleineren Mädchen hielten sich am Kinderwagen fest, den sie vor sich herschob, die älteren Jungen gingen mit ihrem Vater vorweg. Als Mrs Zelman Marina erblickte, löste sie sich aus dem Tross und trat auf sie zu. »Tut mir leid, Liebes«, sagte sie. Sie beugte sich vor, umfasste Marinas Gesicht und gab ihr einen innigen Kuss auf die Stirn. Dann eilte sie zurück zu ihrer Familie. Auf dem Heimweg berührte Marina vorsichtig die Stelle, wo Mrs Zelman sie geküsst hatte. Halb rechnete sie damit, einen Abdruck auf ihrer Haut zu finden. Sie war es so wenig gewohnt, berührt zu werden. Marina hatte das Gefühl, dass Mrs Zelmans Kuss eine Nachricht gewesen war. Sie hatte es versucht, schien er zu sagen, und mehr konnte sie nicht tun.

An den Freitagabenden bei Rose dachte Marina manchmal an Mrs Zelman und daran, mit welcher Inbrunst sie ihr damals die Bedeutung des jüdischen Sabbats nahegebracht hatte. Jacobs Familie war nicht so religiös wie die Zelmans. Sie befolgten die jüdischen Rituale eher aus einem Gefühl der

Kontinuität heraus. Der Sabbat war für sie ein fester, tröstlicher Brauch, eine Erinnerung an all die anderen Frauen, die die Kerzen angezündet, und all die Männer, die den Kopf gesenkt und Brot und Wein gesegnet hatten.

»Sabbat schalom«, sagte Rose und küsste Marina erneut, als sie von den Kerzen zurücktrat. »Und jetzt kommt und helft mir beim Auftragen. Ich habe Erbsensuppe gekocht.«

Leah folgte den beiden in die Küche. »Oh, toll. Du weißt ja, wie gerne ich Erbsensuppe mag.«

»Wenn du sie so gerne magst, solltest du lernen, sie zu kochen, damit du sie auch noch essen kannst, wenn ich nicht mehr da bin.«

»Was redest du denn da?«, sagte Leah. »Du bist doch erst siebzig. Viel zu jung, um deine sterbliche Hülle abzustreifen. Wahrscheinlich kochst du noch Erbsensuppe zu meiner Beerdigung.«

»Da wäre ich nicht so sicher«, sagte Rose mit dem Rücken zu ihnen, während sie die Suppe auffüllte.

Marina trug die Schalen zum Esstisch. Wie verzaubert sie bei ihrem ersten Besuch hier gewesen war, wie begeistert von Jacobs Familie und der Wohnung mit ihrer tröstlichen Ausstrahlung von Dauerhaftigkeit. Die verblichenen Perserteppiche und die Vitrinen, die mit einem kleinen Schlüssel geöffnet wurden; die lange, schmale Küche mit den geklöppelten Spitzenvorhängen, die immer nach Gebäck duftete; das Wohnzimmer mit seinen abgewetzten Samtsofas und den Büchern, die sich überall stapelten; die majestätische rotbraune Katze, die in einem Sessel zusammengerollt lag. Alles in der Wohnung hatte eine Geschichte: die Kette aus getrockneten Hagebutten, die Leah und Jacob als Kinder gebastelt hatten, um beim Laubhüttenfest die Sukka zu schmücken; die Gänsefeder, mit der Roses Vater vor dem Pessachfest feierlich die Wohnung abgestaubt hatte, um sicherzugehen, dass kein

Brotkrümel liegen blieb; die ledergebundene Ausgabe von Tschechows Theaterstücken, die Rose angeblich von einem liebeskranken russischen Dirigenten geschenkt bekommen hatte.

Anfangs staunte Marina, mit welcher Unbefangenheit Jacob und Leah sich in dieser Schatzhöhle bewegten, wie selbstverständlich sie mit all den kostbaren Dingen umgingen, mit denen sie aufgewachsen waren. Vier Generationen von Jacobs Familie hatten hier im Laufe von nahezu achtzig Jahren gelebt. Für Marina eine unglaubliche Vorstellung – so viel Zeit an einem Ort. Jacobs Vater Max hätte gerne ein großes Haus in New Jersey oder auf Long Island gehabt, wo seine Brüder mit ihren Familien lebten, hatte Rose Marina erzählt. Es war das Einzige, worüber sie in ihrer Ehe ernsthaft gestritten hatten. Dies war das Zuhause ihrer Eltern gewesen, mit Blick auf den Hudson und das üppige Grün des Parks, und Rose konnte sich absolut nicht vorstellen, von hier wegzuziehen. Sie fürchtete, sie würde nicht mehr wissen, wie sie ihre Eltern in Erinnerung behalten sollte, wenn sie den Ort verließ, wo sie alle gewohnt hatten. Der Sekretär ihrer Mutter aus Walnussholz, in dessen oberster Schublade nach wie vor ihr Brieföffner lag, der Messinghaken im Flur, an den ihr Vater immer seinen Hut gehängt hatte, die Ecke in der Küche, wo die Jahrzeitlichter standen – sämtliche Erinnerungen an ihre Eltern waren hier verwurzelt. Als Marina Jacob davon erzählte, sagte er, für ihn sei es genauso, er spüre immer noch jedes Mal, wenn er das Arbeitszimmer betrat, die Gegenwart seines Vaters. Manchmal meinte er sogar, Max' Pfeifenrauch hinge noch in der Luft.

Auf der Kommode in Roses Schlafzimmer stand eine Zeichnung von Max als jungem Mann. Leah hatte sie nach einer Fotografie angefertigt, die ihren Vater in Israel zeigte, wie er mit einer Sense hinten auf einem Traktor stand. Das

Bild war heroisch und bedeutsam. Max war nicht einfach nur ein junger Bauer auf dem Feld, sondern ein kühner Vertreter des neuen Judentums, der sein Land in Besitz nahm. In jener Anfangszeit des jungen Staates war das Pflanzen ein Akt nationaler Selbstständigkeit. Die Wüste zum Blühen zu bringen war das Ziel der zionistischen Bewegung, und so wurden Jacobs Eltern Bauern.

Rose und Max lernten sich während des Krieges kennen. Sie gehörten beide einer zionistischen Jugendgruppe an. Als 1948 der Staat Israel gegründet wurde, verließen sie New York und zogen zur großen Überraschung ihrer Eltern in einen Kibbuz im Norden des Landes. Rose war eine talentierte Pianistin und stand kurz vor ihrem Abschluss am Brooklyn Conservatory, und Max studierte Medizin. Beide erwartete eine vielversprechende Zukunft, wie sie ihren Eltern nicht vergönnt gewesen war. Und die wollten sie wegwerfen, um mitten in einer Wüste zu leben, wo die Siedler zusammen mit Tausenden europäischen Flüchtlingen in Baracken hausten.

Doch Max und Rose waren überzeugt, dass das, was sie taten, notwendig und heldenhaft war, dass sie an einem Schöpfungsprozess mitwirkten, wie er in der gesamten Menschheitsgeschichte noch nicht vorgekommen war. Die beiden heirateten still an Roses einundzwanzigstem Geburtstag und brachen eine Woche später nach Haifa auf. Beide Mütter standen am Tag der Abreise weinend am Pier und flehten sie an, nicht zu gehen. Doch das junge Paar war fest entschlossen und voller Idealismus. Sie wollten Teil der Wiedergeburt und Wiedereinsetzung ihres Volkes sein.

Sie schlossen sich einem kleinen Kibbuz an und arbeiteten als Bauern am Rand der Jesreelebene. Rose wurde angeboten, in der Küche oder Wäscherei zu arbeiten, aber sie lehnte ab. Sie wollte die Mühsal der Hacke, die in den Boden getrieben wurde, den Schmerz eines ganzes Tages auf dem Feld. Beide wurden von einer Leidenschaft angetrieben, die sie kaum erklären konnten. Und sie empfanden auch eine neue Leidenschaft füreinander, in der winzigen Hütte mit dem schmalen Bett, eine Leidenschaft, die untrennbar mit ihrer Liebe für das Land verbunden war.

Während ihres ersten Sommers in Israel herrschte eine Gluthitze, und Rose hängte in kaltes Wasser getränkte Laken neben das Bett, in der Hoffnung, dass sie ein wenig Kühle brächten, wenn der Wind von der Wüste hereinwehte. So erschöpft sie nach ihrem Tagwerk auch waren, trieb das Begehren sie doch zueinander. Sie erschufen eine vollkommen neue Welt, und es fühlte sich an, als würde auch ihr Körper, ihr ganzes Selbst neu erschaffen. Sie waren so jung, so idealistisch, so weit weg von allem, was sie kannten.

Zu Beginn ihrer Zeit in Israel beschlossen Rose und Max, mit dem Kinderkriegen noch zu warten, doch während ihres zweiten Jahrs im Kibbuz wurde Rose schwanger. Es war wie die Seekrankheit bei der Überfahrt. Sie kauerte zwischen den Reihen frisch gepflanzter Setzlinge und würgte, schweißgetränkt und schwindelig. Eine der Frauen brachte ihr einen Emaillebecher mit Ingwertee, und sie hielt ihr Gesicht über den aromatischen Dampf.

Von Anfang an war Rose sicher, dass es ein Junge werden würde. Im Speisesaal klopften die Männer Max auf die Schulter. Eine Schwangerschaft war ein Grund zum Feiern. Nach der streng sozialistischen Philosophie, die sie vertraten, gehörten Kinder nicht ihren Eltern, sondern dem Kibbuz, dem neuen Staat und seiner Zukunft. Sie wurden gemeinsam im Kinderhaus aufgezogen und schliefen unter der Aufsicht einer Kinderschwester in Schlafsälen. Der Laster, der die frischgebackenen Mütter von dem kleinen Armeekrankenhaus, wo die Geburten stattfanden, zum Kibbuz zurückbrachte, setzte sie direkt vor dem Kinderhaus ab, wo sie ihre Babys abliefern mussten. Die Mütter sangen ihren Kindern keine Wiegenlieder, badeten sie nicht, wuschen nicht ihre Kleider und wiegten sie nicht in den Schlaf. Solche Intimitäten wurden nicht geduldet, zum Wohl der Kinder und des Landes. Man war überzeugt, dass die Bindungen innerhalb einer Kleinfamilie Energie vom gemeinsamen Projekt abzogen und die Menschen von ihrer höheren Aufgabe ablenkten.

Während der langen Monate ihrer Schwangerschaft dachte Rose, sie könne tun, was von ihr verlangt wurde: ihr Baby nach der Rückkehr den Schwestern im Kinderhaus übergeben, es den Mitgliedern des Kibbuz überlassen, einen Namen für ihr Kind auszuwählen, sich mit der einen Stunde am Tag begnügen, die die Kinder bei ihren Eltern verbringen durften.

Im Kibbuz waren sie umgeben von Geschichten aus der Tora, und als Rose durch die verdorrten Hügel ging, die sich hinter den frisch bewässerten Feldern erhoben, dachte sie an Abraham, der bereit gewesen war, seinen einzigen Sohn Gott zu opfern. Sie dachte an die Eltern, die während des Krieges ihre Kinder fortgeschickt hatten, damit sie in Sicherheit waren, sie in Züge gesetzt oder Fremden in die Arme gedrückt hatten, in dem Wissen, dass sie sie wahrscheinlich nie wiedersehen würden. Sie mussten alle tun, was von ihnen verlangt wurde. Ihr Sohn würde nicht getötet werden, sie würde ihn nicht verlieren. Er würde stark und stolz zwischen seinen Kibbuzgeschwistern aufwachsen. Er würde hundert Mütter haben, die sich um ihn kümmerten.

Doch als Jacob geboren war, wusste sie, dass nichts davon möglich war. Sie lag auf dem schmalen Feldbett im Krankenhaus und drückte das Baby an ihre Brust. Jedes Teil von ihm erschien ihr wie ein Wunder: der winzige, suchende Mund, die kleinen Hände, die in die Luft griffen, der Schwung seiner Nase. Er hatte das Kinn ihres Vaters und Max' lange Finger. Er war ihr gemeinsames, einzigartiges Werk. Sie wollte nicht, dass er ein Kind aller war, dass andere ihn im Arm hielten oder für ihn sorgten. Sie wollte nicht einmal, dass die Schwester ihn nahm, damit sie sich ausruhen konnte. Etwas war mit ihr geschehen während der stundenlangen Wehen und in den ersten Augenblicken, als sie ihr das Baby in den Arm gelegt hatten. Rose fragte sich, wie die anderen Frauen es fertigbrachten. Wie konnte irgendeine Mutter ihr Kind weggeben, selbst wenn sie es nicht ganz verlor? Diese erzwungene Trennung erschien ihr so grausam. Die sozialistische Philosophie, die in der Theorie so ansprechend klang, trug eine große Kälte in ihrem strengen Herzen. Als sie da lag, das Baby im Arm, dessen kleiner Mund in der Dunkelheit nach ihrer Brust suchte, hatte Rose Angst.

Sie hatte bereits ihre Entscheidung getroffen, als Max früh am nächsten Morgen kam, um sie und das Baby zu besuchen. Sie würden den Kibbuz verlassen. Es gab nichts, was Max hätte sagen können; er wusste, dass sie ihre Meinung nicht ändern würde. Rose wollte nicht einmal mehr zurück, um ihre Sachen zu holen – sie mussten sich beeilen. Sie hatte schreckliche Angst, dass die anderen sie nicht gehen lassen würden, dass sie ihr das Baby wegnehmen und sie zwingen würden dazubleiben. Sie wollte niemanden aus dem Kibbuz sehen, wollte nicht, dass sie versuchten, sie von ihrer Flucht abzubringen.

Als sie im Bus saßen, der sie wegbrachte, war ihr mulmig zumute. Das Baby in ihrem Arm sah mit einem merkwürdig wissenden Blick zu ihr hoch. Sie konnte sich des Gefühls nicht erwehren, dass es eine Art Rettung war, dass sie ihr Kind in Sicherheit gebracht hatte.

Eine Zeit lang lebten sie in einer kleinen Wohnung in Tel Aviv. Es war ein surrealer Ort, eine neue Stadt ohne eigene Vergangenheit, jedoch tief von Geschichte durchdrungen. Vierzig Jahre zuvor waren dort, wo sich jetzt die neue weiße Stadt mit ihren nüchternen Bauhaus-Wohnblocks, ihren geraden Straßen und breiten Boulevards erstreckte, nur Sanddünen gewesen. Vom Fenster ihrer Wohnung konnten sie Richtung Süden bis zum Hafen von Jaffa sehen, wo Jonas Segel gesetzt und König Salomon die Libanonzedern verschifft hatte, aus denen der erste Tempel erbaut worden war. Nach Norden hin ging die Stadt allmählich in ein arabisches Dorf über. Alle schienen aus einem geheimnisvollen Anderswo gekommen zu sein. Es herrschte eine sengende Hitze, bis in die Nächte hinein. Im Kibbuz war es auch heiß gewesen, aber in der Stadt war es unerträglich, und die Sonne schien grell auf die weißen Wände der neuen Häuser. Wenn sie mit Jacob in seinem Kinderwagen den Rothschild Boulevard entlanggingen, schienen die Straßen von gleißender Helligkeit erfüllt zu sein. Rose liebte den hohen, klaren Himmel des Nordens, aber in Tel Aviv war einfach zu viel Licht.

Die Straßen der neuen Stadt waren voll europäischer Juden, solchen, die vor dem Krieg hierher geflohen waren, und solchen, die danach gekommen waren. Sie sahen düster und verwirrt aus, erfüllt von fassungsloser Verzweiflung. Was während des Krieges geschehen war, sickerte damals erst allmählich durch, noch war das ganze Ausmaß des Grauens nicht bekannt. Rose erinnerte sich, wie sie auf dem Markt das erste Mal die tätowierte Nummer auf dem Unterarm eines Deutschen gesehen hatte und wie ihr plötzlich ganz kalt geworden war.

Es gab zu viele Flüchtlinge und nicht genug Wohnraum und Arbeit. Sie mussten Roses Eltern schreiben und sie bitten, ihnen Geld zu schicken, bis Max in einem der Cafés am Meer eine Stelle als Tellerwäscher fand. In dem Café gab es Wiener Torten, Kirschstrudel und Käsekuchen. Manchmal brachte Max Reste mit nach Hause, und dann aßen sie Kuchen zum Abendessen, setzten sich draußen auf ihre winzige Veranda und sahen zu, wie die Sonne im Meer versank. Die Tage zu Hause mit dem Baby kamen Rose endlos vor, wie ein einziger Nebel aus Stillen, Wiegen und Schlafen. Die Zeit beschleunigte und verlangsamte sich auf merkwürdige Weise. Manchmal sah sie auf die Uhr, überzeugt, dass Max gleich von der Arbeit nach Hause kommen würde, dabei war erst eine Stunde vergangen.

Es war nicht das Leben, das sie sich vorgestellt hatten. Sie waren nach Israel gekommen, um das Land zu bestellen, eine neue Welt zu erschaffen, Teil eines großen Projekts zu sein. Im Kibbuz hatten sie sich wie Helden gefühlt, voll Überzeugung und Zielstrebigkeit. In Tel Aviv hingegen waren sie arme Einwanderer, die kaum genug zum Leben hatten und sich mit der neuen Sprache schwertaten. Sie schafften es kaum, die Miete für ihre Zwei-Zimmer-Wohnung zusammenzubekommen. Jedes Mal, wenn Rose einen Brief von ihrer Mutter öffnete, zwischen dessen Seiten Geldscheine lagen, schämte sie sich zutiefst. Sie waren nicht hier, um sich von anderen aushalten zu lassen wie leichtsinnige Kinder, denen im Urlaub das Taschengeld ausgegangen war.

In jedem Brief flehte ihre Mutter sie an, diese Torheit aufzugeben und nach Hause zu kommen, zurück nach New York. Einmal schickte sie einen Zeitungsausschnitt mit, die Ankündigung eines Konzerts in der Carnegie Hall. Rachmaninoffs Klavierkonzert in c-Moll. Das Stück hatte Rose, kurz bevor sie New York verlassen hatte, beim Semesterabschlusskonzert am Brooklyn Conservatory gespielt. Sie hängte den Ausschnitt an die Pinnwand in ihrer winzigen Küche. Immer wieder ertappte sie sich dabei, wie sie ihn ansah, während sie mit dem Baby auf dem Arm dort stand. In dem Artikel war ein Foto von der russischen Pianistin, die auftreten würde. Das lange, dunkle Haar fiel in perfekten Wellen über ihre Schultern, ihre Finger schwebten über den Tasten. Rose dehnte ihre eigenen Finger. Wie viele Stunden sie den Rachmaninoff geübt hatte, wie vertraut ihr das Stück war. Einst hatte es ihr gehört, und jetzt schien es ihr für immer verwehrt zu sein. Sie konnte sich kaum noch vorstellen, an einem Klavier zu sitzen.

Rose und Max begannen nach anderen Orten zu suchen, wo sie leben konnten. Sie hatten von einer anderen Art kollektiver Lebensgemeinschaft gehört, die sich *meshek shitufi* nannte. Sie ähnelte in vielerlei Hinsicht dem Kibbuz, aber die Kleinfamilie blieb zusammen. Das Land wurde gemeinsam bestellt, aber die Kinder lebten bei ihren Eltern. Nicht weit von Tiberias gab es eine solche Gemeinschaft, die neue Mitglieder suchte, eine kleine Bauernsiedlung, die einige Jahre zuvor von deutschen Flüchtlingen gegründet worden war.

Jacob war ein Jahr alt, als sie in den *meshek* zogen. Kein Jahr darauf kam Leah in einem kleinen Krankenhaus in der nahe gelegenen Stadt zur Welt. Das war nicht geplant gewesen. Natürlich hatten sie noch mehr Kinder haben wollen, aber erst später, wenn sie in stabileren Verhältnissen lebten und Jacob älter war. Leah kam vier Wochen zu früh, schreiend und rot, die Augen von Gelbsucht verfärbt. Sie war von Anfang an kränklich, weigerte sich, an der Brust zu trinken, und war beunruhigend klein und dünn. Rose war überzeugt, dass es ihre Schuld war, schließlich hatte sie selbst ständig Hunger. Es gab nur wenig zu essen, und alles war streng rationiert. Einhundert Gramm Fleisch pro Monat für jeden Erwachsenen. Als die Ernte schlecht ausfiel, gab es wochenlang nur Auberginen zu essen.

In ihrem zweiten Jahr im *meshek* wurden vier Männer von Arabern angegriffen. Sie hatten Nachtwache gehalten, rund um ein Feuer am nördlichen Rand der Siedlung. Rose hatte noch nie so viel Blut gesehen, aufgerissenes Fleisch, die rotgetränkten Hemden der Männer, die Wunden, die trotz der hastig angebrachten Druckverbände nicht aufhörten zu bluten. Im *meshek* gab es keinen Arzt, und während des stundenlangen Wartens auf Hilfe aus der nächstgelegenen Stadt starben zwei der verletzten Männer. Einer von ihnen, ein junger Pole, der im Krieg bei den Partisanen gekämpft hatte, starb mit dem Kopf in Roses Schoß. Er gab ein Wimmern von sich, das klang wie von einem kleinen Kind, wie von einem ihrer eigenen Kinder. Der junge Mann trug einen Wollschal, den Rose im vergangenen Winter für ihn gestrickt hatte. Er hatte sich unendlich gefreut, als sie ihm das Geschenk überreicht hatte, und sein überwältigtes Staunen war ihr ein wenig peinlich gewesen. Er hatte so dünn und verfroren ausgesehen, seine Kleider so ungenügend für den Winter, dass sie einen Teil der Wolle, die ihre Mutter ihr geschickt hatte, um daraus Pullover für die Kinder zu stricken, für den Schal verwendet hatte. Der junge Mann hatte ihn angeschaut, als wäre es ein Wunder, und er hatte Tränen in den Augen gehabt, als er ihn im Speisesaal anprobiert hatte. Rose begriff, dass schon sehr lange niemand mehr nett zu ihm gewesen war. Sie wusste wenig über sein Leben, aber jemand hatte ihr erzählt, dass seine Eltern und seine Schwester zu Beginn des Krieges umgekommen waren. Damals war er zwölf Jahre alt gewesen. Er musste genauso alt sein wie sie, rechnete Rose, während er mit dem Kopf in ihrem Schoß da lag und sein Wimmern plötzlich verstummte. Er stieß noch ein leises Stöhnen aus, dann rollte sein Kopf zur Seite.

Nachdem die Verstorbenen weggebracht worden waren, zog Rose ihr blutgetränktes Kleid aus und vergrub es an einer

Ecke des Feldes. Immer wieder musste sie an das Geräusch denken, das der Mann von sich gegeben hatte, als er starb. Es hätte Max sein können.

Nach dem Angriff war nichts mehr wie zuvor. Sie waren so ein kleines Grüppchen Siedler, so schlecht ausgerüstet und so nah an der Grenze. Zwischen ihnen machte sich eine Angst breit, die vorher nicht da gewesen war. Rose konnte nicht mehr in die Landschaft blicken, ohne die Möglichkeit von Gefahr zu sehen. Sie spürte, wie sie unruhig und nervös wurde und jedes Mal Panik bekam, wenn Max für die Wache eingeteilt wurde.

In dem Winter brach unter den Hühnern eine Krankheit aus, die alle dahinraffte. Eines Nachts wurden vier ihrer besten Milchkühe gestohlen. Unter den Anführern brach Streit aus: Einige wollten den Aufbau des *meshek* verändern, vom gemeinschaftlichen Landbau zu Einzelparzellen wechseln. Drei Familien gingen fort – zwei nach Südafrika, eine nach Tel Aviv. Gegen Ende des Winters bekamen beide Kinder die Grippe, und bei Leah kamen noch eine Lungenentzündung und hohes Fieber dazu. Rose hatte noch nie ein Kind so viel schreien hören. Sie und Max saßen nachts abwechselnd an Leahs Bett, rieben sie mit einem feuchten Tuch ab und wiegten ihren sich windenden kleinen Körper. Der einzige Lastwagen des *meshek* war kaputt, und es gab keine Möglichkeit, ins Krankenhaus in der Stadt zu kommen.

Eines Morgens, als Max von der Wache zurückkam, fand er Rose im Nachthemd am Küchentisch vor. Sie saß vornübergebeugt da, den Kopf auf dem Tisch, die Augen glasig vor Erschöpfung. Jacob und Leah lagen schlafend zu ihren Füßen auf dem Boden, unter der steifen Wolldecke vom Bett. Rose hob den Kopf und sah ihn an. Draußen war es noch dunkel. »Es ist Zeit, nach Hause zu gehen«, sagte sie.

Rose sprach manchmal davon, wie demütigend die Rückkehr nach New York für sie beide gewesen war. Ihre Mutter hatte geweint, als Rose mit dem Schiff weggefahren war, erzählte sie Marina, aber Rose hatte jeden Tag geweint, als es sie zurückgebracht hatte. Auf dem Schiff hatte sie sich gewünscht, die Reise möge langsamer vergehen, oder sie könnten für immer auf See bleiben. Das Wiegen der Wellen, der schräge Horizont, den sie durch das kleine Kabinenfenster sah – am liebsten hätte sie sich ein für alle Mal in ihrem Bett verkrochen.

Als sie in New York anlegten, konnte sie kaum glauben, dass sie Israel wirklich verlassen hatten. Wenn sie sich weigerte, von Bord zu gehen, dachte Rose verzweifelt, könnte sie vielleicht alles rückgängig machen, und dann wären sie wieder dort. Ihr Scheitern würde einen Schatten über ihr ganzes Leben werfen und ihre Zukunft, wie auch immer sie aussehen würde, mit einem Makel behaften.

Sie hatten ihr amerikanisches Leben hinter sich zurückgelassen und nie vorgehabt, es wieder aufzunehmen. Als sie zurückkamen, war es zu spät, um da anzuknüpfen, wo sie aufgehört hatten; diese Wege waren ihnen nun verschlossen. Mit einer Familie, die er ernähren musste, konnte Max nicht weiter Medizin studieren. Ein Freund von Roses Vater gab ihm eine Stelle als Verkäufer von Werbung. Max hasste die Arbeit, das Aalglatte und Drängende, die unablässige Überredung, die nötig war, um Kunden zu gewinnen. Er war ein stiller Mann, zurückhaltend und sanft. Es war vollkommen der falsche Beruf für ihn, sagte Rose zu Marina, aber es war der einzige, den er fand. Doch Max war fleißig und entschlossen, und er schaffte es, genug für sie alle zu verdienen. Ihm blieb keine andere Wahl. Er erschuf ein falsches Selbst, eine Maske, die er jeden Morgen aufsetzte, wenn er mit seiner Aktentasche in den Zug nach Manhattan stieg.

Rose und Max wohnten damals in einem winzigen Apartment im obersten Stock eines alten Holzhauses in Queens. Etwas anderes konnten sie sich nicht leisten. Die Straßen dort waren gesäumt von klobigen Reihenhäusern, rostigen Eisenzäunen und rissigen, von Unkraut überwucherten Einfahrten. Es war eine heruntergekommene Vorstadtenklave, vollkommen abgeschnitten von der Stadt.

Vor ein paar Jahren war Marina mit Rose nach Queens gefahren, um nachzusehen, ob es das Haus noch gab. Die Gegend hatte sie an eine Kleinstadt am Meer im Winter erinnert. An der Straßenecke standen ein paar Palmen, klein und verkümmert wie die Bäume neben einer Schnellstraße. Die Palmen waren ihr damals wie eine Verhöhnung vorgekommen, sagte Rose. Eine tägliche Erinnerung an das, was sie verloren hatten. Wenn sie Jacob morgens zur Schule brachte, machte sie extra einen Umweg, um nicht daran vorbeigehen zu müssen.

»Ich weiß, es ist albern«, sagte sie zu Marina, als sie wieder im Zug saßen. »Ich hatte kein Recht auf ein so großes Wort wie Exil, schließlich war Amerika mein eigenes Land. Für alle anderen war ich einfach eine Zeit lang fort gewesen und wieder zurückgekommen. Eine Art verlängerter Urlaub. Aber für mich fühlte es sich an wie im Exil. Damals musste ich oft an meine Großmutter denken, wie sie immer geweint hatte, weil sie Polen so vermisste. Als Kinder spotteten wir darüber, wie sentimental sie selbst bei dem grässlichsten polnischen Gericht wurde. Wenn sie über Polen sprach, war es, als würde sie ein Sagenreich beschreiben, kein wirkliches Land. Wir konnten einfach nicht verstehen, was sie verloren hatte. Als ich aus Israel zurückkam, wünschte ich, ich wäre freundlicher zu ihr gewesen. Aber ich beneidete sie auch. Es klingt vielleicht absurd, aber ihr Verlust erschien mir legitimer als meiner. Sie war vor Verfolgung geflohen; wir hatten einfach beschlossen fortzugehen. Wir hatten unser Leben in New York zurückgelassen, und wenn wir aus Israel verbannt worden waren, dann hatten wir es uns selbst zuzuschreiben. Ich hatte zerstört, was meine Eltern sich am meisten für mich gewünscht hatten: zu wissen, wie es ist, an einem Ort geboren zu werden und dort zu bleiben. Nicht fortgehen zu müssen.«

Nach einer Weile fassten Rose und Max wieder Fuß in New York. Einer von Roses früheren Klavierlehrern vermittelte ihr eine Teilzeitstelle in der Musikbibliothek des Queens College. Eine Nachbarin passte auf Leah auf, während Rose Bücher ins Regal räumte und im schlecht beleuchteten Magazin der Bibliothek Noten sortierte. Aus den Übungsräumen im ersten Stock schwebten Klaviertöne herab. Rose war nur ein paar Jahre älter als die Studenten. Wie sie sie beneidet haben musste. Marina hatte sie einmal gefragt, ob es nicht zu schmerzlich für sie gewesen sei, ausgerechnet in einer Musikhochschule zu arbeiten und jeden Tag in unmittelbarer Nähe ihrer aufgegebenen Zukunft zu verbringen. So dürfe man das nicht sehen, hatte Rose erwidert. Sie hatte Arbeit, sie hatte ihre Kinder und ihren Mann. Das war genug.

Rose hatte versucht, in New York ein wenig von ihrem israelischen Leben beizubehalten. Beim Abendessen würden sie Hebräisch sprechen, hatte sie verkündet. Sie durften die Sprache ihres Landes nicht verlernen, und die Kinder sollten sie fließend sprechen, damit sie eines Tages dorthin zurückkehren konnten. Doch nach ein paar Monaten in New York wollten Jacob und Leah nur noch Englisch sprechen. Sie waren jetzt amerikanische Kinder, keine Sabren, wie ihre Eltern es geplant hatten. Undankbare *amerikanische* Kinder, schimpfte Rose, wenn sie wütend auf sie war. Nach und nach entglitt ihnen das Hebräische, und es erlebte nur eine kurze Wiederauferstehung, als Jacob für seine Bar Mitzwa lernte.

Während ihrer letzten Wochen in Israel hatte Rose versucht, das Land auf eine Weise zu betrachten, die ihr helfen würde, es für Jacob und Leah in Erinnerung zu behalten. Da sie keinen Fotoapparat besaß, versuchte sie sich jedes Detail, jeden Duft und Geschmack einzuprägen. Die Art, wie das Licht am späten Nachmittag ins Tal fiel, das besondere Grün der Olivenbäume im Sommer, der sanfte Schwung der Hügel von Judäa, die beinahe unerträgliche Süße einer reifen Feige. Sie hatte Israel immer auf diese intensive Weise wahrgenommen, erzählte sie Marina. Nach Jahrhunderten der Vertreibung und Sehnsucht war Israel zu einem Mythos geworden. Bevor sie dorthin zogen, war es ihnen beinahe unwirklich vorgekommen. Sie konnten kaum glauben, dass es tatsächlich existierte. Als sie in Israel angekommen waren, hatte sie als Erstes ein Stück Erde gesucht und die Hände darin vergraben. Nach ihrer Rückkehr nach Amerika hatte Rose erkannt, dass ihren Kindern die Geschichten von den Jahren in Israel ebenfalls wie Märchen vorkamen. Ihre nostalgische Sehnsucht nach der Sorte Halva, die sie immer auf dem Markt in Tiberias gekauft hatte, oder nach einer israelischen Dattel, die so anders schmeckte als die vertrockneten importierten, die man in New York bekam, erntete bald liebevolles Augenrollen. Ihre Kinder lernten alles über Israel, wie sie es auch getan hatte – in der hebräischen Sonntagsschule. Sie würden das Land aus der Tora kennen, aus Büchern und Geschichten. Nicht aus der Erinnerung.

Nur einmal kehrten Rose und Max dorthin zurück, für einen zweiwöchigen Urlaub in dem Jahr, bevor Max starb. Es war immer noch ihr Land, so wie es das Land eines jeden Juden in der Diaspora war, aber es gehörte nicht mehr zu ihnen. Sie waren jetzt Touristen, wohnten in einem Hotel in der HaYarkon Street in Tel Aviv, schlenderten über die Promenade, staunten über all die Veränderungen und unternahmen mit einer Gruppe Amerikaner einen Tagesausflug nach Masada. Alles fühlte sich an wie ein falsches Echo ihres alten Lebens dort. Als sie abends wieder in ihrem Hotelbett lagen, drehte Rose sich zur Wand und weinte. Sie konnte nicht anders. Sie hatte gedacht, diese Reise würde voller Glück und Freude sein, wie ein Nachhausekommen, doch stattdessen fühlte es sich an wie eine grausame Verhöhnung. Sie hatten eigentlich vorgehabt, den *meshek* zu besuchen, aber Rose brachte es nicht über sich. Wie konnte sie da sitzen und Tee trinken, mit all ihren alten Freunden, die hiergeblieben waren? Die immer noch in ihren primitiven Häusern wohnten, ihr Land bestellten und dafür kämpften; die ihre Kinder als stolze Israelis großzogen und sie in den Krieg ziehen ließen, damit sie ihr Land verteidigten? »Wie kann ich mit diesen Menschen zusammensitzen und ihnen von unserem sicheren amerikanischen Leben und unseren verwöhnten amerikanischen Kindern erzählen?«, hatte Rose Max gefragt. »Wie kann ich das tun?«

Fast ein Vierteljahrhundert später stand Rose an ihrer Sabbattafel, den Kopf gesenkt und die Augen geschlossen, während Jacob die Gebete sprach. Ihre Hände ruhten auf der Rückenlehne des Stuhls, voller Leberflecken und gekrümmt, die Gelenke geschwollen. Ihre Gesichtszüge hatten etwas Schroffes, Hageres und zugleich Würdevolles. Und in ihnen lag noch immer der Schatten ihrer einstigen Schönheit.

Marina betrachtete die vertraute Szenerie: Leah, die sich angeregt mit Ben unterhielt, die Köpfe zusammengesteckt; Jacob, der das Challabrot in dicke Scheiben schnitt. Wie sie immer nach den Erinnerungen ihres Mannes, nach seiner

Geschichte gehungert hatte. Abgesehen von den Jahren in Israel hatte sein Leben einen normalen Verlauf genommen. Als Jacob sieben war, starb Roses Mutter, und die Familie zog zu ihrem Vater. Jacob und Leah wuchsen in der Wohnung auf, in der auch Rose aufgewachsen war, und ihre Kindheit ähnelte der ihrer Mutter. Sie ließen auf dem Teich im Central Park kleine Holzschiffe fahren, wie es schon Rose und ihre Brüder als Kinder getan hatten. Im Winter fuhren sie mit ihren Rädern zum Museum of National History oder gingen mit Max in die Bibliothek, um sich Bücher auszuleihen. Die Kinder liebten alles an ihrem Vater: seine solide Gestalt, seine Schiebermützen aus Wolle, den süßen Duft seiner Pfeife und seine unerschütterliche Ruhe. Max hatte nie sein freudiges Staunen über die Welt verloren, erzählte Jacob Marina, sein leidenschaftliches Interesse an allem, was ihm begegnete. Er konnte sich stundenlang mit seinen Kindern beschäftigen, wurde ihrer Spiele und Geschichten nie müde. Wenn er von der Arbeit nach Hause kam, schmiegten Leah und Jacob sich auf dem Sofa an ihn, jeder in eine Armbeuge. Wie gerne hätte Marina auch so einen Vater gehabt. Manchmal verspürte sie einen Stich der Eifersucht, wenn sie an Jacobs Kindheit dachte, rasch gefolgt von Scham. Wie konnte sie einem Kind solch eine sichere, schützende Liebe neiden? Genau das wünschte sie sich doch auch für ihr eigenes Kind, falls sie je eines haben sollte.

Ihr eigener Vater Joaw schwebte irgendwo außerhalb ihrer Erinnerungen. Sie besaß nur ein Foto von ihm, und manchmal erschrak sie, wenn sie sein Gesicht betrachtete. Er war so fremd und geheimnisvoll. Gizela kam ihr schon bisweilen vor wie jemand, den sie nur geträumt oder erdacht hatte, aber von ihm wusste sie gar nichts. Er hatte so wenig Spuren in der Welt hinterlassen. Dow, der vier Jahre älter war als Marina, erinnerte sich noch daran, wie sein Vater ihm im Kibbuz beigebracht hatte, ein Feuer zu machen. »Ein Hirsch-Feuer«, hatte er stolz gesagt, als er seinem Sohn zeigte, wie man das Anmachholz zu einer Pyramide aufschichtete und es zum Brennen brachte. Doch im Sommer darauf war ihr Vater ums Leben gekommen; da war sie vier Jahre alt gewesen. Sie und Dow hatten sich als Kinder an diese Erinnerung an ihren Vater geklammert und an die Anspielung auf seine Familie, auf eine Ahnenreihe von Hirsch-Männern und -Frauen, die es alle nicht mehr gab. Er hatte es als Einziger geschafft, nach dem Krieg aus Russland herauszukommen, und sich mit einundzwanzig in Israel niedergelassen.

Das Foto, das sie von ihm hatte, war eine Schwarzweißaufnahme aus dem Archiv des Kibbuz, in dem sie zur Welt gekommen war. Auf dem Bild waren mehrere Kibbuzbewohner abgebildet, alle in kurzen Hosen und lächelnd. Einige von ihnen hatten Ackergeräte in der Hand, und eine Frau hielt ein Huhn im Arm. Sie waren so jung, die meisten von ihnen Waisen und Überlebende, frisch aus dem Krieg. Wie konnten sie da lächeln?, hatte Marina sich oft gefragt. Auf dem Foto sahen sie aus wie Heranwachsende in einem Ferienlager. In ihrer eigenen Kindheit konnte sie sich nicht an eine solche Fröhlichkeit erinnern.

Ihr Vater stand am Rand der Gruppe, den Arm um die Schultern des Mannes neben ihm. Auch er lächelte und blinzelte in das helle Wüstenlicht. Sooft Marina seine Züge auch studierte, sie konnte darin nichts von sich oder Dow erkennen. Keine vertrauten Linien, kein Schatten des Erkennens. Manchmal fragte sie sich, ob ihr Vater wohl so wie Jacobs Vater gewesen war: bodenständig, vernünftig und aufmerksam. Er hätte sie alle beschützen können. Dann wäre Dow vielleicht nicht gestorben, und ihre Mutter wäre nicht für immer verschwunden.

Marina sah aus dem Fenster auf die Bäume im Central Park, die im Abendlicht leuchteten. Im Sommer wünschte sie sich oft, es würde früher dunkel, sodass die Stadt nicht mehr zu sehen war. Der Tisch war abgeräumt, und Rose und Ben hatten das Scrabble-Spiel herausgeholt. Sie hörte das Pfeifen des Kessels in der Küche und das Klirren, als Leah das Teegeschirr auf das Lacktablett stellte. Nach dem Essen gab es immer Tee, auch im Sommer. Das gehörte zur Freitagabendtradition.

Im Archiv des Kibbuz gab es kein Foto von ihrer Mutter. Obwohl Gizela über zehn Jahre in Israel gelebt hatte, war es ihr irgendwie gelungen, der fotografischen Dokumentation zu entgehen. Das konnte ihre Mutter gut: verschwinden, sich davonschleichen. Marina hatte nie verstanden, wie sie es so lange ausgehalten hatte, auf so engem Raum mit anderen zusammenzuleben. Als sie bei Rose am Tisch saß und den Blick über die Kerzen, die Bücherregale, das blaue Samtsofa mit der Kamelhaardecke über der Lehne, die gerahmten Familienfotos und die Usambaraveilchen auf der Fensterbank wandern ließ, fragte sich Marina, ob es in der Erinnerung ihrer Mutter irgendwo tief vergraben auch so einen Raum gab. Eine Wohnung in Prag, das Läuten von Kirchenglocken, das Geräusch von Schritten auf dem Kopfsteinpflaster, das zum Fenster hereinwehte. Ein altes Klavier, ein Sekretär aus Walnussholz, eine versilberte Menora. Dieselben hebräischen Worte, eine blasse Frauenhand, die sich um eine flackernde Kerzenflamme wölbte, der geflochtene Zopf des Challabrots. Eine verlorene Welt. Es gab kaum einen Hinweis auf die Geschichte ihrer Mutter, keine Erinnerung, die weiter in die Vergangenheit zurückging als bis zu ihrer Ankunft in Israel 1951 mit achtzehn. Was sie und Dow über das Leben ihrer Mutter wussten, war nicht mehr als eine angedeutete Skizze: sechs Jahre in Prag, sieben Jahre in Suffolk, fünf Jahre in New

York, die Zeit in Israel und dann zurück nach New York, als Witwe mit zwei kleinen Kindern.

Als sie klein waren, wurde das Wort »Prag« für Marina und Dow zu einer Art Talisman, einem geheimen Zauber, der ihnen vielleicht den Schlüssel zu Gizela geben würde. Da sie nur winzige Bruchstücke aus der Geschichte ihrer Mutter kannten, sammelten sie alles, was sie über die Stadt herausfinden konnten. Die graue Moldau, Straßen voll enger Hauseingänge, Steinhäuser, die etwas Dunkles beherbergten, ein wabernder Winternebel über allem, die böhmischen Berge, die mit einem düsteren Himmel verschmolzen. Straßennamen, die sie kaum aussprechen konnten, eingemachte Kirschen, Eiben in einem kleinen Park. Die beiden waren sicher, dass die Farben und Klänge aus der Kindheit noch in den Tiefen der Erinnerung ihrer Mutter lebten, doch kein einziges Mal gelang es ihnen, einen Hauch des Erkennens hervorzurufen. Wochenlang bezirzten sie Gizela mit Namen und Rezepten und Geschichten, die sie in Büchern aus der Schulbibliothek gefunden hatten. Tschechische Wörter, die Namen von Bahnhöfen und Plätzen, Bilder von den Burggärten und Brücken, auswendig gelernte Sätze – immer wieder hatten sie Köder ausgeworfen und Gizelas Gesicht beobachtet, auf eine Reaktion gewartet. Wenn sie daran zurückdachte, brannte Marina vor Scham. War ihnen denn nicht klar gewesen, wie schmerzlich dieses Bohren für ihre Mutter sein musste? Die Welt ihrer Kindheit und alles, was dazugehörte, war in ihrer Abwesenheit dem Erdboden gleichgemacht worden, und das Leben, das sie seither geführt hatte, war nicht das, was für sie vorgesehen gewesen war. Man hatte sie gegen ihren Willen in ein anderes Land, eine andere Sprache verpflanzt.

Gizela reagierte nie auf ihre Versuche, sondern wandte sich nur ab, wie sie es immer tat, wenn sie eine Tür zwischen sich und Marina und Dow schließen wollte. Eines Morgens gegen Ende des Sommers, als sie zusammen durch den Central Park gingen, sahen sie ein Eichhörnchen. »*Veverka*«, rief Marina triumphierend, weil sie sich an das tschechische Wort für »Eichhörnchen« erinnerte, das sie in einem Kinderwörterbuch gefunden hatte, und musterte aufmerksam das Gesicht ihrer Mutter. Gizela blieb stehen, drehte sich zu Marina um und packte sie mit festem Griff an beiden Armen. »Es reicht«, fauchte sie, das Gesicht ganz nah an Marinas.

Viele Jahre später, als Marina in Kalifornien studierte, hatte ein anderer Student ihr erzählt, wie sehr ihn die ukrainische Heimatstadt seiner Mutter beschäftigte. Die Stadt existierte nur noch in der Erinnerung. Sie war während des Krieges in Schutt und Asche gelegt und von den Sowjets unter einem neuen Namen wieder aufgebaut worden. Nun gehörte sie zu einem anderen Land, und wo einst ihre Friedhöfe gewesen waren, lagen jetzt neue Straßen mit russischen Namen. Das einzige Foto von seiner Mutter in ihrer Heimatstadt war im Atelier eines Fotografen aufgenommen worden, vor einem gemalten Hintergrund, der eine Mittelmeerszenerie zeigte. Noch eine Art von Anderswo.

Seine Geschichte hatte Marina an den Tag mit Gizela im Park erinnert. Dieses Aufblitzen in den Augen ihrer Mutter, der feste Griff ihrer Hand, das plötzliche Schamgefühl, das Marina durchzuckt hatte. All diese entwurzelten Erinnerungen. Eine ausgelöschte Stadt, eine ausgelöschte Kindheit. Die Roma hatten einen treffenden Namen dafür: das Große Verschlingen.

Als sie an Roses Esstisch saß, untermalt vom gedämpften Lärm des Broadway unter ihnen, wusste Marina, dass sie eine neue Geschichte geschenkt bekommen hatte. Dort zwischen all den Fotos, die auf Roses Anrichte standen, war auch eines von ihr, aufgenommen an ihrem Hochzeitstag. Daneben ein

Foto des Rabbi, der fast ein Jahrhundert zuvor dafür gesorgt hatte, dass die Familie nach Amerika auswandern konnte; eine Aufnahme von Max als Kind in Polen; Rose als Mädchen mit Zöpfen; Jacob in seinem Bar-Mitzwa-Anzug; Leah in ihrem Talar beim Uniabschluss; Ben als kleiner Junge, die Arme um den Hals seines Vaters geschlungen – sie war liebenswürdigerweise eingeladen worden, ein Teil von alldem zu werden.

Sie merkte, dass Jacob sie ansah, als hätte er ihre Gedanken gelesen. Er kam zu ihr, legte den Arm um sie und küsste sie auf die Wange. Sie konnte sich kaum noch vorstellen, dass es mal eine Zeit ohne ihn gegeben hatte. Das war der einzige Trost der Welt – dass es jemanden gab, der einen unter seine Fittiche nahm.

## Harlem

*August 1997*

Zu Beginn des Sommers hatte draußen am Telefondraht des Hauses mit einem Mal ein Paar Kinderschuhe gehangen. Sie baumelten genau vor dem Schlafzimmerfenster, als würden sie dort Wache halten. Wenn Marina nachts aufwachte, waren die Schuhe das Erste, was sie sah, beleuchtet vom orangenen Schein der Straßenlaterne. Dann bemerkte sie, dass auch anderswo in ihrem Viertel Kinderschuhe in der Luft hingen. Eines Tages fragte sie die Italienerin, die in dem kleinen Laden an der Lenox Avenue hinter dem Tresen stand, was es damit auf sich hatte. Sie fürchtete, die Schuhe wären eine Art Mahnmal für einen gewaltsamen Tod; eine fehlgeleitete Kugel, ein ermordetes Kind. Obwohl sie nun schon einige Monate in Harlem lebte, kam sie sich immer noch vor wie in einem fremden Land. Sie hatte sich noch nicht an den Lärm um sie herum gewöhnt, an den Müllgestank, der sich in der feuchten Wärme ausbreitete, an die Gesichter, die sie aus Hauseingängen anstarrten. Sie wusste, dass es Codes und Zeichen gab, die sie nicht kannte, dass sie am Rand der Geschichte anderer lebte.

Die Schuhe zeigten an, wo Kinder wohnten, erklärte ihr die Frau. Als Warnung für Banden und Dealer, sich von dort fernzuhalten. Sie waren eine Art Schutzsymbol für den ganzen Block. Marina freute sich; ihr gefiel die Vorstellung, dass die Schuhe sozusagen über das Viertel wachten. Später, viel später kam ihr der Gedanke, dass sie auch ein Omen waren.

Im Sommer arbeitete Jacob weniger. Viele seiner Klienten waren verreist, und ihre Tage verliefen ruhiger, weniger durchorganisiert. Manchmal hatte er mitten in der Woche einen ganzen Vormittag frei, und dann gingen er und Marina durch den Park zu einem der vielen Museen. Jacob liebte das Metropolitan Museum, die mächtigen Galerien mit ihrer kühlen, fast kirchengleichen Pracht. Er konnte Stunden dort zubringen und von Saal zu Saal schlendern, die Hände hinter dem Rücken verschränkt. An diesem Tag sah sie zu, wie er voll Ehrfurcht vor einem Gemälde stand. Zu Beginn ihrer Beziehung waren sie zusammen in einer Galerie in Los Angeles gewesen, um sich eine Jackson-Pollock-Retrospektive anzusehen. Schon damals hatte Jacobs andächtige Versunkenheit sie bezaubert, die eifrige Aufmerksamkeit, mit der er durch die Räume ging. Sie hingegen hatte nicht die Bilder betrachtet, sondern ihn; die Locken, die sich um seinen Hemdkragen ringelten, den großzügigen Schwung seiner Lippen, den blauen Tintenfleck auf der Brusttasche. Ihr wurde bewusst, dass sie diese Details für später hortete, als Bollwerk gegen eine Zukunft ohne ihn. In dieser ersten Zeit in Kalifornien war keine Rede von einer dauerhaften Beziehung gewesen. Sie hatte von Anfang an gewusst, dass er zum Ende des Semesters nach New York zurückkehren würde, in ein Leben, über das sie nichts wusste. Vielleicht gab es drüben an der anderen Küste sogar eine Frau, obwohl sie das nicht glaubte – er wirkte wie jemand, der auf eine grundlegende Weise allein war. Sie konnte es kaum fassen, dass sie hier und jetzt diese Leidenschaft erlebten und sich so nahe waren; sie wagte es nicht, mehr zu erhoffen.

Als sie nach dem Ausstellungsbesuch in ihre Wohnung zurückkehrte, betrachtete sie ihre selbst gebauten Bücherregale, das schmale Eisenbett, das sie vom Vormieter übernommen hatte, und die angestoßenen Teebecher auf der Küchenzeile. Alles war spartanisch und trist. Es gab keine Bilder an der Wand, keine Fotos. Nur einen Stapel Bücher auf ihrem kleinen Schreibtisch, einen alten Sessel, in dem sie abends las, und eine nackte Glühbirne an der Decke. Es war kein Zuhause. Sie stand lange da und dachte nach, und ihr fiel auf, dass das, was sie für bewusst gewählte Schlichtheit und Selbstgenügsamkeit gehalten hatte, in Wirklichkeit Entbehrung war. Erst durch die unerwartete Begegnung mit Jacob hatte sie gemerkt, wie einsam sie gewesen war.

Manchmal dachte sie an die Wohnung in Los Angeles zurück, an die Jahre, die sie dort verbracht hatte, und an die erschreckende Geschwindigkeit, mit der ihre gesamte kalifornische Existenz sich auflöste, als sie mit Jacob nach New York gegangen war. Sechs Kartons waren es letzten Endes gewesen, das meiste darin Bücher. Sie fragte sich, ob sie das von ihrer Mutter geerbt hatte, diese Fähigkeit, aus einer Welt in eine andere zu wechseln, ohne zurückzublicken. Obwohl kaum etwas von dem, was Gizela getan hatte, ihr eigener Entschluss gewesen war.

Marina ging zu Jacob, der eingehend ein Stillleben von Cézanne betrachtete. Das Bild strahlte Ordnung und Zurückhaltung aus, eine ausgewogene Eleganz. Jacob liebte dieses Bild, nicht so sehr wegen des meisterlichen Könnens, das es verriet, sondern wegen der Details. Sie schob ihre Hand in seine. Selbst nach all den Jahren gab es immer noch eine starke erotische Anziehungskraft und Zärtlichkeit zwischen ihnen. Sie liebte es, dicht neben ihm zu stehen und seine körperliche Nähe zu spüren.

Er wandte sich ihr zu. »Diese Stillleben bringen einem bei, die Welt zu lieben. Die bezaubernden, vergänglichen Dinge um uns herum.«

»Die Äpfel sehen aus, als könnte man direkt hineinbeißen«, sagte Marina.

»Offenbar war Cézanne besessen davon, die Farbe genau zu treffen. Irgendwo habe ich gelesen, dass er zwanzig verschiedene Rottöne verwendet hat, um einen Apfel zu malen.«

Marina legte den Kopf auf Jacobs Schulter. Da war immer noch dieser Hang in ihr, Augenblicke wie diesen sorgsam als künftige Erinnerungen zu speichern. Nicht an die Dauer des Schönen zu glauben.

Nachdem Jacob zur U-Bahn gegangen war, um in die Praxis zu fahren, schlenderte Marina durch den Park zurück und plante die Arbeit für den Nachmittag. Immer öfter beschäftigte sie sich mit Frieda, der jungen Frau, die aus der Satmarer-Sekte ausgetreten war. Versuchte sie zu verstehen, fragte sich, was die Menschen zum Bleiben veranlasste oder was sie zum Fortgehen drängte? Vielleicht war dieser Gedanke des Sich-Lösens ein Einstieg. Aber war es die richtige Herangehensweise? Sie könnte auch über Rose und Max schreiben, über ihren Weggang aus Israel, die Vorstellung des selbst auferlegten Exils. Sie könnte über Gizela schreiben. Aber dann würde es ein anderes Buch werden, eines, das einer Autobiografie gefährlich nahe kam. Sie hatte sich bei ihrem ersten Buch gerade deshalb dafür entschieden, über die Roma zu schreiben, weil das Thema absolut nichts mit ihrem eigenen Leben zu tun hatte. Nach allem, was mit Gizela und Dow passiert war, bot es ihr ein weites, unberührtes Feld. Doch letzten Endes ist alles autobiografisch, wie Jacob sagen würde. Wir entkommen uns selbst nie.

Je näher sie ihrem Block kam, desto ruhiger wurden die Straßen. Alle hatten sich nach drinnen geflüchtet, um der Nachmittagshitze zu entgehen. Harlem schien sein eigenes Wetter zu haben, unerbittlich und viel extremer als der Rest der Stadt. Sie verspürte einen überwältigenden Drang, ins Schlafzimmer zu gehen und sich unter den Ventilator zu legen.

Als sie auf das Brownstone zuging, entdeckte sie die junge Frau aus Ruanda und ihren Sohn auf der Treppe. Constance saß vornübergebeugt da, den Kopf auf den Knien, die Arme um die Schienbeine gelegt. Der kleine Junge, Gabriel, lag rücklings auf der Stufe darunter und trat mit den Füßen gegen das schmiedeeiserne Geländer. Er starrte Marina an, als sie am Fuß der Treppe ankam, und etwas an seinem Gesichtsausdruck erinnerte sie an Ben, daran, wie er sich schon als kleiner Junge vorgebeugt und sie forschend angesehen hatte, wie ein nachdenkliches Tier, das einer Fährte folgte. Als suchte er nach Hinweisen.

»Hallo«, sagte sie leise.

Constance hob langsam den Kopf und sah zu Marina hoch. Ihr schmales Gesicht glühte, und ihre Augen wirkten trübe, als hätte sie geschlafen. Sie stand auf. In Habachtstellung, dachte Marina; in dem dunklen Blick lagen Argwohn und Angst. Wie lange warteten die beiden schon hier?

»Möchten Sie mit reinkommen? Ich kann uns einen Tee kochen.«

Der kleine Junge erschrak, als der Kessel zu pfeifen begann, und stellte sich neben Marina an die Arbeitsfläche. Er reichte ihr bis zur Mitte des Oberschenkels. Er sah aufmerksam zu, wie sie das Wasser in die Teekanne goss. Eigentlich war es viel zu heiß für Tee, aber sie wusste nicht, was sie der jungen Frau sonst anbieten sollte. Tee trank sie offenbar, denn in der Einkaufstüte war eine Packung Teebeutel gewesen. Marina holte eine Packung Ingwerkekse aus der Vorratskammer und gab dem Jungen einen davon. Er nahm ihn vorsichtig, zog sich in die Ecke der Küche zurück und starrte ihn an. An dem

Kleinen war etwas so Ungewöhnliches, Elementares. Ein eigentümlicher Ernst. Marina stellte die Limoges-Tassen auf den Tisch und schenkte Milch in ein kleines Kännchen. Sie kam sich ein wenig albern vor, als richte sie eine Teeparty aus. Constance beachtete die Kekse nicht, häufte sich aber Zucker in den Tee und rührte um. Sie war schön, dachte Marina plötzlich, mit ihrer schimmernden Haut und den markanten Wangenknochen. Der kleine Junge kam zögernd auf den Tisch zu, und Marina legte ein Kissen auf einen der Stühle und hob ihn hinauf. Sein Gesicht schaute gerade eben über die Tischplatte. Vorsichtig nahm er das Glas Wasser, das sie ihm gab, und legte den Kopf zurück, um zu trinken.

Constance saß ihr gegenüber, mit gekrümmten Schultern und gesenktem Blick. Sie versuchte nicht einmal, auf Marinas unsichere Gesprächsbemühungen zu reagieren. Schließlich breitete sich angespanntes Schweigen aus. Gabriel saß ernst am Kopfende des Tisches und fixierte sie. Er hatte immer noch den Keks in der Hand. Marina wusste nicht, was sie tun sollte. Sie blickte sich schuldbewusst um. Das Haus musste der jungen Frau geradezu absurd luxuriös vorkommen. Doch Constance schien ihre Umgebung gar nicht wahrzunehmen; da war nicht mal ein Hauch von Interesse, kein Blick, der durch den Raum wanderte. Es war, als könnte die Welt keinerlei Eindruck mehr bei ihr hinterlassen.

Schließlich griff sie in die Stofftasche auf ihrem Schoß, holte einen Brief heraus und schob ihn Marina hin. Also gab es einen Grund für ihr Auftauchen. »Nicht verstehen«, sagte sie leise.

Es war ein Schreiben vom Sozialamt, adressiert an Ms Constance Nsengimana. Ihre Sozialleistungen und Essensmarken waren eingestellt worden, weil sie nicht zum Überprüfungstermin zwei Wochen zuvor erschienen war, obwohl man sie schriftlich über diesen Termin informiert hatte. Nun war ihre Akte geschlossen worden, und sie würde einen neuen Antrag stellen müssen, wenn sie weiter Unterstützung bekommen wollte. Marina las den Brief ein zweites Mal. Constance sah sie erwartungsvoll an, die Hände um ihre Tasche geklammert. Marina faltete den Brief zusammen und schob ihn wieder in den Umschlag. Sie brauchte Leah. Leah würde wissen, was zu tun war, wen man anrufen musste. Das war ihr Gebiet: gerechte Empörung und Hilfestellung. Aber Leah war in Guatemala. Man hatte sie mehr oder weniger gezwungen, endlich mal Urlaub zu nehmen, und so war sie zu einem Yoga-Retreat geflogen.

Constance starrte auf ihren Schoß, während Marina versuchte, ihr das Ganze zu erklären.

»Haben Sie noch einen Brief bekommen? Davor?«

Die junge Frau sah sie verwirrt an. »Was für Brief?«, fragte sie.

»Auch von da.« Marina tippte auf den Umschlag, und Constance starrte darauf. »Wegen eines Termins. Vielleicht vor ein paar Wochen?« Allmählich kam sie sich vor wie bei einem Verhör. Sie hatte keine Ahnung, wie viel Englisch Constance verstand. Und ob sie überhaupt lesen konnte. Wenn sie diesen Brief nicht verstand, wie hätte sie den mit dem Termin verstehen sollen? Sie versuchte es erneut. »Es gibt ein Problem. Kein Geld mehr.«

Constance starrte sie schweigend an. Marina überkam dasselbe Gefühl, das sie manchmal hatte, wenn sie vor einer Gruppe Studenten stand. Es war eine Art inneres Scheitern, eine Unfähigkeit, die nötige Professionalität und Autorität aufzubringen. Aber gegenüber ihren Studenten konnte sie sich zumindest in das zu bearbeitende Thema flüchten, in ihr sorgfältig vorbereitetes Skript.

»Kein Geld«, wiederholte Constance langsam, als probiere sie die Worte aus. Dann seufzte sie und ließ den Kopf auf die

Tischplatte sinken. Marina betrachtete ihr zierliches Ohr und das Muster aus schmalen Zöpfen, das sich um ihren Kopf wand. Wer flocht ihr eigentlich diese Zöpfe?, fragte sie sich plötzlich. Sie wusste nichts über das Leben dieser jungen Frau, über den Haushalt, den sie dort in der Wohnblocksiedlung führte – wenn man es überhaupt so nennen konnte –, und darüber, was das Leben in New York für sie bedeutete.

Als spürte er die Niedergeschlagenheit seiner Mutter, fing Gabriel an zu weinen. Er fuchtelte mit den Armen und stieß dabei das Wasserglas um, das auf dem Boden zerschellte. Bevor Marina aufstehen konnte, verpasste Constance dem Jungen eine Ohrfeige. Es war ein kräftiger Schlag; der Knall schien die ganze Küche zu erfüllen. Der Kleine verstummte einen Moment vor Schreck, dann brüllte er von Neuem los. Constance fauchte ihm etwas in ihrer eigenen Sprache zu, aber daraufhin schrie er nur noch lauter. Er bot ein Bild völliger Verzweiflung: Sein ganzer Körper bebte, Tränen liefen ihm über das Gesicht, und seine Lippen zitterten. Marina wollte zu ihm gehen, ihn in die Arme nehmen und ihm die Tränen abwischen, aber zugleich wollte sie nicht die Autorität seiner Mutter untergraben. Wenn sie den Kleinen tröstete, würde es wie eine Kritik an Constances Verhalten wirken, auch wenn es unangemessen und grausam gewesen war. Sie durfte sich nicht zwischen die beiden schieben.

»Ist ja gut. Ist ja gut. Das macht doch nichts«, sagte sie daher leise, holte Handfeger und Kehrschaufel und ging in die Hocke, um die Scherben zusammenzufegen. Der Kleine sah zu ihr hinunter, und sie tätschelte sein Bein. Er hatte dieselben blauen Plastiksandalen an wie bei ihrer ersten Begegnung vor einigen Wochen. Die Schnalle fehlte immer noch, und die Sohlen waren fast durchgelaufen. Der Junge brauchte vernünftige Schuhe aus Leder, die richtig passten. Wie die, die Ben früher getragen hatte.

Als sie sich wieder erhob, sagte sie zu Constance, dass sie ihr helfen würde. Sie würden morgen zusammen zum Sozialamt gehen und das Ganze klären. Und bis das geregelt war, würde sie ihr Geld für Essen und die Miete leihen. Ob sie das verstanden hatte?

Nachdem die beiden gegangen waren, setzte Marina sich an den Tisch und trank einen Schluck vom kalten Tee. Sie starrte auf Constances leere Tasse und den Teller mit den Ingwerkeksen. Es war schwer vorzustellen, dass die beiden wirklich hier mit ihr gesessen hatten, die junge Frau und ihr Kind. Als sie ihr gesagt hatte, dass sie ihr helfen würde, hatte Constance nur kaum merklich genickt. Ihr Gesichtsausdruck war der gleiche wie zwei Wochen zuvor, als Marina ihre Lebensmittel bezahlt hatte. Die junge Schwarze ließ es geschehen, gestattete Marina ihre Wohltätigkeit, aber sie würde ihr nicht dafür danken.

In dem Sommer sprachen alle nur von dem Mädchen aus Ruanda, anstatt Constance bei ihrem Namen zu nennen. Es war, als würfen das Land und das, was drei Jahre zuvor dort geschehen war, einen Schatten über sie, der Mitgefühl, aber auch Angst auslöste. In ihren Augen lag ein scharfes Funkeln, das die Menschen um sie herum nervös machte. Marina begriff, dass niemand wusste, wie er sich ihr nähern sollte.

Am Tag, nachdem Constance zu ihr gekommen war, saßen sie, Marina und Gabriel drei Stunden lang auf den Plastikstühlen im überfüllten Warteraum des Sozialamts an der 125. Straße. Als sie an den Informationsschalter traten, starrte die Frau dahinter Marina an. »Wer sind Sie? Ihre Betreuerin?«, fragte sie. »Ja«, antwortete Marina, ohne lange nachzudenken. Prompt verspürte sie eine neue Autorität. Sie würde so tun, als wäre sie jemand wie Leah. Eine tapfere Kämpferin.

Jemand, der wusste, wie das System funktionierte. Es wäre nicht viel anders, als wenn sie die Dozentin spielte. »Ich bin hier, weil ich mit dem zuständigen Sachbearbeiter sprechen möchte. Ihre Akte wurde irrtümlich geschlossen«, sagte sie. Constance, die mit dem Jungen auf dem Rücken neben ihr stand, schwieg. Die Frau gab Marina einen Zettel mit einer Nummer und schickte sie in den zweiten Stock. »Das kann dauern, wenn Sie keinen Termin haben«, sagte sie und sah ihnen nach, als sie zum Aufzug gingen.

Vom Fenster im zweiten Stock bot sich ein trister Ausblick Richtung Süden, nichts als Hauswände, Schornsteine und Feuertreppen.

Im Warteraum war es heiß und stickig, die Ventilatoren an der Decke standen still. Eine junge Frau, die ihnen gegenüber saß, holte einen Karton mit Fried Chicken aus ihrer Tasche und begann ihr Kind damit zu füttern. Gabriel stand neben Marinas Stuhl und schaute sie unverwandt an, einen Finger im Mundwinkel. Anfangs blieb er außerhalb ihrer Reichweite und ignorierte ihre Versuche, mit ihm zu sprechen. Wenn sie ihn ansah, wandte er den Kopf ab. War er vielleicht autistisch? War die Vermeidung von Blickkontakt nicht eines der Symptome? Nein, dachte Marina, als sie zu Constance hinübersah, die blicklos vor sich hinstarrte, dass der Kleine sich so verhielt, hatte andere Gründe. Und sie war als Kind genauso gewesen, hatte nie gewusst, wohin sie schauen und was sie sagen sollte. Wie oft hatte sie sich geradezu unsichtbar gefühlt, als wäre sie gar nicht wirklich auf der Welt. Sie hatte sich erschreckt, wenn jemand ihren Namen aussprach, als hätte sie nicht damit gerechnet, dass jemand anders ihn kannte. Vielleicht ging es allen schutzlosen Kindern so.

Nach einer Weile kam der kleine Junge ein wenig näher und berührte den Perlmuttknopf an ihrem Kleid. Constance beugte sich vor und schlug seine Hand weg, so fest, dass er zurücktaumelte und auf dem Hosenboden landete. Zuerst sah er überrascht aus, dann fing er an zu weinen. Es war dieselbe wütende Verzweiflung wie am Tag zuvor in ihrer Küche. Constance ignorierte ihn, verschränkte die Arme vor der Brust und wandte den Kopf ab. Das Weinen verwandelte sich in wütendes Gebrüll, und er warf sich auf den Rücken und strampelte mit den Beinen. »Sorgen Sie gefälligst dafür, dass das Kind still ist!«, rief ein Mann vom anderen Ende des Raums herüber. Marina beugte sich hinunter und hob Gabriel vom Boden auf. Sie konnte sich nicht erinnern, wann sie zuletzt ein Kind in ihren Armen gehalten hatte. Er war heiß und verschwitzt, und das Schreien bebte noch in seinem kleinen Körper, der überraschend leicht, aber fest und kräftig war. Erst machte er sich steif, und sie dachte schon, sie müsste ihn wieder absetzen, doch dann gab er nach und ließ sich im Arm halten.

Ihr fiel plötzlich auf, wie allein der Junge war. Gab es abgesehen von seiner Mutter und ihr irgendjemanden, der wusste, wie er hieß und wann er geboren war? Er rührte sich in Marinas Armen, lehnte sich erst zaghaft ein wenig an und ruckelte sich dann zurecht, bis er eine bequeme Haltung gefunden hatte. Er hörte auf zu weinen, und sein Atem beruhigte sich nach und nach. Er roch nach Seife.

So saßen sie zusammen zwischen all den anderen im warmen Mief des Warteraums. Gabriels Kopf sank schwer auf ihre Brust, als er einschlief, ein leichtes Zittern unter dem einen Lid. Marina fragte sich, was die anderen Leute wohl über sie dachten. Weiß. Sozialarbeiterin. Gutmensch. Es war ein unbehagliches Gefühl, diese Nähe zu echter Bedürftigkeit, gepaart mit dem schuldbewussten Wissen um ihren höheren Platz in der Nahrungskette. An dem Morgen hatte sie lange überlegt, was sie anziehen sollte. Nichts schien passend. Selbst ihr schlichtestes Kleid kam ihr zu angeberisch vor.

Schließlich hatte sie sich für ein hellblaues Leinenkleid und Ballerinas entschieden. Auch den Schmuck hatte sie weggelassen, bis auf den Ehering. Trotzdem war sie das unbehagliche Gefühl nicht losgeworden, dass sie sich verkleidete, wie für eine Rolle in einem Theaterstück. Leah hätte gewusst, was zu tun war und wie sie Constance aus ihrem Schneckenhaus locken könnte. Sie wüsste, was sie sagen sollte und wie dieses Problem mit dem Sozialamt gelöst werden konnte.

Als sie sich die Haare bürstete, kam Jacob herein, um ihr einen Abschiedskuss zu geben. Marina hatte ihm nichts von Constances Besuch am Tag zuvor gesagt. Im Verlauf des Abends hatte sie mehrmals einen Anlauf genommen, dann aber doch gezögert. Wenn sie Jacob von dem seltsamen Nachmittagstee erzählte, würde sie ihm auch erklären müssen, warum Constance gekommen war. Er würde ihr sagen, dass es unbesonnen gewesen war, sich da einzumischen, und dass es nicht ihre Aufgabe war, sich um die finanziellen Angelegenheiten dieser Frau zu kümmern. Jacob hatte immer die Fähigkeit gehabt, einen gesunden Abstand zu den Sorgen der Welt zu wahren und die Grenze zwischen Mitgefühl und Einmischung im Blick zu behalten. Nicht alles ließ sich retten, hatte er einmal zu ihr gesagt. Sie würde ihm von Constance erzählen, wenn sie beim Sozialamt gewesen waren, beschloss Marina. Beim Abendessen, mit einem Glas Wein. Dann war die Aufgabe erledigt, und sie hatte hoffentlich einen Erfolg zu vermelden. Sie würde daraus eine Geschichte für ihn machen, eine Art anthropologischen Streifzug. Ja, es war besser, ihn nicht unnötig zu beunruhigen.

Als Marina morgens zu dem Wohnblock gegangen war, um Constance abzuholen, hatte sie einen Anflug von Angst verspürt und dann Scham. Wie behütet ihr Leben geworden war. Unten im Hausflur standen ein paar Männer, die verstummten, als sie durch die Tür trat. Kühle, wachsame Blicke. Einer von ihnen stieß einen leisen Pfiff aus, gefolgt vom lauten Gelächter der anderen. Es hatte einen unschönen Beiklang. Sie spürte, wie ihr Herz pochte. Das Neonlicht flackerte, als könnte es jeden Moment erlöschen. Es roch muffig, und in den Ecken sammelten sich Müll und Zigarettenkippen. Die Männer traten zur Seite, um sie vorbeizulassen, und sie lief eilig die Treppe hinauf.

Constance machte ihr sofort auf, als hätte sie auf Marinas Klopfen gewartet. Hatte sie hinter der Tür gestanden? Der kleine Junge war nirgends zu sehen, und im ersten Moment dachte Marina, Constance hätte ihn bei einer Nachbarin oder Freundin gelassen, doch dann kam er aus dem Schlafzimmer und blieb zögernd stehen. Sie sah zu, wie Constance ihn hochhob, sich auf den Rücken band und das Tuch fest über ihren Brüsten verknotete. Es war erst neun Uhr morgens, aber das Mädchen sah bereits erschöpft aus, etwas Leeres, Unbeteiligtes in ihrer Miene.

Endlich rief ein junger Mann mit resignierter Miene und dicken Brillengläsern ihre Nummer auf, und sie wurden durch einen tristen grauen Flur in ein enges Büro geführt. Gabriel war jetzt wieder wach, saß ganz still auf einem Stuhl zwischen ihnen und blickte umher. Auf Marinas Kleid war ein Schweißfleck, wo er sich an sie geschmiegt hatte. Am Pinnbrett hinter dem Schreibtisch hing ein Bibelvers: »Wirf dein Anliegen auf den Herrn; der wird dich versorgen und wird den Gerechten in Ewigkeit nicht wanken lassen.« Der Anblick dieser Worte mit einem farbenfrohen Sonnenuntergang als Hintergrund gab Marina Hoffnung, als wäre der Mann wegen seines Glaubens dazu verpflichtet, freundlich zu ihnen zu sein und Güte walten zu lassen. Er sah aus wie ein junger Mönch, dachte sie, wie er dort saß und etwas in seinen Computer tippte. Auf der Ecke seines Schreibtisches lagen ein Apfel und ein Saftpäckchen, wie das Pausenbrot eines Kindes. Sie musste an die roten Äpfel auf dem Bild von Cézanne denken, das sie und Jacob sich am Tag zuvor angesehen hatten. Sie blickte noch einmal zu dem Bibelvers. Waren sie Gerechte?

Schließlich wandte sich der Sachbearbeiter ihnen zu. Es folgte eine Flut von Begriffen, die Marina noch nie gehört hatte, und Abkürzungen, die sie nicht verstand. Durch das kleine Fenster drang Sirenengeheul herein. Marina kam sich vor, als müsste sie in einer Sprache verhandeln, die sie nicht beherrschte. Panik überkam sie, weil sie nicht wusste, was sie sagen sollte. Constance selbst saß da und starrte auf ihre Füße, als ginge sie das alles nichts an.

»Wenn Sie den Fall nicht wieder aufnehmen«, sagte Marina schließlich, »werden diese Frau und ihr Kind nichts zu essen haben. Sie können nicht vier oder sechs Wochen warten, bis ein neuer Antrag bewilligt wird. Kann man da irgendetwas tun?«

Der junge Mann nahm die Brille ab und rieb sich die Augen. Er nahm ein grünes Formular aus einer Ablage und setzte die Brille wieder auf, dann seufzte er, als sei er zu dem Schluss gekommen, dass es einfacher war nachzugeben. Erbarmen zu zeigen.

»Das ist eigentlich gegen die Vorschriften, aber wir machen die Rezertifizierung jetzt gleich. Wegen besonderer Umstände. Dann kann der Antrag innerhalb von vierundzwanzig Stunden bearbeitet werden.«

Eine Stunde später, als sie gerade gehen wollten, fiel Marina noch etwas ein.

»Wenn sie wieder einen Brief wegen der Rezertifizierung bekommt, wird sie ihn nicht verstehen. Deshalb ist sie ja auch beim letzten Mal nicht erschienen.«

»Sie können ihre offizielle Vertreterin sein.« Der junge Mann zog noch ein Formular heraus und begann es auszufüllen, bevor Marina etwas erwidern konnte. »Eine Kopie sämtlicher Korrespondenz wird an die von Ihnen angegebene Adresse geschickt, und Sie können dann für sie handeln. Tragen Sie hier nur Ihre Angaben ein, und sie muss unten unterschreiben.«

Marina zögerte. Wollte sie wirklich diese Verantwortung übernehmen, sich so weit in das Leben der jungen Frau einmischen? Vielleicht konnte es ja auch nur vorübergehend sein. Sie würde mit Leah sprechen, sobald die aus Guatemala zurückkam; bestimmt gab es irgendeine Institution, die da helfen konnte. Man konnte doch Menschen nicht einfach ihrem Schicksal überlassen, wie es bei Constance und ihrem Jungen offenbar der Fall war. Marina sah zu, wie Constance langsam die Buchstaben ihres Vornamens unten auf das Formular schrieb. Die junge Schwarze beugte sich über den Tisch, malte die Formen nach, die sie sich offensichtlich eingeprägt hatte, und starrte dann darauf, als wären sie etwas Wundersames und zugleich Suspektes.

Es war bereits Nachmittag, als sie das Gebäude verließen. Der Himmel war so grau, dass man den Eindruck hatte, eine seltsame vorzeitige Dämmerung habe sich über die Straßen gesenkt. Ein heißer Wind fegte die Seiten einer Zeitung an ihnen vorbei, als sie die 125. Straße hinuntergingen. In den Zwanziger- und Dreißigerjahren war hier das Zentrum der Jazz-Ära gewesen. Die Harlem-Renaissance. Musiker, Spieler, Dichter, Prostituierte. Mädchen, die in gebügelten Baumwollkleidern aus Carolina hierherkamen. Gangster, Gauner, Wahrsager und Prediger. Das Apollo Theater, Minton's Playhouse, der Cotton Club, der Savoy Ballroom. Allein die Namen klangen magisch. Jetzt waren die Straßen gesäumt von heruntergekommenen Geschäften, karibischen Restaurants und Billigläden. Im Schatten der Hochbahngleise breiteten junge Männer Decken aus und verkauften CDs, Schuhe und Handtaschen. Sie kamen an mehreren Läden vorbei, die Afrofrisuren anboten, die Schaufenster mit absurd glänzenden Perücken dekoriert. Ließ Constance sich hier die Zöpfe flechten?, fragte sich Marina mit einem Blick auf den dunklen Kopf des Mädchens mit den gleichmäßigen schmalen Zopfreihen.

Als sie bei dem Starbucks an der Ecke Lenox Avenue ankamen, hielt Marina inne. »Möchten Sie etwas essen? Gabriel hat doch bestimmt Hunger.« Constance antwortete nicht, blieb jedoch stehen und sah zu dem Café hinüber. Offenbar bedeutete Schweigen Zustimmung, dachte Marina. Drinnen bestellte sie Eisschokolade für alle, abgepackte Sandwiches mit Käse und Salat und drei Stücke Bananenkuchen. Gabriel bestaunte seine Schokolade, als wäre sie ein Wunderwerk, und tunkte vorsichtig den Finger in die Sahne. Marina zerteilte sein Sandwich in lauter kleine Happen und legte sie ihm auf einer Serviette hin. Constance aß langsam und unternahm keinen Versuch, Gabriel beim Essen zu helfen. Sie konnte sich so vollständig in sich zurückziehen, dass sie nicht einmal mehr ihr Kind wahrzunehmen schien.

Irgendwann während dieses seltsamen improvisierten Mittagessens blickte Marina auf und sah Ben in der Schlange am Tresen warten. Neben ihm stand eine junge Frau mit langem schwarzem Haar und dunklen Augen. Ihr schmales Gesicht hatte etwas Madonnenhaftes. Sie sagte etwas zu ihm, und Ben betrachtete sie mit unverhohlener Leidenschaft. Marina verstand, warum – sie war von stiller, strahlender Schönheit. Woher mochte sie kommen? In ihrem ärmellosen weißen Kleid, das ihr bis über die Knie reichte, sah sie aus wie eine Figur aus einem Roman von Gabriel García Márquez, die geliebte Tochter eines reichen Kaffeeplantagenbesitzers. Marina schalt sich sofort wegen dieses Klischees; wahrscheinlich studierte sie an der NYU. Sie beobachtete Ben und das Mädchen, während sie ihre Getränke bestellten. Er war fürsorglich, aufmerksam, berührte sanft ihren Arm. Seine Augen leuchteten auf eine Weise, wie Marina sie lange nicht mehr bei ihm gesehen hatte. Er wirkte entspannter, offener. Er legte ganz leicht die Hand auf den Rücken des Mädchens, als sie sich mit ihrem Eistee in der Hand vom Tresen entfernten. Marina fragte sich, ob sie schon ein Paar waren. Ein paar Tage zuvor, als sie früher nach Hause gekommen war, hatten zwei Tassen in der Spüle gestanden. Sie hatte darin ein hoffnungsvolles Zeichen gesehen – jemand hatte Ben besucht, und sie hatten zusammen Tee getrunken. Jetzt versuchte sie, sich das Mädchen zu Hause am Küchentisch vorzustellen oder auf Bens Bettkante, wie sie sich hinunterbeugte, um sich die Sandalen auszuziehen.

Ihr fiel ein Vers ein: »Dein Körper erfüllt mein Leben, und dein Lachen vertreibt die dunkle Mauer des Schmerzes.« Er stammte aus einem Gedicht von José Valente, das Jacob ihr geschickt hatte, kurz nachdem er zu seinem Leben in New York zurückgekehrt war und sie niedergeschlagen ihr bescheidenes Dasein wieder aufgenommen hatte. Sie hatte sich wie ausgehöhlt gefühlt, von allem abgeschnitten, und war zu nichts anderem in der Lage gewesen, als im Bett zu liegen und die rissige, von Wasserflecken marmorierte Decke anzustarren. Ihr Kissen roch noch nach Jacob, was ihre Einsamkeit nur verschlimmerte. Er war auf dem Weg zum Flughafen überraschend noch einmal bei ihr vorbeigekommen, während das Taxi unten wartete. Als er ging, stand sie in ihrem Kimono am Fenster, sah zu, wie der Wagen in der Morgendämmerung davonfuhr, und fragte sich, ob sie ihn jemals wiedersehen würde.

Zwei Wochen später lag ein Brief in ihrem Fach in der Uni. Ein Gegenstück, hatte sie damals gedacht, zu dem, den sie drei Monate zuvor unter seiner Tür durchgeschoben hatte. Das Gedicht von Valente, getippt auf einem Blatt Papier. Auf der Rückseite zwei Zeilen in Jacobs ausladender Handschrift: »Ich will nicht mehr ohne dich sein. Komm nach New York.«

Ben blieb stehen, als er Marina am Tisch neben der Tür entdeckte. Sie sah, wie er mit leicht überraschter Miene Constance und Gabriel musterte. Das Mädchen stand hinter ihm. Ihr Gesicht war ernst und ruhig, und selbst in ihrem Lächeln, als Ben sie einander vorstellte, lag eine leise Traurigkeit. Hoffentlich ist sie nicht auch melancholisch, dachte Marina. Hoffentlich ist sie fröhlich und bringt ihn zum Lachen. Sie trug eine goldene Kette mit einem kleinen Kreuz um den Hals. »Meine Freundin Alma«, sagte Ben. Nichts weiter. Marina tat es ihm nach und stellte Constance ebenfalls als Freundin vor, obwohl das Wort ihr vollkommen unpassend vorkam. Constance hob nicht einmal den Kopf, um Ben und Alma zur Kenntnis zu nehmen. Mein Stiefsohn. Marina fragte sich, ob Constance wusste, was das Wort bedeutete. Gab es da, wo sie herkam, so einen Begriff überhaupt?

»Na dann«, sagte Ben. »Wir müssen los. Bis später.«

Er hielt Alma die Tür auf. Marina sah zu, wie sie um eine umgekippte Mülltonne herumgingen. Almas weißes Kleid wirkte vor dem Grau der Straße wie eine hoffnungsvolle Flagge. Natürlich war Ben in sie verliebt; wie hätte er es nicht sein können?

Später stand Marina am Schlafzimmerfenster und sah zu, wie das letzte Licht vom Himmel schwand. Neun Uhr abends, und noch immer nicht richtig dunkel. Der ganze Tag war schummrig gewesen, aber nun, da es tatsächlich dämmerte, wurde die Luft angenehmer, und ein leichter Wind wehte vom Fluss herüber. Die Schuhe, die an dem Kabel über der Straße hingen, schaukelten leise im Wind. Sie erschienen ihr wie ein Flehen. Sie dachte an Gabriels Gesicht zurück, als sie ihn an dem Morgen im Arm gehalten hatte. Was er und Constance jetzt wohl taten? Schliefen sie beieinander? Sie hatte nur ein schmales Bett in der Wohnung gesehen.

Ben war am frühen Abend nach Hause gekommen und hatte zum ersten Mal seit Monaten mit ihr zusammen gegessen. Jacob hatte noch einen späten Termin, deshalb waren sie nur zu zweit gewesen. Marina hatte ein Omelette zubereitet und eine gute Flasche Wein aufgemacht. Wie viele Abende hatten sie im Lauf der Jahre so verbracht, zusammen gegessen, gelesen oder einen Film angeschaut? Als sie nach New York gekommen war, um mit Jacob zusammenzuleben, war Ben erst zehn gewesen. Jacob leitete damals neben seiner Praxis noch die Kinder- und Jugendpsychiatrie des Bellevue Hospital und war kaum zu Hause. Sie erinnerte sich an die vielen nächtlichen Anrufe aus der Notaufnahme, das alarmierende Klingeln des Telefons, Jacobs Murmeln, die langen Pausen, während er zuhörte. Meist endeten diese Anrufe damit, dass Jacob im Dunkeln nach seinen Sachen tastete, sich leise anzog und mit einem Klicken die Wohnungstür hinter sich zuzog. Manchmal kam er vor Tagesanbruch zurück, um sich noch für ein, zwei Stunden hinzulegen, aber meistens blieb er gleich im Krankenhaus. Abends beim Essen sah Marina, wie er mit der Müdigkeit kämpfte, obwohl er sich um ihret- und um Bens willen bemühte, munter und interessiert zu wirken. Es berührte sie tief, weil sie wusste, wie viel Kraft es ihn kosten musste. Sie und Ben merkten immer, wenn er erschöpft war, beeilten sich mit dem Essen und lächelten einander zu, wenn Jacob den Kopf auf die Sessellehne sinken ließ und die Augen schloss.

Von Anfang an, so schien es Marina, waren sie und Ben verbunden gewesen durch ihre Liebe zu Jacob und den fast ebenso starken Drang, ihn zu beschützen. Nun fragte sie sich, ob diese eingefleischte Gewohnheit der Grund dafür war, dass Ben nicht über den Kummer sprach, der ihn quälte; dass diese traurige Distanz zwischen ihm und seinem Vater entstanden war; und dass er sich schließlich ihr anvertraute und nicht Jacob.

Ben stand neben ihr in der Küche, als sie die Eier für das Omelette untereinander rührte, und gestikulierte mit dem Weinglas in der Hand, während er sprach. »Erzähl mir von ihr«, hatte sie leise gesagt. Die Glastüren zum Garten waren offen, und die Dämmerung tauchte die Küche in mattes Zwielicht. Alma war die Schwester von Juan, einem Kollegen aus dem Supermarkt, mit dem Ben sich angefreundet hatte. Sie und Juan waren letztes Jahr aus El Salvador gekommen, über Guatemala und die mexikanische Wüste. Ihr Vater war einige Jahre zuvor im Bürgerkrieg gefallen, und ein älterer Bruder war nach dem Ende des Konflikts ermordet worden. Bens Beschreibung des Landes, aus dem Alma und Juan geflohen waren, war eine Litanei des Grauens. Grausame Morde, Entführungen, Bandenkriege, unablässige Gewalt. Und dann die schreckliche Durchquerung der Wüste, die Flucht über die Grenze. »Ich weiß, dass da Dinge passiert sind, die sie mir nie erzählen wird«, sagte Ben. Wie jeder Liebende wollte er sie retten. Das wollen wir alle, dachte Marina. Retten oder gerettet werden.

Nachdem er ihr Almas Geschichte erzählt hatte, senkte Ben den Kopf und blickte in sein Weinglas. Wie bezaubernd ernst er aussah, dachte Marina. Manchmal, wenn sie ihn ansah, stellte sie sich unwillkürlich das verständnislose Gesicht des kleinen Jungen vor, der damals seine Mutter so verzweifelt vermisst hatte. All die Jahre war sie überzeugt gewesen, dass Ben das Abbild seines Vaters war, doch seit ein paar Monaten entdeckte sie Spuren von Leni in ihm. Etwas in der Art, wie er den Mund bewegte, in der Form seiner Augen, die an Schlehen erinnerten. Aber vielleicht bildete sie es sich auch nur ein.

In den zehn Jahren ihrer Ehe mit Jacob hatte sie Leni nur ein paar Mal gesehen, und jede ihrer Begegnungen war angespannt und unbehaglich gewesen. Anfangs war Leni wie ein Geist gewesen, von dem Marina nur hier und da Fragmente erhaschte. Geflüsterte Geschichten von Leah während des Spülens nach dem freitäglichen Mahl, ab und an ein Foto im Album, bei dem Rose rasch weiterblätterte, ein paar gequälte Sätze von Jacob. Lenis Unterschrift in Bens Schulaufgabenheft, die Namensschilder, die sie in die Hemdkragen seiner Schuluniform genäht hatte, die ungegessenen Brote, die Marina unten in seiner Schultasche fand. Wenn sie die sorgfältig in Butterbrotpapier gewickelten Päckchen in der Hand hielt, wusste sie, dass Leni an dem Morgen in ihrer Küche am anderen Ende der Stadt gestanden und die Brote für ihren Sohn geschmiert hatte. Sie und Leni verband so viel gemeinsames Wissen: wie Ben sein gekochtes Ei am liebsten aß, dass er Tomaten nicht mochte und unbedingt immer Flanellbettwäsche haben wollte – all diese kleinen häuslichen Details. Es war seltsam, ein Kind auf diese Art zu teilen, es ständig zwischen den beiden Zuhauses hin- und herzufahren und doch nie miteinander darüber zu sprechen.

Nach ihrer Rückkehr aus London verwandelte sich Leni in eine tüchtige Mutter. Sie tat, was nötig war, und organisierte Bens Leben energisch und kompetent. Tennisspiele, aufwendige Geburtstagspartys, sorgfältig geplante Urlaube – niemand konnte ihr vorwerfen, dass sie sich nicht genug um ihren Sohn kümmerte. Dennoch konnte sie die drei verlorenen Jahre nie wieder gutmachen. Nichts, was danach kam, wog ihre Entscheidung auf fortzugehen.

In der ersten Zeit hatte Leni auf Marina eine geheimnisvolle Faszination ausgeübt. Auf den Fotos in Roses Alben wirkte sie auf undurchschaubare Weise schön. Es war eine kalte Schönheit, hatte Marina immer gedacht, die niemanden nah an sich heranließ. Jacob blickte mit kummervoller Ratlosigkeit auf diese Zeit in seinem Leben zurück. Manchmal sprach er von Ben als »unserem Sohn«, womit er sich und Marina meinte. Als er es zum ersten Mal sagte, war sie gerührt von seiner Großzügigkeit, seinem Wunsch, Ben ganz mit ihr zu teilen. Es war verführerisch, in diese Fantasie hineinzuschlüpfen, aber Marina war nicht ganz wohl bei dieser wehmütigen Umschreibung der Vergangenheit. Leni würde sich nicht einfach so aus ihrem Leben herausschneiden lassen.

Ben sprach kaum von seiner Mutter, wenn er bei ihnen war. Er wusste, dass sein Leben mit Leni und Michael die schreckliche Macht besaß, seinen Vater zu verletzen. Das hatte er schon früh gelernt. Es bekümmerte Jacob, dass sein Sohn sich in diesen komplexen Verhältnissen zurechtfinden und Rücksicht auf die Verletzlichkeit seines Vaters nehmen musste. Marina war überzeugt, dass Jacob bei Leni geblieben wäre, wenn sie ihn nicht verlassen hätte. Aus Hoffnung, aus Loyalität. Vor allem aber aus Liebe zu Ben und dem Wunsch heraus, ihn nicht zu verletzen.

Alma wollte Medizin studieren, sagte Ben voll Hoffnung und Stolz zu Marina, als könnte dieses Streben alles andere aufwiegen.

»Sie ist unglaublich klug. Sie hat sich selbst Englisch beigebracht, mit Zeitschriften und Büchern. Sie wird bestimmt eine tolle Ärztin.«

»Aber sie ist illegal hier?«

Marina hatte die Worte kaum ausgesprochen, da tat es ihr schon leid. Wie viele Male hatte Leah gewettert, dass kein Mensch illegal war, dass es nicht gegen das Gesetz sein durfte, in einem Land Schutz zu suchen? *Ohne Papiere*. Das hätte sie sagen sollen. Sie erinnerte sich an das offizielle Einwanderungsdokument, das Constance ihr mit feierlichem Ernst gezeigt hatte, als Marina wissen wollte, woher sie kam. Die Legitimitätsbescheinigung, die eine der beiden jungen Frauen bekommen hatte, die andere jedoch nicht.

Ben erwiderte nichts auf ihre Frage, als wüsste er, dass sie ihrer unwürdig war.

In der Nacht gab es ein Gewitter. Stundenlang schien der Regen gegen die Schlafzimmerfenster zu prasseln. Marina lag wach neben Jacob, der schlief und nichts vom Zürnen des Himmels mitzubekommen schien. Sie hatte ihm nichts von dem seltsamen Tag mit Constance und Gabriel erzählt und auch nichts von der Begegnung mit Alma. Er war spät nach Hause gekommen, blass und müde, und sie hatte ihn nicht beunruhigen wollen. Jetzt fühlte es sich so an, als würde sie ihm all diese Dinge verheimlichen. Sie dachte an Almas weißes Kleid, an Bens Hand auf ihrem Rücken. Und an Gabriel. An die scheue Überraschung auf seinem Gesicht, als sie ihn hochgenommen hatte, an das Gewicht seines Kopfes an ihrer Schulter. *Gabriel*. Sie flüsterte es leise, wie um den Klang auszuprobieren. Der Name eines Engels. Ein Name, wie sie ihn vielleicht auch für ihr eigenes Kind ausgewählt hätte.

## Narrowsburg

*Januar 2000*

Das Arbeitszimmer war erfüllt vom gleichmäßigen, schattenlosen Licht tiefen Winters. Draußen am Holzapfelbaum hing noch ein einzelner roter Apfel an den kahlen, schneebedeckten Ästen. Was für eine Zähigkeit, dachte Vera. Die ganze Woche hatte es geschneit, sie kamen buchstäblich nicht mehr aus dem Haus. Sie hatte nie die geschlossenen Orden verstanden, durch Klostermauern abgeschottet von der Welt. Nur innere Einkehr, keine Taten. In ihrer Kindheit hatte es solche Nonnen gegeben, hübsch und scheinbar schwebend in ihrem altmodischen Habit. Haube und Rosenkranz, das leise Gemurmel der Gebete. Die Nonnen ihrer Schulzeit schienen unter einem großen Schleier des Schweigens zu leben, alles an ihnen war ruhig und gedämpft. Das Rascheln eines Saums über gebohnerte Dielen, leise Schritte, das dezente Klicken einer Tür.

Vor vielen Jahren war Vera einmal bei einem Schweige-Retreat in der Wüste von Arizona gewesen. Das war nach einer Reise durch Südamerika, wo sie mit überfüllten Bussen in abgelegene Dörfer gefahren war, um die verstreuten Ordensschwestern zu besuchen. Es hatte sie erschöpft, die stundenlangen Fahrten in der Hitze, der allgegenwärtige Verwesungsgeruch des Dschungels. Die Tropen weckten in ihr eine Sehnsucht nach Winter, nach den Atemwolken in der Luft, wenn sie sich morgens an die Arbeit machte. In Bolivien hatte sie sich mit Malaria infiziert und drei Wochen lang in einer engen Kammer gelegen, unter einem vergilbten Moskitonetz, auf einem Kissen, das nach Schimmel roch. Die Wände hatten sich um sie gedreht, und sie war überzeugt gewesen, dass sie in diesem kleinen Käfig sterben würde.

Bei ihrer Ankunft im Retreat Center in der Wüste war sie zittrig und schwach gewesen, vollkommen ausgelaugt. Der Aufenthalt dort war eine Anweisung gewesen, nicht ihr eigener Entschluss. Nach Südamerika hatte Vera nur noch zurück nach Harlem gewollt, zu ihrem eigenen Bett und ihrer Arbeit. Doch man hatte entschieden, dass sie sich erholen müsse. Der Körper mochte ja genesen sein, aber auch die Seele brauche Ruhe; ein jegliches habe seine Zeit, und Taten seien nicht der einzige Weg, um die arme, elende Welt zu retten; das Gebet sei eine ebenso mächtige Kraft. Vera wusste, dass die Oberen ihres Ordens sie für eigenwillig und allzu unabhängig hielten, und eine Weigerung hätte möglicherweise Konsequenzen gehabt.

Also schickte man sie für einen Monat in das Zentrum. Im Taxi, das sie vom Flughafen in Phoenix dorthin brachte, blickte sie hinaus in die Wüste, die sich vor ihnen ausbreitete, auf das goldgelbe Gras und die orangenen Tafelberge, die hier und da herausragten. Sie würde es als eine Art Zwischenreich betrachten, beschloss sie, einen unumgänglichen Wartebereich, bevor sie nach Harlem zurückkehren konnte.

Das Zentrum bestand aus einer Ansammlung von Lehmhäusern auf staubigem Grund, umgeben von einer Mauer. Bei ihrer Ankunft nahm ihr eine zierliche junge Frau den Koffer ab und führte sie zu ihrem Zimmer. Ein schmales Bett mit weißem Überwurf, ein Strauß gelber Blumen in einem Glas auf dem Nachttisch, die helle Nachmittagssonne, die durch das Fenster hereinfiel. Es lag so viel Sorgfalt in der Vorbereitung des Zimmers: die Baumwolldecke, die zusammengefaltet am Fußende des Bettes lag, der Krug mit eisgekühltem Wasser, der auf dem kleinen Schreibtisch bereitstand, die Blumen. Jemand hatte sie für sie gepflückt. Vera legte sich auf das Bett, zog sich die Decke über die Schultern und schloss die Augen.

Sie schlief durch bis zum nächsten Vormittag und wachte erst auf, als die junge Frau, eine Novizin der Maryknoll-Schwestern, ihr half, sich aufzusetzen, und ihr eine Schale mit Suppe gab. Nach und nach ließ Vera sich in die reine, klare Stille des Ortes sinken. Und es tat gut, sich versorgen zu lassen, als wäre sie ein krankes Kind. Anfangs erschien ihr jedes Geräusch überlaut, weil der Klang der Stimmen dahinter fehlte. Das Sirren eines Ventilators, das Scheppern eines Topfes irgendwo im Haus, ein Stuhl, der über den Boden scharrte: Alles wirkte drängender, lebendiger. Nachts schienen die Geräusche sich zu verdoppeln – das Klappern der Holzläden gegen das Fenster, das Rascheln des Wüstenwinds im Gras, Schritte im Flur. Doch nach einer Weile gewöhnte sie sich daran, wie man es ihr vorhergesagt hatte. Die Stille, der langsame, reduzierte Tagesrhythmus. Beten, essen, wieder beten, früh zu Bett, die reine Dunkelheit der Wüste. Eine Woche verging, dann zwei, und sie begann zu denken, ja, vielleicht könnte sie für immer hier bleiben. Nicht aus dem Leben zurückgezogen, sondern auf eigentümliche Weise mittendrin. Sie stellte sich vor, wie es wäre, nicht nach Harlem zurückzukehren, sondern hier in der Wüste zu bleiben.

Ihr Bruder war auch einmal von seinem Orden in die Wüste geschickt worden. Als Strafe. Als Exil. Zu dem Zeitpunkt hatten sie das mit dem Trinken gewusst, doch sein größeres Vergehen war der Zweifel. Das Trinken war eine Schwäche des Fleisches, der mangelnde Glaube eine Schwäche der Seele, weit schwerer zu heilen als eine Neigung zu einem Schlückchen hier und da. Das war unter den Priestern weiß Gott keine Seltenheit. Keine große Sünde, solange es diskret gehandhabt wurde.

Colum hatte ihr aus Arizona geschrieben; in einem Umschlag war eine Handvoll roter Sand gewesen. Vielleicht hatte er sogar an dem kleinen Schreibtisch in diesem Zimmer gesessen. Ihr kleiner Bruder. Er war erst sieben gewesen, als sie von zu Hause fortgegangen war. Ein schwerer Schlag für ihn. Ihr Mutter war bereits erschöpft gewesen, als er auf die Welt kam. Bis auf die Knochen abgearbeitet, sagte sie, und in der Tat war ihr Gesicht so schmal, dass die Haut nur wie ein dünnes Tuch über dem Skelett zu liegen schien. Ihre arme Mutter. Ausgelaugt von all den Kindern und einem ständig betrunkenen Mann. Colum war noch ein Kind, das sie nicht hatte verhindern können. Nach seiner Geburt hatte sie monatelang im Bett gelegen. Vera hatte Angst gehabt, dass sie sterben würde, dass ihre Bürde auf sie übergehen würde. Ihre Mutter konnte Colum nicht einmal stillen, sie weinte nur lautlos, wenn sie versuchten, ihn an ihre Brust zu legen. Vera war diejenige gewesen, die das neue Baby gewiegt und mit Fläschchen gefüttert hatte, und sie hatte auch seine Hand gehalten, als er laufen lernte. Sie hatte ihn zur Schule gebracht, ihm gezeigt, wie man die Schuhe zuband, und ihm abends etwas vorgelesen. Und dann hatte sie ihn im Stich gelassen.

Sie hatte ihn erst neun Jahre später wiedergesehen, als sie noch einmal nach Irland gekommen war. Ihre Mutter lebte nicht mehr, und ihr kleiner Bruder war zu einem hochgewachsenen, stillen jungen Mann geworden, den Kopf stets über ein Buch gebeugt. Armer Colum. Vielleicht war der Zweifel tief in ihnen beiden gesät. Schließlich hatten sie das schlechte Blut ihres Vaters geerbt. Das hatte ihre Mutter oft gesagt, wenn sie wütend war.

In der dritten Woche in Arizona begann Vera, Spaziergänge in die Wüste zu unternehmen. Nicht weit weg von der Straße, so töricht war sie nicht. Nur kleine Ausflüge rund um das Zentrum – nach Norden zu der halb verfallenen Bushaltestelle, nach Süden zu dem Schild, das die Grenze des Navajo-Gebietes markierte. Sie lieh sich den alten Kombi des Zentrums, um zur Painted Desert zu fahren. Irgendwie erinnerte die Wüste sie an das Meer: die endlose Stille, der hohe Himmel und die seltsamen Felsen, die sich aus dem Staub erhoben. In ihrer vierten Woche fuhr sie jeden Tag in die Eisenbahnstadt Winslow, weil sie wieder Lust auf die Welt hatte. In der Stadt gab es ukrainische Ordensschwestern, die sich um die Navajo-Frauen kümmerten, ein Schutzhaus für Opfer häuslicher Gewalt, in dem sich auch ein Secondhandladen und eine Suppenküche befanden, und ein Zentrum der Zeugen Jehovas. Hier hatte sie immer sein wollen: in der Welt, nicht auf den Knien beim Gebet.

Der Schnee erinnerte Vera an die Zeit damals in der Wüste. Die Sicherheit des abgeschiedenen Ortes, bevor sie wieder in die Welt hinausgetreten war. In Narrowsburg suchte sie nach derselben Fähigkeit des Loslassens, hatte immer wieder um die Gabe des Gleichmuts gebetet, die ihr die Arbeit hier leichter machen würde. Herr, gib mir Geduld. Das hatte ihre Mutter früher oft gesagt, die Hände vor der Brust gefaltet, den Blick gen Himmel gerichtet, wenn die jüngeren Kinder etwas angestellt hatten oder sich lauthals stritten.

Es überraschte Vera, wie oft sie an ihre Kindheit dachte, seit sie hier war. Vielleicht kam es daher, dass so viele von den anderen Nonnen in den Sog ihrer Vergangenheit geraten waren. Ein Bauernhof, ein verlorener Bruder, eine Sehnsucht nach kandierten Äpfeln. All dieses Weggleiten des Verstandes, das Zerbröseln der Erinnerungen. Vera hatte Angst, dass es sie irgendwann auch erwischen würde. Ob sie es wohl sofort merken würde? Oder wäre es eher ein langsames, kaum merkliches Hineinsinken? Nach diesen Jahren in Narrowsburg wusste sie, dass es härter für die Schwestern war, die wussten, dass ihr Verstand anfing, sich aufzulösen. Nein, lieber ein körperliches Versagen, ein Herzinfarkt, der sie rasch dahinraffte. Ein gnädiges Ende.

Sieben Todesfälle, seit sie hierhergekommen waren, drei davon allein in diesem Winter. In der vergangenen Woche hatten sie Schwester Cecile beerdigt; es hatte wie aus Kübeln geschüttet, als der Sarg in die Erde hinabgelassen worden war. Am Grab waren sie nur zu dritt gewesen, sie und Constance und der Priester, alle mit einem Schirm in der Hand. Hinterher hatte das Mädchen in der Waschküche am Spülstein gestanden und sich die Hände geschrubbt. Das war in Ruanda so üblich, erklärte Constance, als Vera sie ausschimpfte, weil sie so viel Wasser verschwendete. Nachdem man jemanden beerdigt hatte, wusch man sich die Hände. Während der letzten Wochen hatte Constance bei Cecile im Zimmer geschlafen, auf einer Matte auf dem Fußboden neben dem Bett der alten Schwester. Vera sah die junge Frau schweigend an der Spüle stehen, die Hände noch immer unter dem Wasserstrahl. Vielleicht würde jetzt etwas in ihr aufbrechen, ausgelöst durch die Trauer. Lasst mich alle in Ruhe mit eurem Schmerz, dachte Vera und erschrak im selben Moment über ihre Hartherzigkeit. Was war sie nur für eine Christin?

Die anderen Nonnen blieben während der Beerdigung drinnen, um den Heizlüfter gedrängt, und häkelten Decken für arme Babys. So hatten sie etwas zu tun, obwohl das Geld für die Wolle Veras Budget zusätzlich strapazierte. Am Tag, als Cecile starb, hatte der Boiler den Geist aufgegeben. Das nervtötende Klackern und Ticken hatte Vera den ganzen Winter über wahnsinnig gemacht, bis er plötzlich verstummt war und die Nonnen in eisiger Kälte zurückließ. Das alte Ordensgebäude war zu groß, um es zu beheizen. Was sie brauchten, war ein Holzofen, vielleicht einen alten Aga. Aber dann müssten sie Holz hacken und vom Schuppen herüberschleppen und Anmachholz suchen. Noch mehr Arbeit für sie und Constance. Trotzdem, ein Feuer wäre schön.

Manchmal kam es Vera so vor, als würden sie mit jedem Monat, der verging, tiefer in alte Zeiten zurückgleiten, so abgeschnitten, wie sie hier oben in den Bergen waren. Sie fuhren nur noch selten in die Stadt. Es gab einen Arzt – ein Katholik, der ein schlechtes Gewissen hatte, weil er nicht mehr in die Kirche ging –, der Mitleid mit dem Häuflein nahezu mittelloser alter Nonnen hatte und zu ihnen kam, wenn es nötig war. Der Supermarkt belieferte sie einmal in der Woche, und vieles, was sie brauchten, bauten sie mittlerweile selbst im Garten an. In den wärmeren Monaten gedieh alles prächtig, und sie und Constance hockten stundenlang zwischen den Gemüsereihen, pflegten die Pflanzen und zupften Unkraut. Die junge Schwarze war fleißig, das musste Vera ihr lassen.

Sie konnte Constance jetzt vom Fenster aus sehen, wie sie den Pfad entlangging, eingehüllt in Mantel und Schal, einen Plastikbehälter in der Hand. Selbst in ihrem dicken Winteraufzug sah sie so dünn aus wie ein Besenstiel. Die treue alte Lily trottete hinter ihr her, wobei sie auf dem schneebedeckten Weg ein paar Mal mit den Pfoten wegrutschte. Ein Blauhäher flog über die Berberitzen davon, und das Mädchen und der Hund schauten ihm beide hinterher. Die Sträucher würden sie im Frühjahr zurückschneiden müssen. Ihr nächster Nachbar, ein alter Bauer am Ende der Straße, hatte ihr gesagt, dass die Berberitzen Hirschzecken anzogen. Er hatte traurig den Kopf geschüttelt, während er den Wildwuchs musterte, voll Mitleid mit den törichten alten Nonnen. Den ganzen Sommer über hatten sie ihre Arme nach den gierigen Insekten abgesucht. Statt göttlicher Offenbarung wurde ihr jetzt praktisches Wissen zuteil, dachte Vera. Alles über Zecken, Gemüseanbau und Reparaturen. Vielleicht war es ein besserer Weg, Gott zu lieben. Den Boden bestellen, säen und ernten.

Sie sah zu, wie Constance mit einem Pinsel eine klebrige Paste auf die Zweige der Bäume strich. Der Hund blieb dicht an ihrer Seite. Die Paste, die Constance so sorgfältig auftrug, hatte sie selbst zusammengemixt, um damit die Vögel zu füttern. Sie wollte ihnen helfen, hatte sie gesagt, als Vera meinte, das Füttern sei ein Eingriff in die Natur. Die Äste hoben sich scharf vom Weiß des Himmels ab. Als sie fertig war, blieb Constance ganz still auf der schneebedeckten Wiese stehen. Sie wartete wohl auf die Vögel, dachte Vera. Sie erinnerte sich an einen Winter in der Stadt, vor etwa drei oder vier Jahren, als sie beim Heimkommen Constance mit Cecile und einer der anderen Schwestern draußen vor dem Brownstone vorgefunden hatte. Constance hatte mit beunruhigter und verwirrter Miene die Hand in den fallenden Schnee gehalten.

»Das ist ihr erster Schnee«, hatte Cecile aufgeregt gesagt. »Zu Beginn des Winters habe ich ihr eine Schneekugel gezeigt, aber jetzt kann sie sich das Ganze in echt ansehen.« Constance und der kleine Junge standen mit großen Augen auf dem Gehweg, während die Flocken um sie herumwirbelten. Der Ausdruck auf dem Gesicht des Kleinen war jedoch kein Staunen, sondern eher Angst. Wie eigenartig, hatte Vera gedacht, dass etwas, das eine neue Freude hätte sein können, Furcht in ihm auslöste. Was war mit ihm passiert?

Damals war Cecile sicher gewesen, dass sie irgendwann zu dem Mädchen durchdringen würde. Sie hatte sich so sehr bemüht. Constances Name stand immer auf der Gebetsliste, die bei ihnen in Harlem an der Kühlschranktür gehangen hatte. Und der des Jungen auch.

Vera fragte sich manchmal, ob es richtig gewesen war, Constance bei ihnen in Narrowsburg zu behalten. Hätten sie sie in die Welt zurückschicken sollen? Doch die Wahrheit war, dass sie hier ohne ihre Hilfe nicht zurechtkämen. Cecile und die anderen hatten sich Sorgen um Constance gemacht, als sie aus der Stadt weggezogen waren. Das Mädchen wirkte so haltlos. Sie kannte niemanden, hatte sich stur geweigert, sich an irgendeine Einrichtung zu wenden, die ihr helfen konnte. Verstockt, hatte Vera damals gedacht, obwohl das sicher ungerecht war. Nur Gott wusste, was sie in Ruanda durchgemacht hatte.

In den ersten Monaten, nachdem sie hierhergezogen waren, hatte Cecile Constance jede Woche geschrieben. Vera hatte gesehen, wie die alte Nonne langsam den Weg zum Briefkasten hinunterging und die kleine Plastikfahne für den Postboten hochklappte. Vielleicht gab es ja jemanden, der ihr die Briefe vorlas, hatte Cecile gemeint. Und selbst wenn nicht, würde das Mädchen sie als freundliche Geste verstehen. Sie würde wissen, dass jemand an sie dachte. Cecile hatte Blumen gepresst, um sie Constance zu schicken, die Umrisse der Berge gezeichnet, rotes Herbstlaub zwischen die Seiten gelegt. Manchmal hatte sie auch Psalmen abgeschrieben. Doch es war nie eine Antwort gekommen.

Während sie Constance durch das Fenster beobachtete, fragte Vera sich, was wohl aus den Briefen geworden war. Hatte Constance sich darüber gefreut, oder war sie nur verwirrt gewesen – wieder etwas in dieser Welt, das sie nicht verstand? Hatte jemand sie ihr vorgelesen? Auf Veras Bemerkung über Constances teuren neuen Wintermantel und die Stiefel hatte das Mädchen gesagt, die hätte sie von einer Freundin bekommen. Schwer vorstellbar, was für eine Freundin das gewesen sein sollte, die so viel Geld für sie ausgab. Hatte diese

Freundin ihr Ceciles Briefe vorgelesen? Wie auch immer, die Briefe hatten Constance nach dem Tod ihres Kindes nach Narrowsburg gebracht. Als sie im Winter vor zwei Jahren hier aufgetaucht war, hatte sie einen der Umschläge in der Hand gehabt, auf dem in Ceciles schwungvoller Handschrift die Anschrift des Ordenshauses stand.

## Harlem

*August 1997*

Im Sommer, wenn es heiß war und die Alltagsroutine wegfiel, fühlten sich die Tage lang und ungebunden an; die Stunden schienen einem anderen Rhythmus zu folgen. Während des Semesters war jede Woche durchstrukturiert und vorhersehbar, dachte Marina, jede Stunde säuberlich verplant. Es gab nie Zeit für Muße.

Sie lag im Bett und betrachtete den Streifen Sonnenlicht, der auf die Dielen fiel. So viel Helligkeit so früh am Tag. Dabei beschwerte sie sich im Winter über das mangelnde Licht, die Kürze der Tage. Draußen ertönte ein Hupen, dann zwei Stimmen, die etwas brüllten. Ihre frühere Wohnung an der Park Avenue war unglaublich ruhig gewesen, abgeschottet vom Lärm der Straße unter ihnen. Trotzdem war ihr das Brownstone hundert Mal lieber, weil es sich fest verortet anfühlte.

Marina griff nach dem Buch auf dem Nachttisch. Rilke. Sie hatte in der Nacht nicht schlafen können und war aufgestanden, um sich den Band aus dem Arbeitszimmer zu holen. Als sie vor dem Bücherregal stand, hatte sie über sich Schritte und leises Gemurmel gehört. Sie hatte auf den helleren Klang einer Frauenstimme gelauscht und sich gefragt, ob Alma oben bei Ben war. Soweit sie wusste, hatte das Mädchen bisher noch nicht bei ihnen übernachtet. Marina war sich immer noch unsicher, ob die beiden ein Paar waren. Ben war offensichtlich verzaubert, aber sie hatte eine rührende Schüchternheit zwischen den beiden bemerkt, als ob sie sich noch nicht die Erlaubnis für eine größere Intimität gegeben hatten. Und da war das goldene Kreuz um Almas Hals.

Die Dämmerung nahte bereits, das Arbeitszimmer lag in stillem Zwielicht, und abgesehen von den gedämpften Stimmen im Obergeschoss war nichts zu hören; selbst auf der Straße war es ungewöhnlich ruhig. Marina setzte sich mit untergeschlagenen Füßen in Jacobs Sessel und schlug das Buch auf. Wenn sie nicht schlafen konnte, griff sie immer zu Gedichten, als könnten Worte, die frei von einem Handlungsstrang waren, sie leichter in schläfrige Gelöstheit versetzen. Und auch bei ihrer Arbeit suchte sie stets nach der Dichte und dem Klang der Poesie.

Marina Zwetajewa hatte einmal gesagt, man könne einer ganzen Epoche vergeben, nur weil Rilke darin gelebt hatte. Wie viele Male hatte sie den Briefwechsel von Zwetajewa und Rilke gelesen? Diese kurze, lodernde Korrespondenz mit ihrer verzehrenden Leidenschaft, ihrer beinahe ungebührlichen Anbetung. Zwetajewa, die selbst nach Rilkes Tod noch weiterschrieb. Ihre lange Elegie an ihn, verfasst in der kalten Stille eines französischen Winters. Unfassbar für sie, dass ihr geliebter Dichter nicht mehr in dieser Welt weilte. Wer wünschte sich nicht eine solche Liebe? Der Briefwechsel stammte aus der Zeit zwischen den Kriegen, und die beiden hatten nicht ahnen können, wie bald die Zukunft sie verschlingen würde. Rilke war in der Schweiz an Leukämie gestorben, Zwetajewa hatte sich während des Krieges in Russland erhängt.

Als Kind hatte es Marina zu schaffen gemacht, dass die Dichterin, nach der sie benannt worden war, auf diese Weise gestorben war. Durch ihre eigene Hand. Der Ausdruck hatte etwas Archaisches. Jemand hatte dasselbe über Dow gesagt, als er starb – sie wusste nicht mehr, wer; es lag schon so lange zurück. Auf jeden Fall war es nicht ihre Mutter gewesen. Marina hatte ständig an die Hände ihres Bruders denken müssen, als sie von seinem Tod erfuhr. Seine langen, schmalen Finger, die nach ihren griffen, als sie im Winter vor seinem Tod im Central Park Schlittschuh gelaufen waren. Das Schattenmuster der Zweige auf dem Schnee, der rutschige, knirschende Weg, der Geruch nach nasser Wolle.

Auf allen Fotos, die sie von ihrem Bruder besaß, sah er aus wie einer von den blassen chassidischen Jungen, die damals überall in Brooklyn auf den Straßen herumgelaufen waren. Auf seinem schmalen Gesicht lag ein unstillbarer Hunger, etwas Drängendes, Unbeantwortetes. Manchmal wünschte sie, Dow hätte ihr einen Brief hinterlassen. Während der ersten Tage nach seinem Tod war sie überzeugt gewesen, dass er etwas geschrieben hatte, dass sie zwischen seinen Sachen einen Umschlag finden würde, der an sie adressiert war. Dieser fehlende Brief bekam geradezu etwas Mythisches. Vielleicht enthielt er eine überraschende Erkenntnis, etwas, das sie noch nicht wusste. Oder er sagte ihr, was sie tun sollte. In ihrem Schmerz stellte sie sich vor, dass der Brief im Müll gelandet war, in einer dunklen Ecke vor sich hin schimmelte. Doch irgendwann begriff sie, dass Dow ihr nichts zu schreiben brauchte. Sie kannte all seinen Schmerz. Ein Brief, in dem er ihn in Worte fasste, wäre kein Trost gewesen, sondern etwas, das sie verfolgt hätte. Was hätte er schreiben können, das sie nicht längst wusste?

Sie hatte den Verlust gespürt wie ein amputiertes Glied, wie einen Schrei, der nachts in ihr aufstieg und den sie mit verzweifelter Macht zu unterdrücken versuchte. In der Nacht nach der Beerdigung war sie aus der Wohnung geschlüpft und zum Botanischen Garten gegangen. Dort hatte sie durch die Scheiben des großen Tropengewächshauses gespäht und

Farne, Urwaldpflanzen und purpurrote Orchideen gesehen. Sie und Dow hatten die feuchtwarme Stille des Gewächshauses geliebt, in der die Außenwelt vollkommen verschwand. Sie wusste, sie durfte sich davon nicht verschlingen lassen. In der Nacht hatte sie lange unter den kahlen Bäumen des japanischen Gartens gesessen, Dows grauen Schal um den Hals, und es war ihr durchaus nicht unmöglich erschienen, dass ihr Bruder über die rote Brücke auf sie zukommen würde. Dass sie umkehren und zusammen nach Hause zurückgehen würden.

Dow war vierundzwanzig, als er starb. Sein richtiger Name war David, nach dem König. Gottes Erwählter. Das hatten die Mitglieder des Kibbuz entschieden. Niemand wurde aus sentimentalen Gründen benannt oder in Gedenken an einen verstorbenen Verwandten. Alle bekamen israelische Namen, ohne den Schatten einer europäischen Vergangenheit. Selbst seinen jiddischen Spitznamen – Dowale, »Bärchen« – hatte Dow von einer Mitarbeiterin des Kinderhauses bekommen, nicht von ihrer Mutter. Umso eigenartiger, dass ihr Vater so hartnäckig darauf bestanden hatte, sie Marina zu nennen. Es gab nur so wenige und so unzuverlässige Geschichten über ihn. Manchmal dachte Marina, dass Gizela ihnen aus einer Art Grausamkeit heraus absichtlich Dinge vorenthalten hatte. Sie wusste nicht, warum Joaw die russische Dichterin gemocht hatte, was sein Lieblingsgedicht gewesen war. Er hatte nie über sie gesprochen, hatte Gizela immer behauptet, nur darauf bestanden, dass seine Tochter nach Zwetajewa benannt wurde. Das hatte im Kibbuz für großen Aufruhr gesorgt, aber Joaw war stur geblieben, und schließlich hatten sie ihm seinen Willen gelassen. Marina hatte immer vermutet, dass der Name einen privaten Hintergrund hatte. Vielleicht hatte seine Mutter so geheißen, oder eine Schwester. Oder eine Geliebte. Jemand vor Gizela.

Ab und an nahm Marina das Foto von ihrem Vater heraus, das sie vom Kibbuzmuseum bekommen hatte. Eine Zeit lang hatte sie es in einem Holzrahmen auf dem Schreibtisch stehen gehabt, aber das hatte sich falsch angefühlt. Es erinnerte sie an einen Mann, den sie in Kalifornien gekannt hatte. Da er keine Familienerbstücke besaß, klapperte er Flohmärkte und Secondhandläden ab, kaufte silberne Kuchengabeln, Kristallvasen und Kerzenleuchter aus Messing und erfand zu jedem Stück eine Geschichte: die Tischdecke, die eine Großtante bestickt hatte, der Schaukelstuhl, den seine Großmutter so geliebt hatte. Die Geschichten wurden immer detaillierter und die Dinge, die er sammelte, persönlicher. Ein abgewetztes Brillenetui, ein handgeklöppelter Spitzenkragen, ein Gehstock mit geschnitztem Griff. Er dachte sich Namen verstorbener Verwandter aus, die zu den kunstvoll gestickten Monogrammen auf den alten Leinentüchern passten. Dieser Mann hatte seine Erfindungen als eine Art Rettung gesehen. Er hatte all diese verlorenen Dinge vor dem Vergessen bewahrt, sie neu in die Vergangenheit eingewebt und sich dadurch selbst eine Geschichte gegeben. Marina war das zutiefst suspekt gewesen. Für sie war es keine Rettung, sondern eine Plünderung. Unwillkürlich musste sie an die wirklichen Besitzer denken, an die wahren Namen der längst verstorbenen Frauen, die sorgfältig ihre Initialen auf Kopfkissen und Servietten gestickt hatten.

Wenn sie das Foto von ihrem Vater auf ihrem Schreibtisch betrachtete, musste sie an das Haus dieses Mannes in Kalifornien denken, seinen Drang, sich eine greifbare Vergangenheit zusammenzubasteln. Die Schwarzweißaufnahme ihres Vaters in dem schönen Rahmen aus Walnussholz hätte ebenso gut von einer Haushaltsauflösung stammen können. Er war ihr vollkommen unbekannt, jemand, auf den sie keinen Anspruch hatte. Sie hatte keine Erinnerung an sein Gesicht oder den Klang seiner Stimme oder daran, wie er sie im Arm wiegte. Gut möglich, dachte Marina, dass er es nie getan hatte.

Dow hatte das Kinderhaus immer gehasst. Er wollte nur bei seinen Eltern sein. Die Geschichte seines hartnäckigen Kummers hatte Gizela ihm und Marina viele Male erzählt. Offensichtlich hatte sie es nicht verstanden – Dows tränenreicher Widerstand, sein trotziges Festklammern, dieses merkwürdige Nach-innen-gewandt-Sein, das sie schon sehr früh bei ihm wahrgenommen hatte. Er hatte es nie anders gekannt, war von Anfang an zusammen mit den anderen Kindern aufgewachsen, nicht bei seinen Eltern. Aber er wollte immer nur zu seiner Mutter. Als er drei Wochen alt war, schrie er vor lauter Bauchweh und Verzweiflung die ganze Nacht, steif und untröstlich in den Armen der Schwestern. Sobald er laufen konnte, begann er mit seinen nächtlichen Wanderungen. Er kletterte leise aus seinem Bett und tapste in der Dunkelheit über das Gelände des Kibbuz, vorbei an dem neu gebauten Speisesaal und dem Waschraum zum Haus am Rand der Felder, wo die verheirateten Paare wohnten. Dow wusste, welches das Zimmer seiner Eltern war, und er öffnete die unverschlossene Tür und legte sich neben ihrem Bett auf den Boden. Gizela erzählte ihnen, dass sie eines Nachts, als sie aufstehen wollte, auf ihren schlafenden Sohn getreten war. Jedes Mal nahm Joaw ihn hoch und trug ihn zurück ins Kinderhaus, doch in der nächsten Nacht versuchte Dow es erneut. Irgendwann gab man Gizela und Joaw ein Zimmer in einem Haus am anderen Ende des Kibbuz, so weit weg, dass der kleine Junge nicht bis dorthin laufen konnte.

Hätte man nicht eine Ausnahme machen können?, hatte Marina ihre Mutter einmal gefragt. Wenn Dow so sehr darunter litt, hätte man ihm nicht erlauben können, bei seinen

Eltern zu schlafen? So funktionierte das Kibbuz nicht, erwiderte Gizela. Er konnte nicht bei ihnen bleiben. Es war nur zum Besten der Kinder und des Landes. Sie waren Sabren und mussten stark sein. Da war kein Platz für Anklammern und Angst. Selbst in ihren Kinderohren klang es für Marina wie Propaganda. Eine einstudierte sozialistische Gesinnung. Es fiel ihr schwer, sich eine so pragmatische Kälte vorzustellen. Doch alle im Kibbuz waren aus Europa gekommen, waren aus ihrer vertrauten Welt gerissen worden, in der Mütter sich um ihre Kinder kümmerten und alltägliche häusliche Vertrautheit möglich war. Vielleicht war die Fähigkeit, ihre Kinder auf die alte Art zu lieben, zusammen mit allem anderen aus ihnen herausgeschrubbt worden.

Marina dachte an Constance und Gabriel. Sie hatte die beiden seit dem Besuch im Sozialamt mehrmals gesehen. Die junge Frau war schroff zu dem Kleinen, wurde schnell ungeduldig und wütend. Sie packte ihn grob am Arm, gab ihm einen Klaps auf die Beine oder auf die Wange, wenn er jammerte. Dann wieder ignorierte sie ihn hartnäckig. Es erinnerte Marina an Gizela, diese innere Abschottung. Nichts wies darauf hin, dass Constance ihrem Kind einen Platz in sich gegeben hatte; da war keinerlei Zuneigung oder Anteilnahme. Sie schaute weg, während eine Ärztin ihm Blut abnahm, setzte ihn geistesabwesend auf einen Stuhl oder den Boden, wenn er versuchte, auf ihren Schoß zu klettern, stieß seine Hand weg, wenn er nach dem Essen auf ihrem Teller griff. Selbst wenn sie sich den Jungen auf den Rücken band, lag darin keine Zärtlichkeit, im Gegenteil: Wenn er zappelte, gab sie ihm einen Klaps auf das nackte Bein.

Marina wusste nichts über Constances Leben, bevor sie sich begegnet waren, aber sie hatte vom Elend in den Flüchtlingslagern gelesen, dem Kampf um Nahrungsmittel, Wasser,

Sicherheit. Um ein Baby dort über Monate hinweg am Leben zu halten, musste da doch eine kämpferische Liebe gewesen sein und ein starker Drang, es zu beschützen? Und sie hatte ihn ja sogar mit nach Amerika gebracht. Doch jeglicher Kampfgeist und jegliche Liebe, die sie in Ruanda für ihr Kind empfunden haben mochte, schien wie alles andere in ihr in unerreichbare Tiefen gesunken zu sein.

Während Constance sich in eine schreckliche Leere zurückgezogen hatte, schien der kleine Junge ein Übermaß an Gefühlen zu haben. Immer wieder stürzte er sich in diese Anfälle aus wilder Wut und Verzweiflung, wie Marina es bei ihrer ersten Begegnung auf dem Gehweg miterlebt hatte. Er trug einen Kummer in sich, der sie bis ins Mark traf. Und so viel Zorn. Einmal hatten sie und Constance ihn in der U-Bahn-Station an der 96. Straße mit vereinten Kräften festhalten müssen, um ihn in die Bahn und auf einen Sitz zu verfrachten, so sehr hatte er geschrien und gezappelt. Marina hatte zugesehen, wie Constances schmale Hände die Fußgelenke des Kleinen festhielten, während ihr Gesicht vollkommen ausdruckslos geblieben war. Als Gabriel sich schließlich beruhigt hatte, den Kopf in Marinas Schoß vergraben, hatte Constance ihn losgelassen, sich auf die Bank gegenüber gesetzt, den Kopf an die Scheibe gelehnt und die Augen geschlossen.

Gabriel lachte nie und sprach nie. Marina hatte ihn noch nie ein Wort sagen hören, so wie auch seine Mutter kaum mit ihm sprach, ob in ihrer eigenen Sprache oder irgendeiner anderen. Constance sagte überhaupt nicht viel; wenn jemand vom Krankenhaus oder vom Amt sie etwas fragte, murmelte sie nur das Nötigste oder ließ Marina für sie antworten, während sie aus dem Fenster oder zu Boden starrte oder einfach die Augen schloss. Anfangs versuchte Marina, das Schweigen zwischen ihnen zu füllen, und erzählte Constance von dem misslungenen Kuchen, den sie am Tag zuvor gebacken hatte, oder von der Katze, die bei ihr im Garten aufgetaucht war und nach Milch gemaunzt hatte. Doch ihr Bericht über die alltäglichen Kleinigkeiten ihres Lebens versiegte unter Constances Schweigen und dem harten Blick, mit dem die junge Frau sie manchmal ansah. Marina fühlte sich oft unbeholfen, wenn sie mit Constance zusammen war, und doch spürte sie, dass sie sich mit jeder Stunde, die sie gemeinsam verbrachten, in einem unausgesprochenen, aber unwiderruflichen Pakt aneinander banden.

Etwas an Constance erinnerte Marina an die verletzte Drossel, die Ben in einem Sommer in den Dünen von Fire Island gefunden und in sein Badetuch gewickelt mit nach Hause gebracht hatte. Der stille Zorn des verwundeten Tieres, sein trotziges Kauern in der Ecke des Kartons, in den sie es gesetzt hatten. Sie wussten nicht, was sie mit dem Vogel machen sollten, und waren ratlos, weil er nichts von dem anrührte, was sie ihm hinstellten, weder Futter noch Wasser. Marina erinnerte sich daran, wie unglücklich Ben gewesen war. Als der halb verhungerte Vogel schließlich die Brotkrumen aufpickte, die sie ihm hingelegt hatten, fühlte es sich nicht wie ein Sieg an.

Constance nahm das Geld, das Marina ihr zusteckte, ohne ihr in die Augen zu sehen, und nickte nur, statt sich zu bedanken. Für Marina fühlte es sich unbehaglich an, als versuchte sie, sich einen Weg in das Leben der jungen Frau zu erkaufen. Aber sie hatte die Zahlen in dem Schreiben vom Sozialamt gesehen – kaum genug zum Überleben. Kein Wunder, dass Constance damals im Laden ihre Lebensmittel nicht bezahlen konnte. Wie lebte sie nur?

Aber war »leben« überhaupt das richtige Wort für Constance? Sie schien sich eher durch ihr Dasein treiben zu lassen, mit mattem Blick und einer Art abgestumpftem Widerwillen.

Sie sorgte dafür, dass sie und ihr Kind sauber waren und zu essen hatten, schrubbte den Fußboden ihrer Wohnung, wusch die Kleider im Spülbecken, bereitete Fläschchen zu, kaufte ein und brachte ihre Post zu Marina, damit sie ihr erklärte, was darin stand. Der Rest ihres Lebens – sein Auf und Ab, seine eigentliche Form – blieb ein Geheimnis. Manchmal wollte Marina ihre Hand auf die von Constance legen oder ihr über die Wange streichen, doch sie wagte es nie. Was konnte ihre Berührung schon bedeuten angesichts so einer Vergangenheit?

Jacob saß unten in der Küche, die Zeitung sorgfältig zusammengefaltet, als befände er sich in einem Zug und hätte nur wenig Platz. Er las konzentriert und griff nebenbei nach seiner Kaffeetasse. Auf dem Tisch stand ein offenes Glas Marmelade, ein Geschenk von einer Klientin, mit handgeschriebenem Etikett. Er brachte oft solche kleinen, liebevollen Gaben mit nach Hause. Eine Schachtel Pralinen, einen Laib Roggenbrot, ein Schälchen Himbeeren. Eigentlich durfte er keine Geschenke annehmen, aber er argumentierte, dass es seine Klienten vor den Kopf stoßen würde, wenn er sie ablehnte. Marina stand in der Tür und sah zu, wie Jacob die Marmelade auf seinen Toast strich. In jenen ersten vorsichtigen Tagen in Kalifornien hatte sie sich genau danach gesehnt – die ausgebreitete Zeitung auf dem Küchentisch, eine Kanne Kaffee auf der Arbeitsfläche; diese alltägliche Vertrautheit.

Sie schenkte sich einen Kaffee ein und gab Jacob einen Kuss auf die Wange. Er hielt ihre Hand fest. »Du warst die halbe Nacht auf«, sagte er. Ihre Schlaflosigkeit beunruhigte ihn auf dieselbe Weise wie Bens Traurigkeit. Es war seine Angst vor einem deformierenden Schatten, einer Instabilität ihres Geistes. Etwas, das Liebe nicht berühren konnte. Jacob wollte, dass die Menschen, die seinem Schutz unterstanden, gesund und sorgenfrei waren, und wenn sie doch einmal Probleme hatten, sollten sie leicht zu lösen sein.

Marina setzte sich an den Tisch. Das Holz schimmerte im Sonnenlicht. Jacob sah selbst müde aus. Er rieb sich die Augen, trank seinen Kaffee aus. »Ich habe gerade einen seltsamen Artikel gelesen«, sagte er. »In Utah ist ein ganzer Schwarm Lappentaucher, die auf dem Weg nach Süden waren, auf einen Walmart-Parkplatz geknallt. Durch die Gewitterwolken sah der Asphalt wohl aus wie ein See. Die Vögel wollten dort landen, um Rast zu machen, und sind stattdessen auf dem Boden aufgeschlagen. Es hat Tage gedauert, die ganzen Kadaver einzusammeln.«

Marina beugte sich über seine Schulter, um zu lesen. *Es gibt keine genauen Angaben zur Anzahl der toten Vögel,* stand dort, *aber die Einsatzkräfte schätzen, dass es über tausend sind.*

»Tut mir leid. Das ist eine traurige Geschichte. All diese Vögel, die ahnungslos in den Tod stürzen.« Jacob breitete die Hände aus. »Woher sollen sie Dinge wie Parkplätze kennen?«

Sie schlang die Arme um ihn und legte ihr Gesicht für einen Moment an seine Schulter. Manchmal kam ihr die Textur seines Denkens so vertraut vor, dass sie das Gefühl hatte, er wäre eine andere, bessere Version ihrer selbst.

Später an dem Morgen stand sie an der Ecke des Parks und wartete auf Constance und Gabriel. Es war schon fast September, und sie sehnte sich nach einem Wetterwechsel, einer Erlösung von der Hitze. Es war immer so eine Erleichterung, wenn der Herbst kam mit seinen kalten Regenschauern und dem Versprechen von Schnee.

Unvermittelt stürzten sich ein paar Tauben mit lautem Geflatter auf ein weggeworfenes Sandwich, das auf dem Gehweg lag. Constance kam mit dem Jungen um die Ecke. Gabriel wirkte sehr klein. Als er Marina erblickte, rannte er auf sie zu und umschlang ihre Beine.

Der Kleine wurde nicht nur von verzweifelter Wut geplagt, sondern auch von nagendem Hunger; Marina spürte ihn manchmal wie ein Summen, wenn sie Gabriel im Arm hielt. Sie war überrascht, wie schnell er sich ihrer Zuneigung geöffnet hatte, wie sehr er nach seinem anfänglichen Misstrauen danach gierte. Jetzt scharrte er wimmernd und drängend an ihr, als wollte er an ihr hochklettern. Jacob hatte einmal über diese gierige Suche von Waisen oder vernachlässigten oder missbrauchten Kindern gesprochen – nicht nach Nahrung oder Schutz, sondern nach Zuneigung. Nach einem Fetzen Anerkennung, kleinen Freundlichkeiten, die ihnen helfen konnten, ihren Platz in der Welt zu finden. Genau das hatte sie selbst auch getan, erkannte Marina. Die eine Schwester im Kinderhaus, eine nette Lehrerin in Brooklyn, Mrs Zelman.

Marina beugte sich hinunter, hob den kleinen Jungen hoch und küsste ihn auf die heiße Wange, als er sein Gesicht an ihre Schulter schmiegte. Constance kam langsam auf sie zu. Es kam nie eine Begrüßung von ihr, nur ein schüchternes Nicken. Wie wackelig das alles war, dachte Marina, während sie Gabriel auf ihrem Arm zurechtrückte. In den letzten Wochen war Constance mit diversen Briefen und Benachrichtigungen zu ihr gekommen, und sie hatte die beiden zu Ämtern und ins Krankenhaus begleitet und versucht, ihr zu erklären, worum es ging. Heute stand ein Arztbesuch an. Constance brauchte ihre Hilfe, und trotzdem fühlte sich jede Stunde, die sie mit ihr verbrachte, an, als könnte es die letzte sein. Sie konnte sich jederzeit das Kind auf den Rücken binden und ebenso plötzlich aus Marinas Leben verschwinden, wie sie darin aufgetaucht war.

Sie gingen zusammen zur U-Bahn, Gabriel immer noch auf Marinas Arm. Sie hatte sich hinuntergebeugt, um ihn abzusetzen, aber er hatte wild angefangen zu strampeln und zu schreien, sodass sie nachgegeben und ihn sich auf die Hüfte gesetzt hatte. Constance ging ein paar Schritte hinter ihnen, ohne sie zu beachten. Jacob hielt gar nichts von ihrer seltsamen Beziehung zu der jungen Frau und ihrem Kind. Sie spiele eine gefährliche Rolle, die sie nicht so ohne Weiteres wieder ablegen könne, hatte er zu ihr gesagt. Vor allem gegenüber dem kleinen Jungen.

Gabriel schlang die Beine fest um ihre Taille, während sie ging. Wie schnell sein Geruch ihr vertraut geworden war; seine saubere, seifenduftende Wärme. Sie wusste, dass Jacob mit seinen Bedenken recht hatte. Sie durfte nicht zulassen, dass der Kleine sich an sie band. Er gehörte nicht ihr. Doch jedes Mal wenn sie ihn sah, löste sich ihre Vorsicht in Luft auf. Gabriel würde es nur als Grausamkeit empfinden, wenn sie jetzt versuchte, ihn auf Abstand zu halten, sagte sie sich. Als eine weitere unverständliche Zurückweisung. Besser, er lernte das Gefühl der Liebe wenigstens kennen, auch wenn es vielleicht nur flüchtig war.

Im Warteraum des Krankenhauses gab eine Schwester Gabriel ein Bilderbuch. Er hielt es ein wenig ratlos in den Händen, und Marina kam der Gedanke, dass er vielleicht noch nie ein Buch gesehen hatte. Constance las ihm sicher nicht vor. Gabriel rutschte von seinem Stuhl, kam mit dem Buch zu Marina und lehnte sich an ihre Beine. Sie schlug das Buch auf und begann ihm die Geschichte vorzulesen, wobei sie auf die Wörter zeigte, während sie sprach. Gabriel sah sie mit offenem Mund an. So viel an der Welt schien ihn zu überraschen.

Das einzige Kind, dem Marina je vorgelesen hatte, war Ben. Aber bei ihm hatte sie immer das Gefühl gehabt, dass er ihr voraus war. Dass er mehr von der Geschichte verstand als sie. Nicht unbedingt die Worte, sondern ihren Kern. Sie und Ben lasen immer noch gemeinsam, tauschten Bücher untereinander aus. Auch das war für Marina ein Zeichen der Hoffnung, dass er nie die Liebe zum Lesen verloren hatte.

Endlich rief der Arzt sie in sein Sprechzimmer. Er war ein sanfter Inder mit einem leichten Singsang in der Stimme. Bei ihrem letzten Besuch hatte er Marina erzählt, dass er aus dem Süden stammte, aus Madurai, einer Tempelstadt. »Wir haben zu viele Götter und zu viele Menschen in Indien«, hatte er zu ihr gesagt. Er ging sehr nett mit Gabriel um und war nie schroff oder geschäftsmäßig. »Hallo, junger Mann, da bist du ja wieder«, sagte er und hielt dem Jungen förmlich die Hand hin. Gabriel sah ihn nur überrascht an. Der Arzt trug keinen Ehering, und Marina fragte sich kurz, ob sich eine Gelegenheit finden ließe, ihn Leah vorzustellen. Sie und Rose lachten oft darüber, dass sie immer wieder versuchten, Leah unter die Haube zu bringen. »Wann bin ich bloß zu so einer herrschsüchtigen jüdischen Kupplerin geworden?«, hatte Marina vergangene Woche zu Rose gesagt, während sie das Geschirr spülten.

»Wenn du die Liebe gefunden hast, willst du, dass alle anderen sie auch erleben«, erwiderte Rose. »Das Glück macht großzügig. Als ich Max gerade kennengelernt hatte, war ich unerträglich. Ich trieb meine Brüder in den Wahnsinn mit meinen romantischen Ideen. Irgendwann weigerten sie sich, mit mir aus dem Haus zu gehen, weil sie meinten, ich würde garantiert versuchen, sie mit einem ahnungslosen Mädchen zu verkuppeln.«

»Ich habe tatsächlich einen Moment lang überlegt, den Arzt direkt zu fragen, ob er Leah kennenlernen will«, sagte Marina. »Wahrscheinlich hätte er mich für verrückt gehalten.«

»Wer weiß? Vielleicht hätte er Ja gesagt. Er ist bestimmt einsam.«

»Na, dann komm doch beim nächsten Mal mit, und wir stürzen uns gemeinsam auf ihn. Wir können ja ein Foto mitnehmen.«

»Psst! Wenn sie uns hört, bringt sie uns um«, lachte Rose.

Sie und Rose hatten beide zu Leah hinübergeschaut, die mit Jacob und Ben im Wohnzimmer saß und Scrabble spielte. Jacob brauchte immer ewig, bis er ein Wort zusammenhatte, und so unterhielten sich die beiden anderen leise. Marina fragte sich, ob Ben Leah von Alma erzählte. Vielleicht fragte er sie um Rat, was den Einwanderungsstatus des Mädchens anging. Leah hatte den Arm leicht auf Bens Schultern gelegt, und die beiden steckten die Köpfe zusammen.

»Wenn du Kinder hast«, sagte Rose, »erkennst du, dass es möglich ist, den Schmerz eines anderen stärker zu fühlen als deinen eigenen. Ich weiß, es ist ein Klischee, aber es stimmt.«

Constance saß schweigend da, während der indische Arzt ihre Brust abhörte. Sie und Gabriel hatten Tuberkulose. Der Arzt hatte über Marinas entsetzte Miene gelächelt, als sie bei ihrem ersten gemeinsamen Besuch davon erfahren hatte. Die Krankheit war viel verbreiteter, als die Leute dachten, hatte er ihr erklärt. Selbst hier in New York. Das war keine Krankheit aus dem neunzehnten Jahrhundert. Viele von denen, die aus Flüchtlingslagern kamen, hatten sie, vor allem die Kinder. Aber es gab mittlerweile sehr gute Medikamente; niemand musste mehr daran sterben. Und man steckte sich auch nicht so leicht an, sie brauchte keine Angst zu haben.

Constance und Gabriel waren fast am Ende ihrer langwierigen Behandlung. »Nur noch ein paar Wochen«, sagte der Arzt zu Constance, »dann sind Sie wieder fit und munter.«

Anschließend gingen sie am Rand des Parks zurück. Gabriel hielt Marinas Hand und sang vor sich hin. Als sie ihn zum ersten Mal hatte singen hören, hatte sie angenommen, dass es ein Lied aus Ruanda sei; dass er es von Constance kannte oder aus einer Zeit vor ihrer Ankunft in New York. Doch die Worte waren erfunden, hatte Constance gesagt, als sie nach dem Lied gefragt hatte. Es waren keine richtigen Worte. Sie kannte das Lied nicht.

Die Welt des kleinen Jungen war so klein, hatte so lange nur aus Constance bestanden. Niemand sang oder las ihm vor. Er war noch nie in einer Bibliothek, einem Schwimmbad, einem Zoo gewesen. In der vorigen Woche waren sie an einem kleinen Spielplatz stehen geblieben, und er war ängstlich zurückgewichen, als er die anderen Kinder sah, die auf dem Gerüst herumkletterten und die Rutsche hinuntersausten. Er wusste nicht, was er tun sollte, war Marina klar geworden. Sie hatte ihn hochgehoben und oben auf die Rutsche gesetzt. Staunen hatte sich auf seinem Gesicht ausgebreitet, als er an Marinas Hand hinunterrutschte. Es war das erste Mal, dass sie bei ihm fast so etwas wie Freude gesehen hatte.

Als sie beim Museum für Naturgeschichte ankamen, blieb Marina stehen und wandte sich zu Constance. »Möchten Sie reingehen? Das ist ein Museum.«

Die junge Schwarze sah sie verständnislos an, die Lippen leicht geöffnet. Wusste sie, was ein Museum war? Wenn nicht, wie sollte Marina es ihr mit den paar Brocken gemeinsamer Sprache klarmachen?

»Da sind Elefanten«, sagte Marina. »Und Löwen. Lauter Tiere aus Afrika.« Lauter Zeugen einer anderen Welt, vermutlich der, die Constance verloren hatte. Gab es in Ruanda Elefanten und Löwen? Wie wenig sie über Constances Land wusste. Auf den Karten war es so klein, dass sein Name kaum in den farbigen Fleck hineinpasste.

Zu dritt gingen sie die Stufen hinauf und in die riesige Eingangshalle. Gabriel starrte mit verwirrtem Staunen zu den Dinosaurierskeletten hoch, deren filigrane Wirbelsäulen sich in elegantem Bogen zur Decke des Atriums hinaufschwangen. In der Anordnung ihrer Knochen konnte man das Wesen dieser Geschöpfe erahnen. Sie waren zugleich wunderschön und furchteinflößend. Wie Ben diese Dinosaurier geliebt hatte. Einmal war er unter eines der Skelette geklettert, hatte sich auf den Rücken gelegt und fasziniert zu dem massigen Gitter der Rippen hinaufgeschaut. Ein kleiner Junge in einem großen Schiff aus Knochen. Am meisten gefiel ihm daran, dass auch sein Vater schon als Junge hierhergekommen war, um sie sich anzusehen – das erschien ihm noch wundersamer als die Dinosaurier selbst. Bei dem Ausflug ins Museum hatte Ben feierlich vor jedem einzelnen Exponat gestanden und gefragt: »Hat mein Vater diese Giraffe gesehen? Waren die Elefanten schon da, als mein Vater klein war?« Sie sah in seinem Gesicht die staunende Erkenntnis, dass es Leben gegeben hatte, bevor er geboren war, und die Freude an den Ähnlichkeiten zwischen der Kindheit seines Vaters und seiner eigenen. Manchmal ging er selbst heute noch in das Museum, hatte er ihr letztens erzählt, nur um sich die Dinosaurier anzusehen. Sie fragte sich, ob er irgendwann mit Alma herkommen und ihr seine Kindheit darbieten würde wie ein verborgenes, zärtliches Geschenk. Sie hoffte es.

Constance folgte ihnen, als sie durch das Museum gingen. Sie ließ sich immer auf Marinas Vorschläge ein, wenn sie zusammen unterwegs waren. Ein Café, ein Geschäft, ein Abstecher zum Spielplatz – sie machte alles mit. Marina hätte darin gerne ein Zeichen des Vertrauens gesehen, doch Jacob hatte sie darauf hingewiesen, dass Constance vielleicht das Gefühl hatte, nicht Nein sagen zu können. Hatte Marina, indem sie sich zu Constances Wohltäterin machte, ihr jegliche Eigenständigkeit genommen? Was, wenn sie es hasste, in einem vollen Café heiße Schokolade zu trinken, auf der Suche nach vernünftigen Schuhen die Geschäfte abzuklappern, in Parks spazieren zu gehen? Wie könnte sie das jemals sagen?

Die minutiös rekonstruierten Dioramas im Saal für afrikanische Tiere hatten etwas Unheimliches. Hinter jeder Glasscheibe war eine ganze Welt dargestellt, und die Tiere darin waren so präsentiert, dass es aussah, als befänden sie sich in der Wildnis. Eine Gruppe von Löwen an einem Wasserloch, ein junges Zebra, das sich an seine Mutter schmiegte, ein Strauß, der die Flügel anhob. Und all das jeweils vor einem kunstvoll gemalten Hintergrund. Im Saal war es dunkel und still, und jedes Tableau war von seinem eigenen simulierten Sonnenlicht angestrahlt. Es war, als würden die Geister der Tiere sie beobachten.

Falls Constance irgendetwas davon vertraut war, ließ sie es sich nicht anmerken. Ihr Gesicht blieb teilnahmslos, als könne nichts von dem, was sie sah, einen Eindruck bei ihr hinterlassen. Vielleicht wäre es einer anderen Frau besser gelungen, sich mit Constance anzufreunden, sie unter ihre Fittiche zu nehmen. Jemand, der energischer oder fröhlicher war, hätte sie vielleicht mehr aus sich herausgelockt. Es war unmöglich zu sagen, was für eine Beziehung sie eigentlich verband, sofern es überhaupt eine Beziehung war. Gegenüber Ärzten und Verkäuferinnen und Leuten vom Amt bezeichnete sie Constance als ihre Freundin, aber in Wirklichkeit war es keine Freundschaft. Sie befanden sich nur im gleichen Raum unbehaglichen Wartens, ohne Kenntnis der Lebenslandschaft der jeweils anderen. Aber sie hatten eine gemeinsame Währung: Gabriel.

Der Kleine stand ernst vor einem der aufwendigeren Dioramas, das Gesicht ganz nah an der Scheibe. Marina ging hinter ihm in die Hocke, zeigte auf die verschiedenen Tiere und sagte ihm, wie sie hießen. Er lehnte sich an sie, suchte sich einen Platz bei ihr. Er sagte nichts, aber seine Lippen bewegten sich, als probiere er die Form der Wörter aus. Als Marina aufblickte, sah sie, dass Constance sie und Gabriel beobachtete. Die junge Schwarze hatte die Hände hinter dem Rücken verschränkt und wirkte nachdenklich.

Im ersten Stock führte Marina Constance und Gabriel zu dem Saal mit den Vögeln New Yorks. Sie wollte ihnen Tiere zeigen, die sie vielleicht hier in der Stadt sehen würden, zum Beispiel bei einem gemeinsamen Spaziergang im Central Park. Es erschien ihr wichtig, dass sie die Namen der Dinge lernten. Das war ein Wissen, das sie verankern konnte, ein Gegengewicht zu all dem, was sie verloren hatten. Ein Löwe oder Elefant war für Gabriel vielleicht zu groß und zu fremd, aber sie konnte ihm einen Zaunkönig oder einen Spatzen zeigen. Sie wollte, dass New York zu seiner Stadt wurde. Zu seinem Zuhause.

In diesem Saal gab es keine Dioramas, keinen Versuch, die Illusion des Lebens zu erschaffen. Die Vögel waren in langen Vitrinen aufgereiht, mit kleinen Pappschildern an den Füßen. Sie wirkten unerträglich melancholisch, wie sie da standen, so reglos, so unwiderruflich tot. Marina war lange nicht mehr hier gewesen und hatte vergessen, wie makaber die Präsentation war, wie gruselig die Vögel wirkten. Das hier war kein Ort für ein Kind.

Constance neben ihr fuhr zurück, eine Hand auf die Brust gepresst. Sie sah aus, als hätte sie einen Geist gesehen, und stieß einen kehligen Schrei aus. Marina war völlig verdattert. Sie legte Constance die Hand auf die Schulter.

»Tut mir leid, es ist schrecklich hier. Wir können gehen.«

Doch Constance zuckte unter ihrer Berührung zusammen, als hätte sie sich verbrannt, drehte sich um und rannte aus dem Saal. Marina sah ihr nach, wie sie mit laut klatschenden Sandalen den Flur hinunter und zur Treppe lief. Sie nahm Gabriel auf den Arm und eilte ihr hinterher, doch als sie im Erdgeschoss ankamen, war Constance nirgends zu sehen.

Bestimmt würde sie zurückkommen. Marina saß lange in der Eingangshalle des Museums und wartete auf Constance. Gabriel lief im Raum umher, als würde ihm die Abwesenheit seiner Mutter nichts ausmachen. Eine Mischung aus Panik und Scham erfüllte sie. Wie hatte sie Constance nur in diesen Saal führen können? All diese Reihen kleiner toter Körper. Die unmissverständliche Gegenwart sinnlosen Todes. Bei den Tieren hier unten war sie kunstvoll verschleiert worden, aber die starren, ausgestopften Körper dieser Vögel waren schrecklich. Marina hatte Mühe, die Tränen zurückzuhalten, dabei wusste sie nicht einmal, ob sie um die Vögel trauerte oder um Constance. Oder womöglich um sich selbst.

Eine Museumsführerin berührte sie an der Schulter. »Entschuldigen Sie, Ma'am, aber Ihr kleiner Junge ist in die Schmetterlingsausstellung gelaufen.«

Marina sprang auf. Wie hatte sie ihn auch nur für einen Moment aus den Augen lassen können?

Gabriel stand vollkommen reglos mitten in dem Glashaus. Um ihn herum flatterte ein Schwarm bunter Schmetterlinge, wie ein seltsamer Heiligenschein. Es war ein Bild wie aus einem Traum oder einem Märchen. Nach der Düsternis der toten Vögel kamen ihr die Schmetterlinge vor wie ein Wunder, eine Erlösung. Welch unerwartete Fülle. Gabriel schaute wie gebannt nach oben, die Hand in die Luft gestreckt. Es war das erste Mal, dass Marina ihn lächeln sah.

Später an dem Nachmittag saß Marina mit dem schlafenden Gabriel auf dem Schoß im Sessel am Fenster. Er hatte angefangen zu weinen und sich an sie geklammert, als sie versucht hatte, ihn in ihr Bett zu legen. Sie spürte, wie seine kleine Brust sich hob und senkte, und den schnellen, gleichmäßigen Schlag seines Herzens. Sie legte die Hand auf seine Wange. Für sie besaß er eine einzigartige Schönheit, eine geradezu hypnotische Vollkommenheit. Stundenlang konnte sie ihn betrachten. Rose hatte einmal gesagt, dass alle Mütter ihre Kinder für die schönsten auf der Welt hielten. Aber Gabriel war nicht ihr Kind. So rasch sie ihn auch in ihr Herz geschlossen hatte, er gehörte nicht ihr. Sie dachte daran, wie er geschluchzt hatte, als sie ihn vorhin auf das Bett legen wollte, wie panisch er gezappelt und sich an ihr festgekrallt hatte. Die ganze Geschichte barg Gefahr in sich, aber am gefährlichsten war sie für das verletzte Kind, das in ihren Armen schlief.

Als Marina die Beine bewegte, stöhnte Gabriel leise im Schlaf und schmiegte sich enger an sie. Er schob den Kopf in ihre Halsbeuge, und sie legte die Wange an sein weiches Haar. Die hellen Vorhänge bewegten sich leicht im Wind. Sie gab dem Kleinen ein Versprechen, hatte Jacob zu ihr gesagt, das sie nicht halten konnte.

Marina hatte lange im Museum darauf gewartet, dass Constance zurückkam. Schließlich war sie durch den Park Richtung Harlem gegangen, Gabriel an ihrer Seite, seine Hand in ihrer. Als sie bei der Wohnblocksiedlung ankamen, stieg Marina sehr langsam die Treppe hinauf. Sie merkte, dass sie sich davor fürchtete, Constance gegenüberzutreten. Immer wieder dachte sie daran, wie der ganze Körper des Mädchens zurückgezuckt war, wie sie geschrien hatte, als sie hinausgerannt war. Vielleicht war Constance in einen Schmerz zurückgestürzt, aus dem Marina sie nicht herausholen konnte. Oder, noch schlimmer, Constance würde ihr mit vorwurfsvollem Zorn entgegentreten, ihr die Schuld an dem Vorfall mit den Vögeln geben und sagen, dass sie sie nie wiedersehen wollte. Wie schon so oft hatte Marina das Gefühl, dass das Mädchen sie gewogen und für zu leicht befunden hatte. Wieder einmal hatte sie ihr Unwissen unter Beweis gestellt, ihre Unfähigkeit, die grundlegendsten Dinge zu verstehen. Vielleicht war dies das Ende der wie auch immer gearteten Beziehung, die sie in den vergangenen Wochen geknüpft hatten.

Als Marina an der Tür klopfte, kam keine Antwort. Sie hielt das Ohr an das dünne Sperrholz und horchte, ob sich drinnen etwas regte. Dann klopfte sie noch einmal lauter und rief Constances Namen. Eine üppige Puertoricanerin kam aus der benachbarten Wohnung, ein rotes Tuch um ihre glänzende Perücke gebunden. Auf ihrer Stirn glänzten kleine Schweißtropfen. Sie musterte Marina misstrauisch.

»Sind Sie vom Jugendamt?«, wollte sie wissen.

Später fragte sich Marina, wie die Frau darauf gekommen war. Ob es nur daran lag, dass sie weiß war, oder ob es einen anderen Grund für die Frage gab. Hatte das Jugendamt mit Constance und dem Jungen zu tun gehabt? So unbemerkt, wie die beiden hier lebten, konnte Marina sich nicht vorstellen, dass jemand sich einmischte. Aber dann dachte sie an die Male, als sie gesehen hatte, wie Constance den Kleinen schlug oder grob wegstieß. Vielleicht hatte das noch jemand anders mitbekommen.

»Nein«, sagte sie zu der Frau. »Ich suche nur Constance. Ich bin ihre Freundin. Haben Sie sie gesehen?«

Die Frau warf ihr nur einen scharfen Blick zu, dann verschwand sie wieder in ihrer Wohnung und knallte die Tür zu.

Als Jacob an dem Nachmittag nach Hause kam, war Gabriel wieder wach, saß am Küchentisch und aß einen Apfel, den sie ihm in Spalten geschnitten hatte. Jacob war dem Jungen noch nie begegnet, er kannte ihn nur aus Marinas Erzählungen. Er runzelte die Stirn, als Marina ihm berichtete, was im Museum passiert war. Ein paar Tage zuvor hatte er ihr ein Zitat von Lionel Trilling vorgelesen, in dem es darum ging, sich der Gefahren bewusst zu sein, die in unseren selbstlosesten Wünschen lauern, und der Tatsache, dass aus Freundlichkeit ohne jede Absicht eine Form von Nötigung werden kann.

Jacob sah zu, wie sie Gabriel ein Glas Milch einschenkte. Er war ungewöhnlich still. Es war Freitagabend, und sie mussten sich bald auf den Weg zu Rose machen. Marina umarmte Jacob und schmiegte einen Moment lang ihr Gesicht an seinen Hals. »Ich dachte, wir könnten ihn mit zu deiner Mutter nehmen und ihn auf dem Rückweg wieder zu Constance bringen.«

Jacob zog die Augenbrauen hoch. »Das Kind sollte zu Hause bei seiner Mutter sein, nicht spätabends noch unterwegs. Und was ist, wenn sie nach dem Essen nicht da ist?«

»Bis dahin ist sie bestimmt zurück. Sie kann ja nicht die ganze Nacht über wegbleiben. Vielleicht braucht sie einfach Zeit, um sich zu sammeln.«

»Wenn wir sie nicht finden, müssen wir die Polizei oder das Jugendamt informieren.«

Marina starrte ihn an. Seine Lippen waren entschlossen zusammengepresst, aber er wirkte ein wenig gequält, als ob er wüsste, dass er etwas Unverzeihliches gesagt hatte.

»Ich weiß nicht, wie du so etwas auch nur vorschlagen kannst. Du bist doch sonst nicht so herzlos.«

Marina konnte nur mit Mühe das Zittern in ihrer Stimme unterdrücken. Einen Moment lang stellte sie sich vor, wie Gabriel aus ihren Armen gerissen und an einen übereifrigen

Sozialarbeiter oder einen ruppigen Polizisten weitergereicht wurde. Bei dem Gedanken daran, dass sie den Kleinen zu Fremden bringen würden, wurde ihr ganz kalt. Sie war wütend auf Jacob, weil er so etwas auch nur in Erwägung zog. Weil er so wenig begriffen hatte und in Gabriel nichts weiter sah als irgendein anonymes Waisenkind. Weil er glaubte, dass sie nicht für ihn verantwortlich waren.

Jacob trat einen Schritt zurück und hob abwehrend die Hände. »Schon gut, schon gut. Hoffen wir, dass sie nach dem Essen zurück ist.«

Marina dachte voller Zorn an all die Freundlichkeit, die Jacob seinen Klienten zukommen ließ, an sein aufmerksames, kultiviertes Mitgefühl. Vielleicht war das genau das Problem. Sein Mitgefühl war klar begrenzt. Er selbst musste nichts empfinden. Dieses Außen-vor-Bleiben war eine notwendige Fähigkeit, die er sich für seine Arbeit angeeignet hatte, aber was, wenn sie sein Herz irgendwie kleiner gemacht hatte?

Gabriel blickte mit ernster, besorgter Miene vom Tisch auf, als verstünde er genau, was zwischen ihnen ablief. Marina ging zu ihm und gab ihm einen Kuss auf den Kopf. »Alles in Ordnung, Schätzchen«, sagte sie. »Du kommst mit uns.«

Jacob wandte sich ab und ging nach oben, um sich für das Abendessen umzuziehen. Er zog die Schlafzimmertür hinter sich zu.

Auf dem Weg zu Rose ließ Gabriel zu, dass Ben seine Hand nahm, und er und Marina schwangen den Kleinen zwischen sich durch die Luft, dass er mit den Beinen strampelte. Ben war so lieb zu Gabriel, und auch Constance hatte er die wenigen Male, als sie sich im Haus begegnet waren, sehr freundlich behandelt, obwohl sie kein Wort gesagt und ihn nur angestarrt hatte, als er sie begrüßte. Ben akzeptierte einfach, dass sie ihr gegenüber tolerant sein mussten.

Gabriel stieß ein fröhliches Krähen aus, als sie ihn hin- und herschwangen, es klang fast wie ein Lachen. Ihre Liebe zu ihm war so elementar, so hungrig, so übermächtig. Das war der Grund für Jacobs Sorge, das wusste Marina. Schon jetzt dieser Überschwang an Gefühlen.

Nach dem Essen suchte Rose ein paar alte Buntstifte und einen Zeichenblock heraus, Überbleibsel aus Bens Kindheit, oder vielleicht sogar aus der von Jacob. Sie gab Gabriel einen Stift und legte seine Finger darum. Dann stellte sie sich hinter ihn und führte seine Hand. Sie legte seine andere Hand auf das Papier und malte mit dem Stift den Umriss nach. Der Kleine betrachtete staunend die Linien auf dem Papier. Marina musste an Constance denken, als diese ihren Namen auf das Formular des Sozialamtes gesetzt hatte. An ihr Staunen, als sie die Buchstaben sah, die sie geformt hatte. Während sie Gabriel zuschaute, wie er mit tiefer Konzentration vor sich hin kritzelte, erahnte sie den Jungen, der er hätte sein können. Der er immer noch werden konnte. An dem Abend war es leichter, nicht an Constance zu denken und daran, was sie wohl gerade tat.

Die Stunden glitten dahin, und langsam breitete sich unvollkommene Dunkelheit aus. Hier in der Stadt hatte die Nacht immer einen blassorangenen Schimmer. Gabriel kletterte auf Marinas Schoß, schmiegte sich an sie und schob den Daumen in den Mund. Rose, die neben ihr saß, berührte das Haar des Jungen. »So ein hübsches Kind«, sagte sie und betrachtete ihn eingehend. »Und so eine ernste kleine Seele.« In der Küche konnte Marina das Klirren der Teetassen und Leahs und Bens gedämpfte Stimmen hören. »Das wird nicht einfach«, sagte Leah gerade. »Diese Asylanträge können furchtbar vertrackt sein. Aber natürlich versuchen wir es. Natürlich kämpfen wir.« Leah hatte kleine Kakaoküchlein aus Guatemala mitgebracht, mit Zimt und Nelken gewürzt, und dazu machte sie für alle heiße Schokolade. Sie war so ein Hort der Ruhe, diese wiedervereinte Familie.

Marina bemerkte, dass Jacob sie über den Tisch hinweg mit vorsichtigem, nachdenklichem Blick beobachtete. Vor einigen Jahren hatten sie versucht, ein Kind zu bekommen. Jacob war immer davon ausgegangen, dass er mehrere Kinder haben würde, und hatte sich stets eine Tochter gewünscht. Doch Monate waren vergangen, und Marina war nicht schwanger geworden. Es wurde zu einer verzehrenden Enttäuschung, einem ständigen Wechsel von Hoffnung und Verzweiflung. Irgendwann war sie erschöpft von den ewigen Berechnungen und dem enormen Aufwand. Es gab keinen erkennbaren Grund für ihr Scheitern, erklärte ihnen ein Arzt nach etlichen Tests und Untersuchungen, organisch war alles in Ordnung. Sie sollten es einfach mit einer Fruchtbarkeitsbehandlung versuchen und das Beste hoffen. Zu Hause hatte sie die Fläschchen mit den Tabletten und die in Plastik eingeschweißten Spritzen aufgereiht. Das Badezimmer sah aus wie eine Apotheke.

Letzten Endes brachte sie es nicht über sich. Irgendetwas in ihr sträubte sich gegen diese extreme Manipulation bei etwas, das eigentlich von selbst hätte geschehen sollen. Es kam ihr falsch vor, so massiv in ihr Schicksal einzugreifen, als würde sie dadurch eine Art von Strafe heraufbeschwören. Offenbar sollte es nicht sein. Sie hatten einander, das großartige Glück ihrer Ehe. Ihre Arbeit. Ben. Es war ihr immer genug gewesen. Es schien nicht recht, noch mehr zu wollen als all das, was ihnen auf wunderbare Weise geschenkt worden war.

Auf dem Heimweg trug Ben Gabriel auf dem Rücken, die Arme um die Beine des Kleinen geschlungen. Sie gingen alle zusammen zu der Wohnblocksiedlung. Jacob blieb ein paar Schritte hinter ihnen, als sie die Stufen erklommen; sein Unbehagen war nicht zu übersehen. Diesmal öffnete Constance die Tür, als Marina klopfte. Sie wirkte ruhig. Nichts wies auf die heftigen Gefühle von Trauer oder Entsetzen hin, die sie im Museum gepackt hatten; es war, als wäre nie etwas vorgefallen. Als Marina sie fragte, ob alles in Ordnung sei, antwortete Constance nicht, sie starrte nur wieder auf den Boden, als hätte sie die Frage nicht gehört. Sie würde es nicht zulassen, dass darüber gesprochen wurde, erkannte Marina.

Gabriel war eingeschlafen, den Kopf auf Bens Schulter. Als er aufwachte und Constance sah, begann er zu weinen. Ben setzte ihn ab, und er lief zu Marina und umklammerte ihre Beine. Sein Weinen wurde lauter. Sie beugte sich einen Moment zu ihm hinunter, und er versuchte verzweifelt, in ihre Arme zu klettern. Constance stand im Türrahmen und blickte stur an ihnen vorbei. Schließlich musste Marina sich fast mit Gewalt von Gabriel befreien. Der Kleine ließ sich auf den Fußboden fallen und schrie, dass sein ganzer Körper bebte. Constance machte keine Anstalten, ihn zu trösten. Es war wie bei ihrer ersten Begegnung auf der Straße, als sie sich einfach von ihrem schreienden Kind abgewandt hatte, als hätte es nichts mit ihr zu tun. Als sie durch den Flur davongingen, rappelte sich Gabriel vom Boden auf und rannte hinter ihnen her. Er stand mit tränennassem Gesicht oben an der Treppe und schluchzte. Marinas Herz pochte, und ihre Hände zitterten. Am liebsten wäre sie umgekehrt und zu ihm gelaufen. Sie hörten sein Weinen noch bis zum nächsten Stockwerk. Dann das Klappen der Tür und Stille.

Als sie sich zu Hause im Schlafzimmer auszog, kam Jacob herein und blieb im Türrahmen stehen. Sie spürte, wie er versuchte, sich zu sammeln, bevor er sprach, die richtigen Worte abzuwägen.

»Marina, das war eine furchtbare Szene. Du bewegst dich auf sehr gefährlichem Boden.«

»Was soll ich denn tun? Die beiden brauchen meine Hilfe.«

»Aber du denkst doch gar nicht an ihre Bedürfnisse. Sondern an deine eigenen.«

»Das stimmt nicht. Sie haben niemanden. Soll ich sie einfach ihrem Schicksal überlassen?«

»Das Ganze ist zu verworren. Ihn zu Rose mitzunehmen. Du kannst doch nicht einfach für einen Abend so tun, als ob er zu unserer Familie gehörte. Was macht das mit ihm?«

Sie hörte die Anspannung in Jacobs Stimme. Wie selten sie stritten. Sie hatte immer gedacht, das wäre ein Zeichen dafür, wie gut sie zusammenpassten, aber jetzt fragte sie sich, ob es nicht eher daher kam, dass sie Angst davor hatten.

»Das Leben ist verworren. Menschliche Beziehungen sind verworren. Gerade du solltest das doch wissen.«

»Du richtest Schaden an. Du musst ihr Raum lassen, ihr Kind zu lieben.«

»Aber genau darum geht es doch. Sie ist nicht imstande, ihn zu lieben. Soll er einfach geopfert werden, weil es unklug ist, dass ich ihn liebe? Weil es verworren ist?«

Jacob setzte sich neben sie aufs Bett und nahm ihre Hand. Sie war so wütend auf ihn und wusste gar nicht genau, warum. Sie saßen eine ganze Weile schweigend da.

»Ich weiß, es ist traurig«, sagte Jacob schließlich. »Natürlich ist es traurig. Aber du musst dich fragen, was das Ganze mit dir zu tun hat. Bist du schon mal auf den Gedanken gekommen, dass du diesen Jungen vielleicht retten willst, weil er dich an dich selbst erinnert? Ich glaube, es wäre wirklich gut, wenn du mit jemandem darüber sprichst. Ich weiß, du wolltest nie zu einem Therapeuten, aber es könnte wirklich hilfreich sein. Aus allen möglichen Gründen.«

Marina entzog ihm ihre Hand und stand auf. Dieser besorgte Ausdruck auf Jacobs Gesicht, als er sie ansah. Irgendwie machte es alles noch schlimmer, seine sachliche Argumentation, sein vernünftiger Rat. Seine professionelle Haltung. Sie nahm ihr Buch und ging nach unten, setzte Wasser auf. Sie merkte, dass ihre Hände zitterten. Sie dachte an Gabriels verzweifeltes Gesicht oben an der Treppe, seine Schreie, die durch das ganze Haus gehallt hatten. Ob er wohl immer noch weinte? Würde Constance ihn trösten? Sie konnte es sich nicht vorstellen. Als sie dort in der dunklen Küche stand, fühlte Marina sich vollkommen haltlos. Anscheinend hatte sie vergessen, wie sich ein vernünftiger Erwachsener in dieser Situation verhalten würde. Wie sie sich und das Kind schützen konnte. Sie saß lange dort am Küchentisch und starrte hinaus in den Garten.

Später lag sie wach neben Jacob im Bett und lauschte auf seinen leisen Atem, während er schlief. Sie wusste, dass ein Teil von dem, was er gesagt hatte, stimmte. Als Gabriel sich von seiner Mutter abgewandt und sich so heftig an Marina geklammert hatte, hatte sie einen winzigen Hauch von Befriedigung empfunden. Sie konnte sie nicht leugnen, diese freudige Erregung, weil der Kleine sie lieber mochte als Constance.

## Harlem

*August 1997*

In einem der Bücher über den Völkermord in Ruanda, die Marina sich in der Bibliothek ausgeliehen hatte, stand ein Satz, der sie nicht mehr losließ. »Überall in den Dörfern von Bugesera warfen Väter ihre Kinder als letztes Zeichen der Liebe in den Fluss.« Auf der Flucht vor den Hutu mit ihren Macheten, Speeren und Knüppeln ertränkten Mütter und Väter ihre Kinder, um ihnen Schlimmeres zu ersparen. Die Schlächter trugen Kronen aus Maniokblättern auf dem Kopf und sangen. »Sie lachten aus vollem Herzen. Sie schlugen mit schwingenden Armen. Sie mordeten wahllos und gründlich.« Die Zeilen waren untereinandergereiht wie ein grausiges Gedicht, und sie verstand nicht, wie jemand es fertigbrachte, so etwas zu schreiben. Wie jemand es fertigbrachte, so etwas zu tun.

In den letzten Sommerwochen begann Marina, Bücher und Artikel über Ruanda zu lesen. In einer Lesekabine in der Bibliothek an der 96. Straße las sie, als müsste sie alles wissen, was je über den Völkermord geschrieben worden war, als wäre dies der einzige Zugang zu Constances Leben. Sie hungerte nach Details. Die Namenslisten, die Zahl der Ermordeten in jedem Bezirk. Die Versuche, das Geschehene zu erklären oder zu analysieren, das Entsetzen in Worte zu fassen. Aus den Aussagen der Überlebenden sprach stets dieselbe verwirrte Fassungslosigkeit. Die Hutu waren so besessen, berichtete eine Frau, dass sie sogar die Fotoalben in den geplünderten Häusern verbrannten. »Sie versuchten, die Menschen und ihre Erinnerungen zu töten«, sagte sie, »und wenn sie die Menschen nicht zu fassen bekamen, töteten sie zumindest die Erinnerungen.« Eine gnadenlose, hemmungslose Auslöschung.

Manchmal, wenn Marina aufblickte, stellte sie fest, dass Stunden vergangen waren, dass die Sonne weitergewandert war, dass es zu regnen begonnen hatte, ohne dass sie etwas davon gemerkt hatte. Diese Art des Lesens erschreckte sie, so vertieft, dass alles andere verschwand. Abends ging sie langsam nach Hause, und der ganz normale Alltag der dunstigen Straßen erschien ihr fremd und voller Gewalt. Der Geruch nach Haschisch, die heiße Luft, die aus den U-Bahn-Schächten hochwehte, das blecherne Geplärr eines Radios, das Durcheinander von Zetteln an der Wand eines kleinen Ladens. All das hatte es während dieser schrecklichen Monate in Constances Land gegeben, und es existierte immer noch.

Ruanda. Schon der Name des Landes war wie ein Code. Ein Wort, das man leise aussprechen musste, lange, dunkle Klänge, die über die Zunge rollten. Constance hatte ihr keinerlei Hinweise gegeben, nicht einmal die Andeutung einer Geschichte. Nur den Namen ihres Ortes auf dem Dokument und das Geburtsdatum, das sich vermutlich jemand in irgendeinem Büro weit weg von ihrem Zuhause ausgedacht hatte. Es gab kaum offizielle Verzeichnisse von Geburten und Todesfällen, hatte Leah ihr erklärt. Die Mitarbeiter in den Lagern schätzten das Alter nach Augenschein. Manche Flüchtlinge konnten zumindest sagen, dass sie in der Regenzeit oder in der Trockenzeit geboren waren, dann wurde der Monat entsprechend ausgewählt. Niemand würde je wissen, an welchem Tag Constance tatsächlich geboren war.

Marina wusste immerhin, dass Constance aus der Gegend um Nyamata kam. Hügel und Marschen, verstreute kleine Kirchen, Yamsfelder und blassgrüne Bananenhaine, Gärten mit Bohnenreihen. Hohe, blühende Hecken und Mangobäume. Lehmwege mit halb nackten Jungen, die Ziegen vor sich her trieben. Auf einem der Bilder war ein struppiges Fußballfeld abgebildet, mit zwei schiefen, selbst gebauten Toren.

Nachdem das Flugzeug des Präsidenten vom Himmel geschossen worden war und das Töten begonnen hatte, flohen Tausende von Menschen in die Kirchen. »In Ruanda ist es Tradition, Schutz in Gotteshäusern zu suchen, wenn die Massaker beginnen«, erklärte ein Überlebender in einem der Berichte. Überall in dem Buch gab es solche freundlichen Erklärungen. »*Umunzenze* sind riesige Bäume. Der *masu* ist ein dicker, mit Nägeln besetzter Knüppel. Bei uns in der Gegend hat es schon oft solche Überfälle gegeben, bei denen Menschen getötet und Häuser in Brand gesetzt wurden, aber jedes Mal sagten wir uns, dass es nicht schlimmer enden würde als sonst.«

Die kleinen Dörfer in Constances Bezirk waren umgeben von Wasserläufen, Marschen und Sümpfen. Während des Völkermords versteckten sich viele Tutsi im dichten Schilf und kalten Schlamm der Sümpfe. Nachts, wenn die Mörder nach Hause gegangen waren, schlichen die Tutsi sich in die Hütten, um sich auszuruhen und zu essen, was sie finden konnten. Am nächsten Morgen vor Tagesanbruch ging es zurück in ihr Versteck.

*Morgens versteckten wir uns in den Sümpfen. Das taten wir jeden Tag, einen ganzen Monat lang. Als Erstes versteckten wir die*

*Kleinsten im Sumpfpapyrus. Wenn wir die Interahamwe kommen hörten, verteilten wir uns lautlos im dicksten Gebüsch oder ließen uns tief in den Schlamm sinken. – Sie rissen ihr das Kleid vom Leib, um ihr das Geld wegzunehmen, das sie im Stoff versteckt hatte. Dann hackten sie ihr beide Arme und Beine ab. Mama murmelte ein Gebet, aber sie flehte nicht um Gnade. – Ich rief eines der Kinder um Hilfe. Es war ein Mädchen, vielleicht neun Jahre alt. Sie antwortete, dass sie mir nicht helfen konnte, weil sie ihr die Arme abgehackt hatten. – Anfangs hofften wir noch, dass uns jemand retten würde. Dann fanden sie mich, mit meinem Kind im Arm. – Das war die Regel in den Sümpfen: Wer ernsthaft verletzt war, wurde zurückgelassen, um die anderen nicht zu gefährden. – Später hörte ich, dass manche Selbstmord begangen hatten, vor allem Frauen, deren Kräfte nachließen und die sich lieber dem Fluss überließen, als bei lebendigem Leib in Stücke gehackt zu werden. Sie sagten, sie würden uns vergewaltigen, aber sie benutzten das Wort »heiraten«. Sie sagten, sie würden uns heiraten, bis wir aufhörten zu atmen. – Die Hutu folgten dem Wimmern der Kinder, die es im Schlamm nicht mehr aushielten. Einer von ihnen fing eine schwangere Tutsi und schnitt ihr den Bauch auf. So bösartig ist nicht einmal eine Hyäne. – Einmal sah ich ein Baby, das schlafend auf seiner niedergemetzelten Mutter lag. – Klatschnass machten wir uns daran, die Kinder in kleinen Gruppen im Papyrus zu verstecken. Wir sagten ihnen, sie sollten brav sein wie Fische im Teich.*

Marina las mindestens hundert solche Berichte. Es lähmte und quälte sie, aber sie konnte nicht aufhören. Später wusste sie nicht mehr genau, welche Bücher sie gelesen hatte und welche nicht. Immer wieder suchte sie nach Schilderungen der Überlebenden, nach Geschichten, die Constances hätten sein können. Sie wusste nicht, ob sie in den Sümpfen gewesen war. Einige hatten sich in den Eukalyptuswäldern oder in verlassenen Gebäuden versteckt. Anderen war es gelungen, über die Grenze nach Burundi zu fliehen, wo sie in Sicherheit waren. Marina hatte keine Möglichkeit herauszufinden, welche Geschichte zu Constance gehörte. Die junge Frau würde sie ihr niemals erzählen, und sie konnte nicht danach fragen.

Sie kopierte sich eine Seite aus dem Bericht eines Überlebenden namens Innocent. »Manchmal gehe ich mit einem Besucher in die Gedenkstätte in der Kirche von Nyamata«, schrieb er. »Wenn ich die Schädel sehe, die dort aufgereiht sind, ertappe ich mich dabei, wie ich einzelne Details genauer betrachte, zum Beispiel die Zähne, als hoffte ich, den meiner Frau oder meines Sohnes zu erkennen, die in der Kirche ermordet wurden.«

Ein Mann, der vor einer Reihe bleicher Schädel stand und sich den Tod seiner Frau und seines Kindes vorstellte. Wie sammelte Constance wohl ihre Geister?

Wenn Marina nach ihren Tagen in der Bibliothek nach Hause kam, legte sie sich aufs Bett, und oft sank sie dann in einen schweren, bedrückenden Schlaf. Beim Aufwachen musste sie sich ins Gedächtnis rufen, dass die Stimmen nicht aus ihren Träumen stammten, sondern aus den Büchern, die sie gelesen hatte.

»Wenn mir ein Fremder in die Augen sieht, habe ich Angst um mein Kind«, hatte eine Frau gesagt. »In meinem Bett wende ich mich von den Schatten ab; auf einem Weg drehe ich mich nach Gestalten um, die mir folgen.« In einem Buch waren Schwarzweißaufnahmen von den Überlebenden. Alle Gesichter zeigten denselben Ausdruck stummen Unverständnisses, denselben stumpfen Blick. Es war der Ausdruck, den auch Constance trug.

# Narrowsburg

*Januar 2000*

Als die Kälte kam, fror der Fluss unten im Tal zu. Einmal wagte sich Schwester Vera auf das Eis und ging vorsichtig bis hinunter zu der kleinen Brücke, die Arme seitwärts ausgestreckt. Constance schaute ihr vom Ufer aus zu. Sie konnte sehen, wie sich das Wasser unter dem Eis bewegte, ein dunkelgrünes Wirbeln. Im Sommer gurgelte es wie in einem Regenrohr, aber jetzt war nichts zu hören. Sie sorgte sich, dass das Eis brechen und Schwester Vera hineinfallen könnte. Dass sie in dieser Kälte verschwinden würde. Doch die Nonne hatte ihr versichert, das Eis sei sehr dick. Sie wusste, wann es trug und wann nicht. Worauf sie achten musste. Als Kind war sie auf einem See Schlittschuh gelaufen. Das war in ihrer Heimat, wo die Flüsse im Winter auch zufroren. Abends brachten die Leute Petroleumlampen mit und machten am Ufer Feuer, hatte Schwester Vera ihr erzählt. Dort in der Dunkelheit über das Eis zu gleiten war fast wie fliegen. Es war so schön, dass man die Kälte vergaß. Sie träumte immer noch davon.

Als Schwester Vera ihr diese Geschichte von damals erzählte, von dem zugefrorenen See und den Lampen, fürchtete Constance, die Nonne wollte, dass sie nun auch von ihrem Land erzählte. Doch Schwester Vera fragte nie danach. Sie wollte nicht wissen, worüber Constance nicht reden wollte. Wenn sie sich unterhielten, dann meistens über den Garten, die Kleider, die geflickt werden mussten, was sie im Frühjahr pflanzen würden, die Äpfel im Obstgarten, die von Würmern befallen waren. Meistens sprach Schwester Vera, und Constance hörte nur zu.

Constance steht in ihrem Mantel an der Haustür. Es ist seit Langem der erste Tag, an dem es nicht schneit. Zwischendurch gab es auch harten, peitschenden Regen. Aber jetzt ist der Himmel blau und klar. Morgens, als die Nonnen frühstückten, kam eine große Schneelawine vom Dach, die alle zusammenfahren ließ. Die Sonne scheint, aber sie gibt keine Wärme. Es wird noch viele Wochen dauern, bis sie diese Art von Sonne auf ihrem Gesicht spürt.

Als sie das Haus verlässt, taucht sie die Finger in die kleine Holzschale mit Weihwasser neben der Tür. Sie weiß nicht, wie aus normalem Wasser Weihwasser wird. Durch den Segen eines Priesters, hat Schwester Vera ihr mal erklärt, aber hier ist schon lange kein Priester mehr gewesen. Jetzt ist es einfach Wasser aus dem Fluss. Weihwasser verjagt den Teufel, glaubte Schwester Cecile. Als sie im Sterben lag, bat sie Constance, sie damit zu besprengen. Schwester Cecile hatte viele geweihte Dinge. Ein Fläschchen mit Wasser aus einer magischen Quelle, die einen gesund machen konnte, wenn man krank war. Ein anderes Fläschchen mit rotem Sand von da, wo Jesus geboren war, dem Land aus der Bibel. Sie nannten es das Heilige Land, also war der Sand auch heilig. Schwester Cecile war vor vielen Jahren mal dort gewesen. Nun, da sie tot ist, hat Constance die Fläschchen und auch Schwester Ceciles Rosenkranz mit den Holzperlen und ein Gebetbuch, das sie als kleines Mädchen in Irland bekommen hat. Das Buch ist sehr alt, und die Seiten sind hauchdünn, wie die Flügel der Motten, die im Sommer an den Fensterscheiben flattern. Schwester Cecile wollte, dass sie all die Sachen bekam, hat

Schwester Vera gesagt, obwohl Constance nicht so recht weiß, warum. Sie hat sie in den kleinen Nachttisch neben ihrem Bett gelegt. Manchmal nimmt sie nachts das kleine Buch heraus. Eine sonderbare Vorstellung, dass Schwester Cecile als Kind vor langer, langer Zeit in Irland dieses Buch in der Hand gehabt hat. Und jetzt ist es hier, in ihren Händen. In einem anderen Land.

Draußen ist überall ein Schmelzen im Gange. Es tropft und sickert. Schnee rutscht von den Ästen und landet mit dumpfem Knall auf der Erde. Alles ist in Helligkeit getaucht, ein hartes weißes Funkeln. Constance hat einen Plastikbehälter mit dem selbst gemachten Vogelfutter in der Hand. In der kleinen Bibliothek neben dem Raum, den sie als Kapelle nutzen, hat sie ein Buch mit dem Titel *Wildvögel füttern und schützen* gefunden. Sie kann jetzt lesen. Schwester Vera hat gesagt, sie muss es lernen, hat sie immer wieder Buchstaben schreiben lassen, bis ihr die Augen brannten und der Kopf wehtat. Die meisten Bücher in der Bibliothek handeln von Gott, aber es gibt auch ein paar Bände mit Gedichten, die Schwester Vera von ihrem Bruder bekommen hat. Ein Gedicht muss nichts erzählen oder bedeuten, hat Schwester Vera ihr erklärt. Es sind nur Worte, die hübsch klingen. Mit den Gedichten kann Constance nichts anfangen, aber sie mag das Buch über die Vögel. Vögel können im Winter sterben, wenn sie nicht genug Nahrung finden. *Gutherzige Menschen haben seit jeher Mitleid mit unseren gefiederten Wintergästen gehabt*, steht da. Man muss für sie ein besonderes Futter zubereiten, eine Mischung aus geschmolzenem Fett und Saaten, Hirse, getrocknetem Fleisch und Brotkrumen. Die Paste streicht man dann auf die Äste der Bäume, damit die Vögel sie finden. In dem Buch wird genau erklärt, wie das gemacht wird, und es gibt sogar Bilder dazu.

Schwester Vera meinte, so eine Fütterung würde die Vögel verwöhnen, und sie könnten dann nicht mehr ihre Aufgaben in der Natur erfüllen. Menschen sollten sich nicht in das Leben wilder Tiere einmischen. Damit tat man ihnen keinen Gefallen. Doch Constance fand es gut, ihnen zu helfen. Den gefiederten Wintergästen. Sie wollte etwas für sie tun.

Nachdem sie die unteren Äste der Bäume am Ende des Weges damit bestrichen hat, steht sie ganz still da und wartet ab, ob Vögel kommen. Sie kann sehr lange so still dastehen. Wenn sie sich nicht bewegt und nicht spricht, ist es, als wäre sie gar nicht da. Sie könnte noch länger so da stehenbleiben, wenn es nicht so schrecklich kalt wäre. Daran hat sie sich immer noch nicht gewöhnt. Schwester Vera hat ihr gezeigt, wie sie einen Ziegelstein auf dem Herd heiß macht und ihn in ein Tuch einschlägt, damit sie nachts im Bett die Füße daran wärmen kann. Das ist auch etwas aus Schwester Veras Kindheit: heiße Ziegelsteine im Bett.

Constance fragt sich, ob Marina auch so etwas für das Kind tut, damit es im Winter nicht friert. Und ob das alle Leute machen, die an kalten Orten leben, oder nur die in Irland. Sie wusste nichts davon, als sie noch in der Stadt gewohnt haben. Niemand hat es ihr gezeigt. Dabei war es im Winter in der Wohnung immer zu kalt. Morgens konnte sie ihren Atem in der Luft sehen. Wenn es so kalt war, baute sie für das Kind ein Nest aus Decken. Er schlief unter dem kleinen Tisch in der Küche, so eingehüllt, dass nichts von ihm zu sehen war. Vielleicht fühlte er sich dort sicher. Wie in einem Versteck. Manchmal dachte sie, dass er sich vor ihr versteckt hatte. Im zweiten Winter schliefen sie in den dicken Mänteln, die Marina ihnen gekauft hatte. Sie hat ihren noch, aber das Kind ist jetzt wohl aus seinem herausgewachsen. Er hat bestimmt einen neuen bekommen. Er hat sicher alles, was er braucht.

Lange Zeit kommen keine Vögel. Von einem Ast über ihr fällt Schnee herunter und streift ihre Schulter. Sie hört, wie Schwester Vera ihren Namen ruft. Als sie sich zum Haus umdreht, sieht sie, dass fast alle Fenster erleuchtet sind und der Himmel dunkel geworden ist. Es sieht aus, als wäre das Haus in eine Decke aus Dunkelheit gehüllt. Sie kann ihr Spiegelbild in einer Fensterscheibe im Erdgeschoss sehen. Ihre Gestalt ist ein wenig wellig, wie wenn sie sich über den Fluss beugt und sich im Wasser sieht. Schwester Vera ruft erneut nach ihr. Sie wollen aus den letzten Sommeräpfeln Gelee kochen. Schwester Vera wird ihr zeigen, wie das geht. Das hat sie von ihrer Mutter in Irland gelernt: wie man Obst einkocht, Kerzen zieht, Teig ausrollt.

Constance dreht sich um und geht langsam zum Haus zurück. Es fängt wieder an zu schneien, und die Flocken bedecken ihre Fußabdrücke auf dem Weg.

## Harlem

*September 1997*

Harlem wurde milder im Herbst; die Decke aus Laub und die blaue Dämmerung verwischten die scharfen Konturen der Straßen. Die morgendliche Kühle war nach den langen Monaten der Hitze wie ein Wunder. Marina stand an der Hintertür und stellte sich vor, wie die Scheibe von Frost überzogen war und der kleine Garten im Schnee glitzerte. Ben war schon vor ihr unten gewesen und hatte ihr eine halb volle Kaffeekanne auf dem Herd hinterlassen.

Marina hatte einmal vier Wochen in einem Schriftstellerhaus im Süden Frankreichs verbracht, nicht weit von der spanischen Grenze entfernt. Es war um die Weihnachtszeit gewesen, und außer ihr hatte nur noch ein australischer Essayist dort gewohnt. Das Haus war ein riesiges altes *manoir*, und sie war dem Essayisten nur selten begegnet. Jeder von ihnen hatte eine ganze Etage für sich, und sie trafen sich nur gelegentlich in der Küche oder auf dem Pfad, der unten im Tal am Fluss entlangführte.

Jeden Morgen kochte der Australier eine Kanne Kaffee und ließ die Hälfte davon für sie auf dem Herd stehen. Er stand immer vor ihr auf und wanderte durch die Berge, bevor es richtig hell war. Den Sommer hatte er in Lappland verbracht, erzählte er ihr bei einem ihrer Gespräche. Er hatte viele Jahre in London gelebt und sich nach einem Ort gesehnt, wo immer genug Licht war, wo er wenigstens für eine

Weile der bedrückenden Trübseligkeit der kurzen Tage entfliehen konnte. Er sah sehr melancholisch aus, als er das sagte, und sie fragte sich, welchen Kummer ihm das Leben beschert hatte. Niemand von uns kommt ungeschoren davon, dachte Marina, während ihr der Essayist vom Licht in Lappland erzählte.

Es war eine liebevolle Geste, der Kaffee für zwei, eine Erinnerung daran, dass sie nicht ganz allein war. Die Wanderwege in den Bergen rund um das Schriftstellerhaus waren sorgfältig mit farbigen Markierungen an Baumstämmen oder Felsen versehen, damit man sich nicht verlief. Abzweigungen, die in die falsche Richtung führten oder in einer Sackgasse endeten, waren mit einem gelben Kreuz markiert. Man konnte kilometerweit gehen, wenn man den kleinen Zeichen folgte. Auch diese Wegmarkierungen erschienen Marina wie eine Geste der Fürsorge. Beides tröstete sie während der langen Arbeitstage, deren Stille nur durch Kirchengeläut und gelegentliches Hundegebell unterbrochen wurde. Manchmal hörte sie, wie der Australier über ihr durch das Zimmer ging oder sein Stuhl über die alten Fliesen scharrte.

Sie blieben nach ihrer gemeinsamen Zeit in dem Schriftstellerhaus nicht in Kontakt, aber er wurde in den Jahren danach recht berühmt. Sie sah seinen Namen oft in Literaturzeitschriften und im Feuilleton. Einmal kam er zum Brooklyn Book Festival, um aus seinem neuen Essayband zu lesen. Marina war zu schüchtern, um sich bei der anschließenden Signierstunde anzustellen, aber sie kaufte sein Buch. Die Essays waren von zarter Schönheit und zeugten von einem weiten Gedankenhorizont. In einem der Essays ging es um die Zeit in Frankreich, um seine Wanderungen durch das Tal und die sorgfältig markierten Wege durch die Berge.

Jacob war in diesem Herbst für zwei Monate fort, er leitete ein Seminar über Kinderpsychiatrie in Harvard, und der Alltag mit Ben erinnerte Marina an die Zeit in dem Schriftstellerhaus. Ben ging früh am Morgen zur Arbeit, und wenn er zurückkam, war sie entweder bei einem Spaziergang oder an ihrem Schreibtisch. Manchmal vergingen mehrere Tage, ohne dass sie sich sahen. Spätabends lauschte sie auf das Stimmengemurmel von oben. Nun, da Jacob nicht da war, brachte Ben Alma öfter mit nach Hause. Marina wusste nicht, ob es Absicht war, aber er hielt die Beziehung vor seinem Vater geheim. Bei dem einen Mal, als Jacob und Alma sich in der Haustür begegnet waren, hatte Ben sie einfach als »eine Freundin« vorgestellt. Jacob hatte nicht weiter nachgefragt, was ungewöhnlich für ihn war.

Einen Abend kochte Marina für Ben und Alma, und sie saßen mit einer Flasche Wein um den Esstisch. Das Mädchen strahlte eine ruhige Wachheit aus, die Marina gefiel. Ihr Gesicht wirkte sehr jung, obwohl sie drei Jahre älter war als Ben. Außer dem Bruder, der mit ihr nach Amerika gekommen war, gab es noch drei jüngere Schwestern, die alle in El Salvador geblieben waren.

»Hier«, sagte Alma und reichte ihr schüchtern ein Foto. »Das sind sie.«

Marina nahm das Bild und betrachtete es; zugleich spürte sie, wie Alma sie aufmerksam beobachtete. Es war, als wollte Alma sie durch dieses Foto zwingen, die Existenz dieser Kinder zur Kenntnis zu nehmen. Die Gefahr, in der sie sich befanden. Es erinnerte Marina daran, wie Gabriel manchmal mit den Händen ihr Gesicht berührte, wenn er das Gefühl hatte, dass sie ihm nicht ihre ganze Aufmerksamkeit schenkte. Er drehte ihr Gesicht zu sich und sah ihr lange in die Augen.

Auf Almas Foto waren drei kleine Mädchen in weißen

Kleidern abgebildet, die ernst in die Kamera schauten, als hätte der Fotograf sie ermahnt, nicht zu lächeln.

»Die Kleine«, sagte Alma, »ist erst vier Jahre alt. Ihr Name ist Providencia.«

Marina fragte sich kurz, ob das kleine Mädchen womöglich Almas Kind war. Der Altersunterschied schien zu groß, als dass sie ihre Schwester sein könnte. Leah hatte ihr schreckliche Geschichten erzählt. Kinder, die zurückgelassen wurden, während ihre Mütter die Wüste zu durchqueren versuchten. Manche von diesen Müttern sahen ihre Kinder nie wieder. »Sie sind sehr hübsch.« Marina gab Alma das Foto zurück.

»Ja«, sagte Alma leise, den Blick immer noch auf sie gerichtet. »Sehr hübsch.« Sie drückte das Bild an die Lippen, bevor sie es wieder in ihre Tasche schob.

Alma und Ben holten das Scrabble-Spiel und nahmen sich Buchstaben aus dem Samtbeutel. Alma bestand immer darauf; sie fand, das Spiel sei die beste Möglichkeit für sie, Englisch zu lernen. Sie war intelligent und fleißig, immer bemüht, ihr Englisch zu verbessern, und fragte oft nach der Bedeutung eines Wortes oder einer Wendung. In Anwesenheit des Mädchens kam Marina sich manchmal wie ein Feigling vor. Alma war in Gefahr. Nicht auf dieselbe Art wie die kleinen Mädchen in El Salvador, aber ihre Situation hier in New York war unsicher. Sie war keine anerkannte Immigrantin, deshalb konnte sie – zumindest legal – weder arbeiten noch studieren. Falls sie aufflog, konnte sie jederzeit ausgewiesen werden. Wenn sie beim Abendessen saßen oder Scrabble spielten, war es leicht, so zu tun, als wäre Alma einfach eine von den netten, aufgeweckten Freundinnen, die Ben im Lauf der Jahre mit nach Hause gebracht hatte, mit einer vielversprechenden Zukunft. Doch so war es nicht, und Marina wurde das Gefühl nicht los, dass sie mehr tun müssten, um ihr zu helfen, obwohl sie nicht wusste, wie. Sie hatte Ben Geld für den Anwalt gegeben, den Leah aufgetrieben hatte, aber es war ungewiss, was dabei herauskommen würde. Marina hatte Jacob nichts davon erzählt, so wie sie ihm auch nichts von dem Geld erzählt hatte, das sie Constance gegeben hatte. Es war nicht das Geld selbst, das ihn beunruhigen würde, sondern ihre erneute leichtfertige Einmischung in das prekäre Leben anderer Leute. Es lag nicht in ihrer Verantwortung, würde er sagen.

In dem September begann Constance einen Lese- und Schreibkurs bei einer gemeinnützigen Flüchtlingsinstitution in Spanish Harlem, unweit des East River. Leah hatte den Kurs aufgetan; sie hielt immer Ausschau nach Möglichkeiten, wie sie Constance helfen konnten. Psychologische Beratung, Erziehungskurse, Kunsttherapie – alles, was Leah vorschlug, lehnte Constance mit ihrer üblichen Gleichgültigkeit ab. Sie warf kaum einen Blick auf die Flyer, die Leah mitbrachte, und legte sie beiseite, als hätten sie nichts mit ihr zu tun. Doch zu Marinas Überraschung flackerte Aufmerksamkeit in Constances Blick auf, als sie ihr die Informationen zu dem Lese- und Schreibkurs vorlas. »Drei Vormittage pro Woche, auch für Anfänger geeignet, Kaffee und Tee werden gestellt, Kinderbetreuung vorhanden.« Als Marina sie fragte, ob sie daran teilnehmen wolle, antwortete Constance nicht, aber später, als sie sich unten auf der Straße trennten, blieb sie kurz stehen. »Ich mache Kurs für Schreiben«, murmelte sie, dann verschwand sie in ihrem Hauseingang.

Seit ihrem Streit mit Jacob bemühte Marina sich, Constance mehr Raum zu geben, um ihr Kind zu lieben, wie Jacob es ihr nahegelegt hatte. Im Krankenhaus brachte sie Constance dazu, Gabriel zu halten, während der Arzt ihm eine Spritze gab, und in der U-Bahn setzte sie ihn auf ihren Schoß. Doch es änderte nichts, im Gegenteil, Constance wirkte ihm gegenüber sogar noch distanzierter. Sie trug ihn immer seltener auf dem Rücken und nahm kaum je seine Hand. Sie erwartete, dass Gabriel ihr folgte, und wenn er nicht mitkam, wartete sie nicht auf ihn.

Am ersten Morgen des Kurses holte Marina Constance von der Wohnblocksiedlung ab. Der Kurs wurde von älteren Nonnen geleitet, hatte Leah ihr gesagt. Sie würden nett zu Constance sein. Marina war hoffnungsvoll, was den Kurs anging. Sie tat, was Jacob ihr vorgeschlagen hatte: Sie half Constance, ihren eigenen Weg zu finden. Dieser überraschende Wunsch, etwas zu lernen, könnte ein Anfang sein, der erste Schritt der jungen Frau zurück in die Welt.

Die hohen braunen Fassaden der Wohnblocks ragten über Marina auf, rostige Klimaanlagen in den Fenstern. Obwohl sie nun schon einige Male hier gewesen war, widerte das Haus sie an – das allgegenwärtige Elend, der Uringestank, das Gefühl lauernder Gefahr. Sie wünschte, sie könnte eine andere Unterkunft für Constance und Gabriel finden.

Die beiden trugen die neuen Mäntel, die Marina ihnen gekauft hatte; offenbar ging die Heizung nicht. Gabriel stürzte auf sie zu, sobald Constance die Tür öffnete, und schmiegte sich an Marinas Beine. Sie hob ihn hoch, und er schlang die Arme um ihren Hals. Als sie ihn auf die Wange küsste, ließ sie ihre Lippen einen Moment dort. Die Wärme seiner Haut, sein Gewicht auf ihrem Arm – die Macht ihrer Gefühle für ihn erschreckte Marina immer noch.

Sie setzte sich auf das alte geblümte Sofa, während Constance dem Kleinen Frühstück machte. Mit schnellen, effizienten Bewegungen schnitt sie den Toast in kleine Vierecke und rieb Gabriel mit einem feuchten Lappen übers Gesicht. Keiner von beiden sprach. Löffelklirren, Verkehrsrauschen, gedämpftes Gebrüll aus der Wohnung über ihnen. Als Gabriel nach dem Messer greifen wollte, schlug Constance ihm auf die Hand und nahm ihm den Teller weg.

Schweigend gingen sie die neun Blocks Richtung Osten. Vom Hudson wehte Regen herüber; die Straßen glänzten schwarz, und Wasser spritzte auf, wenn ein Bus oder Lkw dicht am Gehweg entlangfuhr. Gabriel zog sich die Kapuze seines roten Mantels über den Kopf.

Das Wartezimmer des Instituts war voll junger mexikanischer Frauen, die Kinder- und Einkaufswagen an den Wänden abgestellt hatten. Hier und da herrschte Unruhe, einige unterhielten sich in schnellem Spanisch, ein Kind weinte. Durch eine offene Tür konnte man mehrere Frauen sehen, die auf dem Boden knieten und einen bunten Quilt zusammensetzten.

Heute war Essensausgabetag, erklärte ihnen die ältere Nonne am Empfang. Wie jeden Dienstagmorgen. Constance konnte sich auch etwas nehmen, wenn sie wollte; am besten brachte sie nächstes Mal einen Korb oder Einkaufswagen mit. Reis, Bohnen, Öl, Mehl – die Grundnahrungsmittel hatten sie immer da, manchmal auch frisches Obst. Marina sah ein goldenes Kreuz am Kragen der Frau aufblitzen, als sie ihr das Anmeldeformular gab, das sie für Constance ausgefüllt hatte. Hatte es in Constances Heimat auch Nonnen gegeben? War das etwas, das sie verstand, das ihr vertraut vorkam? Diese resoluten, praktisch gekleideten Frauen auf ihrer Mission der Barmherzigkeit.

»Ruanda«, sagte die Frau und sah Constance an. »Wir hatten mal Schwestern in Kigali. Und ein Waisenhaus im Süden. Ist aber schon eine Weile her. Wo liegt denn Ihr Ort?«

Ruanda. Kigali. Aus dem Mund der Nonne klangen die Namen so normal. Keine Steine dazwischen, nur Worte, befreit von all ihrer düsteren Bedeutung. »Im Süden oder im

Norden?«, hakte die Nonne nach, doch Constance antwortete nicht. Sie stand einfach da, den Mantel noch an, trotz der Wärme im Raum, und das blaue Notizbuch in der Hand, das Marina ihr am Tag zuvor gekauft hatte. Constance hatte sich die Farbe selbst ausgesucht, ganz konzentriert in der Schreibwarenabteilung eines der Ein-Dollar-Läden in der Nähe des Wohnblocks, die Zungenspitze zwischen den Lippen wie ein kleines Kind. Es war ein Hoffnungsschimmer, dachte Marina. Mit ihrer unerwarteten Bereitschaft, an diesem Kurs teilzunehmen, schien sie sich einen Schritt aus ihrer kleinen Welt des absolut Notwendigen hinauszubewegen. War Constance zur Schule gegangen? Marina konnte sich das andere Leben, das die junge Schwarze gehabt haben musste, nicht vorstellen, diese verschwundene Welt von Dörfern, Ziegen und Bananenhainen. Als sie Constance an einem wärmeren Tag in ihrem leuchtend bunten Kleid die Straße hinuntergehen sah, fragte sie sich, ob es aus ihrem alten Leben stammte. Nein, das war unmöglich. Wahrscheinlich hatte man es ihr im Flüchtlingslager gegeben, oder sie hatte es in einem der afrikanischen Läden hier in Harlem gekauft. Besaß Constance überhaupt etwas, das eine Bedeutung für sie hatte, sie an etwas erinnerte?

Die Nonne führte sie einen Flur hinunter zum Hort. Ein Raum voller Kinder, die meisten davon mexikanisch, ein afrikanisches Mädchen mit kunstvoll geflochtenem Haar. Das Durcheinander und der Lärm waren überwältigend. Ein größerer Junge sprang von einem Klettergerüst aus Plastik, in einem Kinderwagen in der Ecke lag ein Baby und schrie, eine junge Frau saß mit ein paar kleinen Mädchen auf dem Boden und las ihnen etwas vor. Die Nonne beugte sich zu Gabriel hinunter. »Möchtest du mit den anderen Kindern spielen?«, fragte sie ihn.

Constance stand im Türrahmen und starrte in den Raum. Sie streckte die Hand nach Gabriel aus, legte die Finger um seinen Arm. Mit einem Ausdruck von Panik wandte sie sich zu Marina um. Das ist das erste Mal, dachte Marina. Später würde sie versuchen, sich an andere Momente wie diesen zu erinnern, in denen sich etwas in Constance löste und sie ein klein wenig Gefühl für ihr Kind zeigte.

Gabriel fing an zu weinen. Constance sah gequält aus, sie griff sich an die Kehle, als versuchte sie, die nötigen Worte herauszuholen. Sie wollte ihr Kind nicht bei Fremden lassen, begriff Marina. Gabriel entriss sich Constances Griff, drängte sich an Marina und presste den Kopf an ihre Oberschenkel. Als sie ihn hochnahm, schlang er die Arme so fest um ihren Hals, dass sie kaum noch Luft bekam.

»Ich kümmere mich um ihn«, sagte sie zu Constance. »Ich nehme ihn mit zu mir, und Sie können ihn nach dem Kurs abholen. Sie müssen ihn nicht hierlassen.«

Sie fragte sich, ob Constance einwilligen würde, Gabriel bei ihr zu lassen. Sie hatte bei ihr noch nie diesen Beschützerinstinkt erlebt. Als sie mit Gabriel nach Hause ging, kam ihr in den Sinn, dass dies vielleicht das erste Mal war, dass Constance von ihrem Sohn getrennt war, abgesehen von dem Tag, als sie ihn im Museum bei ihr zurückgelassen hatte. Ein Jahr im Flüchtlingslager, ein Jahr hier in der Stadt, den Jungen auf den Rücken gebunden oder an ihrer Seite, wenn sie einkaufen ging oder ins Krankenhaus oder zur U-Bahn, in der winzigen Wohnung nie mehr als ein paar Schritte von ihm entfernt. Bei wem hätte sie ihn lassen sollen?

In diesem Herbst tauchte vor Marinas innerem Auge bisweilen Jacobs Gesicht auf, oft begleitet von schlechtem Gewissen und Reue; dem Gefühl, dass sie ihn auf entscheidende Weise enttäuscht hatte. Nachdem sie ihm an dem Morgen, als er nach Harvard aufgebrochen war, geholfen hatte, sein Gepäck ins Auto zu tragen, hatte er sie lange im Arm gehalten, die Hände auf ihren Hüften, die Lippen auf ihrem Haar. Er wollte, dass sie mit ihm nach Boston kam. Es wäre möglich gewesen, nun, da sie nicht unterrichten musste. Da war die elegante Wohnung des Kollegen in Cambridge, ganz in der Nähe der Universität. Das kleine Arbeitszimmer, das sie dort benutzen könnte, mit Blick auf den zauberhaften Platz. Die gemeinsamen Spaziergänge am Fluss, die Cafés, die Museen, die stille Eleganz der Stadt. Jacob hatte ihr das alles eifrig und voller Elan beschrieben, als wollte er ihr etwas verkaufen.

»Sag Ja. Es wird ein Abenteuer. Ein Urlaub.«

Er stand im Türrahmen ihres Arbeitszimmers, als er ihr diesen Vorschlag machte. Sie klappte ihr Buch zu. Er sah so hoffnungsvoll aus. So jung. Ein Teil von ihr wollte Ja sagen. Ihre Sachen zusammenpacken und mit ihm gehen. Lange Spaziergänge durch Cambridge machen und jeden Abend für ihn kochen. Doch sie vermutete, dass sein Wunsch, sie möge mit ihm nach Boston kommen, nicht ohne Hintergedanken war. Er wollte sie aus New York wegholen. Fort von Constance und Gabriel. Damit sich die Verbindung zwischen ihnen lockerte. Damit sie zur Vernunft kam. In den vergangenen Wochen hatte sie mehrmals bemerkt, wie er sie mit einem Ausdruck ratloser Sorge ansah, als wäre sie ihm plötzlich fremd geworden. Fragte er sich, ob das stabile Gerüst, das sie mit so großer Sorgfalt gebaut hatten, sich nun doch als marode erwies? Auch Ben sah er auf diese Weise an, und sie befürchtete, dass der Kummer und die Angst um sie beide so groß geworden waren, dass sie ihn zu überwältigen drohten. Manchmal müssen wir neue Wahrheiten über andere lernen, hatte sie vergangene Woche zu Jacob gesagt. Dass sie andere Prioritäten und Träume haben, als wir dachten. Sie hatte das auf Ben bezogen, aber als sie ihren Mann ansah, der vor ihr stand, fragte sie sich, ob sie nicht auch sich selbst gemeint hatte.

»Ich würde sehr gerne mitkommen«, sagte sie, »aber ich habe in den nächsten Wochen so viele Interviews für das Buch geplant. Und ich möchte ein Auge auf Ben halten.«

Marina wusste, dass Jacob dagegen nichts einwenden konnte. Dass er dankbar sein würde, wenn sie hierblieb und sich um seinen Sohn kümmerte.

»Du bist ja bald zu Rosch ha-Schana wieder hier, und vielleicht kann ich auch mal für ein paar Tage zu dir kommen. Wir könnten übers Wochenende nach Nantucket fahren.« Noch während sie sprach, hatte sie das Gefühl, ihm eine Art Trostpreis anzubieten.

Am Morgen seiner Abreise, als er schon halb aus der Tür war, drehte Jacob sich plötzlich wieder um. »Wir könnten es immer noch versuchen.« Marina sah ihn verständnislos an. »Ein Baby zu bekommen«, sagte er. »Es ist noch nicht zu spät. Wir könnten noch mal zu der Klinik gehen.« Zu dieser frühen Stunde war es auf der Straße ungewohnt still – statt des üblichen Lärms und Gewimmels waren da nur sie beide auf den Stufen vor ihrem Haus. »Ich liebe dich, Jacob«, sagte sie leise und umfasste mit beiden Händen seine Hand. Da küsste er sie. Es war ein richtiger Kuss, mit geöffneten Lippen und Zungen, die sich begegneten.

Nachdem Jacob gefahren war, stand Marina lange in seinem Arbeitszimmer. Sein Schreibtisch sah aus, als wäre er nur kurz hinausgegangen. Ein Schwarzweißfoto von einem Wanderfalken, der über einem Tal kreiste. Eine Keramikschale voller Meerglas. Ein winziges Bild von einer Palme, das sie zusammen von einem Künstler vor einem Tempel in Indien gekauft hatten; die Pinselstriche waren so fein, dass man eine Lupe brauchte, um die Zeichnung der Blätter zu sehen. Eine Sammlung von Montaignes Essays, aufgeschlagen auf einem Stapel Uniunterlagen. Ein gerahmtes Foto von seinem Vater. Ein halb voller Becher mit Kaffee.

Die Uhr über dem Schreibtisch tickte. Es war eine Kuckucksuhr, gebaut von Jacobs Vater. Sie sah genauso aus wie die aus seiner Kindheit in Polen, die bei einem Brand zerstört worden war. Rose hatte sie Jacob geschenkt, als sie in dieses Haus gezogen waren. Die Uhr faszinierte Gabriel. Mehrmals hatte Marina mit ihm auf dem Arm davor gestanden und darauf gewartet, dass sie die volle Stunde schlug und der kleine Holzvogel aus seinem Türchen kam. Jedes Mal war es, als wäre es vollkommen neu, und auf dem Gesicht des Jungen leuchtete dieselbe freudige Überraschung auf. Sie lächelte, als sie daran dachte. Wenn Gabriel ihr Sohn wäre, würde die Kuckucksuhr ein Teil seiner Geschichte werden. Und die Geschichte der Uhr und das Echo der anderen Leben würde an ihn übergehen, wie es bei Ben der Fall gewesen war. Aber wäre es nicht eine Art gefälschtes Erbe, das seine eigenen Erinnerungen mit fremden überklebte?

Sie wollte kein anderes Baby, erkannte Marina. Alles, was sie wollte, war Gabriel.

Neben Jacobs halb vollem Kaffeebecher lag ein Schreibblock. Auf dem leeren obersten Blatt konnte sie den schwachen Abdruck von Buchstaben erkennen, einen geisterhaften Schatten seiner Schrift, wie ein geheimes Wasserzeichen. An wen hatte er geschrieben? Wie gut kennen wir je einen anderen Menschen?, fragte sie sich. Wie viel von unserem wahren Ich gelangt je an die Oberfläche unseres Lebens? Wir leben Jahr um Jahr mit einem anderen Menschen zusammen, und doch gelingt es uns oft nicht, seine grundlegendsten Wesenszüge zu verstehen.

Als sie und Dow noch klein waren, hatten sie oft in den Schubladen ihrer Mutter gestöbert, wenn sie nicht in der Wohnung war. Sie suchten nach einem Stapel Briefe, mit einer Schleife zusammengebunden, einer Blechdose mit Fotos, einem Gedichtband – irgendetwas, das ihnen einen Hinweis auf Gizelas Vergangenheit geben konnte. Sie waren besessene Amateurhistoriker gewesen, sie und Dow, unerschütterlich in ihrem Glauben, wenn sie nur alle Fakten ihrer Geschichte aneinanderreihen könnten, würden sie ihre Mutter irgendwie verstehen.

Die meisten Kinder wollen, dass ihre Eltern sich nur in der Gegenwart aufhalten, in dem Leben, zu dem auch sie gehören, aber bei Marina und Dow war es genau das Gegenteil. Gizelas beharrliches Dasein in einer vollkommen geschichtslosen Gegenwart verunsicherte sie und machte ihnen Angst. Kein einziges Mal erzählte sie irgendetwas, das ihre Vergangenheit berührte. Dieses konsequente Verschweigen musste eine unglaubliche Selbstdisziplin erfordert haben, dachte Marina später.

Sie und Dow hatten nur eine Handvoll Details, eine zusammengestutzte Version ihrer Lebensgeschichte. Ein alter Pass, ein paar Behördenbriefe, ein Reisedokument: das waren die einzigen Anhaltspunkte, anhand derer sie das Leben ihrer Mutter zu rekonstruieren versuchten. Geboren war Gizela 1933 in Prag. Im Sommer 1939 war sie zusammen mit einigen anderen jüdischen Kindern nach England geschickt worden. Bis zum Ende des Krieges war sie bei einem englischen Paar auf einem kleinen Bauernhof in Suffolk geblieben und dann noch fast ein Jahr länger, weil keine Verwandten gefunden werden konnten, die bereit waren, sie bei sich aufzunehmen. Schließlich hatte man eine Großtante in Brooklyn entdeckt, eine ältere Frau, die schon lange vor Gizelas Geburt nach Amerika ausgewandert war.

Marina dachte oft an die lange Reise, die ihre Mutter 1939, als Sechsjährige, unternommen hatte: mit dem Zug von Prag durch das Deutsche Reich und die Niederlande bis nach Hoek van Holland, von dort mit dem Schiff nach Harwich und dann weiter mit dem Zug nach Suffolk. Wie die Fahrt aus dem Bahnhof und das Stampfen des Zuges durch das tschechische Land das kleine Mädchen geängstigt haben mussten. Die vorbeisausenden Felder und Dächer, die schwachen Rauchfahnen, die von den Städten rechts und links aufstiegen, das Gewimmer der anderen Kinder um sie herum. Diese zweitägige Zugfahrt fort von allem, was sie kannte, war aus Marinas Sicht das Gift im Herzen ihrer Mutter, das Entsetzen, das sie so tief verstört hatte. Obwohl sie wusste, dass es Sommer gewesen war, als ihre Mutter Prag verlassen hatte, sah Marina vor ihrem inneren Auge immer eine Reise durch eine Winterlandschaft, tief hängende Wolken, die böhmischen Berge in Grau gehüllt und Frost, der nachts über die Scheiben kroch. Sie sah ein kleines Mädchen, das schlafend auf einem lederbezogenen Zugsitz saß, die Hand um den Griff ihres Koffers geklammert. Gizela hatte ihnen nie auch nur ein Wort über diese Reise oder ihre Jahre in England erzählt, aber Marina und Dow hatten sie auf Landkarten nachgezeichnet, jeden einzelnen Abschnitt ihres Verlaufs rekonstruiert und die Lücken mit ihrer Fantasie gefüllt. Diese Erfindung möglicher Lebensgeschichten ihrer Mutter wurde für sie zu einer Art ernstem Spiel.

Je weiter sie in Gizelas Vergangenheit vorstießen, desto weniger Anhaltspunkte gab es. Ein undurchdringliches Schweigen umschloss ihre ersten Lebensjahre in Prag; alles aus dieser Welt musste erdacht werden. Für die Jahre in England hatten sie eine magere Ausbeute an nachprüfbaren Einzelheiten, eine Handvoll Daten und Namen aus den Dokumenten, die sie in der Nachttischschublade ihrer Mutter gefunden hatten. Sie wussten, dass sie nach Suffolk geschickt worden war, und als sie klein waren, hatte allein der Name einen geradezu mystischen Klang gehabt. Er war ein Geheimcode zwischen den Geschwistern, ein winziger Tatsachenfetzen, an den sie sich klammerten, weil sie so wenig anderes hatten.

Einige Jahre zuvor war Marina nach einer Konferenz in London mit dem Zug zu dem kleinen Dorf am Rand der East Anglian Broads gefahren, in dem Gizela während des Krieges gelebt hatte. Es war bereits Winter, und die Kleider, die Marina mitgenommen hatte, waren nicht warm genug. Ihre Schuhe hatten sich mit Wasser vollgesogen, als sie über die Felder gelaufen war, und sie musste sich in einem kleinen Laden im Ort einen Schal und eine Mütze aus Wolle kaufen. Die Straßen wirkten nahezu völlig verlassen. Hinter den zugezogenen Vorhängen der Häuser konnte sie Licht sehen, aber sonst wies nichts darauf hin, dass hier Menschen lebten. Im Vorgarten eines Hauses war ein Hund an die Veranda gekettet. Als sie daran vorbeiging, sprang er gegen den Zaun, sodass Marina erschrocken zurückzuckte.

Das Ehepaar, bei dem Gizela gewohnt hatte, war schon lange tot, aber sie hoffte, jemanden zu finden, der die beiden gekannt hatte. Oder der sich an Gizela erinnerte. Marina hatte sich immer gefragt, warum die beiden Gizela nach dem Ende des Krieges nicht bei sich behalten hatten. Sie war dreizehn gewesen, als man sie nach Amerika geschickt hatte, und sie hatte ihr halbes Leben hier in Suffolk verbracht. Sie kannte die ferne Tante in Brooklyn nicht, und die hatte bis dahin auch nichts von Gizelas Existenz gewusst. Da hätte es doch möglich sein müssen, dass Gizela in Suffolk blieb? Aber vielleicht hatten die beiden gemeint, sie hätten ihre Pflicht erfüllt, und waren froh gewesen, sie der Obhut von jemand anderem zu überlassen. Vielleicht war das Kind für sie eine Quelle der

Sorge gewesen, eine unwillkommene Bürde, zusätzlich erschwert durch ihre ausländische Herkunft.

Eine Frau im Ort hatte das Paar gekannt und den beiden in den Jahren vor ihrem Tod im Haushalt geholfen und Besorgungen für sie gemacht. Sie willigte ein, mit Marina zu sprechen, und so saßen sie, jede eine Tasse Tee vor sich, in der guten Stube ihres kleinen Hauses. Die Sessel waren mit Schonbezügen aus Plastik bedeckt, und zu Füßen der Frau lag ein riesiger schwarz-weißer Hund. Das Haus war feucht und muffig, erfüllt vom abgestandenen Geruch nach Tieren. Auf dem Dachboden über ihnen war ein Rascheln zu hören. Die Dämmerung brach hier früh herein, bemerkte Marina; die Fenster verdunkelten sich bereits, obwohl es noch nicht einmal drei Uhr war. Sie behielt den Mantel an, während sie sich unterhielten.

Die beiden waren ein merkwürdiges Paar, erklärte die Frau, sehr eigen. Hatten sehr zurückgezogen gelebt. Sie stammten nicht von hier, deshalb wusste niemand etwas über ihre Vergangenheit. Eigene Kinder hatten sie nicht, und es gab auch sonst keine Verwandten. Außer ihr und dem Pfarrer war niemand bei der Beerdigung gewesen. Ja, sie hatte gehört, dass sie während des Krieges ein jüdisches Kind aufgenommen hatten, aber es fiel ihr sehr schwer, sich das vorzustellen. Das war kein Haushalt für ein Kind. Sie erklärte nicht näher, was sie damit meinte, sagte nur, das Paar sei sehr religiös gewesen, und vielleicht seien sie deshalb auf den Gedanken gekommen, das Kind zu sich zu nehmen. Aus christlicher Nächstenliebe. Sie zeichnete Marina auf, wo das Haus lag, am äußersten Rand des Ortes. Natürlich hatte es sich stark verändert, seit die neuen Besitzer dort wohnten, sagte sie, Ausländer, die aus Frankreich hergezogen waren.

Das Haus lag viel weiter außerhalb des Dorfes, als Marina gedacht hatte, hinter einem dichten Wäldchen und einem kleinen See. Sie ging am Straßenrand entlang, über ihr ein träger Streifen rötlicher Wolken, auf den Feldern jenseits des Sees verstreut die Umrisse von Schafen. Die Bäume entlang der Straße knarzten wie Schiffsmasten in der Nacht. Ein kalter, feuchter Wind wehte ihr entgegen. Die Schatten der Bäume wirkten sehr dunkel und klar umrissen. Marina dachte an die tiefen Wälder aus den Märchen ihrer Kindheit. War das der Ort, an den Gizela beim Vorlesen gedacht hatte? Sie musste auf dem Weg zu der kleinen Dorfschule jeden Tag hier entlanggegangen sein, obwohl ihr Name in keinem der Schulverzeichnisse auftauchte.

Die Frau, die ihr die Tür öffnete, wirkte fahrig und erschöpft. Sie trug ein Baby auf dem Arm, und aus dem Flur hinter ihr klang das Weinen eines weiteren Kindes herüber. Sie wollte Marina zuerst nicht ins Haus lassen. Die Kinder waren krank, und sie versuchte gerade, sie ins Bett zu bekommen, sagte sie. Und das Haus hatte sich vollkommen verändert – man würde nicht mehr erkennen, wie es vor fünfzig Jahren ausgesehen hatte. Es sei in einem furchtbaren Zustand gewesen, als sie es vor ein paar Jahren gekauft hatten. Da sei seit Jahrzehnten nichts mehr modernisiert worden. Am Ende des Gartens hatte noch ein hölzernes Plumpsklo gestanden. Vor ihnen hatte das Haus einer anderen englischen Familie gehört; sie hatten es wohl von den alten Leuten gekauft. Im Dorf hatte man ihr erzählt, dass die alte Frau hier im Haus gestorben war und dass man sie erst Tage später gefunden hatte. Sie hatte nicht in einem Haus wohnen wollen, in dem jemand gestorben war, erklärte die Frau Marina, aber ihr Mann hatte gesagt, sie solle sich nicht so anstellen. Sie hatten das Haus sehr günstig bekommen, und der Teil war dann auch abgerissen worden, als sie renoviert hatten.

Schließlich meinte sie, Marina könne doch hereinkommen, wenn sie unbedingt wolle, es sei ja nicht gut, in der Kälte stehen zu bleiben. Die Vorbesitzer hatten versucht, alles Problematische an dem Haus zu verbergen, sagte die junge Frau, während sie Marina durch den Flur zu einem riesigen, scheunenartigen Raum führte, der auf einen mit Spielzeug übersäten Garten hinausging. Sie hatten billiges PVC über die maroden Dielen gelegt und den Schimmel und die Risse mit Tapeten überklebt. Können Sie sich das vorstellen, sagte sie, sogar an den Decken war Tapete. In Frankeich nennen wir so was *cache-misère*. Ob Marina den Ausdruck kenne? Er bedeute, wörtlich übersetzt, »Miserenversteck«.

Die Frau zeigte Marina die alten Dielen, die sie und ihr Mann aufgearbeitet hatten. Irgendwann im Leben des Hauses hatte man an der Decke Fleisch zum Trocknen aufgehängt, und der Holzboden war mit Tierfett getränkt gewesen. An den Mauern unter der billigen neuen Tapete hatte der Ruß von hundert Jahren Kaminrauch gehangen. Es war schrecklich, was sie alles unter dem *cache-misère* entdeckt hatten. Unvorstellbar, sagte die Französin, dass Menschen so leben konnten.

Marina wollte gerne das Zimmer sehen, in dem ihre Mutter vielleicht geschlafen hatte, aber das war nicht möglich. Alle Zwischenwände waren entfernt worden, um den einen großen Raum zum Garten hin zu schaffen. Aber das Plumpsklo war noch da, erklärte die Frau wie zum Trost. Sie benutzten es als Schuppen, aber sie hielt die Kinder lieber davon fern, weil es voller Mäuse und Spinnen war. Sie und Marina standen an einem der rückwärtigen Fenster und blickten hinaus zu dem winzigen Schuppen. Marina versuchte sich Gizela als kleines Mädchen vorzustellen, wie sie im Dunkeln den Garten durchquerte, aber es gelang ihr nicht. Sie konnte ihre Mutter nur so sehen, wie sie während ihres gemeinsamen Lebens gewesen war. Groß und schweigsam in ihrem blauen Mantel, die Hände um die Ellbogen gelegt, den Blick in die Ferne gerichtet.

Als Marina zum Ort zurückging, begann es zu regnen. Der See und der Himmel schienen zu einer einzigen silbrigen Fläche zu verschwimmen. Sie drehte sich noch einmal zu dem Haus um; alle Fenster waren erleuchtet. Inmitten der dunklen Felder sah es aus wie ein belagertes Schiff.

Eigentlich hatte sie vorgehabt, am nächsten Tag die kleine Arztpraxis aufzusuchen, um nachzufragen, ob es noch irgendwelche Unterlagen über Gizela gab, doch sie ging zum Bahnhof und nahm den nächsten Zug nach London. Sie wollte nur noch hier weg.

Gizelas Leben nach dem Krieg in Brooklyn war greifbarer, weil die Großtante, bei der sie gelebt hatte, in der jüdischen Gemeinde von Crown Heights bekannt war. Marina und Dow waren unter Leuten aufgewachsen, die sich an Tante Sura erinnerten und Gizela als junges Mädchen gekannt hatten, bevor sie von Amerika nach Israel gegangen war. Trotzdem konnten Marina und ihr Bruder nichts wirklich Befriedigendes herausbekommen. Offenbar hatten Sura und Gizela abseits der eng verbundenen chassidischen Nachbarschaft gelebt, schwebend, unbemerkt. Durch irgendeinen Skandal war Sura aus dem Kreis der Gemeinschaft ausgeschlossen worden, und sie hatte sämtliche religiösen Rituale aufgegeben, was sie noch mehr zur Ausgestoßenen gemacht hatte. Vieles wollten die Leute ihnen nicht sagen, weil sie Kinder waren, aber die beiden reimten sich zusammen, dass Sura eine Affäre mit einem verheirateten Mann gehabt hatte, und das hatte Schande über seine Familie und Sura gebracht. Trotz aller Detektivarbeit bekamen sie nicht heraus, wer der Mann gewesen war, aber es wurde allgemein angenommen, dass er Sura die Wohnung in dem Backsteinreihenhaus in der Union Street geschenkt hatte, in die Marina und Dow später mit Gizela einzogen. Es schien einfach undenkbar, dass sie die Wohnung selbst gekauft hatte. Sie hatte keine Verwandten in Amerika, und sie verdiente sich ihren Lebensunterhalt mit Näharbeiten. Die waren im Lauf der Jahre immer weniger geworden, und niemand wusste, wovon sie und Gizela gelebt hatten. Zweifellos waren sie sehr arm gewesen. Gizela hatte keine der jüdischen Schulen im Viertel besucht, und sie war auch nie in der Synagoge gewesen, sodass sie wenig mit der Gemeinde zu tun gehabt hatte. Die Leute erinnerten sich an sie, aber niemand schien etwas über sie zu wissen.

Der Unwille, über Sura zu sprechen, hing, wie Marina später begriff, nicht nur mit dem Skandal zusammen, sondern auch mit ihrer Labilität. Viele Jahre später erzählte ein Rabbi aus Crown Heights Marina, dass Sura psychisch gestört gewesen sei. Das sei seit jeher so gewesen, mit dem Alter jedoch immer stärker geworden. Heutzutage würde man es vielleicht besser verstehen, aber damals wurde es als eine Form von Exzentrizität abgetan. Er wusste nicht genau, wie sich ihre Krankheit geäußert hatte, erinnerte sich jedoch, wie sie einmal auf der Straße herumgeschrien hatte. Sura war nicht imstande, für ein Kind zu sorgen, sagte er. Es war falsch, dass man das Mädchen bei ihr gelassen hatte, aber niemand hatte es für nötig gehalten, etwas zu unternehmen.

Sura starb 1952, ein Jahr, nachdem Gizela nach Israel gegangen war. Gizela war ihre einzige Verwandte, und der Rabbi schrieb ihr, um sie über den Tod ihrer Großtante zu informieren, aber er erhielt nie eine Antwort. Gizela kam nicht zur Beerdigung, und die Wohnung an der Union Street stand jahrelang leer, bis Gizela eines Winters mit zwei kleinen Kindern nach Brooklyn zurückkehrte.

Marina fragte sich oft, wie es wohl für Gizela gewesen war, in die Wohnung zurückzukommen, in der sich nichts verändert hatte, seit sie fast ein Jahrzehnt zuvor von dort weggegangen war. Die dunklen, schweren Möbel, das Emaillegeschirr im Küchenschrank, die kleine Büchersammlung in der Vitrine, die braunen Samtvorhänge – all das stammte aus Gizelas Kindheit, doch soweit Marina sehen konnte, schien es keinerlei Bedeutung für sie zu haben. Es waren einfach Dinge, zwischen denen Gizela lebte, wie auch sie und Dow offenbar eher zufällige Begleiterscheinungen in ihrem Leben waren. Manchmal, wenn Gizela morgens aus Suras Schlafzimmer kam, starrte sie die beiden leicht überrascht an, als hätte sie nicht damit gerechnet, sie dort vorzufinden. Sie hatten das Gefühl, dass Gizela sie nur deshalb bei sich behielt, weil sie nicht wusste, was sie sonst mit ihnen anfangen sollte.

Gizela hatte vorher nie mit Marina und Dow zusammengelebt, hatte sie nie gebadet oder für sie gekocht oder sie zu Bett gebracht – all das war im Kinderhaus des Kibbuz gemacht worden. Von klein auf waren sie zur Unabhängigkeit erzogen worden, wie Kinder in einem Waisenhaus oder Internat. Als sie mit Gizela nach New York zogen, kannte sie sie im Grunde kaum, und zwischen ihnen herrschte eine seltsame Förmlichkeit. Marina erinnerte sich noch, wie Gizela sie und Dow gefragt hatte, was sie zum Frühstück aßen, als wären sie Hausgäste, deren Wünsche berücksichtigt werden mussten.

Ben hatte ihr einmal erzählt, als Leni aus London zurückgekommen sei, habe sie ihm bei der Begrüßung – er war damals sechs – förmlich die Hand gegeben und gesagt: »Du bist aber groß geworden.« Sie nannte ihn »Sportsfreund« und gab ihm ein Geschenk, das für ein viel jüngeres Kind gedacht war. Es war, als wäre sie eine entfernte Tante, die aus dem Ausland zurückkam, nicht seine verschwundene Mutter, die einen so großen Raum in seiner Erinnerung eingenommen hatte. Ihre Abwesenheit und das Schweigen, das ihren Namen umgab, hatten sie verklärt, und es überraschte ihn, dass sie tatsächlich ein Mensch aus Fleisch und Blut war. Sie wirkte unsicher, und er konnte spüren, wie nervös sie war, wie sehr sie sich bemühte, ganz normal zu klingen. Leni setzte sich mit ihm auf den Boden, und sie packten die Bauklötze, die sie ihm mitgebracht hatte, zusammen aus. Dann machte sie sich mit großem Ernst daran, die Klötze zusammenzusetzen. Ben staunte, dass diese wunderschöne Frau mit ihren langen Locken und dem weichen hellen Mantel sich hier zu ihm auf den Fußboden gesetzt hatte und mit ihm eine Burg baute. Er begriff, dass sie sich Mühe gab, und allein diese Tatsache weckte in ihm Zärtlichkeit und auch Mitleid. Leni wusste nicht, wie es ging, eine Mutter zu sein, hatte Ben gesagt. Sie wusste nicht, was sie tun sollte. Aber er hatte seine Großmutter als Beispiel und die unerschütterliche Liebe seines Vaters. Er konnte ihr helfen.

Manchmal gingen Marina und Dow nach der Schule von Crown Heights zum Prospect Park. Dort blieben sie dann oft, bis es dunkel wurde oder zu kalt, um noch länger draußen zu bleiben. Am einen Ende des Parks lag ein Spielplatz, auf dem immer viele Frauen und Kinder waren. Sie und Dow spielten nie dort, ihnen gefielen die Bereiche des Parks besser, die noch einen Hauch von Wildnis hatten – der See mit seinem hohen Schilf und das dichte Gestrüpp dahinter. Aber eines Tages standen sie am Zaun des Spielplatzes und sahen zu, wie die Mütter ihren Kindern auf den Schaukeln Schwung gaben oder ihnen halfen, die Leiter der Burg zu erklimmen. Ein kleines Mädchen war hinuntergefallen und saß im Sand, einen Ausdruck verwirrter Verzweiflung auf dem Gesicht. Die Kleine konnte ihre Mutter nirgends sehen und fing an zu weinen. Da kam eine Frau über den Spielplatz gelaufen, hockte sich neben sie und schloss sie in die Arme. Dow und Marina sahen die Angst auf dem Gesicht der Kleinen, als sie nach ihrer Mutter suchte, und die augenblickliche Erleichterung, als sie sie entdeckte, wie sie auf sie zugelaufen kam. Sie verfolgten dieses kleine Drama aus Verzweiflung und Rettung mit staunendem Interesse. Sie wären nie auf den Gedanken gekommen, dass ihnen solcher Trost auch zur Verfügung stehen könnte. Denn so wie Gizela nicht wusste, was es hieß, eine Mutter zu sein, wussten sie nicht, was es hieß, eine Mutter zu haben.

Nachdem Dow gestorben und Gizela verschwunden war, blieb Marina mit dem seltsamen Archiv ihrer Kindheit zurück: den Kartons voller Landkarten, Notizen und Kopien, den Fotos von Prag und Suffolk, die sie aus Zeitschriften ausgeschnitten, und den erfundenen Familienstammbäumen, die sie gezeichnet hatten. Das alles wirkte so zufällig und dürftig. Nichts von dem wenigen, was sie herausgefunden hatten, hatte je Gizelas Distanz zu ihnen verringert. Ihre ganze Kindheit hindurch hatten sie ihre Mutter beobachtet und immer darauf gewartet und gehofft, dass sie sich umdrehen und ihre Hand nehmen würde. Durch ihr Verschwinden hatten Dow und Gizela alles, was übrig geblieben war, in einen Haufen gefährlichen Schutt verwandelt, eine falsche Vergangenheit. Als sie dort in der dunklen Wohnung stand, kam Marina sich vor wie die einzige Überlebende eines Schiffsunglücks. Wenn sie nicht von hier fortging, würde sie auch in der Tiefe versinken. Vor ihrem Umzug nach Kalifornien räumte sie die Wohnung aus und warf die Kartons zusammen mit allem anderen in den Müll. Gizela hatte ihren hellblauen Mantel vergessen, und Marina ließ ihn am Haken hinter der Wohnungstür hängen.

Anfangs hielt Constance die Kurszeiten ein und kam kurz nach zwölf, um Gabriel abzuholen. Sie sprach nie darüber, was sie gelernt hatte. Einmal zeigte Marina ihr ein Kinderbuch über die Buchstaben, das Rose ihr für Gabriel mitgegeben hatte, doch Constance schien nichts darin wiederzuerkennen. Sie schaute auf die Buchstaben, als hätten sie nichts mit ihr zu tun. In einem Buch über Ruanda, das Marina in der Bibliothek gefunden hatte, erzählte eine Frau, wie sie darunter litt, an ein Leben gefesselt zu sein, das nicht ihres war, nicht das, was sie hätte haben sollen. Als Marina Constance nachsah, die die Straße Richtung East Harlem hinunterging, dachte sie, dass es ihr wahrscheinlich genauso ging. Wie furchtbar musste es für Constance sein, dass sie hierher verfrachtet worden war, in ein Leben, das sie sich niemals auch nur hatte vorstellen können. Wie hatte man ihr bei ihrer Ankunft das vermittelt, was sie wissen musste? Marina hatte sie einmal gefragt, wie es für sie gewesen war, als sie nach New York kam, doch Constance hatte sie nur mit undurchdringlicher Miene angesehen. Marina war sich nicht sicher, ob sie die Frage nicht verstanden hatte oder ob sie nicht wusste, wie sie sie beantworten sollte.

Eines Tages kam Constance zwei Stunden später als sonst, um Gabriel abzuholen. Marina hatte dem Jungen etwas zu essen gemacht, und er spielte im Garten, als Constance schließlich an der Tür klopfte. Sie erklärte nicht, warum sie später kam, und Marina sagte nichts dazu, weil sie fürchtete, dass es wie ein Vorwurf klingen würde. Außerdem wollte sie Constance ohnehin fragen, ob Gabriel am nächsten Tag länger bei ihr bleiben konnte, weil sie mit ihm in den Zoo im Central Park gehen wollte. Rose würde dazustoßen, und anschließend wollten sie ein Picknick machen. Das hatte Rose schon mit Jacob und Leah gemacht und später dann mit Ben. Sie hatte immer noch den alten Picknickkorb und das Emaillegeschirr, das ihre Kinder beim Zelten und in den Ferien benutzt hatten. Rose hatte die Anwesenheit des kleinen Jungen in Marinas Leben mit großer Freude aufgenommen, aber auch mit einer Spur Sorge. Sie hatte begonnen, ihm für den Winter einen Pullover zu stricken, und sie sagte, sie würde Constance auch einen stricken, damit sie sich in den Kreis ihrer Fürsorge aufgenommen fühlte. Sie war immer davon ausgegangen, dass sie viele Enkelkinder haben würde, hatte Rose Marina einmal anvertraut, und es bekümmerte sie sehr, dass Leah keine Kinder hatte. Sie sprach es nicht aus, aber Marina wusste, dass Rose es auch traurig fand, dass sie und Jacob kein gemeinsames Kind hatten.

Marina dachte mit schlechtem Gewissen, dass sie Constance einladen sollte, mit ihnen in den Zoo zu kommen, doch sie tat es nicht. Sie dachte an Jacobs Rat, dass sie Constance Raum geben sollte, ihr Kind zu lieben. Aber sie konnte sich das Mädchen nicht zusammen mit ihnen auf Roses Picknickdecke im Park vorstellen. Es war bestimmt eine Erleichterung für Constance, dass sie nicht eingeladen wurde, sagte sie sich.

Sie fragte Constance, ob sie Gabriel am nächsten Tag um vier Uhr abholen könne, und von da an kam Constance immer erst am späten Nachmittag. Meistens wartete sie in der Eingangshalle, während Marina Gabriels Sachen zusammensuchte und ihm die Schuhe zuband. Sie ließ sich nie überreden, noch auf eine Tasse Tee oder etwas zu essen dazubleiben. Marina hatte keine Ahnung, was Constance in den Stunden nach dem Ende ihres Kurses tat.

Die ersten Male, als Constance kam, um ihn abzuholen, hatte Gabriel sich schreiend und zappelnd auf den Boden geworfen. Doch dann hörte er damit auf und ging ohne Protest mit seiner Mutter. Marina fragte sich, ob Constance ihm gedroht oder ob er sich einfach in sein Schicksal gefügt hatte.

Sie blieb im Hauseingang stehen und sah den beiden nach, wie sie die Straße hinuntergingen, Gabriel ein paar Schritte hinter Constance. Wenn sie an der Ecke ankamen, drehte der Kleine sich manchmal um und blickte über die Schulter, bevor er eilig seiner Mutter folgte.

Nachmittags legte Marina sich oft mit Gabriel auf das Sofa beim Fenster, wo er dicht an sie geschmiegt schlief. Die Macht ihrer Gefühle für ihn erschreckte sie bisweilen. Es war, wie frisch verliebt zu sein; dieselbe rückhaltlose Hingabe, dieselbe unendliche Zärtlichkeit. Das, was sie für Gabriel empfand, war stärker und umfassender als ihre Liebe zu Jacob, zu Ben oder zu irgendwem sonst. Da war kein Vorbehalt, kein Teil von ihr, den sie hätte verschließen können. Sie fragte sich, während sie Gabriel im Arm hielt, ob es überhaupt möglich war, einen anderen Menschen so zu lieben wie ein Kind. Manchmal dachte sie, dass Jacob recht hatte, dass sie sich stärker gegen diese Gefühle hätte wehren müssen. Denn hinter ihrer Liebe zu Gabriel lauerte die schwindelerregende Angst vor dem Verlust. Vielleicht war es deshalb einfacher, wenn Constance nicht bei ihnen war – dann erinnerte sie nichts daran, dass der kleine Junge jemand anderem gehörte.

Sie hatte Jacob nicht erzählt, dass sie sich jetzt so oft um Gabriel kümmerte. Es war nicht weiter schwer, es zu verschleiern. Wenn sie abends telefonierten, füllte sie ihr Gespräch mit anderen Dingen: dem Buchkapitel, das fertig geworden war, dem neuen mexikanischen Restaurant, das unten an der Ecke aufgemacht hatte, dem Film, den sie und Ben sich angesehen hatten. Doch jedes Mal hatte sie ein schlechtes Gewissen, das Gefühl, ihn zu hintergehen. War es so, wenn man eine Affäre hatte? Eine geheime Welt in sich zu tragen und so zu tun, als gäbe es sie nicht?

Im Februar würde Gabriel drei werden. Laut seinen Papieren war er am Valentinstag geboren. Was für ein eigenartiger Zufall, dachte Marina. In seinem Leben hatte es bisher so wenig Liebe gegeben. Im neuen Jahr würde der Lese- und Schreibkurs weitergehen, und Marina hatte über einen Kindergarten für Gabriel nachgedacht. Nach den Weihnachtsferien musste sie wieder arbeiten, und dann würde sie sich während der Woche nicht mehr um ihn kümmern können. An der Columbia University gab es einen sehr guten Kindergarten; mehrere von ihren Kolleginnen brachten ihre Kinder dorthin. Marina gefiel die Vorstellung, dass er in ihrer Nähe sein würde. Doch sie wusste, was Jacob sagen würde: dass sie für Gabriel ein Förderprogramm in seinem Viertel suchen sollte, damit Constance ihn hinbringen und abholen konnte. Es ginge ihm dabei nicht um das Geld, sondern darum, dass sie die Mutter des Jungen an den Rand seines Lebens drängte. Er würde sagen, Gabriel eine teure Privatschulausbildung zu geben, wie Ben sie bekommen hatte, würde ihn und Constance erneut heimatlos machen. Es wäre wieder eins von diesen Gesprächen, bei denen Jacob sie gequält ansehen würde. Sie wünschte, er könnte ihre Liebe zu Gabriel teilen und darin nicht etwas Falsches, Fehlgeleitetes sehen, eine Form des Übergriffs.

In dieser Zeit dachte Marina oft an eine Geschichte, die die Dekanin der Universität ihr einmal erzählt hatte. Sie und Marina hatten zusammen an einer Konferenz in Phoenix teilgenommen, und wegen einer Fehlbuchung hatten sie sich ein Zimmer teilen müssen. Die beiden Frauen kannten sich nicht gut, und anfangs beunruhigte Marina die Aussicht, vier Tage auf so engem Raum zusammenzuhocken, doch sie kamen überraschend gut miteinander aus. Einen Abend saßen sie bis spät in die Nacht zusammen, tranken Wein und unterhielten sich. Die Dekanin zeigte Marina ein Foto ihrer Tochter, die im gleichen Alter war wie Ben. Sie und ihr Mann hatten das Mädchen adoptiert. Die Kleine war zu ihnen gekommen, als sie nur wenige Tage alt war, aber die Adoption konnte erst sechs Monate später vollzogen werden, weil die leibliche Mutter das Baby im Krankenhaus zurückgelassen hatte und eine Wartezeit eingehalten werden musste für den Fall, dass sie ihre Meinung änderte und zu ihrem Kind zurückwollte.

Die Kleine war kränklich und unruhig, als hätten sich die Probleme im Leben ihrer Mutter auf sie übertragen. Jede Nacht wiegte die Dekanin sie stundenlang in ihren Armen; die Kleine schlief nur, wenn sie an ihrer Brust lag. Es war eine schreckliche Zeit, sagte sie zu Marina. Selbst jetzt, nach all den Jahren, verspürte sie immer noch diese quälende Angst, wenn sie daran zurückdachte. Schon nach der ersten Woche hatte sie gewusst, dass sie das Kind nicht wieder hergeben konnte. Ihr Anspruch auf das Mädchen wäre vor Gericht vielleicht nicht anerkannt worden, wenn die leibliche Mutter zurückgekommen wäre, aber sie war trotzdem überzeugt, dass sie ein stärkeres Anrecht besaß. Wenn es hart auf hart gekommen wäre, sagte die Dekanin, hätte sie das Kind genommen und wäre abgehauen. Nach Südamerika oder irgendwohin, wo niemand sie finden würde. Während dieser ungewissen sechs Monate war sie jede Nacht mit dem Baby auf dem Arm im Flur auf und ab gegangen und hatte ihre Flucht geplant. Was sie mitnehmen würde. Wie sie an gefälschte Papiere käme. Sie hatte nie mit ihrem Mann über diese Dinge gesprochen; er hätte sie für verrückt gehalten. Aber sie hätte ihn zurückgelassen, wenn es nötig gewesen wäre.

In diesen Herbsttagen wirkte Harlem wie verwandelt. Die Sommerhitze hatte sich aufgelöst, das Licht war klar und strahlend und der Himmel hoch und leuchtend blau. Morgens, wenn Gabriel bei ihr war, gingen sie über die Straße in den Mount Morris Park. Der Kleine liebte es, auf den Felsen herumzuklettern oder auf dem Gerüst an der Ostseite des Parks zu schaukeln. Er wusste nicht, wie er mit anderen Kindern spielen sollte, erkannte Marina. Manchmal näherte er sich ein paar Kindern und beobachtete sie mit verwirrter Faszination, aber er blieb immer in sicherem Abstand und hielt sich an ihrem Rock fest, den Daumen im Mund.

Eines Tages kamen Ben und Alma mit Kisten voller Pflanzen nach Hause: Kräuter und Salat, kleine Chilipflanzen, die sich unter dem Gewicht ihrer Früchte bogen, lauter kleine Töpfe mit Ringelblumen. Sie waren im Supermarkt aussortiert worden, und er hatte sie mitgenommen, erklärte ihr Ben. Er und Alma wollten einen Garten anlegen. Es war zwar nicht die richtige Jahreszeit dafür, aber sie hofften, wenn sie die jungen Pflanzen jetzt in den Boden setzten, wären sie im Winter vielleicht stark genug, um den Frost zu überstehen. Ihr Ernst und die Sorgfalt, mit der sie sich an die Arbeit machten, rührten Marina. Was konnte hoffnungsvoller sein, als einen Garten anzulegen?

Sie und Gabriel saßen daneben und sahen zu, wie die beiden ein Beet für die Kräuter umgruben und eins für den Salat und darüber diskutierten, wie die Pflanzen angeordnet werden sollten. Alma hatte sich einen von Marinas Strohhüten aufgesetzt, und ihr Haar lag in einem dicken Zopf auf ihrem Rücken, als sie sich hinkniete, um die Ringelblumen zwischen die Sämlinge zu pflanzen. Ben hockte neben ihr und band die Chilipflanzen mit Stoffstreifen vorsichtig an kleine Stöcke.

Marina beobachtete ihn und sah seine versunkene Konzentration, seine aufmerksame Liebe zur Welt. Sie überlegte, wie sie Jacob vermitteln konnte, dass Ben all das Gute, das er ihm mitgeben wollte, bekommen hatte. Dass alles irgendwie in Ordnung kommen würde.

Frühmorgens hing ein silbriges Licht über dem Garten. Wenn Marina aus dem Fenster schaute, sah sie unten lauter kleine Vierecke aus Grün, wie eine Landschaft, die man vom Flugzeug aus betrachtet. Ein sorgfältig angeordnetes Patchwork. Nachdem sie einmal begonnen hatten, waren sie alle Feuer und Flamme, und so wurden die Pläne für den Garten ausgeweitet. Marina ging mit Ben und Alma zum Pflanzencenter, und sie kauften noch mehr Kräuter: Salbei, Minze, Schnittlauch und Thymian. Alma wählte Tomatenpflanzen aus, und sie pflanzten sie an der rückwärtigen Mauer, neben der verfallenen Grotte. Ben stöberte in der Bibliothek ein altes Gartenhandbuch auf, setzte sich damit auf die Stufen und las ihnen daraus vor, wie man mit natürlichen Mitteln Ungeziefer bekämpfte und welche Vorzüge das Mulchen mit Erbsenstroh hatte.

Im Garten zu arbeiten fühlte sich richtig und wichtig an, fast wie eine Wiedergutmachung. Marina musste dabei an ihren Bruder denken, an die Briefe, die Dow ihr damals aus Polen geschickt hatte, als er dort gewesen war, um die Gräber auf dem jüdischen Friedhof zu säubern. Was er tat, war *Awodat Hakodesch*, hatte er ihr erklärt. Heilige Arbeit. Er schlief in einem Feldbett im kleinen Haus des Dorfpfarrers, und das Leben, das er beschrieb, war karg und mönchisch. Er stand zeitig auf und arbeitete den ganzen Tag auf dem Friedhof, schnitt den Wildwuchs zurück und schrubbte die Grabsteine. Die Gräber waren jahrzehntelang vernachlässigt worden, und einige waren verwüstet und mit Graffiti besprüht. Dow hatte zu dem Zeitpunkt seine strenge Religiosität aufgegeben, aber diese Aufgabe erschien ihm wie eine wahrere Form des Glaubens. Kleine, unauffällige gute Taten interessierten ihn jetzt mehr, schrieb er Marina. Er hatte genug vom Pomp der organisierten Religion; das kam ihm vor wie Theater. Er wollte nichts Unechtes mehr. Wie sehr wünschte Marina,

Dow könnte jetzt hier sein und mit ihnen die Beete bepflanzen.

Bei ihren abendlichen Telefongesprächen mit Jacob erzählte Marina ihm von den Pflanzen, die sie an dem Tag in die Erde gesetzt hatten. Von den Blumensamen, die sie zwischen die Kräuter gestreut hatten, und den kleinen Zelten aus Musselin, die Ben gebaut hatte, um den Grünkohl vor den Insekten zu schützen. Sie versuchte, sich Jacob vorzustellen, wie er in der Wohnung in Cambridge in einem Sessel saß, ein Glas Wein neben sich, die Füße auf dem Beistelltisch. Die Dielen über ihr knarrten unter Bens Schritten. Ein leises Lachen, eine Tür, die geschlossen wurde, dann wurde es still im Haus.

Als sie Stunden später aus einem Traum erwachte, war das ganze Zimmer in blasses Mondlicht getaucht. Sie streckte die Hand nach Jacob aus, vergaß im ersten Moment, dass er nicht neben ihr lag. Rose hatte ihr einmal erzählt, dass sie noch viele Monate nach Max' Tod beim Aufwachen gedacht hatte, er sei noch da. Jeden Morgen überkam sie die Trauer von Neuem, wenn sie sah, dass seine Seite des Betts leer war. Seine Abwesenheit war für sie so schmerzlich, dass sie tatsächlich Angst hatte, den Verstand zu verlieren. In den Wochen nach Max' Tod ging sie viel spazieren, und wenn sie in die erleuchteten Fenster der Häuser schaute, hatte sie das Gefühl, sie wäre für immer aus ihrem eigenen Leben verbannt worden. Sie war in ein anderes Element übergetreten, und sie wusste nicht mehr, wie man in der Welt lebte. Genauso würde es für sie sein, wenn sie Jacob verlor, dachte Marina, als sie zu dem Bücherstapel auf seinem Nachttisch hinübersah. Es war eine schreckliche Vorstellung. Rose war nur wenige Jahre älter gewesen als sie jetzt, als Max gestorben war. Noch so viel Leben vor sich.

Marina hatte einmal eine Geschichte über die Aleuten gelesen, die sie seltsam tröstlich fand. Wenn die Frau eines Aleutenmannes starb, sammelte sich der ganze Stamm um ihn, um seine Gelenke gegen die Trauer zu wappnen. Sie umwickelten sie fest mit Tierhäuten – Knie, Fußgelenke, Ellbogen und Schultern. Alle verletzlichen knöchernen Stellen. Die Aleuten glaubten, ohne diesen Schutz könnte es passieren, dass der Körper vor lauter Kummer auseinanderfiel. Es schien ganz richtig, dass Trauer so eine körperliche Form annehmen konnte. Und tröstlich, dass sich dagegen Vorkehrungen treffen ließen.

Eines Nachmittags, als Constance kam, um Gabriel abzuholen, trat sie hinaus in den Garten. Sie stand in der Tür, ihre Stofftasche im Arm, und sah zu, wie sie alle draußen arbeiteten. Marina konnte sie nicht mehr ansehen, ohne an die schrecklichen Dinge zu denken, die sie in den Büchern über Ruanda gelesen hatte. Von den vielen verschiedenen Geschichten, die sie sich für Constance ausgemalt hatte, erschien ihr die vom Versteck in den Sümpfen die überzeugendste. Manchmal suchte sie in Constances Gesichtszügen nach Spuren des jungen Mädchens, das sich im Schilf versteckt und wochenlang im kalten Schlamm ausgeharrt hatte, der verzweifelte Lebenserhaltungsdrang stärker als die Angst. Marina quälte die Vorstellung, was Constance in diesen langen Wochen wohl gesehen und erlitten hatte.

Ben winkte Constance enthusiastisch zu. »Komm her und sieh dir unseren prächtigen Grünkohl an«, rief er. Zu Marinas Überraschung ging Constance tatsächlich zu ihm und hockte sich neben ihn auf den Boden. Vorsichtig berührte sie eine der jungen Grünkohlpflanzen, strich mit dem Finger über die knubbeligen Blätter. Ben drückte ihr eine Steige mit Petersiliensämlingen in die Hand, die sie morgens im Pflanzencenter gekauft hatten. »Hier. Hilfst du uns ein bisschen?«, fragte er beiläufig.

Constance sah hinunter auf die kleinen Pflänzchen. Stille hing über dem Garten; es war, als hielten sie alle den Atem an. Gabriel stand reglos neben Alma, eine kleine Gießkanne in der Hand. Alle warteten ab, was Constance tun würde.

Sie stellte die Pflanzen vorsichtig auf die Erde, schlüpfte aus ihren Schuhen und griff nach einer Handschaufel, die neben ihr lag. Geschickt grub sie mehrere kleine Löcher und setzte die Pflanzen hinein. Als sie mit der Petersilie fertig war, machte sie mit einer Steige Mangold weiter, schweigend über die Pflanzen gebeugt. Ihre Fußsohlen leuchteten hell im Sonnenschein. Irgendetwas von ihrem früheren Leben musste noch in ihr sein, dachte Marina. Jemand hatte ihr gezeigt, wie man den Boden vorbereitete und Sämlinge hineinsetzte, wie viel Platz um die einzelnen Pflanzen bleiben musste. In ihr waren mehrere Geschichten vergraben. Nicht nur das, was ihr während des Völkermords zugestoßen war, sondern auch das Leben, das sie davor geführt hatte. War sie verheiratet gewesen? Zu Beginn der Überfälle konnte sie höchstens siebzehn gewesen sein, aber vielleicht war das dort, wo sie herkam, alt genug zum Heiraten. Oder hatte sie noch bei ihren Eltern gelebt? Hatte sie Geschwister? Doch Marina wusste, selbst wenn sie diese Fragen stellte, würde Constance nicht darauf antworten.

Am nächsten Tag erschien Constance bereits um kurz nach zwölf. Sie musste direkt von ihrem Kurs hergekommen sein. Sie ging in den Garten, wo Alma und Ben damit beschäftigt waren, das Unkraut rund um die alte Grotte der Nonnen zu entfernen. Sie wollten dort Blumenzwiebeln setzen, damit im Frühjahr Tulpen und Narzissen blühten. Constance schloss sich ihnen an, zog den Saum ihres Kleides hoch und griff nach einer kleinen Hacke. Sie sagte nichts, aber etwas an ihr veränderte sich, wenn sie im Garten arbeitete. Sie wirkte weicher, nicht mehr so einschüchternd. Sie arbeitete mit Sorgfalt, dicht über die Pflanzen gebeugt. Ab und an hielt sie inne, um ihr Werk zu betrachten, und ein Hauch von Befriedigung breitete sich auf ihrem Gesicht aus.

Für Gabriel war der Garten ein faszinierender Ort. Er scharrte mit einem Stock in der Erde, auf der Suche nach verborgenen Schneckenhäusern und toten Käfern, den kleinen Mund in tiefer Konzentration gespitzt. Marina zupfte Rosmarin- und Thymianzweige und rieb sie zwischen den Fingern, um ihn den Duft schnuppern zu lassen, und fand Federn und kleine Steine für ihn. Einmal hockte sie sich neben ihn und ließ einen Marienkäfer von ihrem Handgelenk auf seine Hand wandern. Staunend sah er zu, wie der kleine Fleck seinen Arm hinaufkletterte, leuchtend rot auf seiner Haut. Er schmiegte sich an sie, griff nach ihrem Arm und legte ihn um sich. Von Anfang an hatte er diesen Hunger nach Berührung gehabt. Dieses Bedürfnis spürte sie sehr deutlich und fortwährend, als könnte er ihre Liebe nur wahrnehmen, wenn sie ihn im Arm hielt. Das war vollkommen logisch, sagte Jacob, als sie ihm davon erzählte. Der Körper der Mutter ist unsere allererste Erfahrung, die Beziehung, die uns zeigt, was eine Beziehung ist. Der Kleine suchte nach etwas, das dem Körper seiner Mutter möglichst ähnlich war.

Marina dachte an Gizela. Nicht nur ihre Geschichte war für ihre Kinder unerreichbar gewesen, sondern auch ihr Körper. Sie hatten ihre Mutter mit ehrfürchtigem Staunen betrachtet; selbst als Kindern war ihnen ihre Schönheit bewusst gewesen. Es schien unvorstellbar, dass sie aus ihrem Körper gekommen sein sollten. Es gab keine Fotos von Gizela, als sie schwanger gewesen war, und hätten Marina und Dow ihr nicht so ähnlich gesehen, hätten sie glauben können, dass sie gar nicht ihre Kinder waren, sondern Gizela sie nur widerstrebend in ihre Obhut genommen hatte. Einmal hatte sich eine Strähne von ihrem langen Haar in ihrer Brosche verfangen, und sie bat Marina, sie loszumachen. Das Haar ihrer Mutter zu berühren fühlte sich wie ein köstlicher, aber verbotener Genuss an, und Marina zögerte das Ganze so lange wie nur möglich hinaus, bis Gizela ungeduldig wurde und ihr befahl, sich zu beeilen. Marina und Dow dachten sich ständig Szenarien aus, bei denen Gizela ihre Hilfe brauchte: Krankheiten, bei denen sie sie pflegen, Krankenhausaufenthalte, bei denen sie an ihrem Bett wachen würden. Sie würden sie vor schlimmen Unfällen bewahren, und sie würde sich ihnen voller Liebe und Dankbarkeit zuwenden.

Einmal musste Gizela tatsächlich ins Krankenhaus. Marina war sieben Jahre alt, Dow elf. Ihre Mutter wollte ihnen nicht sagen, was mit ihr los war, nur dass sie etwas machen lassen musste und zwei Tage fort sein würde. Nein, sie durften sie nicht besuchen, sagte sie, als Dow fragte, weil in dem Krankenhaus keine Kinder erlaubt waren. Sie sahen ihr vom Fenster aus nach, wie sie mit einem kleinen Koffer in der Hand die Straße hinunterging. An der Ecke blieb sie kurz stehen und blickte zurück zum Haus, dann verschwand sie. Nun, da Gizela fort war, wirkte die Wohnung noch düsterer als sonst. Sie vermissten das Geklapper der Schreibmaschine hinter der Schlafzimmertür, das Geräusch ihrer Schritte auf dem Holzboden, wenn sie dort umherging.

Sie blieb zwölf Tage fort. Die ganze Zeit über schmierten Marina und Dow sich Pausenbrote, gingen zur Schule und machten anschließend am Küchentisch ihre Hausaufgaben. Dow kaufte beim Bäcker an der Ecke süßes Challabrot, und das aßen sie dann mit Butter zum Abendessen. Sie blieben lange auf und lasen, und oft schliefen sie auf dem alten Samtsofa ein. Wenn sie morgens frierend aufwachten, brannte die

Lampe noch. Mit jedem Tag wuchs ihre unausgesprochene Sorge. Eine lauernde Furcht hielt sie davon ab, über ihre Mutter zu sprechen oder darüber, wo sie sein mochte, als könne allein die Erwähnung von Möglichkeiten diese Wirklichkeit werden lassen.

Doch nachdem eine Woche vergangen war, gingen sie zu allen Krankenhäusern in Brooklyn, die sie kannten. In keinem davon war Gizelas Name auf der Liste. Marina sah zu, wie Dow in einem Krankenhaus am Empfangstresen stand und sorgfältig den Nachnamen ihrer Mutter auf ein Blatt Papier schrieb. Sie hatten kein einziges Mal darüber gesprochen, was sie tun sollten, falls sie Gizela nicht fanden, falls sie nicht zu ihnen zurückkam.

Einige Tage später ging die Wohnungstür auf, und sie kam herein. Sie stellte ihren kleinen Koffer ab und setzte sich an den Küchentisch, wo Marina und Dow gerade Karten spielten. Sie sah blass und abgemagert aus, ihr Haar war matt und ungewaschen. Sie sagte ihnen nicht, wo sie so lange gewesen war, aber sie trank den Tee, den Dow für sie kochte, und betrachtete die beiden, als wären sie Fremde. Sie saß noch lange mit ihnen da, ohne den Mantel auszuziehen, die Ellbogen auf den Tisch gestützt.

Diese Herbsttage im Garten des Brownstone waren wie ein kurzes, hoffnungsvolles Aufflackern. Sie bekamen etwas Verzaubertes. Das warme Nachmittagslicht, das bescheidene Wachstum der Pflanzen, die gemeinsame Arbeit. Constance kam jeden Tag dazu, selbst wenn sie keinen Kurs hatte. Ben radelte nach seiner Schicht im Supermarkt eilig nach Hause und stürmte sofort durch die Hintertür in den Garten. Manchmal arbeiteten sie, bis es dunkel wurde. Wie geborgen sie dort draußen waren. Als wären die Mauern gebaut worden, um diesen Frieden zu beschützen.

Am späten Nachmittag kochte Marina eine Kanne Tee, und sie setzten sich alle zusammen auf die Terrasse, betrachteten ihr Werk und unterhielten sich. Alma beschrieb die Landschaft, in der sie aufgewachsen war, oder die Art, wie ihre Mutter Tamales zubereitet hatte. Ben ließ sich ausführlich über einen obskuren japanischen Mathematiker und die besondere Schönheit des Theorems aus, das dieser entdeckt hatte. Marina erzählte von Frieda, der jungen Satmarerin, die aus ihrer Glaubensgemeinschaft ausgetreten war und über die sie zu ihrer eigenen Überraschung immer mehr schrieb. »Lade sie doch mal zum Sabbat ein«, sagte Ben. »Sie ist bestimmt einsam.«

Constance schwieg wie immer, aber Marina, die neben ihr saß, spürte eine Aufmerksamkeit, die sie bei ihr noch nie wahrgenommen hatte. Einmal bemerkte sie, wie Constance Alma konzentriert ansah, während diese über ihre jüngeren Schwestern sprach. Sie bemühte sich, so gut sie konnte, bei ihnen zu sein, dachte Marina.

Im November kam Jacob aus Boston zurück, und bald darauf veränderte sich das Wetter erschreckend schnell. Innerhalb weniger Tage war es plötzlich Winter. Frost lag über dem Garten, und der Salat und die Tomaten erfroren. Ihre zusammengefallenen Überreste erschienen Marina unendlich traurig. Es war zu kalt, um sich weiter im Garten aufzuhalten. Das Pflanzencenter, in dem sie die ganzen Sämlinge und Saaten gekauft hatten, bot Ben eine Teilzeitstelle an, und er und Alma verbrachten dort viele Stunden, um zu lernen, wie man Pflanzen zog. Constance kam nicht mehr herein, sondern brachte Gabriel wie früher vor dem Kurs zu ihr. Manchmal ging sie bereits davon, sobald sie sah, dass Marina die Tür öffnete, und ließ den kleinen Jungen in seinem roten Mantel unten vor der Treppe stehen. Am späten Nachmittag kam sie ihn wieder abholen, ließ sich aber nicht dazu bewegen, noch auf einen Tee hereinzukommen. Es war, als wären die Tage im Garten nur ein Traum gewesen; ihre sonderbare Kameradschaft hatte sich ebenso schnell wieder aufgelöst, wie sie entstanden war. Als der erste Schnee kam, war das Einzige, was dort draußen noch lebte, der Rosmarin.

## Harlem

*November 1997*

Marina ging durch den Park zur Columbia University. Die Sonne hing tief am Himmel, verschleiert von einem dünnen Wolkenvorhang. Sie zog sich den Schal enger um den Hals. Obwohl es noch nicht einmal Dezember war, hatte sich bereits die Kälte des Winters in der Stadt ausgebreitet. Marina hatte eingewilligt, in der Journalistenschule einen Vortrag über ihre Recherchen zu dem Buch über die Roma zu halten. Die Studenten sollten die Kunst des Interviews erlernen, hatte die Kollegin gesagt, und es wäre für sie sicher interessant, etwas über ihre Erfahrungen mit der Gemeinschaft der Roma zu hören. Bei den Vorbereitungen zu dem Vortrag hatte Marina ihr Buch aus dem Regal genommen und den Text auf der Rückseite gelesen. »Ein ehrgeiziges Panorama der europäischen Roma«, hatte der Verlag geschrieben. »Eine umfassende Studie über das scheueste Volk der Welt.« Sie hasste das Wort Panorama. Es hatte etwas Verlogenes und Selbstgefälliges, das dem ganzen Geist des Werkes widersprach. Und genau dasselbe empfand sie auch bei der Vorstellung, Studenten beizubringen, wie man ein Interview führte. Was konnte sie ihnen schon erzählen? Höchstens, dass nur sehr wenig von dem, was sie wissen mussten, gelehrt werden konnte. Dass es Zeit und Geduld und ruhiges, aufmerksames Zuhören brauchte. Dass sie ihre Fragelisten wegwerfen sollten. Aber das würden sie nicht hören wollen.

Nach dem Vortrag ging Marina in ihr Büro, um ihre Post abzuholen. In der Belegschaftsküche machte sie sich einen Tee. Seltsame Vorstellung, dass sie in ein paar Wochen wieder hier arbeiten würde, dass ihre Tage nicht mehr ihr selbst gehören würden. Der Himmel hatte sich verdunkelt, und die ersten Regentropfen schlugen gegen die Scheibe, als sie sich an ihren Schreibtisch setzte. In der Post waren ein Buch, das sie per Fernleihe bestellt hatte, und ein Stapel Briefe. Einer der Umschläge war von Hand adressiert; die Schrift kannte sie nicht. Vorsichtig schlitzte sie ihn mit dem Brieföffner in Form einer Feder auf, den Ben ihr mal zum Geburtstag geschenkt hatte.

Der Brief war von einem Mann namens Patrick Stone. Marinas Mutter sei seine Nachbarin gewesen, schrieb er. Sie hatten fast zwanzig Jahre lang nebeneinander gewohnt, in einem kleinen Ort namens Truro auf Cape Cod. Er meldete sich, um ihr mitzuteilen, dass Gizela gestorben war. Sie hatte Krebs gehabt; grausam, aber schnell. Als sie ihn Anfang des Sommers diagnostiziert hatten, war es bereits zu spät gewesen, um noch etwas zu unternehmen. Aber Gizela hatte ohnehin jede medizinische Behandlung verweigert. Sie war zu Hause gestorben, in ihrem Haus am Meer. Es war in der Morgendämmerung passiert, was, wie Marina vielleicht wusste, die liebste Tageszeit ihrer Mutter gewesen war. Gizela hatte energisch darauf bestanden, fuhr er fort, dass Marina nichts von ihrer Krankheit erfahren sollte, und auch über ihren Tod sollte er sie erst informieren, wenn alles vorbei war. Er hatte es nicht über sich gebracht, sich ihren Wünschen zu widersetzen.

Gizela war eingeäschert worden, schrieb Patrick, und auch das hatte sie selbst so verfügt. Sie wollte keine Trauerfeier, keinen Grabstein und keine Gedenkstätte; ihre Asche sollte ins Meer gestreut werden. Nun hatte das Bestattungsinstitut ihm die Asche ausgehändigt, und ob Marina kommen und sie selbst ins Meer streuen wolle? Vielleicht würde sie ja auch das Haus ihrer Mutter sehen und nachschauen wollen, ob es etwas gab, das sie behalten wollte. Er verstand natürlich, wenn ihr das nicht möglich war, aber er wollte es ihr zumindest anbieten. Vielleicht könnte sie sich ja bei ihm melden. Unten hatte er seine Adresse und Telefonnummer angefügt.

Marina saß da, den Brief in der Hand. Alles schien sich um sie zu schließen, als würde jemand die Luft aus dem Raum saugen. Da war er wieder, ihr ganzer alter Hunger nach ihrer Mutter, nur diesmal verwandelt in etwas Schreckliches, Schwindelerregendes. Ihre Hände zitterten, ihr war übel, sie konnte kaum atmen. Sie schaute nach dem Datum des Briefs. Er war vor fast vier Wochen geschrieben worden. Mühsam versuchte Marina, die Fakten zusammenzuklauben: Gizelas Leben am Meer, auf Cape Cod, ihr Tod. Unvorstellbar. Die Stimmen draußen im Innenhof, das ferne Rauschen des Verkehrs, die Regentropfen, die gegen die Fensterscheibe schlugen, der Tee, der vor ihr stand und kalt wurde – alles schien wie aus der Zeit gefallen. Sie wusste nicht, wie lange sie so da saß, die Hände um den Teebecher geschlungen, damit sie nicht so zitterten, einen Knoten aus Angst im Magen. Sie ließ den Kopf auf den Schreibtisch sinken und schloss die Augen.

Jacob kam, um sie von der Uni nach Hause zu bringen. Sie hatte ihn in seiner Praxis angerufen, und eine halbe Stunde später stand er in der Tür, mit nassem Mantel und besorgter Miene. Er schloss Marina in die Arme, und mit einem Mal fing sie an zu weinen. Er strich ihr übers Haar. *Ist ja gut, Liebling, ist ja gut*, murmelte er immer wieder, wie einen Zauberspruch, der sie vor allem Bösen bewahrte. Sie ließ sich von ihm durch den Park nach Hause führen, sein Arm um ihre

Schulter gelegt, den großen Schirm über sie beide gebreitet, sodass sie kaum etwas von der Welt um sie herum sahen.

Als sie zu Hause waren, machte er ihr einen Kamillentee mit einer Scheibe Zitrone und einem Löffel Honig. Marina saß am Küchentisch und sah hinaus in den Garten, der hinter einem Regenschleier verschwand. Hatte dieser Mann namens Patrick sich genauso um ihre Mutter gekümmert? Hatte er ihr Tee gebracht, wenn sie krank oder traurig war? Hatte Gizela so etwas überhaupt zugelassen? Wer hatte sie während ihrer Krankheit gepflegt? Jacob legte ihre Schals und Handschuhe zum Trocknen auf die Heizung, und als Marina sie da so schlaff hängen sah, brach sie erneut in Tränen aus.

Während der folgenden Tage packte Marina eine verzehrende Trauer, wie sie sie noch nie erlebt hatte. Und zugleich schnürten Entsetzen und Angst ihr die Kehle zu. In ihr gähnte ein Abgrund des Verlusts, der durch nichts zu schließen war. Es gab keine tröstenden Worte, die sie sich sagen konnte, keine Hoffnung, dass diese Trauer eines Tages mit der Vergangenheit verschmelzen würde. Gegen die Trauer um ihre Mutter war sie machtlos.

In den Wochen, nachdem Dow gestorben und Gizela verschwunden war, hatte Marina sich vorgestellt, dass ihre Mutter auch tot war. Ein zusammengekrümmter Körper an der Leitplanke irgendeiner fernen Straße, Glasscherben im langen Haar. Oder ein dunkler Schatten im winterkalten Fluss, Steine in den Taschen wie Virginia Woolf. Aber Gizela war nicht tot. Ihre Kleider waren aus dem Schrank verschwunden, ihre Bürste aus dem Bad. Sie war gezielt und aus eigenem Entschluss fortgegangen. An jenem ersten Abend allein in der Wohnung hatte Marina begriffen, dass sie ihr ganzes Leben lang darauf gewartet hatte. Ihre und Dows gesamte Kindheit hindurch hatten sie im Schatten der Angst gelebt, dass ihre Mutter nicht bei ihnen bleiben würde. In gewisser Weise war es eine Erleichterung, als es endlich passierte.

Zwei Monate nach Gizelas Verschwinden kam ein Umschlag ohne Absender, in ihrer schrägen Handschrift adressiert an Marina. Er enthielt keinen Brief, nur die Übertragungsurkunde der Wohnung, ausgestellt auf Marinas Namen. Der Umschlag war feucht, als sie ihn aus dem Kasten nahm, und der Stempel verwischt, sodass sie ihn nicht entziffern konnte. Es war der Tag vor ihrem zwanzigsten Geburtstag.

Das war das einzige Mal, dass sie von ihrer Mutter hörte, und in den darauffolgenden Jahren nahm Marina an, dass Gizela gestorben sein musste. Sie konnte unmöglich irgendwo da draußen in der Welt existieren. So, wie sie und Dow sich nie eine glaubwürdige Vergangenheit für ihre Mutter hatten vorstellen können, konnte Marina sich kein Leben vorstellen, das Gizela nach ihrem Verschwinden führen könnte. Und nach Dows Tod mochte sie auch nicht mehr spekulieren. Gizela schien sich vollständig und endgültig aus dem Staub gemacht zu haben. Sie wollte offenbar nicht gefunden werden, also würde Marina auch nicht nach ihr suchen. Und die ganze Zeit über hatte sie nur ein paar Stunden nördlich der Stadt gelebt, in einem Haus am Meer.

Im Sommer vor zwei Jahren waren sie auf Cape Cod gewesen, zum achtzehnten Geburtstag von Bens damaliger Freundin Isabel. Ihre Eltern hatten in ihrem Haus in Wellfleet ein großes Fest für sie ausgerichtet, und Marina, Jacob und Ben waren übers Wochenende dorthin gefahren. Marina erinnerte sich an die malerischen Holzhäuser und das strahlende Nachmittagslicht, wie auf den Bildern von Edward Hopper. Auf dem Weg zu einem Mittagessen in Provincetown waren sie auch durch Truro gefahren. Sie erinnerte sich daran, dass sie beim Anblick des Ortsschilds gedacht hatte, wie wir Menschen im Exil dazu neigen, der Fremde einen vertrauten Namen zu geben, in der Hoffnung, dass es uns hilft, dort heimisch zu werden.

Mit einem Mal überkam Marina herzzerreißendes Heimweh. Sie hätte dort ihrer Mutter begegnen können, in dieser kleinen Stadt mit dem englischen Namen.

Morgens lag sie zusammengerollt im Bett, die Knie an der Brust, um das flaue, schlingernde Gefühl in ihrem Magen zu beruhigen. Sie sah, wie Jacob sich im Bad bewegte, hörte das Summen seines Rasierers und das Murmeln des Radios. Sie betrachtete ihn, als er in die Dusche stieg. Das war eine der kleinen Freuden in ihrem Leben, dieser tägliche kurze Anblick seines Körpers. Trotz der Flamme des Verlangens, die aufloderte, wenn sie miteinander schliefen, herrschte zwischen ihnen eine rührende Befangenheit. Wenn sie im Dunkeln unter ihn glitt, war alles Fühlen. Das Gewicht seiner Brust, sein Atem auf ihrer Haut, ihre Lippen an seinem Hals. Aber im Hellen waren sie scheu mit ihrem Körper, schlossen die Badezimmertür, schlangen sich ein Handtuch um die Hüfte. Es war einer der Freiräume, die sie einander ließen. Deshalb war dieses morgendliche Ritual, dieser heimliche Blick auf seinen Körper, ihr umso kostbarer.

Doch jetzt war in ihr keinerlei Verlangen mehr. Nichts, was sie wollte. Als Jacob sich zu ihr auf die Bettkante setzte, lehnte sie den Kopf an seine Schulter, und er strich ihr übers Haar, als wäre sie ein kleines Kind. So hatte er sie immer getröstet: seine weise, liebevolle Masse als Stütze, seine Hand auf ihrer Schulter, wenn sie nachts nicht schlafen konnte. Sie hatte erst lernen müssen, dem nachzugeben, weich zu werden. Vor ihm hatte sie es sich nur bei Dow gestattet. Doch jetzt sperrte sich etwas in ihr. Alles fühlte sich an wie falscher Trost. Die weiten Räume all der Bücher, die sie hätte lesen können; Bens Blumenstrauß, den er ihr aus dem Pflanzencenter mitbrachte; Jacob, der sich morgens noch einen Moment neben sie legte, bevor er zur Arbeit ging; ihr Gesicht an seinem Jackett. Kein Weinen mehr nach diesem ersten Tag, nur ein inneres Auseinanderfallen. Sie fühlte sich nicht einmal mehr imstande, Gabriel zu sehen. Wenn sie den kleinen Jungen in die Arme schloss, würde sie sich auflösen. Es wäre nicht fair, einen solchen Schmerz in seine Nähe zu lassen; er hatte genug eigenen Kummer. Sie hatte Ben gebeten, zur Wohnblocksiedlung zu gehen und Constance zu sagen, sie sei krank und Gabriel solle besser nicht zu ihnen kommen.

Jacob trug an diesem Morgen ein Hemd, das sie Jahre zuvor zusammen in Paris gekauft hatten, aus feinem Leinen, in dem hellen Blau von Luftpostpapier. Sie erinnerte sich, wie sie dieses Hemd in einem Hotelzimmer in St. Germain aufgeknöpft hatte, an das leise Klicken der Hornknöpfe, als es auf den Marmorboden fiel. Ihre Kehle schnürte sich zusammen, als er ihre Hand nahm.

»Ich reserviere uns für heute Abend einen Tisch bei Balthazar. Wir treffen uns nach der Arbeit dort.«

Sie versuchte es sich vorzustellen. Die lange rumpelnde Fahrt mit der U-Bahn, das Schirmgewimmel in den Straßen, die Taxis, die schwungvoll am Gehweg hielten, das volle Restaurant, die Selbstsicherheit um sie herum.

»Ich kann nicht.«

Marina spürte den Seufzer in Jacob, sah das leise Pulsieren an seiner Schläfe. Sie kam sich plötzlich vor wie einer von seinen Klienten. Seine Güte, seine Vernunft, dieser einfühlsame Blick. Aber es gab keine Worte mit verborgener Bedeutung, nichts, das es zu entziffern oder zu klären galt. Sie litt an Herzschmerz, Punkt. Und es war wie ein Krankheit.

Ein wenig später zog sie den Vorhang zur Seite und sah Jacob nach, der zur U-Bahn-Station ging. Sie wusste, dass die Wucht ihrer Trauer ihn irritierte. Als sein Vater starb, war Jacobs Kummer groß, aber verkraftbar gewesen, ein Schmerz, der auf Trost ansprach und sich mit der Zeit in etwas anderes verwandelte. Wie oft hatte sie zugehört, wenn Jacob über seinen geliebten Vater sprach, etwas aus dem langen Verlauf einer bekannten Geschichte erzählte. Max mit sechs, wie er in dem kohlebeheizten Schulzimmer seiner polnischen Kindheit auf seine Schiefertafel schrieb. Die Flucht seiner Eltern nach Amerika, kurz vor dem Krieg. Die ungewöhnliche Arbeitsstelle, die sie gefunden hatten, als Hausmeister in einem riesigen viktorianischen Gästehaus in Cape May, New Jersey, dessen Zimmer und Suiten alle nach Mitgliedern der englischen Königsfamilie benannt waren. Der zehnjährige Max und sein jüngerer Bruder, die sich unter den geschnitzten Himmelbetten versteckten, Englisch lernten, indem sie Abenteuerromane lasen, und im Garten des Gästehauses Cowboy und Indianer spielten. Die winzigen Musselinbeutel, gerade groß genug für eine Knoblauchzehe, die seine Mutter genäht und ihren Kindern um den Hals gebunden hatte, um Krankheiten von ihnen fernzuhalten. Die vielen Besuche im Museum für Naturgeschichte, die Jacob und Leah mit ihrem Vater unternommen hatten, die Nachmittage in der Bibliothek, die Ferien in Cape May.

Marina hatte keine solchen Anekdoten zu erzählen, keine tröstenden Erinnerungen. Was hätte sie über Gizela sagen können, hätte sie die Gelegenheit gehabt, bei ihrer Beerdigung zu sprechen? Sie besaß keine einzige Sache, die ihrer Mutter gehört hatte. Sie kam sich vor wie ein Vogel, der von Wissenschaftlern versuchshalber in Dunkelheit eingesperrt worden war und beim Wechsel der Jahreszeiten hilflos den Norden suchte. Selbst nach all den Jahren besaß Gizela noch immer die Macht, ihr wehzutun. Sie stellte sich ihre Mutter vor, wie sie am Meer spazieren ging, den Kopf gesenkt, den langen Zopf zwischen den Schultern. Die Morgendämmerung war ihre liebste Tageszeit gewesen, hatte der Mann in dem Brief geschrieben. Das hatte Marina nicht gewusst. Gizela hatte nie erkennen lassen, dass sie irgendetwas besonders mochte, und Marina war überrascht, dass ihre Mutter überhaupt wahrgenommen hatte, welche Tages- oder Jahreszeit es gerade war. Ihr schien die Welt um sie herum immer so gleichgültig gewesen zu sein.

Mit einem Mal wusste Marina, was sie wollte: Sie wollte nach Cape Cod, zu der schmalen Landzunge, wo Gizela all die Jahre gelebt hatte, nur einen Katzensprung von ihr entfernt.

Ein paar Tage nach dem Erhalt des Briefes rief sie die Telefonnummer an, die unten auf der Seite stand. »Ah, ja«, sagte der Mann am anderen Ende, als hätte er ihren Anruf erwartet. Er sprach mit einem ungewöhnlichen Akzent, den sie nicht so recht einordnen konnte. Nein, er hatte die Asche noch nicht ins Meer gestreut, sagte Patrick. Er hatte es nicht über sich gebracht.

»Ich dachte mir, ich könnte vielleicht für eine Weile nach Truro kommen«, sagte sie. Langes Schweigen. »Ich würde gerne sehen, wo sie gelebt hat.« Marina mochte gegenüber diesem Fremden den Namen ihrer Mutter nicht aussprechen. »Ich habe sie sehr lange nicht mehr gesehen. Zwanzig Jahre. Aber das wissen Sie vielleicht.« Sie wusste nicht, was dieser Mann für Gizela gewesen war, wie viel sie ihm erzählt hatte.

»Dann kommen Sie her«, sagte Patrick. »Sie können in Gizelas Haus wohnen. Ich besorge Ihnen Holz für den Ofen.«

Er schenkte ihr ein wenig Trost, der Gedanke an ein brennendes Feuer in dieser tiefen Nacht.

Jacob saß ihr gegenüber am Küchentisch und schwieg, als sie ihm sagte, dass sie nach Truro fahren würde. Er war gerade von der Arbeit zurückgekommen und sah sehr müde aus. Er nahm ihre Hand und starrte auf die Handfläche, als suchte er dort nach irgendeinem verborgenen Hinweis.

»Wenn du dahin musst …« *Wenn du dahin musst*. Genau das hatte er jedes Mal gesagt, wenn sie ohne ihn wegfahren wollte. Zu dem Arbeitsaufenthalt in dem Schriftstellerhaus in Frankreich, zu einer Konferenz in Lissabon, zu einer Recherchereise nach London. Bei diesen kleinen, notwendigen Reisen hatte sie ihre Liebe zu ihm nur umso deutlicher gespürt, als ob ihr Leben mehr Sinn ergab, wenn sie es von außen betrachtete. Es war auch für sie in gewisser Weise eine Strafe, denn nach drei Nächten allein in einem Hotelbett verzehrte sie sich vor Sehnsucht nach ihm. Sie telefonierten die halbe Nacht, quer über den Atlantik, und zählten die Tage, bis sie wieder bei ihm sein würde.

Aber das hier war anders. Keine klar umrissene Reise hinaus in die Welt, sondern ein Versuch mit ungewissem Ausgang. Sie musste auf Abstand zu ihnen allen gehen und sich in jemanden verwandeln, der nirgendwohin gehörte.

Am Abend, bevor sie nach Cape Cod aufbrach, gingen sie und Jacob lange im Central Park spazieren. Der Regen, der tagelang auf die Stadt niedergegangen war, hatte endlich aufgehört, und alles war in feuchten Dunst getaucht. Marina packte gerade ihren Koffer, als Jacob kam, ihre Hand nahm und sie nach draußen führte. Der Abend war kalt und vollkommen windstill, kein Zweig rührte sich. Sie setzten sich auf eine Bank am nördlichen Ende des Parks; ihre Schultern berührten sich. Marina schob die Hand unter Jacobs Pullover. Es gab so viele intuitive Gesten zwischen ihnen, so eine unendliche körperliche Vertrautheit. Tränen stiegen ihr in die Augen, und da war wieder dieser Kloß in ihrem Hals, wie der Beginn einer Krankheit.

»Ich mache mir Sorgen, weil ich Constance und Gabriel allein lasse«, sagte sie leise. Sie spürte den Seufzer in Jacobs Körper. Sie hatte die beiden nicht mehr gesehen, seit der Brief gekommen war. Für Marina fühlte es sich wie ein grausamer Verrat an, aber sie wusste nicht, wie sie es dem Mädchen erklären sollte. Was wog ihr Verlust im Vergleich zu Constances? Wie sollte sie ihr klarmachen, dass sie furchtbar unter dem Tod ihrer Mutter litt, obwohl sie sie seit zwanzig Jahren nicht mehr gesehen hatte? Und Gabriel. Marina vermisste den Kleinen so sehr, dass es sie fast zerriss. Sie dachte daran, wie er sich immer noch einmal nach dem Haus umdrehte, wenn er mit Constance wegging.

»Sie werden es überleben«, sagte Jacob fest. »Sie haben schon lange, bevor du aufgetaucht bist, überlebt.«

In der Nacht liebten sie sich, ihre Körper ineinander verschlungen. Marina lauschte auf das leise Stöhnen in Jacobs Kehle, als er auf sie sank, und auf den ruhiger werdenden Rhythmus seines Atems, während er in den Schlaf hinüberglitt.

## Truro, Cape Cod

*Dezember 1997*

Das winterliche Licht in Truro war fahl und trüb. Nachmittags, wenn sich die Schatten herabsenkten, machte Marina sich in dem alten Holzofen ein Feuer. Sie setzte sich in den kleinen Kreis aus Licht und Wärme und lauschte auf die Schreie der Möwen, die über den verlassenen Strand hinwegglitten. Am Ende der geschwungenen Landzunge konnte man gerade noch den Leuchtturm erkennen, der seinen Lichtstrahl durch die Dunkelheit schickte.

Gizelas Cottage stand an der Cape Cod Bay auf einem schmalen Sandstreifen mit Wiesen und Marschland dahinter. Die Westseite zeigte zum Meer. Von außen sah das kleine Haus, an dem der Wind zerrte, mit seinen maroden Holzschindeln und den geschlossenen Fensterläden trist und verlassen aus.

An ihrem ersten Abend dort fand Marina im Schrank unter der Küchenspüle eine alte Flasche Whisky, und von da an schenkte sie sich jeden Abend einen Fingerbreit davon in ein Glas und setzte sich damit an den Tisch beim Fenster. Hier draußen am Cape gaben solche Rituale ihren Tagen eine Form: die Holzscheite, die sie aus dem Schuppen holte, das Feuermachen, die Spaziergänge am Strand – das alles bildete ein einfaches, klar umrissenes Muster, das ihr Trost spendete. Hatte Gizela genauso gelebt, hier in diesem abgelegenen Versteck vor der Welt? Wie hatte sie das Haus überhaupt gefunden?

Nachts lag Marina in dem alten Holzbett und lauschte auf das gleichmäßige Rauschen des Meeres. Auf der Fensterbank hinter dem Bett lag der kleine Stapel mit Briefen, die Jacob ihr geschrieben hatte, einer für jeden Tag, den sie fort war. Manchmal war es nur ein Gedicht oder ein Zitat aus einem Essay, handgeschrieben auf einem Bogen seines Briefpapiers. Sie hatten sich schon immer diese Geschenke gemacht, Zeilen aus Büchern, die sie gelesen hatten und dem anderen darboten; es war wie ein geheimer Code, Teil der intimen Sprache ihrer Ehe.

Jacobs Briefe enthielten keine tröstenden Worte oder praktischen Ratschläge; dafür kannte er sie zu gut. Er beschrieb seinen Tagesverlauf, den Kuchen, den eine Klientin ihm mitgebracht hatte und den er und Ben an einem einzigen Abend verputzt hatten. »Es tut so gut zu sehen, dass er wieder Appetit hat«, schrieb Jacob, und seine Erleichterung strahlte ihr förmlich entgegen. Ben aß Kuchen, schippte den ersten Schnee vom Gehweg, las botanische Lehrbücher. Manchmal sahen sie sich abends zusammen einen Dokumentarfilm an. Einen Abend hatte Ben Alma zum Essen mitgebracht. Das Mädchen war offensichtlich sehr intelligent, schrieb Jacob, und ihre Situation ebenso offensichtlich sehr schwierig. Marina fragte sich, wie viel Ben seinem Vater von Alma erzählt hatte. Constance und Gabriel kamen in keinem von Jacobs Briefen vor. Selbst wenn er sie in der Nachbarschaft gesehen hatte, erwähnte er es nicht. Sie wollte ihm schreiben, er solle doch bitte nach ihnen sehen, ließ es aber bleiben. In einem der Romane, die sie mitgenommen hatte, steckte ein Foto von Gabriel, wie er über den Gartenweg lief und sich lächelnd zu ihr umdrehte. Sein ganzes Gesicht strahlte voll reiner Freude. Er sah aus wie ein ganz normales Kind. Wie ein Kind, das Liebe kannte.

In einem von Jacobs Briefen lag ein kleiner Zweig Grün aus dem Garten. »Das hier war Rosmarin, als ich es losgeschickt habe«, schrieb er. Sie drückte die schmalen Blättchen und hielt sie sich unter die Nase; dieser scharfe, süße Duft.

Morgens lag Marina im Bett und sah zu, wie das Licht in die Welt sickerte. Es gab nur wenige Stunden Tageslicht, bevor der Himmel sich wieder leerte und alles in Dunkelheit versank. Sie dachte an den australischen Schriftsteller in Frankreich, der irgendwohin wollte, wo immer genug Licht war, wo keine Dämmerung lauerte. Auf die eine oder andere Art, dachte sie, versuchen wir immer, die Dunkelheit abzuwehren.

Jeden Morgen hüllte sie sich in Schal und Mantel und ging über den winterlichen Strand, betrachtete die Steine und die nassen Algen zu ihren Füßen. Der sanfte Wellenschlag der Bucht erinnerte sie an einen Fluss. Manchmal sah sie eine einzelne Reihe Fußspuren zwischen dem zarten Zickzack der Möwenschritte. Wenn sie auf ein paar Möwen oder Seeschwalben zuging, die am Rand des Wassers dösten, flogen sie träge auf und landeten entweder auf den Wellen oder ließen sich wieder auf dem Sand nieder, sobald sie ein Stück weitergegangen war. Einmal sah sie auf ein paar moosüberwachsenen Felsen einen riesigen Vogel mit glänzendem Gefieder. Ein Fischadler, der sich verirrt hatte, dachte sie, oder vielleicht ein Albatros. Mit Vogelarten kannte sie sich nicht aus.

Am anderen Ende des langen Strandes stiegen die Dünen steil auf, und die Häuser dahinter schienen auf den langen Holztreppen, die zum Strand hinunterführten, zu schweben. Alle Häuser waren verschlossen und winterfest gemacht, die Fenster sorgfältig mit Brettern vernagelt. Diese Schutzmaßnahmen hatten etwas Rührendes. Es fiel ihr schwer, sich diese

Häuser zu einer anderen Jahreszeit vorzustellen, offen und voller Menschen, die Kanus und Liegestühle zum Strand hinunterschleppten. Während der warmen Jahreszeit musste der ganze Ort vollkommen anders wirken: Lavendel und wilde Enten, das milde, goldene Nachmittagslicht.

Marina stellte sich vor, wie sie im Sommer mit Gabriel hierherkam und ihm das Schwimmen beibrachte. Sie sah den Kleinen vor sich, wie er am Wasser hockte und Muscheln sammelte. Sie könnten zusammen zum Leuchtturm gehen. Constance, fiel ihr auf, kam in diesen Vorstellungen nirgends vor.

Am Tag, als sie New York verlassen hatte, war es eisig gewesen, und ein feuchter, böiger Wind war durch die Straßen gefegt. Während sie vor dem Brownstone auf dem Gehweg standen und Ben ihr Gepäck in den Kofferraum packte, rissen die Wolken kurz einen Spalt auf. Jacob stampfte mit den Füßen auf, den grauen Schal bis über den Mund gezogen. Marina war in Gedanken bereits unterwegs und überlegte, wie viele Stunden ihr blieben, um noch im Hellen in Truro anzukommen. Die Karte von Massachusetts lag ausgebreitet auf dem Beifahrersitz. Ben hatte ihr die Strecke mit gelbem Filzstift markiert und alle Orte aufgezählt, durch die sie auf dem Weg dorthin kommen würde. Bourne, Barnstable, Yarmouth, Eastham, Wellfleet. Den schmalen, gebogenen Arm von Cape Cod hinauf. Dächer aus Holzschindeln und der Geruch nach Harz. Gizelas Haus.

Jacob und Ben standen nebeneinander auf dem Gehweg, einen ratlosen, verlorenen Ausdruck auf dem Gesicht. Marina konnte noch Jacobs Arme um sich spüren, Bens kratziges Kinn, als er sie auf die Wange geküsst hatte. Sie waren das einzige Bollwerk gegen ihren Zweifel und ihre Trauer; das Herz ihres Zuhauses. Sie versuchte sie sich in Truro vorzustellen, ihre Stimmen, die die triste Einsamkeit des Hauses durchbrachen, ihre Wintermäntel am Haken hinter der Tür, ihre Stiefel zum Wärmen am Feuer.

Sie war froh, allein zu sein. Nach Ärger oder Kummer fühlte sie sich so immer am sichersten. Sie hatte genug zu essen für mehrere Tage. Dosentomaten, Nudeln, Obst, Käse. Wenn sie Nachschub brauchte, konnte sie das Auto nehmen und die zehn Meilen zum Supermarkt in Provincetown fahren. Nachmittags allerdings mied sie die kleine Stadt. Die Weihnachtsbeleuchtung in der blauen Dämmerung und die schnellen, festen Schritte der Pärchen, die in den schmalen Straßen ihre Hunde ausführten, erschienen ihr unerträglich traurig. Die Stadt selbst, die sie im Sommer so hübsch und idyllisch gefunden hatte, strahlte jetzt etwas Bedrohliches aus. Die schmucken Holzhäuser mit ihren Adventskränzen und Messingklingeln, die kleinen Läden und die Hummerrestaurants entlang des Bohlenwegs – alles wirkte kalt und abweisend.

Die Stunden, die so dahintrieben, erinnerten sie an die Zeit, nachdem Dow gestorben und Gizela verschwunden war. Die Monate allein in der Wohnung, die scharfe, schneidende Trauer, die sie bis tief in die Nacht wach hielt. Abends ließ sie sich manchmal ein Bad ein und lag lange im kühler werdenden Wasser, den Nacken auf dem Rand der Wanne, im Zimmer nebenan das Flackern und Knistern des Feuers. Sie saß da, die Knie an die Brust gezogen, den Mund auf der Haut ihres Unterarms. Sie blies die Kerze aus, die sie neben sich gestellt hatte. Was für eine vollkommene Dunkelheit. Mit einem Mal empfand sie sie als Trost, die sanfte, kalte Schwärze, die das kleine Haus umschloss. Die unendliche Weite der Nacht.

Vögel, wusste sie, hatten ein vollkommenes Gedächtnis. Oder vielleicht war es mehr als das – irgendetwas tief Verwurzeltes, das sie Jahr um Jahr zurück zu den Gestaden brachte, von denen sie aufgebrochen waren. Genauso führte ein Pfad in ihrem Gedächtnis sie immer wieder zu dem Tag zurück, als Dow gestorben war. Sie war diejenige gewesen, die seinen Leichnam identifiziert hatte, die gesagt hatte: »Ja, das ist er.« Sie erinnerte sich, wie sie mit zitternder Hand das Formular im Leichensaal des Krankenhauses unterschrieben hatte. Es war, als würde sie mit ihrer Unterschrift Dows Tod auf ewig besiegeln. Mit dieser Geste hatte sie ihn in ein Reich geschickt, in das sie ihm nicht folgen konnte.

Als sie das Krankenhaus verlassen wollte, war sie falsch abgebogen und durch einen langen Flur gegangen, der mehrere kleine Stationen verband. Durch die offenen Türen konnte sie Patienten in ihren Betten liegen sehen, die lasen oder fernsahen. Eine Krankenschwester schob einen Rollwagen mit Essen durch den Flur. Eine Frau schenkte ihrer Mutter eine Tasse Tee ein. Das Leben ging weiter, sicher und ahnungslos. Eine Tasse Tee, ein helles Fenster, eine kühle Hand auf der Stirn. In dem Moment war es Marina unvorstellbar erschienen, dass sie je wieder Trost in der Welt finden würde.

Vier Monate später war sie mit einem Greyhound-Bus nach Kalifornien gefahren. Sie hatte ein Stipendium für Berkeley und hatte die Wohnung an der Union Street an die Familie Zelman verkauft. Der älteste Sohn hatte jetzt eine eigene Familie, und sie wollten ihn in ihrer Nähe haben. Wenn sie sparsam lebte, würde das Geld fast bis zum Ende ihres Studiums reichen. Marina war bewusst, dass die Wohnung das einzige Familienerbe war, das sie jemals haben würde. Dort hatten sowohl Sura wie auch Gizela gewohnt; sie hatte es ihnen ermöglicht, in der Stadt zu leben. Sie und Dow waren dort aufgewachsen. Und trotzdem hatte sich die Wohnung nie wie ein Zuhause angefühlt. Sie war ein Dach über dem Kopf gewesen, aber nie ein Zufluchtsort. Jetzt würde das Geld aus dem Verkauf ihr ein neues Leben ermöglichen.

Sie hatte sich absichtlich für die lange Fahrt quer durch das Land entschieden, durch Staubwüsten und über einstigen Meeresboden, immer dem matt schimmernden endlosen Band der Straße nach. Die kurzen Pausen an den Raststätten, der Dieselgeruch, ihre Stirn an der kalten Scheibe. Sie brauchte eine lange Reise, um das Gefühl zu haben, dass sie genug Abstand zu Brooklyn und allem bekam, was dort geschehen war. Ein kurzer Flug hätte dafür nicht ausgereicht. Sie schlief kaum während dieser Tage und Nächte auf dem Weg nach Westen, schaute auf die Regentropfen, die an der Scheibe hinunterrannen, die Lichter der Städte, die hinter ihnen verschwanden. Diese Reise war eine Welt für sich. Ein Buch in der Hand, eine Thermosflasche mit lauwarmem Tee, während die anderen Passagiere schliefen. Es fühlte sich endgültig an; wie ein notwendiger Aufbruch.

Bis zu der Begegnung mit Jacob zehn Jahre später hatte sie sich nicht vorstellen können, dass sie je wieder nach New York zurückkehren würde.

Die Flut verengte den winterlichen Strand zu einer glänzenden Sichel, gerade breit genug für einen einzelnen Spaziergänger. Marina ging auf die Dünen zu, die Hand über den Augen, um besser sehen zu können. Der Himmel war hell und klar, und die Sonne tauchte jeden Grashalm in strahlendes Licht. Weiter hinten am Strand bemerkte sie eine Gestalt, die auf sie zukam, ein Mann mit einem Fernglas um den Hals und einem Rucksack über der Schulter. Als er näherkam, konnte sie die derbe Wolle seines Pullovers und den verblichenen Kord seiner Hose erkennen. Ein hochgewachsener Mann mit rötlich-blondem Bart. Patrick Stone. Er hatte sie in Empfang genommen, als sie einige Tage zuvor bei Gizelas Haus angekommen war. Er würde für ein paar Tage nach Boston fahren, sagte er, aber nach seiner Rückkehr würde er sie besuchen. Im Kühlschrank stand eine Flasche Milch für sie, und auf der Arbeitsfläche lag ein Laib Sauerteigbrot. Als Marina sich an diesem ersten Nachmittag vor den Ofen hockte, sah sie, dass bereits alles für ein Feuer vorbereitet war, die Zweige sorgfältig über zusammengeknülltes Zeitungspapier geschichtet. Erst dachte sie, Gizela hätte das gemacht, doch dafür war das Datum auf der Zeitung zu neu. Es musste Patrick gewesen sein. Nach und nach hatte sie Scheite dazugelegt, und das Feuer hatte bis tief in die Nacht gebrannt, das Licht der Flammen gespiegelt in den dunklen Fenstern.

Sie und Patrick trennten nur noch wenige Schritte, als plötzlich ein Schwarm kleiner Vögel lärmend aus den Dünen aufflog. Die flatternde Konstellation lockerte und verdichtete sich in der Luft, bis sie schließlich unter lautem Gezwitscher verschwand. Die beiden standen eine Weile da und lauschten auf die erneute Stille. Es war sehr kalt, zu kalt, um noch lange draußen zu bleiben.

»Ich finde es immer wieder seltsam«, sagte Patrick langsam, »dass so ein Geräusch sich einfach in Luft auflöst.«

Er betrachtete aufmerksam ihr Gesicht. In seinen Augen schimmerten Tränen.

»Tut mir leid«, sagte er und senkte verlegen den Kopf. »Es ist nur – Sie sehen ihr so ähnlich.«

Marina zog den Mantel enger um sich. »Ja. Das war schon immer so.«

Patrick schwieg. Er sah sie erneut an, den Kopf zur Seite geneigt. In seinen Zügen lag etwas Forschendes und zugleich

Freundliches. Hatte Gizela ihn geliebt?, fragte Marina sich. Sie konnte sich nicht vorstellen, dass ihre Mutter Gefühle für irgendjemanden gehabt hatte. Aber sie musste Joaw geliebt haben. Sie hatte ihn geheiratet und zehn Jahre mit ihm zusammengelebt, so unbegreiflich es Marina auch immer erschienen war. Vielleicht hatte Gizela noch jemand anderen geliebt. Der Gedanke machte Marina unendlich traurig und auch ein wenig neidisch. Was mochte dieser Fremde in Gizela ausgelöst haben, das ihre eigenen Kinder nicht auslösen konnten?

»Kommen Sie nach Ihrem Spaziergang auf einen Tee zu mir, wenn Sie mögen«, sagte Patrick. »Es kann hier im Winter ziemlich einsam sein.«

Marina starrte ihn an. Seit ihrer Ankunft in Truro hatte sie keinen Menschen gesehen. Sie bemerkte den Farbfleck auf seinem grünen Pullover, seine Finger, die sich um den Lederriemen seines Fernglases schlangen.

Eine Stunde später folgte sie dem schmalen Pfad, der vom Strand zu den beiden Häusern führte, Gizelas hoch oben über dem Meer, Patricks am Fuß der Dünen. Sie waren mit wohltuender Rücksicht auf die Privatsphäre gebaut worden, dachte sie, weit genug auseinander, dass jeder ungestört war. An der Tür zögerte sie. Um diese Zeit war das Licht hier am schönsten, das weiche, matte Gold des frühen Nachmittags. Sie sah zu, wie das Gras im Wind schwankte, und wünschte, Jacob wäre hier bei ihr. Sie stellte sich vor, wie er in seiner Praxis saß, einem Klienten zuhörte und nach dem Becher mit Kaffee griff, den er auf die Fensterbank gestellt hatte. Wenn sie jetzt ins Auto stieg und Richtung Süden fuhr, könnte sie wieder in New York sein, bevor er schlief, könnte den Mantel ausziehen und zu ihm ins Bett kriechen, ihre kalten Füße an seiner vertrauten, schläfrigen Wärme.

Patricks Haus war voller Bücher; sie stapelten sich überall auf dem Boden und auf dem alten Samtsofa. In der verglasten Veranda stand ein Schreibtisch mit Blick auf die Dünen und das Wasser. Marina hängte ihren Mantel über einen der Caféhausstühle am Küchentisch. Etwas an dem Haus gefiel ihr; vielleicht die gefährlich wirkende Nähe zum Meer.

Patrick kniete mit einem alten Blasebalg vor dem Ofen und machte Feuer. Marina sah zu, wie er geschickt die Zweige aufschichtete und die Flammen zum Züngeln brachte. Eine getigerte Katze saß neben dem Ofen und putzte sich. Nach und nach breitete sich der Geruch von Holzrauch und Zedernholz im Raum aus. Auf der Fensterbank lag eine Sammlung glatter Steine, nach Farbe und Größe geordnet. In diesen Steinen war das Meer, dachte Marina, und die besondere Farbe des Lichts hier. Neben ihr auf dem Tisch stand ein Marmeladenglas voller Federn. Sie nahm eine braun gestippte heraus und hielt sie ins Licht.

»Haben Sie schon mal eine Eule gesehen?«, fragte Patrick. Er schloss die Ofentür und erhob sich langsam.

Marina sah zu ihm hoch. »Ja, in Israel. Vor langer Zeit.«

»Ah, eine israelische Eule. Ich war heute draußen, um nach Eulen Ausschau zu halten. Ich habe diesen Winter noch keine gesehen. Nur die da.« Er zeigte auf die Feder in ihrer Hand.

»Als Kind hatte ich Angst vor ihnen«, sagte Marina. »Sie sind so wild und unbarmherzig. Und ihre seltsamen Gesichter. Wie gemalt.«

»Letztes Jahr habe ich am ersten Weihnachtstag eine oben auf dem Turm der alten Methodistenkirche im Ort sitzen sehen.«

»Eine gläubige Eule.«

»Ja, sie suchte wohl Vergebung für all die erlegten Mäuse und Kaninchen.«

Sie sah zu, wie Patrick Wasser aus einem alten Kessel in die Teekanne goss. Die Kippbewegung seines Handgelenks kam ihr vertraut vor, aber sie konnte sich nicht erinnern, wer einen Wasserkessel so hielt. Nicht ihre Mutter. Vielleicht eine von den anderen Frauen im Kibbuz. Diese alten Zeiten wurden auf merkwürdige Weise wieder lebendig. Der hohe, klare Himmel über der Wüste, das Kinderhaus mit seinen Reihen von Eisenbetten, das Geheul der Schakale, das nachts über die Felder wehte. Sie fragte sich, wie viel Patrick von ihrer Kindheit wusste, wie viel Gizela ihm von ihrem Leben erzählt hatte. Wie sie ihre Mutter kannte, nur die nackten Fakten, ein paar knappe Details.

Als Marina Gizelas Haus zum ersten Mal betreten hatte, war sie langsam durch die Zimmer gegangen und hatte versucht, sich das Leben ihrer Mutter dort vorzustellen. Dicke Holzbalken stützten die schiefen Wände und das steile Dach. Das kleine Haus war überwiegend aus den angespülten Resten verunglückter Schiffe gebaut, hatte Patrick ihr erzählt. Treibholz, das vom Strand hier hochgeschleppt worden war, glatt geschmirgelte Planken. Wie gut er das Haus kennt, hatte Marina gedacht, während sie ihm durch den schmalen Flur folgte. Er zeigte auf einen Balken über der Tür; er stammte von einem Walfänger, der hier gestrandet war. Früher hatte das Haus einem Kapitän gehört, erzählte Patrick. Einem stolzen alten Mann, der ein Haus haben wollte, das einem Schiff auf See ähnelte, damit er das Gefühl hatte, er sei noch immer auf den Wellen unterwegs, obwohl seine Zeiten als Seefahrer vorbei waren.

Das Haus hatte etwas Verlassenes an sich, und das lag nicht nur an der winterlichen Stille, den frostüberhauchten Fenstern. Es gab so wenig Sachen. Eine Dose Earl-Grey-Tee auf der Arbeitsfläche in der Küche, ein paar Suppendosen in der winzigen Vorratskammer, drei weiße Becher im Regal über der Spüle. An der Wand im Wohnzimmer hing ein kleines Aquarell: ein klarer blauer Himmel über einem Feld. Im Schlafzimmerschrank hatte sie ein paar Kleidungsstücke gefunden, ein schwarzes Kleid mit feinen weißen Punkten, einen Wollmantel, eine Leinenbluse. Marina hatte jedes Teil herausgenommen, es vor sich gehalten und in den Spiegel an der Innenseite der Schranktür geschaut. Ein Spiegel, in dem sich auch ihre Mutter angesehen haben musste. Sie dachte daran zurück, wie Gizela sie um Hilfe gebeten hatte, weil sich eine Haarsträhne in ihrer Brosche verfangen hatte. Marina hatte hinter ihrer Mutter gestanden, die an Suras alter Frisierkommode saß, und einen Moment lang hatten Mutter und Tochter auf ihr doppeltes Spiegelbild geblickt. Es hatte Marina mit einer seltsamen Freude erfüllt – die Nähe ihrer Mutter, ihre beiden Gesichter im Spiegel. Ihr war, als würde Gizela sie zum ersten Mal wirklich ansehen. Ihre übliche geistesabwesende Miene war verschwunden, und sie betrachtete aufmerksam das Gesicht ihrer Tochter. Wie gerne hätte Marina sich hinuntergebeugt und ihre Mutter auf die Wange geküsst. Woher kommt diese Sehnsucht?, fragte sich Marina jetzt, als sie vor dem Spiegel stand. Wie können wir uns nach etwas sehnen, das wir nie gekannt haben? Sie war nie von ihrer Mutter geküsst oder im Arm gehalten worden, und trotzdem hatte sie sich so furchtbar nach einer liebevollen Geste gesehnt – einer Hand auf ihrer Wange, einem Arm um ihre Schultern. Selbst ein zärtlicher Blick hätte ihr schon genügt. Sie dachte daran, wie Dow sich nachts aus dem Kinderhaus geschlichen hatte und über die Felder zu seiner Mutter gelaufen war; an Gabriel und daran, wie verzweifelt er sich in ihre Arme schmiegte. Wir sehnen uns, dachte Marina, sogar noch viel mehr nach dem, was wir nie gehabt haben.

Während Patrick den Tee zubereitete, stand Marina auf und betrachtete das Aquarell, das an der Wand hing. Ein schönes Bild, mit einer stillen, zurückhaltenden Anmut in den Linien. Es zeigte nicht das Meer, sondern ein Feld mit einer Baumreihe in der Ferne. Plötzlich erkannte sie, dass es vom gleichen Künstler stammen musste, der das Bild in Gizelas Haus gemalt hatte.

»Das ist von meiner Frau«, sagte Patrick und stellte sich neben sie. »Obwohl sie vierzig Jahre lang am Meer gelebt hat, konnte sie nie aufhören, Felder zu malen. Sie stammte aus Kentucky.« Er reichte Marina ihre Tasse, die leise klirrte, als sie sie aus seiner Hand nahm. »Ich glaube, am glücklichsten sind die, die an den Ort gehören, wo sie geboren sind«, sagte Patrick. »Sie müssen sich nicht auf die Suche machen.«

Marina schwieg. Sie hatte nicht mit einer Ehefrau gerechnet; er wirkte wie ein Einzelgänger. Es gab so viel, was sie ihn fragen wollte. Fast ihr ganzes Leben lang hatte sie sich nach jemandem gesehnt, der ihr etwas über ihre Mutter sagen konnte. Nach dem Besuch in Suffolk damals hatte sie aufgegeben, aber mit einem Mal waren die alten, unbeantworteten Fragen wieder aufgetaucht.

»Ellen ist vor vier Jahren gestorben«, sagte Patrick. Marina hatte Mühe, ihm wieder ihre Aufmerksamkeit zuzuwenden. Ellen musste seine Frau gewesen sein, die Malerin der Aquarelle. »Es war frühzeitiges Alzheimer. Eine scheußliche Krankheit. Aber an Kentucky hat sie sich bis zum Schluss erinnert.« Er trank einen Schluck Tee. »Gizela hat mir geholfen, als Ellen krank war«, sagte er leise. »Sie war sehr tüchtig.«

Marina blickte aus dem Fenster. Die Sonne stand tief am Himmel, und Schatten breiteten sich über den Strand wie eine ungute Vorahnung. Bald würde wieder die lange Dunkelheit alles verschlucken. Sie dachte an die Geistesabwesenheit ihrer Mutter, den Ausdruck misstrauischer Überraschung auf ihrem Gesicht. Sie konnte sie sich keine Sekunde lang als jemanden vorstellen, der tüchtig war.

Gizela war vor zwanzig Jahren nach Cape Cod gekommen, erzählte Patrick Marina. Niemand wusste etwas über ihr Leben davor, und in all den Jahren hatte sie sich mit niemandem im Ort angefreundet. Sie suchte keinen Kontakt und gab klar zu verstehen, dass sie in Ruhe gelassen werden wollte. Sie arbeitete in der kleinen Bibliothek in Provincetown, stellte die zurückgegebenen Bücher wieder in die Regale. Die Tätigkeit gefiel ihr, weil sie mit niemandem reden musste, und sie war gut darin, schnell und systematisch. Außerdem übernahm sie Schreibarbeiten für die Autoren im Schriftstellerhaus von Provincetown, dessen Leiter Patrick viele Jahre lang gewesen war. Anfangs wohnte sie in einem Gästehaus in der Stadt, später dann in dem kleinen Haus am Meer. Wie sich herausstellte, gehörte es Patrick. Er und Ellen waren mit dem Kapitän befreundet gewesen und hatten sich in seinen letzten Lebensjahren um ihn gekümmert. Als er starb, hatte er ihnen das Haus vermacht. Zu dem Cottage oben auf den Dünen gehörte ein großes Stück Land, das auch die Marsch und die Teiche dahinter einschloss. Patrick und Ellen hätten beides verkaufen können, aber sie wollten nicht, dass das Haus des Kapitäns abgerissen und durch einen protzigen Neubau ersetzt wurde. Es wäre ihnen wie eine Entweihung vorgekommen. Und dann kam Gizela.

Es war bereits dunkel, als Marina zum Haus ihrer Mutter zurückging. Sie kniete sich vor den Ofen und machte Feuer. Vom Wohnzimmerfenster aus konnte sie gerade eben das Licht von Patricks Haus am Fuß der Dünen erkennen. Die Lichter von Provincetown waren hinter einem Wolkenschleier verborgen. Marina setzte sich im Schneidersitz vor den Ofen und hüllte sich in die Wolldecke vom Bett. Gizela hatte Freunde gehabt; etwas in ihr hatte sich weit genug geöffnet, um Patricks und Ellens zurückhaltende Zuwendung zu akzeptieren. All die Jahre hatten nur sie drei hier draußen gelebt. Wie gut musste Gizela diesen Strand, diesen abgeschiedenen Landstrich gekannt haben. Jeden Morgen war sie am Wasser spazieren gegangen, hatte Patrick ihr erzählt; in den wärmeren Monaten auch nachts. Das wusste er, weil er schlecht schlief und dann auch nach draußen ging, und manchmal trafen sie sich auf dem Dünenweg. Beide hatten diese nächtlichen Spaziergänge geliebt – die dünnen Wolken und der nasse Sand, das Meer nur ein Rauschen, der helle Lichtstrahl vom Leuchtturm in der salzigen Dunkelheit. In einer Sommernacht kurz nach dem Tod seiner Frau waren er und Gizela bis zum Sonnenaufgang am Strand geblieben, hatten zugesehen, wie der Himmel über den Dünen allmählich hell wurde. Marina versuchte sich vorzustellen, wie Gizela frühmorgens den Dünenweg heraufkam, ihr Mantel noch kalt von der Nachtluft. Ein Becher Kaffee, ein Stück Brot, ein einsames Frühstück.

Es war kurz vor der Wintersonnenwende. Truro erschien Marina wie ein Ort ewigen Winters; sie konnte sich kaum vorstellen, dass die Tage wieder länger wurden. Sie stand am Strand und sah den Enten zu, die in schlafenden Grüppchen auf dem Wasser schaukelten. Das Wasser reichte fast bis zu ihren Füßen, und weiter draußen tanzten Schaumkronen auf den dunklen Wellen.

Ihre Tage hier in Truro kamen ihr vor wie aus der Zeit gefallen. Wahrscheinlich lag es am mangelnden Licht und den langen Nächten. Und an ihrer fassungslosen Trauer. Oft, wenn sie aufblickte und aus dem Fenster sah, stellte sie überrascht fest, dass die Sonne weitergewandert war und bereits der Dämmerung wich. Die Tage mit Gabriel hatten sich genauso zeitlos angefühlt. Ganze Vormittage waren einfach vorbeigejagt, während sie zusah, wie er mit dem Laub spielte, oder sie mit ihm auf dem Bett saß, ein Buch im Schoß, und er sie aus seinen großen Augen anschaute, die Finger im Mund. In solchen Momenten überflutete sie eine schwindelerregende Freude. Wie leicht es war, ein Kind zu lieben.

Dow war überzeugt gewesen, dass das Kinderhaus es Gizela unmöglich gemacht hatte, sie zu lieben. Wenn sie sich selbst um ihre Kinder gekümmert hätte, sie im Arm gehalten, gestillt und in den Schlaf gewiegt hätte, hätte sie sie geliebt. Irgendeine Tür in ihrem Innern hätte sich geöffnet. Einmal hatte Marina mit einer Frau aus ihrem Kibbuz gesprochen, die mit ihren Kindern fortgegangen war, als sie noch ganz klein waren. Sie hatte gemerkt, erzählte die Frau Marina, dass sie das Weinen ihres eigenen Kindes nicht erkannte, und sie wurde das Gefühl nicht los, dass das wichtig war. Zu hören, wenn ihr Kind weinte.

Marina dachte an Constance. Soweit sie wusste, war Gabriel von Anfang an bei ihr gewesen. Sie kannte den Klang seines Weinens, sein Gewicht auf ihrem Rücken, den Geruch seiner Haut. Doch das hatte nichts geändert.

Sie würden nach Truro kommen, Constance und Gabriel. Es war kaum zu glauben, aber in ein paar Tagen würden sie hier sein. »Wir wollen dich über Weihnachten besuchen«, hatte Rose geschrieben. »Alle zusammen. Bitte lass uns kommen.« In Marinas Augen brannten Tränen, als sie Roses Brief las, der zusammen mit einer Schachtel Pralinen, einem Päckchen Tee und einem Paar selbst gestrickter warmer Socken angekommen war. Sie, Ben und Jacob mussten das an einem Freitagabend besprochen haben, als sie nach dem Essen um den

Tisch saßen. Rose war offensichtlich als Botschafterin auserwählt worden. Es war Tradition, die Feiertage gemeinsam zu verbringen: erst das Mittagessen bei Rose, dann der Spaziergang durch den Central Park, und abends schauten sie sich alte Filme an. Marina versuchte, sie sich alle hier in Gizelas Haus vorzustellen. Leah, die ihre berühmte Cranberry-Sauce zubereitete, Ben beim Holzhacken, Jacob mit der Zeitung in Gizelas Sessel am Fenster.

Am Tag, nachdem sie Roses Brief bekommen hatte, fuhr Marina nach Provincetown und rief aus einer Telefonzelle Ben an. In Gizelas Haus gab es kein Telefon. Ben erzählte begeistert von seiner Arbeit im Pflanzencenter. Seit Jahrhunderten würden Pflanzen veredelt, sagte er. Es war eine Art Alchemie. Eine Zuchtrose, die auf eine wuchskräftigere Unterlage gepfropft wurde. Ein Apfelbaum, der zwei verschiedene Sorten Früchte hervorbringen konnte. Kleine botanische Wunder. Er und Alma überlegten, im Frühjahr eine eigene Firma zu gründen, erzählte er ihr aufgeregt, eine Art »Urban Farming«. Sie würden den Leuten zeigen, wie man einen Gemüsegarten anlegt, im Garten oder in Töpfen und Kübeln.

Am Ende ihres Gesprächs fragte Marina Ben, ob er Constance und Gabriel nicht mitbringen könnte, wenn sie über Weihnachten kamen. »Mir gefällt die Vorstellung nicht, dass sie ganz allein sind«, sagte sie. »Sie kennen doch sonst niemanden.«

Ja, sagte Ben. Er würde gleich an diesem Nachmittag zur Wohnblocksiedlung gehen und Constance fragen. Wenn sie einverstanden war, würden er und Alma zusammen mit den beiden mit dem Bus zum Cape fahren.

Marina ging langsam zu ihrem Auto zurück. Auf allen Radiosendern liefen Weihnachtslieder; ihr leiser Klang begleitete sie, während sie an der Küste entlang die kurze Strecke nach Truro fuhr.

Sie hatte Ben auch nach Jacob gefragt. »Dem geht's gut«, hatte Ben gesagt. »Er arbeitet viel. Und vermisst dich.« Sie hatte leise Schuldgefühle verspürt, als sie und Ben den Weihnachtsbesuch planten. Sie wusste, dass Jacob es nicht gutheißen würde, wenn Constance und Gabriel auch kamen. Dass sie es zumindest vorher mit ihm besprechen sollte. Aber sie hatte keine Lust auf das Gespräch.

Eines Nachmittags zog ein Sturm über den Dünen herauf. Marina hielt sich mit einer Hand die Haare aus dem Gesicht, während sie eine Möwe beobachtete, die über den Wellen durch die Luft glitt. Richtung Norden kniete eine Gestalt am ansonsten leeren Strand. Es war Patrick, wie Marina beim Näherkommen sah, der nach Muscheln grub. Seine Hände waren nackt und mit dunklem Sand beschmiert, seine Beine steckten in Gummistiefeln. Er wirkte robust und erfahren, wie er konzentriert den Spaten in den nassen Sand stach. Neben ihm stand ein grüner Eimer.

»Kommen Sie, ich will Ihnen etwas zeigen«, sagte Patrick, als sie ihn erreicht hatte. »Schauen Sie aufs Wasser.« Sie standen nebeneinander und blickten auf das windgepeitschte, schäumende Meer hinaus, das im Sonnenlicht glänzte.

»Da.« Patrick fasste sie an der Schulter und zeigte auf einen dunklen Umriss vor ihnen. »Ein Seehund.« Marina sah den glatten schwarzen Kopf, der aus dem Wasser auftauchte. »Die sieht man hier nur selten. Anscheinend ein Wintergast, der Futter sucht.«

Lange schauten sie zu, wie die dunkle Gestalt durch die Wellen tanzte. Heftige Böen wehten vom Meer herüber, und Marina zog sich die Kapuze über den Kopf. Sie trug den Wollmantel aus Gizelas Schrank. Als sie ihn zum ersten Mal angezogen hatte, hatte sie in der einen Tasche eine getrocknete Lavendelrispe gefunden. Die musste Gizela gepflückt haben. An dem Weg, der in den Ort führte, waren Lavendelsträucher. Marina legte die Rispe zwischen die Seiten eines der Bücher, die sie mitgebracht hatte.

Der Seehund tauchte unter und verschwand, und Patrick griff nach seinem Eimer. »Ich habe Kuchen da, falls Sie vorbeikommen wollen. Aus der portugiesischen Bäckerei.«

Zwischen ihnen entspann sich eine vorsichtige Freundschaft. Tagsüber wahrten sie eine liebenswürdige Förmlichkeit, aber nachmittags ging Marina manchmal zu Patrick und setzte sich auf das Sofa, während er Feuer machte und der Wasserkessel auf dem Herd simmerte. Ihr gemeinsamer Tee am Fenster, während draußen der Tag zur Neige ging, wurde zu einer Art Ritual. Patrick war sanft und aufmerksam und auf rührende Weise schüchtern. Vielleicht war er genau die Art Freund, die Gizela schon immer gebraucht hatte. Einen Abend stellte er Marina eine Kiste mit trockenem Anzündholz vor die Tür, nachdem es den ganzen Tag geregnet hatte; ein anderes Mal fand sie einen Zettel mit einer Sturmwarnung an der Tür. Bei Patrick brannte oft bis spät in die Nacht noch Licht. Während sie in Gizelas Bett lag, versuchte sie sich vorzustellen, was er wohl tat. Vielleicht las er im Schein der gesprungenen Bakelitlampe am Küchentisch. Oder er betrachtete das Bild seiner Frau von den Feldern ihrer Kindheit. Oder schrieb ein Gedicht. Hatte Gizela nachts zu Patricks erleuchteten Fenstern hinübergesehen? War es ihr ein Trost gewesen?

Sie hatten noch nicht über Gizelas Asche gesprochen. Patrick musste die Urne irgendwo haben. Er hatte sich nach Gizelas Tod um alles Notwendige gekümmert. Vermutlich wartete er darauf, dass Marina das Thema anschnitt.

Eines Nachmittags, als Marina und Patrick zusammensaßen und Tee tranken, fing es draußen leise an zu schneien. Beide beobachteten die weißen Flocken, die vor dem Fenster herabfielen. Wie würde der Strand wohl im Schnee aussehen?, fragte sich Marina. Sie dachte daran, wie Jacob ihr mal von Sibelius' sechster Sinfonie erzählt hatte; der Komponist hatte gemeint, die Musik erinnere ihn immer an den Geruch des ersten Schnees.

Patrick stand auf, ging in sein Arbeitszimmer und kam mit einem Buch in der Hand zurück. »Ich wusste nicht, wann ich es dir geben sollte. Ich hätte es schon längst tun sollen.«

Es war die erste Ausgabe von Marinas Buch, vorne auf dem Umschlag war ein Roma-Mädchen im Profil abgebildet. Sie blätterte darin und stellte fest, dass die Seiten sorgfältig mit Bleistift markiert waren. Wörter und Absätze waren unterstrichen, Seitenecken umgeschlagen, Abschnitte mit Sternchen versehen und kommentiert. Neben einem Absatz, in dem das traurige Gesicht eines Roma-Musikers beschrieben war, stand, mehrfach unterstrichen, das Wort »schön«.

»Das war Gizelas Ausgabe«, sagte Patrick. »Sie hatte sie mir geliehen, weil ich ein Gedicht über einen singenden Rom schreiben wollte. Das Buch lag bei ihr immer in Griffweite. Ich weiß nicht, wie oft sie es gelesen hat.«

Marina wurde es ganz eng in der Brust. Ihre Mutter hatte sich ihr Buch besorgt, hatte ihre Worte immer wieder gelesen. Vielleicht hatte sie drüben in ihrem Cottage am Küchentisch gesessen, das Buch aufgeschlagen vor sich, einen Bleistift in der Hand. Marina stiegen Tränen in die Augen.

Auf der Umschlaginnenseite war ein Foto von ihr, wie sie in dem grauen Sessel vor den Bücherregalen in Jacobs Wohnung in der Park Avenue saß. Marina erinnerte sich noch ganz genau an den Tag, daran, wie aufgeregt Ben gewesen war und mit welchem Ernst er dem Verlagsfotografen Vorschläge gemacht hatte: Eine Tasse Tee, ein aufgeschlagener Gedichtband in ihrer Hand, die Katze der Nachbarn auf ihrem Schoß – all das würde sie ernsthafter, literarischer wirken lassen. Morgens hatten Jacob und Ben nebeneinander auf dem Bett gesessen und sie beraten, was sie anziehen sollte. Das blaue Kleid, hatte Ben entschieden. Marina war achtundzwanzig gewesen, als das Foto aufgenommen worden war. Zehn Jahre waren vergangen, seit Gizela ihr Gesicht zuletzt gesehen hatte.

Hatte ihre Mutter das Foto ganz genau betrachtet, hatte sie versucht, die Titel der Bücher in den Regalen zu entziffern? Hatte sich versucht, sich die Wohnung außerhalb des Fotos vorzustellen, das unbekannte Dasein der Tochter, die sie im Stich gelassen hatte? Hatte sie vielleicht genauso über Marinas Leben spekuliert wie Marina und Dow damals über ihres? In all den Jahren, die von der Sehnsucht nach ihrer Mutter überschattet waren, war es Marina nie in den Sinn gekommen, dass ihre Mutter sich womöglich auch nach ihr gesehnt hatte. Sie ließ den Kopf gegen die Lehne des alten Sofas sinken und weinte.

An dem Abend begleitete Patrick Marina zurück zu Gizelas Haus, ein eingepacktes Stück Kuchen in der Hand. Er wartete, während sie die Tür aufschloss. Der Schnee war leicht und fein; er schmolz, sobald er auf Patricks Schultern landete.

»Gizela hat mit uns so gut wie nie über ihr früheres Leben gesprochen. Und wir haben auch nicht danach gefragt. Aber eine Sache hat sie mir vor vielen Jahren erzählt«, sagte Patrick. »Als sie nach dem Tod deines Vaters aus Israel fortging, wollten die Leute aus dem Kibbuz, dass sie dich und deinen Bruder dort ließ. Ihr solltet Israelis bleiben und im Kinderhaus aufwachsen. Sie sagten, ihr gehörtet dem Kibbuz, nicht ihr. Das wäre euer Zuhause. Ihr Mann hätte es auch so gewollt. Sie könne sich von ihrem Land abwenden, wenn das ihr Wille sei, aber warum wolle sie auch ihre Kinder ins Exil schicken? Es war nicht leicht für sie, aber sie fand es nicht richtig, euch zurückzulassen.

Nachdem dein Bruder gestorben war, hatte sie das Gefühl, dass sie einen schrecklichen Fehler gemacht hatte. Dass etwas in ihr auf euch beide abgefärbt hatte. Sie war überzeugt, dass sie schuld an seinem Tod war und dass sie nur noch mehr Schaden anrichten würde, wenn sie bei dir blieb. Sie hat versucht, mir zu erklären, dass sie ihr ganzes Leben lang eine schreckliche Unzulänglichkeit in sich gespürt hatte, dass etwas ganz Wesentliches in ihrem Innern fehlte. Als wäre sie nur eine leere Hülle.

Ich glaube nicht, dass es eine bewusste Entscheidung war, aber es war eine Form der Verweigerung. Ein Rückzug von der Welt.«

Sie standen lange dort im Schnee und schwiegen.

»Wenn ich etwas gelernt habe«, sagte er schließlich, »dann dass wir manchmal für jemanden nichts anderes tun können, als mit ihm zu warten. Und ich weiß, es ist für dich vielleicht kein Trost, nach allem, was passiert ist, aber sie hat euch geliebt. Davon bin ich überzeugt.«

An dem Abend schien der Mond nicht, aber der Schnee auf dem Boden schien zu leuchten. Die Nacht war ganz still, ohne den leisesten Windhauch. Marina setzte sich mit einem Glas Wein an den Küchentisch. Sie fragte sich, ob Gizela Patrick von Dows Ausstellung an der Cooper-Union-Kunstakademie erzählt hatte. So, wie das Gesicht ihrer Mutter ausgesehen hatte, als sie an dem Abend die Galerie betrat, konnte Marina sich nicht vorstellen, dass sie je mit irgendjemandem darüber gesprochen hatte. Aber dass Gizela meinte, sie sei schuld an Dows Tod – ja, das konnte sie verstehen.

Marina wunderte sich noch immer, dass Gizela überhaupt zu der Ausstellungseröffnung gekommen war. So lange sie zurückdenken konnte, hatte ihre Mutter sich nie bei irgendetwas blicken lassen, das mit ihren Kindern zu tun hatte. Marina konnte sich nicht erinnern, dass Gizela je einen Fuß in die Schulen gesetzt hatte, auf die sie gegangen war. Sie kam zu keiner Schulaufführung, keinem Elternabend, nicht mal zur Abschlussfeier. Marina und Dow brachten immer Entschuldigungen für sie vor. Sie war krank. Sie musste arbeiten. Sie lag mit Migräne im Bett. Einmal kam eine von Dows Lehrerinnen zu ihnen nach Hause. Das war während seines ersten Jahres an der Highschool, als er immer öfter schwänzte. Marina erinnerte sich noch an ihren panischen Schrecken, als die Frau eines Abends im Sommer an ihre Tür geklopft hatte. Gizela war nicht zu Hause. Sie wussten nicht, wo sie war und wann sie zurückkommen würde, aber Dow sagte der Lehrerin, sie sei losgegangen, um beim Chinesen etwas zum Abendessen zu holen. Daraufhin sagte die Lehrerin, sie würde warten, und setzte sich auf einen Küchenstuhl, die Beine sittsam an den Knöcheln gekreuzt.

Eine Stunde verging. Die Lehrerin sah auf ihre Uhr, fingerte am Riemen ihrer Handtasche herum. Das sei äußerst befremdlich, sagte sie streng. Dow lief mit unglücklicher Miene zum x-ten Mal zum Fenster und spähte nach draußen. Obwohl Gizela es nie laut ausgesprochen hatte, war ihnen klar, dass niemand wissen durfte, wie oft sie fort war und die beiden allein ließ. Marina wusste nicht mehr, wovor sie mehr Angst gehabt hatten: dass Gizela nicht wieder auftauchte, oder dass sie kam und die Lehrerin dort am Küchentisch vorfand.

Irgendwann wurde es dunkel. Sie könne nicht guten Gewissens zwei Kinder nachts allein in einer Wohnung zurücklassen, verkündete die Lehrerin schließlich und stand auf. Sie wisse nicht, wo ihre Mutter sei, aber es sei schon weit über die Abendessenszeit hinaus, und etwas müsse geschehen. Da sagte Dow plötzlich, er habe ganz vergessen, dass Gizela ja noch bei einer Nachbarin vorbeischauen wollte, der es nicht gut ging. Bestimmt habe sie bei der alten Frau bleiben müssen. Sie würden nach unten zu den Zelmans gehen und dort warten. Sie waren gute Freunde ihrer Mutter, und sie konnte sie dort abholen, wenn sie zurückkam. Die Lehrerin schien zufrieden mit dieser Lösung – die Bürde der Verantwortung war auf einen anderen Erwachsenen übertragen worden.

Mrs Zelman machte ihnen Suppe heiß und setzte sich zu ihnen, während sie aßen. Als sie aufstand, um die Teller zu spülen, legte sie kurz die Hände auf Marinas Schultern. Selbst diese einfache, beiläufige Geste erschien Marina gewaltig. Als sie später im Bett lag, konnte sie immer noch den sanften Druck der Hände auf ihren Schultern spüren.

Die Ausstellung war Dows Abschlussprojekt an der Cooper Union. Er hatte schon seine ganze Kindheit hindurch gezeichnet und gemalt, aber während der letzten Jahre an der Highschool wurde es zu einer richtigen Leidenschaft. Ein Lehrer ermutigte ihn, sich an einer Kunstakademie zu bewerben, und er bekam ein Stipendium für die Cooper Union. Dazu gehörte auch ein Zimmer im angeschlossenen Wohnheim, aber Dow wohnte weiter bei ihnen und fuhr jeden Tag mit der Bahn nach Manhattan. Er war sehr verschlossen, was seine Arbeiten anging; es war das einzige Thema, über das er nicht mit Marina sprach. Sie hatte nicht einmal gewusst, was das Thema seines Abschlussprojekts war, bis sie den Titel auf der Einladung sah.

Das ganze Jahr über, während er an den Kunstwerken für die Ausstellung arbeitete, gab es für ihn nur das. Dieser geradezu besessene Eifer war anders als bei seinen bisherigen Leidenschaften, und manchmal machte er Marina Angst. Es lag etwas Verzweifeltes darin. Jeden Tag blieb er bis spät in die

Nacht in seinem Atelier, und oft schlief er auch dort. Er war immer schon schlank gewesen, aber jetzt magerte er förmlich ab, und sein Gesicht wirkte regelrecht ausgezehrt. Marina vermutete, dass er oft einfach vergaß, etwas zu essen.

Manchmal fuhr Marina nach der Schule zur Cooper Union und zwang ihn dazu, mit ihr in ein Café zu gehen. Sie sah, wie seine Finger zitterten, wenn er die Kaffeetasse hielt. Das Zittern schien seinen ganzen Körper zu erfassen; er konnte es nicht unterdrücken. Wenn er sich zu ihr beugte, roch sie abgestandenen Zigarettenrauch. Alle Kunststudenten rauchten, sagte Dow. Es ließ sich gar nicht vermeiden.

Dows Abschlussausstellung hieß »Kinder der Götter«. Es war eine Chronik seiner Besessenheit. Jedes Kunstwerk war ein Echo seiner Heimatlosigkeit und Entbehrung. Eine Serie von vierzehn riesigen Gemälden zeigte jeden Aspekt des Kinderhauses im Kibbuz bis ins winzigste Detail: die Bettenreihen, die Handtücher an den Haken im Flur, den Speisesaal, den Waschraum. Als Marina die Bilder sah, war sie fassungslos, wie exakt sich Dow an alles erinnerte. Sie besaßen keine Fotos – alles war aus dem Gedächtnis erschaffen worden. Die Bilder selbst wirkten unheilvoll und strahlten eine furchteinflößende Kälte aus. Auf jedem von ihnen war ein kleines Kinderpaar abgebildet. Ein Junge und ein Mädchen, Hand in Hand. Die Gestalten wirkten auf den riesigen Leinwänden winzig und verloren, und ihre Gesichter lagen stets im Schatten.

Dow hatte irgendwo einen alten Schwarz-Weiß-Film gefunden, in dem die Vorzüge der gemeinschaftlichen Kindererziehung im Kibbuz gerühmt wurden. Ausschnitte daraus wurden an die Wände der Galerie projiziert, teilweise sogar über die Bilder. Kinder, die Ringelreihen tanzten, ihre Hände gehalten von Frauen in Schwesterntracht. Die Kinder strahlten in die Kamera, während sie an den Waschbecken standen und sich die Zähne putzten. Reihen kleiner Jungen und Mädchen, höchstens drei oder vier Jahre alt, die Hand in Hand vor einem Speisesaal standen und etwas auf Hebräisch sangen. Eine Einstellung zeigte einen Saal voll schlafender Kinder. Dazwischen wurde wieder und wieder ein Mann eingeblendet. »Wir werden immer Fremde sein«, sagte er. »Aber sie sind Kinder der Götter.«

Zwischen diese Propagandabilder waren Ausschnitte aus einem Dokumentarfilm geschnitten, den Marina schon einmal gesehen hatte, gedreht von einem jungen Mann, der in einem Kibbuz aufgewachsen war. Er hatte mehrere Interviews mit einstigen Kibbuzkindern geführt, die jetzt erwachsen waren. Alle diese Männer und Frauen hatten schrecklich gelitten; sie sprachen mit ernster Stimme auf Hebräisch, während die Kamera durch die Räume eines verlassenen, halb verfallenen Kinderhauses wanderte: Türen, die aus dem Rahmen gebrochen waren, ein Haufen kaputter Möbel in einer Zimmerecke. Über die Bilder der leeren Räume wurde die Übersetzung der Worte eingeblendet. Eine Frau sagte, mit Hunderten von Kindern auf so engem Raum zusammenzuleben habe sich angefühlt, als hätte sie keine Haut an ihrem Körper. Eine andere sprach von ihrer Angst vor dem Waschraum, der Scham, ihren sich verändernden Körper jeden Tag den Blicken all der anderen Mädchen aussetzen zu müssen. »Ich weiß nicht, wer mehr eine Mutter für mich war«, sagte eine Frau. »Meine wirkliche Mutter oder der Raum, der immer um mich war.« Trotz des Knisterns in der Aufnahme konnte man das Zittern in ihrer Stimme hören. Mehrfach wandte sie sich von der Kamera ab, um sich die Tränen wegzuwischen. Ein Mann sprach darüber, dass es für ihn die größte Freude war, seinen eigenen Kindern gute Nacht zu sagen. »Im Schlaf verlassen sie die Welt für eine kleine

Weile«, sagte er. »Und noch bevor sie geboren waren, wusste ich, dass ich jeden Abend bei ihnen sein wollte, wenn sie davonschlüpfen.« Ein anderer Mann sagte mehrmals voller Bitterkeit denselben Satz: »Sie nannten uns Kinder der Götter, aber in Wirklichkeit wurden wir den Göttern der Ideologie geopfert.«

Die Filmszenen und die Stimmen, die in Dauerschleife liefen, bildeten eine Art Hallraum, eine seltsame, verstörende Sinfonie. In der Mitte der Galerie hingen vierzehn riesige mit Seide bespannte Rahmen von der Decke. Auf alle war dasselbe Bild von Gizela projiziert, eine Zeichnung in Schwarz-Weiß. Dow hatte ihren Gesichtsausdruck mit bestürzender Genauigkeit getroffen: die großen Augen, der distanzierte, abwesende Blick. Ihr Haar war geflochten und um den Kopf gewunden wie eine Krone, die Arme hatte sie vor der Brust verschränkt. Es war ein unglaublich intimes Porträt. Über jedem der Bilder stand das hebräische Wort für Mutter.

Gizela kam ein wenig zu spät zur Eröffnung, unmittelbar bevor die Reden beginnen sollten. Marina, die mit ein paar von Dows Freunden am hinteren Ende des Saals saß, sah, wie sie zur Tür hereinkam, erstarrte und mehrere Minuten lang alles um sich herum betrachtete. Marina hatte Angst, dass ihre Mutter anfangen würde zu weinen. Die Leute sahen Gizela immer an; es war ihre Schönheit und etwas Stolzes, Außergewöhnliches an ihrer Haltung. Doch an diesem Abend bekam Marina mit, wie die Leute im Publikum begriffen, dass Gizela die Frau auf den Bildern war. Es war sofort zu erkennen – die Haarkrone, dieser Blick. Im Saal breitete sich Stille aus, dann Getuschel. Und dann sah sie Gizelas Gesicht. Diesen furchtbaren Ausdruck auf dem Gesicht ihrer Mutter.

Gizela durchquerte den Saal, bis ganz nach vorne, wo Dow neben dem Kunstkritiker stand, der die Eröffnungsrede halten sollte. Als sie bei ihrem Sohn ankam, hob sie die Hand und schlug ihm ins Gesicht. Der Knall hallte durch den Raum. Dann drehte sie sich um und ging hinaus. Marina sprang auf, um ihr nachzulaufen, doch als sie auf die Straße hinaustrat, war da niemand, nicht mal das Echo von Schritten. Am nächsten Tag war Dow tot und Gizela für immer verschwunden.

Als Constance in Hyannis aus dem Bus stieg, fiel Marina wieder auf, wie schutzlos sie war. Constance blickte sich unsicher um, die Augen riesig in ihrem schmalen Gesicht. Sie wirkte dünner denn je. Ben und Alma stiegen ebenfalls aus dem Bus, Gabriel auf Bens Arm. Sobald der Kleine Marina erblickte, strampelte er sich frei und rannte auf sie zu. Er umklammerte ihre Beine und fing an zu weinen, als sie ihn hochnahm. Sie war fast einen Monat lang fort gewesen, und er musste sich von ihr im Stich gelassen fühlen. Er schluchzte an ihrer Schulter, und seine Hände krallten sich in ihre Haare. Marina war froh, dass Jacob das nicht mitbekam.

Constance blieb ein wenig abseits stehen, eine Einkaufstasche aus Plastik in den Händen. Sie ließ sich von Marina umarmen, lehnte sich sogar kurz an sie. Auf der Fahrt von der Bushaltestelle nach Truro erblickte Marina Constances Gesicht im Rückspiegel. Das Mädchen brauchte eine Mutter oder einen weisen Onkel. Jemanden aus ihrem Land. Das Auto folgte der gewundenen Küstenstraße, hinter den Dünen schimmerte ein Streifen Meer.

Nach so vielen Tagen der Stille war es für Marina ein seltsames Gefühl, das Haus voller Menschen zu haben. Während der vergangenen Wochen war Patrick ihre einzige Gesellschaft gewesen; die ruhigen Gespräche im letzten Tageslicht, der Tee am Feuer. Jetzt waren alle da; am Spätnachmittag war auch Jacob mit Rose und Leah eingetroffen. Als er aus dem Auto stieg, warf Marina sich mit derselben Inbrunst in seine Arme wie Gabriel zuvor in ihre. Glühende Zärtlichkeit erfüllte sie, als sie den Kopf an seine Brust legte und sie eng umschlungen in der Dämmerung standen.

Stimmengewirr, der Duft von Kaffee, Geschirrgeklapper, als Leah und Jacob zusammen kochten – mit einem Mal war die kalte Stille des Hauses verschwunden. Es fühlte sich wie ein vollkommen anderer Ort an, den sie kaum wiedererkannte. Marina saß mit Gabriel auf dem Schoß am Küchentisch und zeigte ihm die Möwen, die draußen auf den schwankenden Kiefern hockten. Das Rauschen der Wellen umgab sie von allen Seiten. Rose und Alma saßen neben ihr, über einen Haufen Wolle gebeugt. Rose brachte ihr das Häkeln bei. Marina lächelte, als sie die beiden sah – Almas konzentrierter Ernst, Roses schnelle Finger und ihre sanften Anweisungen, wie ein Gesang. Das Mädchen war in den Familienkreis aufgenommen worden, genau wie sie damals.

Durch das Fenster sah sie Patrick den Weg hochkommen, er rieb sich die kalten Hände. Er hatte Rose und Leah sein Gästezimmer angeboten, und sie hatten im Gegenzug darauf bestanden, dass er zum Abendessen kam. Am Tag zuvor hatte er zwei Matratzen in das Cottage geschleppt, für Ben und Alma, und sie hatten gemeinsam die Betten bezogen, die Kissen aufgeschüttelt und ein paar zusätzliche Decken bereitgelegt. Er wollte für das Mittagessen am ersten Weihnachtstag einen Plum Pudding machen – eine gänzlich unamerikanische Tradition, wie er sagte.

»Wir lieben ihn jetzt schon«, flüsterte Leah Marina zu, während sie zu Rose und Patrick hinübersahen, die ins Gespräch vertieft am Tischende saßen. Er erzählte ihr etwas über Fregattvögel, diese königlichen Geschöpfe mit ihren weiten Schwingen, die auf sonnigen Inseln mit lauen Abenden und klarem Wasser lebten. Manchmal, sagte Patrick, wurden ganze Schwärme von einem Orkan mitgerissen und in ferne Länder getragen, und wenn sie dann landeten, wussten sie nicht, wo sie sich befanden und wie weit sie von ihrer Heimat entfernt waren. Das Wundersame an den Vögeln war jedoch, dass sie immer wieder den Weg nach Hause fanden. Sie suchten sich Nahrung und Wasser, sammelten ihre Kräfte, und dann machten sie sich auf den langen Weg zurück zu ihren weißen Stränden und Schatten spendenden Palmen. Die Heimat war tief in ihrem Innern verankert, sagte Patrick, wie ein Kompass, dem sie folgten. Wohin sie gehörten, stand nie infrage, und es war immer möglich, dorthin zurückzukehren.

Marina fragte sich, ob er dabei an die Aquarelle seiner Frau dachte, an die gelben Felder ihrer Kindheit. Oder vielleicht an Gizela, die nie irgendwohin gehört hatte. Ihr fiel auf, dass Alma sehr aufmerksam zuhörte, das Kinn in die Hände gestützt. Was ist, hätte Marina Patrick gerne gefragt, wenn es keine Möglichkeit gibt zurückzukehren? Wenn die Wanderer keinen Weg nach Hause finden?

Constance hatte sich fast sofort in das kleine Schlafzimmer am Ende des Hauses zurückgezogen. Sie wollte keinen Tee und auch keine zusätzliche Decke und kam nur widerstrebend heraus, als Rose sie zum Abendessen holte. Sie saß schweigend neben Ben am Tisch und starrte auf ihren Teller. Vielleicht, dachte Marina, war es zu viel für sie, hier unter all diesen Leuten zu sein. Das Geplauder, das Gelächter, das Gedränge um den Tisch. Es war, als hätte sie die gemeinsamen Tage im Garten nur geträumt. Constance schien sich noch weiter in sich zurückgezogen zu haben, durch ihre Verzweiflung abgeschnitten von der Außenwelt. Manchmal hat die Innenwelt eines Menschen solchen Schaden genommen, dass sie nicht mehr repariert werden kann, hatte Jacob einmal zu ihr gesagt. Er hatte von Gizela gesprochen, aber auf Constance traf es genauso zu, dachte Marina, während sie das Gesicht des Mädchens betrachtete.

In der Nacht wachte Marina von lautem Donnergrollen auf. Regen schlug prasselnd gegen die Fensterscheibe. Draußen auf See hörte sie das Horn eines Schiffes, ein trauriger, unheilvoller Klang. Einen Moment lang dachte sie, es wäre das Weinen eines Kindes. Als sie Jacob neben sich liegen sah, war sie kurz verwirrt. Im Schlaf sah er jünger aus, die Lippen leicht geöffnet, die Hand unter der Wange. Wie sehr ihm die Menschen, die er liebte, die er in den Kreis seines Schutzes aufgenommen hatte, am Herzen lagen. Marina drehte sich zu ihm, und er machte ihr Platz an seinem warmen Körper, legte den Arm um sie und drückte die Lippen in ihr Haar.

Am Morgen des ersten Weihnachtstages gingen sie in einer langsamen, schweigenden Prozession den Dünenpfad entlang. Am Himmel zeichnete sich das erste Tageslicht ab, und die Luft war so kalt, dass Marinas Wangenknochen schmerzten. Ein Rascheln, der Ruf eines Vogels, das Knirschen ihrer Stiefel auf dem Sand; sonst war alles still. Constance und Gabriel waren nicht dabei, sie hatten sie schlafen lassen. Patrick fasste Rose am Arm, um sie zu stützen, als sie über den Dünenkamm hinunter zum Wasser gingen. In der anderen Hand hielt er die kleine Holzkiste, in der sich Gizelas Asche befand.

Anfangs hatte es Marina verstört, dass der Leichnam ihrer Mutter verbrannt worden war. In ihrem Glauben war das verboten. Eine Entweihung des Fleisches, das den Geist und den Atem Gottes und auch ihre eigene heilige Seele beherbergt hatte. Die Toten mussten in der Erde vergraben werden. Doch Gizela hatte all das vor langer Zeit hinter sich gelassen. Sie wollte keine Messingtafel unter einem Rosenstrauch, keinen Stein mit ihrem Namen auf dem Friedhof. Es passte zu der Art, wie sie ihr Leben gelebt hatte. Marina glaubte Patrick, als er ihr sagte, was Gizelas Wünsche gewesen waren.

Sie stellten sich in einer Reihe am Flutsaum auf und sahen zu, wie das Licht langsam in den Himmel stieg. Das Meer lag still und weit und schwarz vor ihnen. Es gab keine Rede, keine Worte über Gizela, als sie die Asche in die Wellen streuten, aber dann begann Patrick zu singen. Es war eine hohe, eigentümliche Melodie, deren Text Marina nicht verstand. Hinterher sagte er ihr, dass es ein gälisches Liebeslied war; als kleiner Junge hatte er erlebt, wie sein Vater es am Grab seiner Mutter gesungen hatte, mit tränennassem Gesicht. Einer von ihnen hätte dort am Strand das Kaddisch für Gizela sprechen sollen, dachte Marina zuerst, aber dann fand sie Patricks Lied genau richtig. Oft kam Trost unerwartet, und ebenso oft in einer Sprache, die nicht die eigene war.

Ein Bogen aus Asche, dann war der Körper ihrer Mutter da draußen auf den Wellen. In dem Meer, das sie geliebt hatte. Jacob berührte sanft Marinas Wange; sie hatte kaum gemerkt, dass sie weinte. Patrick wiegte sich hin und her, während er sang, und die Töne erhoben sich hoch und rein in die kalte Morgenluft. Das Lied schien nicht nur für Gizela zu sein, sondern auch für Dow und für Constance. Für alle Verlorenen und Vergessenen. Hinter ihnen zogen ein paar zartrosa Wolken über den Himmel. In der Ferne kreiste ein Schwarm Vögel über dem Wasser, und ihre Schreie vereinten sich zu einem einzigen Klang.

## Gabriel

*Dezember 2018*

An dem Weihnachten, als meine Mutter verschwand, tobte ein besonders heftiger Sturm über Cape Cod. Der Wind war so stark, dass er den Sand von den Dünen fegte und das schwarze Skelett eines alten Schiffes, das über hundert Jahre dort begraben gelegen hatte, freigelegt wurde. Es gibt einen Zeitungsartikel darüber, mit einem Foto von dem Wrack, das sich aus den Dünen erhob, als tauchte es aus einem Wellental auf, der Rumpf wie ein riesiger Brustkorb. Als ich das Bild sah, musste ich an die Dinosaurierskelette im Museum für Naturgeschichte denken. Als sich das Wetter beruhigt hatte, liefen die Leute aus Truro zum Strand, um sich das Wrack anzusehen, darin herumzuklettern und Fotos von sich neben dem Bug machen zu lassen.

Zur gleichen Zeit durchkämmte ein Suchtrupp die Stadt nach meiner Mutter. Die Küstenwache, die Polizei von Truro und Männer, die ihr Weihnachtsessen stehen gelassen hatten, um nach einer Frau zu suchen, die nie gefunden werden würde. Später versuchten sie es mit Hunden. Ein Teich wurde ausgebaggert. Aus irgendeinem Grund erscheint mir der Zusammenfall dieser beiden Ereignisse bedeutsam, als wäre das wieder aufgetauchte Schiff irgendwie mit meiner Mutter verbunden, als gehörten beide zur gleichen Geschichte.

In der Zeitung war kein Foto von meiner Mutter, weil es

kein Foto von ihr gibt. Sie war nicht der Typ Mensch, von dem man Fotos macht, sagt Marina. Sieben Monate hat sie sie gekannt: einen Sommer, einen Herbst und einen Teil des Winters, bevor Constance verschwand. Das ist sehr wenig.

Ich habe die Fotos von mir als Kleinkind in zwei Stapel geteilt: diejenigen, die aufgenommen worden sind, als Constance noch da war, als ich mit ihr in der Wohnblocksiedlung lebte, und die aus den Jahren danach. Ich schätze, ich suche nach einer Spur von ihr in mir. Nicht im Sinne von körperlicher Ähnlichkeit, sondern von einem Gefühl für das Leben, das ich mit ihr hatte, das Leben, zu dem ich jeden Abend zurückkehrte. Marina hat so viele Fotos gemacht – ich, wie ich im Mount Morris Park im Laub herumtobe, vor einem Beet mit Setzlingen hocke oder auf Bens Schoß sitze. Marina ist eine unermüdliche Archivarin und Chronistin. Mein Gesicht auf den Bildern wird älter, aber ich kann keine konkrete Veränderung entdecken. Kein Vorher und Nachher. Erst lebe ich in einer kleinen Sozialwohnung, dann in einem Brownstone beim Park. Erst habe ich eine Geistermutter, dann eine richtige. Doch nichts im Gesicht dieses kleinen Jungen deutet darauf hin.

»Ja«, sagt Marina, wenn ich sie frage, »natürlich hat sie dich im Arm gehalten. Sie hat dich gebadet und gefüttert und dir die Haare gebürstet und dich auf ihrem Rücken getragen.« Aber da ist immer ein Zaudern, etwas, das sie nicht über die Lippen bringt. Sie hat all das getan, aber sie hat dich nicht geliebt.

Als sie nach Constance suchten – am Strand, bei den Teichen und dann später über Zeitungsannoncen und Plakate in allen Postämtern im Nordosten –, hatte Marina furchtbare Angst, dass man sie nicht finden würde. Später dann, als die Jahre vergingen, hatte sie vermutlich Angst, dass Constance wieder auftauchen würde. Dass sie mich zurückgeben müsste.

Aber es kam keine Nachricht, niemand hat sie je gesehen. Es gibt keine Rückspultaste, keine wundersame Umkehr.

Weihnachten, als wir auf dem Cape waren, hat Patrick mir von den Nauset-Stämmen erzählt, die als Erste hier auf den Dünen gelebt haben. Da sie auf Sandboden lebten und nichts hatten, womit sie Denkmäler bauen konnten, markierten sie die Orte wichtiger Ereignisse, indem sie feierliche Löcher in den Sand gruben. Sie sorgten Jahr um Jahr dafür, dass die Löcher nicht wieder zuwehten, und kehrten zu allen Jahreszeiten dorthin zurück.

So formt sich Leben um eine Abwesenheit. Wir haben fast nichts, was an Constance erinnert. Kein Foto, keinen Brief. Da ist das blaue Notizbuch von ihrem Lese- und Schreibkurs, aber sie ist nach einer Woche nicht mehr hingegangen, und es sind nur drei Seiten benutzt. Die Buchstaben sind energisch geschrieben – groß, eckig und ein wenig schief, wie die eines Kindes. Sie erinnern mich an meine eigenen Schulhefte aus der ersten Zeit an der Calhoun School. Wenn ich verreise, nehme ich das blaue Notizbuch immer mit. Es ist für mich der einzige greifbare Beweis, dass es meine Mutter gegeben hat.

Marina hat ein paar Sachen mitgenommen, als sie nach Constances Verschwinden die Wohnung ausgeräumt hat: alte Töpfe und Pfannen, eine graue Decke, drei Trinkgläser und ein paar nicht zusammenpassende Besteckteile. Sie hat jedes Teil ordentlich in Papier eingewickelt und alles in zwei Kartons gepackt, die immer noch im Keller des Brownstone stehen. Nichts davon hat irgendetwas mit Constance zu tun. Sie muss in den Töpfen gekocht, unter der Decke geschlafen und mir aus den Gläsern zu trinken gegeben haben, aber die Sachen wirken abgenutzt und anonym. Aussortiertes, das vor ihr schon durch viele Hände gegangen ist.

Marina hat mir erzählt, dass Constance immer von einem merkwürdigen Kraftfeld umgeben war, das nichts von der Welt zu ihr durchdringen ließ. Ich weiß, dass sie all die Dinge in den Kartons benutzt hat, aber sie hat auf keinem davon Spuren hinterlassen.

Ich habe mal ein Buch von einem Mann gelesen, der während des Krieges mit einem Kindertransport nach England geschickt wurde. Marina hat es mir gegeben, als ich auf der Highschool war, wegen der Geschichte ihrer Mutter, aber wohl auch, um mich wissen zu lassen, dass sie auch Dinge verloren hat und dass das Verlorene in uns bleibt wie eine schwärende Wunde.

Und dann war da natürlich all das, was Constance in Ruanda erlebt haben mochte. »Wir könnten hinfahren«, hat Marina im Lauf der Jahre ein paar Mal gesagt. Die Region besuchen, aus der sie stammte, nach jemandem suchen, der sie gekannt hat. Schauen, ob es Verwandte gibt. »Irgendwann«, antworte ich. Irgendwann, vielleicht. Aber ich glaube, ich kann diesen Abgrund nicht überbrücken. Und ich weiß auch nicht, wie sinnvoll solche Ausgrabungen sind. Constance hat nie ein Wort über ihre Geschichte gesagt – welches Recht haben wir da, nach dem zu forschen, was sie für sich behalten wollte?

Der Mann in Marinas Buch war vier, als er sein Heimatland verlassen hat, ein Jahr älter als ich bei Constances Verschwinden. Er beschrieb, wie seine Sprache verschwand; in den ersten Monaten im Exil klangen ihre Töne noch in ihm nach, dann sanken sie in die Tiefe, mit allem, was dazugehörte. Manchmal kamen Echos seiner Kindheitssprache zurück, doch sobald er versuchte, sie zu hören, verstummten sie wieder. So ähnlich ist es mit den Gefühlen für meine Mutter. Ich habe keine Erinnerung an sie, aber sie ist in mir wie eine

Tür, die leise im Wind rappelt. Oder vielleicht denke ich auch nur, dass sie da ist, weil es so sein sollte. Eine Mutter sollte da sein.

Jedes Jahr zu Weihnachten fahren wir wieder nach Truro, versammeln uns am winterlichen Strand. Ben und Alma fliegen mit den Mädchen aus Arizona herüber; Jacob, Marina und ich quetschen uns mit Rose ins Auto und reden die ganze Fahrt über durcheinander, während im Radio Weihnachtslieder laufen. Patrick und Leah erwarten uns schon, wenn wir kommen, ein Feuer im Ofen und den Kessel auf dem Herd. Abends gibt es heißen Brandy mit Gewürzen, morgens Spaziergänge am Strand und Abstecher in die portugiesische Bäckerei im Ort.

Meine ganze Kindheit hindurch schien das Jahr sich um diese zwei Winterwochen am Meer zu drehen. In dem Haus habe ich auch mein erstes Wort gesprochen. Mittlerweile ist es eine Familiengeschichte: Vier Jahre Schweigen, und dann mein erstes Wort, zwischen den Dünen in den Wind gerufen.

Einmal, als ich auf dem Cape war, habe ich von meiner Mutter geträumt. In dem Traum brach gerade der Tag an, und ich war allein am Meer. Constance kam über den Strand auf mich zu. Ich konnte ihr Gesicht nicht erkennen, aber ich wusste, dass sie es war. Sie konnte mir nicht sagen, was sie wusste, und ich wusste nicht, was ich zu ihr sagen sollte, aber das machte nichts. Wir sahen zu, wie hinter dem Meer das Licht aufstieg, und schwiegen zusammen, die Morgensonne auf unseren Gesichtern. Wir saßen lange da, ohne uns zu berühren, aber sehr nah.

## Danksagung

Viele Hände haben dieses Werk geführt, und ich bin all denen, die mir auf so vielfältige Weise geholfen haben, zutiefst dankbar. Danke an Brenda Walker, deren Freundschaft, Erfahrung und fortwährende Unterstützung unschätzbar wertvoll für mich waren. Danke auch an Ilana Sharp, Catherine Therese, Shephanie Bishop und Leah Kaminsky, die viele Jahre zusammen mit mir in der Welt dieses Romans gelebt haben und deren unerschütterliche Solidarität es mir ermöglicht hat, ihn zu schreiben. Ebenso an David Carlin, der mir während der Wochen in Frankreich, als ich das Buch vollendet habe, ein wunderbarer und inspirierender Gefährte war. Und an Barbara Hewson Bower, die mir einen Weg durch die Geschichte gezeigt hat, als ich nicht weiterwusste. Danke an Peter Bishop für Sibelius, das vollkommene Gedicht und viele andere Geschenke literarischer Freundschaft. An Dietra Gamar, die mir in all den Jahren seit jener Zeit in dem Brownstone in Chelsea so viel gegeben hat. An Anne Day für ihre unerschütterliche Unterstützung von Anfang an. Danke an Hayley Katzen, Amanda Webster und William Yeoman für ihre verlegerische Sorgfalt und Freundschaft; an Alison Manning für ihre praktische Unterstützung und Ermutigung; und an Carol Major, Romanflüsterin und großzügige Seele.

Ein großes Dankeschön an Meredith Curnow, die sich mit solcher Leidenschaft für dieses Buch eingesetzt hat, und an das ganze Team bei Penguin Random House, insbesondere an Catherine Hill, meine wunderbare Lektorin. Außerdem danke ich Emma Paterson von Rogers, Coleridge and White für ihre Unterstützung und ihren unerschütterlichen Glauben an dieses Buch.

Dieses Buch ist in vielen außergewöhnlichen Häusern entstanden, und einige davon sind in die Geschichte eingeflossen. Ich danke all denen, die mir Raum und Stille gegeben haben, als ich sie am dringendsten brauchte, von ganzem Herzen. Danke an Varuna, das Schriftstellerhaus in den Blue Mountains, für diverse Arbeitsaufenthalte im Lauf der Jahre. An Schwester Annette Allain und allen Little Sisters of Assumption, die mir in Harlem und in Walden im Bundesstaat New York ihre Türen und Herzen geöffnet haben. An die Lis Sur Mer Artists' Cottages in Truro, Cape Cod, für das kleine Haus auf den Dünen. Danke an John Fanning und Kerry Eielson vom Künstler- und Schriftstellerhaus La Muse im Languedoc, Frankreich, für eine wunderbare Zeit in einer der schönsten Gegenden der Welt.

Die Arbeit an diesem Roman hat mich in viele verschiedene Welten geführt, und ich danke allen, die mich an ihrem Wissen teilhaben ließen und geduldig meine vielen Fragen beantwortet haben. Danke an Rabbi Beryl Epstein, die mir so viel über das chassidische Leben in Crown Heights beigebracht hat. Danke auch an Daphne Bondy für ihre Hilfe in Israel, an Blair Nikula für das Wissen über die Vögel, und an Père Claude Dumas, einstiger Präsident des Internationalen Katholischen Komitees für die Zigeuner, für seine Informationen über die Kultur und Geschichte der Roma in Frankreich. Außerdem danke ich Jenny und Les Shub, die mir ausführlich über ihre Erfahrungen in Israel berichtet und mich nach Kräften unterstützt und ermutigt haben.

Mein größter Dank gilt meiner Familie für ihre beständige Liebe und Fürsorge und ganz besonders Danny, der alles möglich macht.

# Quellen

Viele Texte waren bei den Recherchen zu diesem Roman sehr wichtig. Ganz besonders hervorheben möchte ich hier die Bücher von Jean Hatzfeld über den Völkermord in Ruanda, *Life Laid Bare: The Survivors in Rwanda Speak* (Farrar, Straus and Giroux 2007; dt.: *Nur das nackte Leben: Berichte aus den Sümpfen Ruandas.* Haland & Wirth 2004) und *The Antelope's Strategy: Living in Rwanda After the Genocide* (Farrar, Straus and Giroux 2009).

*Intended Consequences: Rwandan Children Born of Rape* (Aperture Foundation 2008; dt.: *Kinder des Krieges: Ruanda und die unbekannten Folgen des Völkermords*. Zweitausendeins 2009), Jonathan Torgovniks Sammlung von Fotografien und Interviews über den Einsatz von Vergewaltigung als Kriegswaffe während des Völkermords in Ruanda, war mir ebenfalls eine große Hilfe, ebenso *Rwanda: Death, Despair and Defiance*, eine umfassende Dokumentation zum Völkermord, herausgegeben von African Rights (1995).

Die beiden Dokumentarfilme *Children of the Sun* von Ran Tal (2007) und *The Children's House* von Tamar Feingold (2005) waren überaus hilfreich bei den Recherchen zum Alltag in Israels frühen Kibbuzim. Vieles daraus ist in meine Geschichte eingeflossen, und auch einige Elemente von Dows Ausstellung sind davon inspiriert.

Die Anspielung auf die australische Autorin und ihr Essay über die Liebe zwischen Müttern und Kindern bezieht sich auf Helen Garners Gedanken über Elizabeth Jolley in ihrem

Essay »Dreams of Her Real Self« aus dem Band *Everywhere I Look* (Text Publishing 2016).

Mrs Zelmans Gedanken zum jüdischen Sabbat basieren auf Abraham Joshua Heschels Buch *The Sabbath* (Farrar, Straus and Giroux 1951; dt.: *Sabbat: seine Bedeutung für den heutigen Menschen*. Neukirchener Verlag 1990).

Die Gedichtzeile, die Jacob in seiner Vorlesung zitiert, stammt aus »Land in Sight« von Anne Michaels, erstmals veröffentlicht in dem Band *Skin Divers* (Bloomsbury 1999). Die Zeile von José Angel Valente stammt aus dem Gedicht »Be My Limit« aus dem Band *Landscape With Yellow Birds: Selected Poems* by José Angel Valente (Archipelago Books 2013, aus dem Spanischen übersetzt von Tom Christensen).

Der Roman *Haus ohne Halt* von Marilynne Robinson ist in der edition fünf, Verlag Silke Weniger erschienen. Aus dem Englischen von Sabine Reinhardt-Jost. Gräfelfing/Hamburg 2012.